SOLO ESTA NOCHE

SIMONA AHRNSTEDT

SOLO
ESTA NOCHE

Traducción de
Francisca Jiménez Pozuelo

PLAZA JANÉS

Título original: *En enda natt*
Primera edición: mayo, 2016

Printed in Spain – Impreso en España

ISBN: 978-84-01-01747-6
Depósito legal: B-3.671-2016

Compuesto en Comptex & Ass, S.L.

Impreso en Liberdúplex
Sant Llorenç d'Hortons (Barcelona)

L 017476

Penguin
Random House
Grupo Editorial

1

David Hammar miró por la ventana curvada del helicóptero. Estaban a trescientos metros de altura y tenían a la vista un extenso paisaje. Se ajustó el auricular que le permitía hablar en tono normal con los otros.

—Allí —dijo volviéndose hacia Michel Chamoun, que iba en el asiento de atrás observando también el paisaje a través del cristal de la ventana. David señaló la silueta del castillo Gyllgarn que empezaba a perfilarse abajo.

El piloto ajustó el rumbo.

—¿Cuánto quieres que nos aproximemos? —preguntó fijando la mirada en el objetivo.

—No demasiado, Tom. Lo suficiente para que podamos verlo mejor —respondió David contemplando el castillo—. No quiero llamar la atención sin necesidad.

Debajo de ellos se extendía una vasta zona de prados verdes, aguas cristalinas y árboles frondosos, como un idílico cuadro campestre. El castillo se hallaba en un islote, en medio de un riachuelo inusualmente ancho cuyas aguas discurrían a ambos lados del islote, formando un foso natural que en otros tiempos sirvió de defensa contra los enemigos.

Tom hizo que el helicóptero describiera un amplio giro.

Al acercarse distinguieron caballos y ovejas pastando en la amplia pradera. Una sucesión de enormes robles centenarios formaban una especie de bulevar a un lado de la autopista. También se veían zonas de árboles frutales bien cuidados y plantaciones de vivos colores alrededor del idílico castillo.

«Esto es un auténtico paraíso.»

—El agente inmobiliario con el que he hablado calcula que el valor de la propiedad supera los treinta millones —dijo David.

—Eso es mucho dinero —opinó Michel.

—Y hay que añadir el valor del bosque y del terreno. Y el valor del agua. Hay varios miles de hectáreas de tierra y de agua, solo eso supera los doscientos millones.

David siguió enumerando los bienes: piezas de caza en el bosque y un montón de propiedades menores que pertenecían a la finca. A lo que había que añadir los inventarios, por supuesto, los botines de guerra del siglo XVII, los servicios de plata y los objetos de arte ruso. Y una colección de obras de arte de los últimos tres siglos. Todas las empresas de subastas del mundo se lo iban a disputar.

David volvió a mirar hacia delante. Michel se fijó en el castillo amarillo que estaban sobrevolando.

—¿Y todo esto es propiedad de la empresa, no de la familia? —preguntó este con gesto incrédulo.

David asintió con la cabeza.

—Es increíble que hayan optado por esta solución —añadió—. Así suelen ir las cosas cuando te crees invencible.

—Nadie es invencible —repuso el otro.

—No, desde luego.

Michel miraba por el cristal de la ventana sin perderse detalle. David se mantenía expectante mientras los ojos oscuros de su amigo recorrían las propiedades.

—Es una verdadera joya nacional —afirmó Michel—. Si vendemos todo esto habrá fuertes protestas públicas.

—Si vendemos, no; cuando vendamos —puntualizó David.

Porque lo iban a hacer, de eso estaba seguro. Iban a fraccionar esos terrenos fecundos y luego se los iban a vender al mejor postor. La gente se quejaría, sin duda. Sobre todo los propietarios, esos sí que iban a gritar. David sonrió ligeramente al pensar en ellos y miró a Michel.

—¿Has visto lo suficiente?

Michel asintió.

—¿Podrías llevarnos de nuevo a la ciudad, Tom? —dijo David—. Hemos terminado aquí.

El piloto elevó el helicóptero realizando un amplio giro, dejó atrás el idílico entorno y puso rumbo a Estocolmo sobrevolando autopistas, bosques y zonas industriales.

Quince minutos después entraron en el área de control de la capital y Tom empezó a hablar con la torre de control del aeropuerto de Bromma. David oyó sin prestar demasiada atención las breves frases estandarizadas que intercambiaban.

—*One thousand five hundred feet, request full stop landing, three persons on board.*

—*Approved, straight in landing, runway three zero...*

Tom Lexington era un piloto experto, manejaba el helicóptero con movimientos tranquilos y mirada atenta. Los días laborables trabajaba para una empresa privada de seguridad. Conocía a David desde hacía tiempo y le ofreció sus conocimientos de vuelo y su tiempo cuando quisiera sobrevolar el castillo para verlo.

—Te agradezco que nos hayas llevado —dijo este.

Tom no respondió nada, se limitó a inclinar levemente la cabeza como muestra de que lo había oído.

David se volvió hacia Michel.

—Falta un rato para que empiece la reunión del grupo de gestión —dijo mirando el reloj—. Ha llamado Malin. Todo está preparado —añadió refiriéndose a Malin Theselius, jefa de comunicación de ambos.

Michel se acomodó en el asiento trasero procurando no arrugarse el traje. Era corpulento. Se rascó la cabeza rasurada y por un instante brillaron los anillos que llevaba en las manos.

—Te van a despellejar vivo —dijo mientras sobrevolaban Estocolmo a trescientos metros de altura—. Supongo que lo sabes.

—«Nos» van a despellejar —corrigió David.

Michel sonrió con ironía.

—De eso nada. Tú eres el chico de la portada y el malvado inversor de capital de riesgo. Yo soy el hijo de inmigrantes que solo obedece órdenes.

Michel era el hombre más listo que conocía, además de socio mayoritario de Hammar Capital, la entidad de capital de riesgo de David. Juntos iban a diseñar el nuevo mapa financiero sueco. Pero Michel tenía razón. David era el fundador y tenía fama de ser duro y arrogante; la prensa financiera se centraría en él y lo pondría a caldo. Y a él le hacía ilusión.

Michel bostezó.

—Cuando esto termine me tomaré unas vacaciones y dormiré por lo menos una semana.

David se dio la vuelta y contempló los suburbios que se vislumbraban a lo lejos. Él no estaba cansado; al contrario, llevaba media vida esperando ese combate y no quería vacaciones. Quería guerra.

Hacía casi un año que lo planeaban. Era el negocio más importante que había abordado Hammar Capital hasta entonces. Una OPA hostil contra una empresa enorme; las semanas siguientes serían decisivas. Nadie había hecho nada parecido.

—¿Qué piensas? —preguntó David por el auricular. Conocía a fondo a su amigo, sabía que su silencio tenía un significado, que el agudo cerebro de Michel estaba ocupado con algún problema jurídico o financiero.

—Pienso sobre todo en lo difícil que va a resultar seguir haciendo esto en secreto —dijo Michel—. Habrán empezado a hacerse preguntas sobre los movimientos en la bolsa. No pasará mucho tiempo hasta que alguien, un accionista tal vez, empiece a filtrar cosas a la prensa.

—Sí —convino David, pues siempre hay detalles que se escapan—. Tapémoslo mientras podamos —concluyó.

Habían mantenido muchas veces esa discusión. Los escuetos argumentos buscaban huecos lógicos y se hacían más fuertes, más sagaces.

—Tenemos que seguir comprando —añadió—. Pero cantidades inferiores a las de antes. Hablaré con mis contactos.

—El precio de las acciones está subiendo muy deprisa.

—Lo he visto —dijo David.

El gráfico de la cotización de las acciones parecía una ola que se hacía cada vez mayor.

—Vamos a ver cuánto tiempo se mantiene económicamente —concluyó.

Siempre había un equilibrio en la rapidez con la que se podía avanzar. El incremento del valor de las acciones de una sociedad dependía directamente de la agresividad con la que se negociaban. Si además las compraba Hammar Capital, la cotización se disparaba. Actuaban con suma cautela. Las adquirían a través de testaferros de confianza, día tras día y en pequeñas cantidades. Ligeros movimientos que solo producían una leve ondulación en la inmensa superficie bursátil. Pero tanto él como Michel se daban cuenta de que se estaban acercando a un límite crucial.

—Sabíamos que tarde o temprano tendríamos que hacerlo público —dijo David—. Malin lleva semanas puliendo el comunicado de prensa.

—Se van a volver locos —dijo Michel.

—Lo sé. —David sonrió—. Solo queda esperar que podamos seguir volando bajo el radar de la bolsa un poco más.

Michel asintió. Después de todo, era a lo que se dedicaba Hammar Capital. Sus equipos de analistas buscaban empresas que no iban tan bien como deberían. David y Michel identificaban los problemas, que a menudo eran el resultado de una gestión incompetente, y luego compraban todas las acciones del mercado para obtener una posición mayoritaria.

Después entraban ellos, de un modo brutal. Tomaban el relevo y reestructuraban. Reducían y depuraban. Vendían y obtenían beneficios. Lo que mejor se les daba era comprar y mejorar la adquisición. Unas veces se llevaba a cabo sin ningún contratiempo, la gente colaboraba y Hammar Capital lograba su objetivo. Otras surgían conflictos.

—Sin embargo, me gustaría tener de nuestra parte a algún miembro de la familia propietaria —dijo David mientras la zona sur de Estocolmo se desplegaba delante de ellos.

Para que una OPA hostil de esa envergadura resultara, era esencial contar con el apoyo de uno o varios de los principales accionistas, por ejemplo alguna de las enormes gestoras de fondos de pensiones. David y Michel habían dedicado mucho tiempo a convencerlas, asistiendo a interminables reuniones y haciendo innumerables cálculos. Porque el hecho de que algún miembro de la familia propietaria estuviera de su parte tenía varias ventajas. Por un lado, era un enorme prestigio, obviamente. En especial tratándose de Investum, una de las empresas más importantes y más antiguas del país. Por el otro, si ellos pudieran demostrar que tenían de aliado a alguien del entorno familiar, muchas otras empresas les seguirían y votarían de forma automática a favor de Hammar Capital.

—Facilitaría mucho el proceso —añadió.

—¿Pero quién?

—En esa familia hay una persona que ha seguido su propio camino —comentó David; el aeropuerto de Bromma empezaba a distinguirse en el horizonte.

Michel se quedó en silencio un momento.

—Te refieres a la hija, ¿no? —dijo.

—Sí. Es una desconocida, pero al parecer tiene mucho talento —respondió David—. Es posible que no le agrade la forma en que la tratan los hombres.

Investum no era solo una empresa vieja y tradicional. Era patriarcal hasta el punto de hacer que los años cincuenta parecieran modernos e inspiradores.

—¿Crees de verdad que vas a poder persuadir a algún miembro de esa familia? —preguntó Michel en tono de duda—. No eres precisamente popular entre ellos.

David tuvo que contener la risa ante tal comentario.

Investum estaba bajo el control de la familia De la Grip y tenía un volumen de negocio de miles de millones diarios. Investum, es decir, la familia, controlaba indirectamente casi una décima parte del PIB de Suecia y era propietaria del banco más importante del país. Estaba representada en casi todos los consejos de administración de las principales empresas suecas. Los De la Grip eran aristócratas, tradicionales y ricos. Estaban todo lo cerca que se podía estar de la realeza sin formar parte de ella. Y su sangre era mucho más azul que la de algunos Bernadotte, la familia real sueca. Era inverosímil que el advenedizo David Hammar lograra que alguien de las más altas esferas —conocida además por su lealtad—cambiara de bando y se pasara al de él, un tristemente famoso inversor de capital de riesgo dedicado a la piratería empresarial.

Pero ya lo había hecho antes. Había convencido a miembros de distintas familias de que hicieran causa común con él, lo que con frecuencia implicaba que tras su paso quedaran lazos familiares destrozados, lo cual por lo general lamentaba. En este caso solo sería una bienvenida bonificación.

—Lo intentaré —dijo.

—Eso raya la locura —dijo Michel.

Y no era la primera vez que lo decía en el transcurso del año. David asintió con la cabeza.

—Ya la he llamado para decirle que quiero que hablemos durante un almuerzo de trabajo.

—Por supuesto —dijo Michel mientras el helicóptero iniciaba el descenso para aterrizar. El vuelo había durado menos de treinta minutos—. ¿Y qué ha dicho?

David recordó el frío tono de voz que había oído por teléfono, no de su asistente, sino de la propia Natalia De la Grip. Parecía sorprendida pero apenas dijo nada, se limitó a agradecerle la invitación y a pedirle a su asistente que le enviara la confirmación por correo electrónico.

—Dijo que esperaba nuestra reunión con interés.

—¿De verdad?

David se rió como por compromiso. La voz de ella sonó típicamente de clase alta, lo que activaba en él casi automáticamente el odio clasista que sentía. Natalia De la Grip era una de las pocas mujeres en Suecia —alrededor de un centenar— que había nacido con el título de condesa, una élite dentro de la élite. David no tenía palabras para expresar lo poco que le gustaban ese tipo de personas.

—No, no dijo eso.

Pero tampoco esperaba que lo hiciera.

2

Natalia estaba buscando algo entre los montones de papeles de su escritorio. Sacó un folio con tablas y números.

—¡Aquí está! —dijo agitando el papel y mirando con gesto de triunfo a la mujer de pelo rubio platino sentada frente a ella en una incómoda silla de visita que apenas cabía en el reducido habitáculo que Natalia utilizaba de despacho.

Su amiga Åsa Bjelke miró el papel con escaso interés y luego volvió a sus uñas lacadas en tono rosa pálido.

Natalia reparó en el desorden que había en el escritorio. Odiaba la desorganización, pero era casi imposible mantener el orden en una superficie tan pequeña.

—¿Cómo te van las cosas? —preguntó Åsa; bebió un sorbo de café y miró a Natalia, que había reiniciado la búsqueda entre los montones de papeles—. Solo lo pregunto porque te noto bastante dispersa —prosiguió—. Y aunque tienes ciertas peculiaridades, la falta de concentración no es una de ellas. Nunca te había visto así.

Natalia frunció el ceño. Un documento importante había desaparecido sin dejar rastro. Tendría que preguntar a alguno de los agobiados asistentes.

—J.O. ha llamado desde Dinamarca —dijo refiriéndose a

su jefe—. Quiere que le envíe un informe que no encuentro.

Vio otro papel, lo sacó y lo leyó con ojos cansados. La noche anterior no había dormido mucho. Primero estuvo trabajando hasta la madrugada con ese negocio inminente y fabuloso que le ocupaba todo el tiempo. Luego temprano, muy temprano, la llamó un cliente para quejarse de algo que podía haber esperado un par de horas más. Miró a Åsa.

—¿Qué quieres decir con eso de que tengo peculiaridades?

Åsa bebió otro sorbo del vaso de papel.

—¿Cuál es el problema? —dijo sin responder a la pregunta.

—Los problemas —aclaró Natalia—. El trabajo. Mi padre. Mi madre. Todo.

—Pero, oye, ¿toda esa búsqueda de papeles conduce a algo? ¿Qué fue de la sociedad sin papeles?

Natalia levantó la vista. Al ver a su amiga fresca y descansada, bien vestida y con las uñas recién pintadas sintió una irritación incontenible.

—No es que no valore tus visitas inesperadas —dijo intentando parecer sincera—, pero mi padre se queja sin cesar de los sueldos tan altos que perciben sus abogados. ¿No deberías estar en Investum haciendo tu trabajo en vez de aquí, en mi incómodo despacho, vestida de Prada e incordiando?

Åsa hizo un gesto con la mano.

—Me merezco el sueldo. Y sabes muy bien que tu padre me lo permite —señaló mirando a Natalia con complicidad—. Ya lo sabes.

Natalia asintió. Sí, lo sabía.

—Pasaba por aquí y me he preguntado si querrías ir a almorzar. Si tengo que comer otra vez con alguno de los abogados de Investum, me mato. De verdad, si hubiera sabido lo terriblemente aburridos que son los abogados, habría estudiado otra cosa —afirmó ahuecándose la rubia melena—. Habría sido una buena líder de secta, por ejemplo.

—No puedo —dijo Natalia con excesiva rapidez, de lo que se dio cuenta cuando ya era tarde—. Estoy ocupada —añadió carraspeando—. Disculpa, como he dicho, estoy ocupada —repitió sin necesidad.

Inclinó la cabeza y se puso a hojear unos papeles que tenía delante para evitar la astuta mirada de Åsa.

—¿De verdad?

—Sí —respondió Natalia—. ¿Qué tiene de raro?

Su amiga la miró fijamente.

—Tu cerebro es como un ordenador, pero mientes fatal —dijo—. Ayer estabas libre, tú misma lo dijiste. Y no tienes más amigos. ¿Intentas evitarme?

—No, simplemente estoy ocupada. Y no se me ocurriría intentar evitarte. Eres mi mejor amiga. Aunque tengo otros amigos, por supuesto. ¿Mañana tal vez? Puedo invitar yo.

—¿Qué tienes que hacer, si se puede saber? —dijo Åsa sin dejar que la promesa de un futuro almuerzo desviara su atención.

Natalia no contestó. Bajó la mirada hacia su atestado escritorio. «Ahora sería buen momento para que sonara el teléfono o saltara la alarma contra incendios», pensó.

Åsa abrió los ojos como si acabara de tener una revelación.

—¡Ya caigo! ¿Quién es él?

—No seas ridícula. Solo se trata de un almuerzo.

Los ojos de Åsa se estrecharon formando dos ranuras de color turquesa.

—Pero te comportas de forma rara incluso para ser tú. ¿Con quién vas a almorzar?

Natalia apretó los labios.

—Natalia, ¿con quién?

Natalia se rindió.

—Con alguien de... de HC.

Åsa frunció sus rubias cejas.

—¿Con quién? —insistió.

«Tal vez habría sido una buena líder de secta, pero también es una excelente interrogadora», pensó Natalia. Su pelo tan rubio y cardado confundía bastante.

—Solo se trata de un almuerzo —dijo poniéndose a la defensiva—. Un almuerzo de negocios. Conoce a J.O. —añadió, como si el hecho de que la persona con la que iba a almorzar conociera a su jefe lo explicara todo.

—¿Quién es?

Ella se rindió.

—David Hammar.

Åsa se apoyó en el respaldo de la silla y una amplia sonrisa le iluminó el rostro.

—El mismísimo Boss —dijo—. El señor Capital de Riesgo en persona. El chico malo de las finanzas. Prométeme que tienes planes de acostarte con él —añadió ladeando la cabeza.

—Desvarías —dijo Natalia—. En lo del sexo. En realidad me gustaría poder cancelar la cita. Estoy demasiado estresada. Pero una de las cosas que no encuentro entre todo este barullo es el móvil en el que guardé su número.

¿Cómo se podía perder un teléfono móvil en una habitación de menos de cuatro metros cuadrados?

—Por el amor de Dios, mujer, ¿por qué no te buscas un asistente?

—Tengo una asistente —respondió Natalia—. Que, a diferencia de mí, tiene una vida. Uno de sus hijos estaba enfermo y se fue a su casa —dijo mirando el reloj—. Ayer —añadió.

Suspiró y se hundió en la silla. Cerró los ojos. No podía buscar más; estaba agotada. Le parecía que llevaba una eternidad trabajando sin cesar. Y tenía un montón de papeleo atrasado, un informe que preparar y por lo menos cinco reuniones por concertar. En realidad no había...

—¿Natalia?

La voz de Åsa la sobresaltó y se dio cuenta de que había estado a punto de quedarse dormida en una silla tan incómoda.

—¿Qué? —preguntó.

Åsa la miró muy seria. La expresión burlona había desaparecido de su cara.

—Los de Hammar Capital no son malvados, a pesar de lo

que opinen tu padre y tu hermano. Son duros, sí, pero David Hammar no es el diablo. Y físicamente te va a volver loca. Si crees que puede ser divertido conocerlo no tienes de qué avergonzarte.

—No —convino Natalia—. Lo sé.

Pero lo que se preguntaba era qué quería de ella el legendario jefe de Hammar Capital. Tal vez no fuera el diablo, pero incluso en el mundillo de las finanzas tenía fama de duro y despiadado.

—Solo almorzaré con él para sondear el terreno —dijo decidida—. Si lo que quiere de nosotros está relacionado con el banco, querrá algo de J.O., no de mí.

—Pero el asunto es que con Hammar Capital nunca se sabe —repuso Åsa levantándose con elegancia—. Y además te subestimas a ti misma. ¿Conoces a alguien que sea tan inteligente como tú? No, no me cabe la menor duda.

Se pasó la mano por la falda impecable, sin una arruga. Parecía una deslumbrante estrella de cine a pesar de que llevaba un traje sobrio (Natalia había oído que era un modelo exclusivo de Prada) con una simple blusa de seda y zapatos de tacón de color beige.

Åsa se inclinó sobre la mesa.

—Sabes muy bien que la opinión de tu padre no debería preocuparte tanto —dijo, logrando, como de costumbre, meter el dedo en la llaga y apretar—. Eres sumamente inteligente y podrías llegar tan lejos como quisieras. Puedes hacer carrera ahí. —Levantó la mano en dirección a las oficinas que había al otro lado, la sede central en Suecia del Bank of London, uno de los bancos más importantes del mundo—. Deberías dejar de trabajar en la empresa familiar para que empezaran a valorarte —continuó Åsa—. Tienen la peor opinión que se puede tener sobre las mujeres, como muy bien sabes. Tu padre es un caso perdido, tu hermano es un imbécil y los demás componentes del consejo de administración son unos machistas empedernidos. Lo sé porque trabajo con ellos. Tú eres más inteligente que todos ellos juntos —añadió ladeando la cabeza.

—Tal vez.

—Entonces ¿por qué no ocupas un puesto en el consejo de administración?

—Pero tú trabajas ahí, y supongo que estás satisfecha, ¿no? —preguntó Natalia evitando la cuestión de formar o no parte del consejo de administración de Investum, un tema muy delicado.

—Sí, pero estoy ahí por una cuestión de asignación de cuotas de género —dijo Åsa—. Contratada por un hombre que odia las cuotas de género tanto como a los extranjeros, a las feministas y a los trabajadores. Soy su coartada. Mirándome puede decir que es evidente que contrata a mujeres.

—Mi padre no odia... —protestó Natalia, pero no acabó la frase.

Åsa tenía razón.

—Y como soy huérfana, siente pena por mí —continuó esta—. Aunque no aspiro a llegar a jefa ni a liderar la miseria. Solo ambiciono no morirme de tristeza. En cambio tú puedes llegar a donde quieras.

Åsa cogió el bolso de cincuenta mil coronas y hurgó en su interior. Sacó un lápiz de color claro y se retocó los labios.

—Me pidió que mantuviéramos una reunión discreta —dijo Natalia—. Tal vez no tendrías que saberlo. Supongo que no dirás nada...

—Estás loca, sabes que no soy ninguna chismosa; pero ¿qué crees que quiere?

—Tiene que ser algo relacionado con las finanzas. Tal vez un negocio con alguno de nuestros clientes, no lo sé. Me he pasado media noche en vela pensando en qué podía ser. Puede que solo estuviera buscando contactos en la red.

No era raro que la gente quisiera conocerla por el hecho de ser una De la Grip, una mujer con los contactos y los antecedentes adecuados. Ella detestaba eso. Pero David Hammar le despertaba curiosidad. Y por teléfono no le pareció falso ni adulador, sino cortés. Además, debía almorzar de todos modos...

Åsa la miró con semblante pensativo.

—En realidad debería ir contigo. Cualquiera sabe las tonterías que puedes soltar.

Natalia se abstuvo de recordarle que por su talento era considerada una promesa en el ámbito de las finanzas corporativas, uno de los más complicados del mundo financiero, y había sido una de las estudiantes más brillantes de la Escuela de Economía de Estocolmo. Que en su trabajo de financiación, adquisición y asesoramiento de empresas manejaba a diario cientos de millones de coronas suecas —literalmente hablando—, y que en ese momento estaba a punto de llevar a cabo una de las transacciones bancarias más complejas que se habían hecho nunca en Suecia. Sin embargo, Åsa tenía razón..., cualquiera sabía las tonterías que podía soltar con lo dispersa que estaba.

—Te llamaré para decirte cómo me ha ido —dijo de forma escueta.

Åsa se quedó mirándola un momento.

—Escúchalo aunque solo sea para ver qué quiere —dijo al fin—. No te vendrá mal. Muchas harían cualquier cosa para trabajar con David Hammar. O para llevárselo a la cama.

—¿No te parece demasiado arriesgado que me vean con él? —preguntó Natalia, y enseguida detestó el tono inseguro de su voz.

—Claro que es arriesgado —respondió Åsa—. Es rico y peligroso, y tu padre le odia. ¿Qué más puedes pedir?

—¿Debería cancelar la cita?

Su amiga chasqueó la lengua y sacudió la cabeza.

—Una vida sin riesgos no es vida.

—¿Es el sabio consejo del día? —preguntó Natalia. Como proverbio no era gran cosa.

Åsa sonrió, se levantó y le entregó el vaso de papel vacío. Era de color blanco con una inscripción negra en un estilo muy rebuscado.

—No, es lo que pone aquí —dijo—. Tengo que volver a la oficina a hacer un par de llamadas. Tal vez encuentre a alguien a quien pueda despedir. Los abogados no son nada divertidos. ¿Dónde os vais a ver?

—En Djurgården. En el restaurante Ulla Windbladh.

—Podría ser peor —comentó Åsa.

Por la expresión de su cara parecía no haber encontrado nada que criticar aunque lo había intentado. Pasó los dedos por el fular. La última vez que Natalia había visto uno así fue en un estante de Nordiska Kompaniet en el departamento de Hermès, y el precio que figuraba en la etiqueta tenía cuatro cifras.

—Eres una esnob, ¿sabes?

—Experta en calidad —dijo Åsa colgándose el bolso al hombro—. Es obvio que no todo el mundo puede comprar productos fabricados en serie. —Dio un respingo y luego le dirigió una brillante mirada turquesa—. No olvides usar protección, cualquiera sabe con quién se habrá acostado.

Natalia hizo una mueca.

—De hecho, parece que la mayoría son princesas, si hemos de creer los rumores. —No había podido evitar echar un vistazo a los chismes en la red.

—Bah, nuevos ricos europeos —dijo Åsa, cuyo linaje al parecer provenía del siglo XIII—. No hagas nada que yo no haría.

«Unos límites muy generosos», pensó Natalia, pero no lo dijo.

—¿Vas a ir con eso? —Åsa miraba la ropa de Natalia con una expresión que sugería que tal vez era posible vestir peor que con prendas fabricadas en serie—. ¿De dónde diablos lo has sacado?

—Solo es un almuerzo de negocios —se defendió esta—. Y además está hecha a medida.

Åsa deslizó su mirada por la tela gris.

—Ja, ja, ja, ¿en qué década?

—Eres una esnob tremenda, la verdad —dijo Natalia a la vez que se ponía de pie, iba hacia la puerta y la abría para que su amiga saliera.

—Sí, es muy probable —asintió Åsa—. Pero sabes que tengo razón.

—¿En qué?

Åsa sonrió de ese modo que hacía que los hombres empezaran a alardear de sus chalets, la invitaran a una copa y se sentaran con las piernas muy separadas.

—En todo, bonita. En todo.

3

David fue a pie desde la sede de Hammar Capital en Blasieholmen hasta el restaurante Ulla Winbladh en Djurgården.

Un maître le indicó una mesa donde vio sentada a Natalia De la Grip. Echó un vistazo al reloj. Era temprano, todavía no era la una, pero ella había llegado aún más pronto que él. La joven había elegido un sitio al fondo del local para pasar desapercibida, a pesar de que la mayoría de los clientes eran turistas. Sin duda no quería que la vieran con él, lo que no le extrañaba. De hecho, él había reservado la mesa precisamente allí, en vez de en cualquier otro restaurante de Stureplan, para que no los reconocieran.

Al verlo, Natalia levantó la mano a modo de saludo, pero luego pareció arrepentirse y la bajó con rapidez. David fue hacia ella.

Vio que su piel era clara y que su aspecto no tenía nada de particular, estaba seria y llevaba ropa gris de estilo sobrio. Le resultaba difícil creer que trabajaba como asesora en uno de los bancos globales más importantes del mundo, y para J.O. nada menos, uno de los jefes más exigentes y excéntricos que conocía. Pero J.O. había elevado a los cielos a esa mujer corriente al decir que tenía el potencial suficiente para ser la mejor asesora financiera que había tenido.

«Es inteligente, minuciosa y audaz —decía J.O.—. Puede llegar muy lejos.»

Así que no debía subestimarla.

Natalia De la Grip se levantó cuando él llegó a la mesa. Era más alta de lo que creía. Le tendió una mano delgada, de uñas cortas y sin pintar. David notó un apretón de manos enérgico y profesional y no pudo evitar mirar su mano izquierda, aunque lo sabía. No vio el brillo de ningún anillo.

—Agradezco que hayas podido venir a pesar de la poca antelación con que te he avisado —dijo—. No estaba del todo seguro de que acudieras.

—¿De verdad? —repuso ella en tono escéptico.

David soltó la mano. El calor permaneció en la palma de la suya y pudo percibir un olor picante, cálido y vagamente erótico. Por el momento ella no era en absoluto como esperaba, lo que le puso alerta.

Le sorprendió lo difícil que era encontrar algún dato sobre la segunda de los tres hermanos De la Grip, aparte de la simple información general. Había echado un vistazo a lo que había en internet y solo había hallado artículos y algunas fotos familiares, sobre todo del padre y de los dos hermanos, pero casi nada de ella, ni siquiera en Wikipedia o en Flashback. Las mujeres de esa familia eran así, invisibles por tradición a pesar de que los hombres se habían casado en varias ocasiones con mujeres de buena posición económica. Aunque todas las antepasadas de Natalia eran ricas —la madre estaba emparentada tanto con grandes duquesas rusas como con suecas procedentes de familias de las altas esferas financieras—, eran los hombres quienes representaban el poder formal: su padre Gustaf, su abuelo Gustaf y así sucesivamente retrocediendo varios siglos. A diferencia de los dos hermanos —el conde Peter De la Grip, príncipe heredero, y el conde Alexander De la Grip, príncipe de la jet set—, Natalia no solía aparecer ni en la prensa de negocios ni en la sensacionalista. Pero eso formaba parte de su imagen global, por supuesto. No solo era temor a los medios de comunicación por su nombre y sus antecedentes, sino que los enigmáticos asesores, que eran los que dirigían el cotarro, se mantenían entre bastidores y casi nunca opinaban ante la prensa.

Se había recogido el pelo oscuro en un moño tirante y llevaba un collar de perlas, un signo de esa clase alta que David detestaba.

Cuando se sentaron a la mesa pensó que en el fondo Natalia De la Grip era tal como suponía: una mujer soltera de casi treinta años, centrada en su trabajo, acomodada y absolutamente corriente.

Exceptuando sus ojos tal vez. Nunca había visto nada igual.

—Debo admitir que tu llamada me causó curiosidad —comentó ella fijando en él su mirada dorada, y David sintió que le corría algo por la columna vertebral.

El camarero le ofreció el menú y él le echó un vistazo rápido.

—Estarás acostumbrada a que quieran conocerte —dijo con una sonrisa profesional conscientemente cálida.

Después de todo, gran parte de la vida económica consistía en lanzar las redes, y él apenas recordaba la última vez que había asistido a un almuerzo que no fuera al mismo tiempo una reunión. Para distraerlo había que tener algo más que un par de ojos inusualmente bonitos.

—Por supuesto —asintió ella—. Los multimillonarios hacen cola para invitarme a salir.

Él sonrió ante su irónico comentario.

Natalia plegó el menú y asintió con la cabeza indicándole que estaba lista para pedir.

—He oído que llevaste de un modo excelente el acuerdo del grupo Schibsted —dijo para tantearla un poco.

—Tienes buenas fuentes. —Ladeó la cabeza—. No sé si preocuparme o sentirme adulada.

—No te preocupes. Lo he leído —dijo él—. Te consideran un talento al que no hay que perder de vista.

La describían como una persona dura, cosmopolita y seria. No había ningún motivo para dudar que fuera cierto.

—Yo también leí ese artículo —dijo ella—. Ya veremos —añadió con una sonrisa—. Uno siempre es tan bueno como su último negocio, como ya sabes. Siempre estamos subiendo o bajando.

—¿Y en este momento?

—Oh, ahora sin duda estoy subiendo.

Lo dijo sin falsa modestia. David pensó que podía contar con los dedos de una mano a todos los aristócratas que conocía que fueran capaces de hablar sin envolverlo todo en una especie de falsa modestia o fingida humildad.

Natalia pidió pescado y David lo mismo que ella, de forma automática. Pedir lo mismo que la persona a la que uno cortejaba era de psicología elemental.

—¿Siempre has querido trabajar en la banca o en algún momento te ha interesado probar algo distinto? —preguntó él cuando se retiró el camarero.

No era una pregunta absurda, después de todo había trabajado varios años en el Bank of London. La joven élite financiera era una pandilla hambrienta y casi todos buscaban sin cesar nuevos retos.

Él volvió a mirar sus delgados dedos sin anillos. Pensó que probablemente estaba entregada por completo a su trabajo, como él.

—Me agrada trabajar en la banca —dijo ella.

—¿Eres la única mujer del equipo de J.O.?

—Sí.

—Estoy seguro de que eres un valor —dijo en tono ambiguo.

—Gracias.

Natalia le dedicó una sonrisa irónica y luego bebió un sorbo de agua mineral.

—Me encuentro bien en la banca pero, para ser sincera, mi proyecto profesional a largo plazo es tener un sitio en la empresa familiar. Supongo que sabrás de qué familia se trata...

Él inclinó la cabeza y notó que volvía a surgir ese odio que tan bien conocía. Sonrió, tomó aliento y luego asintió con gesto alentador, como si estuviera realmente interesado y no pretendiera nada de ella.

—En el sitio de donde vengo no se ve con buenos ojos tu actividad —añadió Natalia.

Tanta sinceridad podía convertirse en un problema.

—No es ningún secreto —dijo él.

Pero lo dijo sin darle mayor importancia, como si discutieran acerca de cosas abstractas y no del hecho de que la familia De la Grip odiaba abiertamente todo lo que representaba Hammar Capital. Aunque ellos no lo llamaban odio, por supuesto, no eran tan burgueses. Solo querían proteger una tradición de la que se enorgullecían.

Ella percibió algo en su mirada que hizo que sonriera con rapidez, como disculpándose.

—Sé que son conservadores y están llenos de prejuicios, y no digo que esté de acuerdo con ellos.

Él levantó una ceja. Ese era justo el punto crucial. ¿En qué medida exactamente difería la postura de Natalia de la del resto de la familia?

—Cuéntame —dijo.

—Creo que no se puede meter en el mismo saco a todos los que se dedican al *private equity*, es decir, al capital de riesgo. Pero dicho esto, mi lealtad radica en mi familia —dijo encogiendo un hombro a modo de disculpa y pasando la mano por la mesa—. A veces hay que sacrificar mucho por la familia.

David la miró. «A veces hay que sacrificar mucho por la familia.» Ella no podía darse cuenta del efecto que producían en él esas palabras.

Pero al menos había averiguado lo que buscaba. En cuanto la vio, supuso que Natalia De la Grip no iba a ir en contra de los intereses de su familia. La lealtad y la integridad la envolvían como un manto invisible. Por suerte para él, ella había interpretado mal el verdadero motivo del almuerzo y creía que se dedicaba a buscar contactos en la red con los que pudiera hacer negocios, cuando lo que en realidad pretendía de ella era que vendiera a personas de su entorno.

—Entiendo —dijo.

Pero David también se preguntaba cómo era posible que a esa mujer tan inteligente que estaba sentada frente a él no le importara, al parecer, que no figurara aún en el consejo de administración de Investum y que no hubiera prácticamente ninguna mujer que ocupara cargos de importancia en ninguna de las empresas que dirigía Gustaf De la Grip. Ni tampoco el hecho de que su padre era conocido por sus declaraciones llenas de prejuicios hacia las mujeres en general y contrarias a la igualdad de sexos en particular. Le cegaba el cariño que sentía por su familia.

—¿Qué te convierte en una de las favoritas de J.O.? —preguntó mientras les servían la comida—. Me limito a repetir las palabras del propio J.O.

—¿Lo conoces bien? —preguntó ella a su vez poniéndose la servilleta en las rodillas y cogiendo los cubiertos. Empezó a comer sin hacer ruido, con mucho cuidado y dejando los cubiertos sobre la mesa entre cada bocado. Modales de internado.

—Lo suficiente para confiar en su criterio —respondió él.

J.O. era uno de los banqueros más influyentes del mundo y habían trabajado juntos en varias ocasiones.

—Cuéntame algo más.

—La actividad de las finanzas corporativas tiene mucho que ver con las relaciones personales, como sabrás. Con las relaciones y con la confianza.

Natalia encogió un hombro. Volvió a dejar los cubiertos y se mantuvo sentada con la espalda totalmente recta, sin tocar los cubiertos, los vasos ni ninguna otra cosa.

—Hay muchos que lo hacen por mí.

—Sí, ya me lo figuro —dijo él, sorprendido de ser tan sincero. Había algo en ella que inspiraba confianza, una especie de honestidad. Si no fuera porque era demasiado cínico para pensar algo así habría dicho que Natalia le parecía buena persona.

—Y no solo por mi apellido —añadió ella mientras un leve tono rosado bañaba sus pómulos, como una pincelada—. Soy buena en lo que hago.

—Estoy convencido.

Natalia lo miró con cierta desconfianza.

—¿Por qué tengo la impresión de que intentas adularme?

—Nada de eso. Simplemente soy seductor por naturaleza —respondió él, y lo único que se le ocurrió hacer fue sonreír. No esperaba que fuera tan simpática ni que a ratos llegara incluso a olvidar su apellido y su origen.

Natalia también sonrió. Aunque el almuerzo fuera una pérdida de tiempo, ella era graciosa y no se notaba demasiado que pertenecía a la clase alta. De hecho, despertaba su curiosidad e incluso cierta atracción que no esperaba. Porque aquel contraste era de lo más sexy; tan pálida y fría y al mismo tiempo tan intensa.

—¿Sabes una cosa? —dijo ella dejando los cubiertos con otro movimiento preciso—. Sé que debería estar agradecida por mis antecedentes. Mi familia, mi nombre y todo eso. Y lo estoy, lo contrario supondría arrogancia. Pero a veces desearía no ser nadie, haber tenido que abrirme camino por mis propios medios. Pienso que valerse por uno mismo debe de producir satisfacción, ¿no crees?

—Sí, mucha —dijo David pensativo mientras la observaba expectante.

Ninguna persona de su clase social le había dicho nunca algo parecido.

—Menos mal que eres mujer —añadió—. Al menos tienes alguna desventaja.

—Hum.

Guardó silencio y se quedó pensativa.

En pocos ámbitos había menos igualdad que en la élite de las finanzas. Las mujeres tenían buena formación pero iban desapareciendo por el camino. Mantenerse, como en el caso de Natalia, era muestra de una capacidad extrema. Y de mucha tenacidad.

Levantó la cabeza y le dirigió una mirada desafiante.

—¿Y qué piensa Hammar Capital sobre la igualdad de sexos, si se puede saber? ¿No sois dos hombres los que estáis ahí arriba? Las empresas de capital de riesgo no son conocidas precisamente por su elevada proporción de mujeres. ¿Cuál es tu opinión?

—Mi opinión es excelente —respondió él mientras cortaba una patata con el tenedor, le ponía sal y se la llevaba a la boca.

—Pero ¿qué te parece que haya tan pocas mujeres en los consejos de administración? —prosiguió ella en un tono que le indicó que no se tomaba el tema a la ligera—. Por no hablar de las actividades operativas; ¿cómo están las cosas ahí?

—Hammar Capital no contrata basándose en el género sino en las aptitudes personales —dijo él.

Natalia resopló y David tuvo que ocultar una sonrisa que no pudo evitar. Cuando a ella le entusiasmaba algo, era de verdad. Reemplazaba todo lo trivial con fervor y pasión.

—Aplicando la cuota de género se corre el riesgo de meter a gente peor cualificada —continuó él, consciente de que ese argumento era como un capote rojo para cualquier persona de inteligencia normal—. Preferimos que decida la aptitud.

Fue como echar gasolina a una hoguera.

—Eso solo son estupideces —replicó Natalia, y la zona de manchas rojas se extendió un poco—. Hoy en día tampoco decide la aptitud —afirmó resuelta—. Se busca donde se ha buscado siempre, en las mismas redes y contactos de siempre. Y se obtiene lo que se pretende, los mismos hombres, los mismos puntos de vista. Eso no es dejar que decida la capacidad, simplemente es una estupidez.

—No digo que no queramos tener entre nosotros a mujeres capacitadas —dijo él—. Pero hay quienes dicen que son difíciles de encontrar.

—Con esa actitud no me sorprendería que pronto os fuerais a pique —repuso ella de modo tajante—. Y espero que así sea —murmuró bajando la mirada al plato.

—Nos va de maravilla —dijo él—. Hemos...

—Pero ¿no te das cuenta...? —Natalia levantó la vista y empezó a agitar las manos. Para que una mujer como ella, que probablemente podía participar en la celebración de los premios

Nobel sin infringir ni una sola de las normas de etiqueta, se pusiera a agitar los cubiertos, es que debía de estar muy furiosa.

—Natalia —dijo él en tono conciliador antes de que llegaran a las manos—. Supongo que eres consciente de que te provoco a propósito...

Ella guardó silencio.

—Durante los últimos dieciocho meses he participado en la creación de más de veinte consejos de administración —prosiguió él en tono tranquilo—. El cincuenta y uno por ciento de los miembros de «mis» consejos de administración son mujeres. Y exactamente uno de cada dos presidentes de esos consejos es mujer.

Se apoyó en el respaldo del asiento y observó que la respiración de Natalia se calmaba. Su pecho se movía debajo de la blusa. Rozó con la mirada su escote, las perlas y la piel clara. Le sonrió; tal vez fue la primera sonrisa que le ofrecía de verdad. Lo que le desagradaba no era ella sino lo que representaba.

—Contratar a personas con los conocimientos idóneos forma parte del éxito de mi empresa —dijo despacio—. Estoy del todo seguro de que Hammar Capital soportó tanto el impacto de las I.T. como la crisis financiera gracias a la organización de mi personal.

Ella lo miró con fijeza a los ojos, en silencio, y él se preguntó qué estaría ocurriendo bajo esa fría superficie.

—Un grupo mixto tiene otros enfoques, como sabrás. Se atreven a decir que no y pueden afrontar una opinión disidente. A diferencia de muchos otros, superamos la crisis precisamente porque tengo los empleados más competentes del país, hombres y mujeres, inmigrantes y suecos.

Natalia parpadeó. Sus largas pestañas oscuras ocultaron su mirada antes de que volviera a levantar la vista.

—Está bien —dijo en voz baja. Ya solo le quedaba un leve rubor en las mejillas.

—¿Seguro?

—Sí, he dejado que me provocaras, lo que casi nunca sucede

—dijo ella inclinándose sobre la mesa—. Y además me siento como una hipócrita.

—¿Y eso a qué se debe? —preguntó él dejándose llevar por la sonrisa que acechaba en los ojos de ella. Estaba coqueteando con él, tal vez sin darse cuenta. No era de las que solían hacerlo, estaba tan seguro de ello que incluso apostaría su empresa, y se permitió seguirle el juego por un momento. ¿Qué podía importar mientras la tratara de forma decente? A fin de cuentas no tardarían en separarse.

—Aquí estoy yo hablando de discriminación y de igualdad de género —dijo ella agitando una mano en el aire—. Pero sé que he recibido un montón de privilegios solo por mi apellido y mis antecedentes. Lo sé y me avergüenza. —Se inclinó aún más sobre la mesa y bajó la voz, como si revelara un gran secreto—. De hecho, hace solo unos días me aproveché de mi nombre. Detesto que la gente haga eso.

—¿Y aun así lo hiciste?

Ella asintió y lo miró con tal expresión de culpabilidad que a David le tembló la comisura de uno de los labios.

—¿Y cómo te fue? —preguntó.

Ella lo miró con la risa brillándole en los ojos.

—Resultó bastante mal —dijo con firmeza.

—Pero ¿qué hiciste? —insistió él con inevitable curiosidad.

—Ni siquiera fue por una causa noble. Supongo que sabes quién es Sara Harvey, ¿no?

David asintió al oír ese nombre de fama mundial. Harvey era una de las mejores sopranos del mundo, con una voz única, limpia y voluminosa. Sabía quién era y también en qué círculos se movía.

—Pero ¿qué tiene que ver ella con esto?

—No sale nunca de gira, pero viene a Europa y dará en Estocolmo el único concierto de Escandinavia. Me fascina desde que era niña y tenía muchas ganas de ir.

—¿Quieres decir que a pesar de ser una De la Grip no conseguiste una sola entrada?

—Gracias por molestarte en echar sal en la herida. No, no conseguí ni una, y aún me duele. No impresioné ni pizca a los organizadores.

—¿Intentaste sobornarlos?

Ella levantó la barbilla, desafiante.

—Es posible.

—Los suecos no son fáciles de sobornar, si te sirve de consuelo —comentó David sin ser del todo sincero.

Sí que se los podía sobornar, naturalmente, solo era cuestión de ofrecer el importe adecuado.

—Supongo —dijo ella—. Yo tengo una cuarta parte de rusa. Los rusos sí que son fáciles de sobornar.

—Y mucho —convino David.

Él estiró las piernas y se apoyó en el respaldo de la silla. El almuerzo ya le había facilitado la información que buscaba. Lo razonable sería dejar a Natalia De la Grip y seguir adelante. Ella no era esencial para que el negocio saliera bien, no hacía falta que volvieran a verse. Su objetivo era aniquilar a la familia de ella. Tenía que centrarse en el paso siguiente. Eso sería lo razonable. Miró los largos dedos de Natalia que tocaban el vidrio de forma distraída. Se había quitado la chaqueta y debajo llevaba una sencilla blusa sin mangas. Sus líneas eran armónicas, largas y fuertes. Las fotos que había visto de ella eran anodinas, pero en ese momento recordó una de algún evento nocturno, una cena o un baile en Villa Pauli. Iba peinada con el mismo moño tirante pero llevaba un vestido de noche largo de color rojo y tenía un aspecto fantástico. Fuerte, poderosa. Y se convenció a sí mismo de que no tenía que ir siempre con prisa, que bien podía quedarse otros diez minutos con esa mujer que no era del todo como él había creído.

Natalia percibió la intensa mirada de David y se preguntó qué estaría pensando mientras la estudiaba con esos ojos de color gris azulado. Probablemente creía que ella no se daba cuenta, pero Natalia también era buena observadora y sabía que estaba intentando formarse una opinión sobre ella. David era muy hábil. Cuando hablaban le prestaba toda su atención, lo que a ella le resultaba devastador. Además, tenía un físico espectacular; era un hombre atractivo, adulto y viril, no tenía nada de niño ni de jovencito. Era ancho de hombros y transmitía mucha masculinidad. El pelo oscuro y corto, los ojos entre azul y gris, rasgos angulosos. Un hombre guapo que además era agradable, educado y a veces divertido. En resumen, la cita perfecta para el almuerzo.

Sin embargo...

En algún momento había atisbado una especie de destello en sus ojos, algo que tal vez no debería haber visto, un reflejo duro y frío que le produjo inseguridad y algo de temor. David Hammar tenía fama de destrozar empresas y personas; era un jugador frío. Recordó que en una revista de negocios lo describían como «alguien frío y desconsiderado». Algo le advertía de que no se dejara engañar por su encanto natural ni por su mirada inteligente. Estaba segura de que estaba jugando a algún tipo de juego, pero ¿a cuál?

Estaba rodeado de misterio.

—¿Y bien? —preguntó él con una sonrisa, y ella no percibió ninguna frialdad en su voz. Ni dureza, ni desconsideración; solo que centraba en ella toda su atención, como si fuera la mujer más interesante del mundo. Así debía de haber logrado su increíble éxito. David Hammar veía a las personas. Hacía que se sintieran elegidas y especiales. Lograba que confiaran en él. «Y luego las devora enteritas.»

—¿Tienes intención de hacerte cargo de alguna empresa desprevenida en un futuro próximo? —preguntó ella.

—Por supuesto —respondió él—. Siempre lo hago. Un capitalista de riesgo no duerme nunca.

Natalia se vino abajo al ver el brillo de sus ojos.

Esa sonrisa...

La mayoría de los hombres con los que trabajaba, incluidos

su padre, sus hermanos y su jefe, seguían las reglas implícitas y las estructuras invisibles que afectaban a la élite financiera. Parecían hechos todos con el mismo molde. Eran uniformes y a menudo carecían de sentido del humor. Estaban demasiado ocupados intentando superarse entre ellos para poder relacionarse de forma relajada, en especial con una mujer. Pero David era totalmente distinto. Un visionario innovador según sus críticos, pero sobre todo un hombre brillante en los negocios; la historia moderna de un personaje de éxito que lleva un traje hecho a medida.

Sin embargo...

David Hammar no había tratado de impresionarla en ningún momento. No se jactaba de nada ni era dominante. Al saludarla le apretó la mano con firmeza, pero no excesiva, como si estuviera seguro de su fuerza y no tuviera que demostrarla. Natalia se dio cuenta de que la mayoría de los hombres que había conocido antes se sentían inseguros y pretendían imponer, mostrar su dominio. No siempre eran respetuosos con las mujeres, por decirlo de un modo diplomático.

—¿Qué te llevó a elegir este sector en particular? —preguntó con curiosidad.

Por su aspecto le daba la impresión de que era alguien que podía triunfar en cualquier sector.

—Para hacerse rico en poco tiempo hay que dedicarse justamente a lo que me dedico yo, como ya sabrás.

Natalia asintió. Nadie podía hacerse tan rico como un hábil inversor de capital de riesgo.

—¿Eso era lo que querías? ¿Hacerte rico?

—Sí.

—¿Y te ha ido bien?

Ya conocía la respuesta, pero quería oír sus argumentos cuando alguien le ofrecía la posibilidad de presumir.

La miró unos instantes.

—Nunca estamos satisfechos —dijo con lentitud, como si estuvieran hablando de algo importante y no se tratara de una simple charla—. ¿No es extraño?

—No, es el impulso fundamental que mueve a la gente. Para bien y para mal.

—¿A ti también?

—Supongo —respondió ella, ya que se identificaba con el impulso de seguir adelante y triunfar.

—¿Qué? —David se inclinó hacia delante y la observó atentamente con una rapidez que la asustó.

—Nada. El almuerzo ha sido muy agradable. Creía que eras más...

Las palabras desaparecieron.

—¿Más parecido a un bandido? ¿Alguien sin escrúpulos?

—Tal vez —asintió ella riendo.

—A mí me gusta ver resultados —dijo David—. Muchas empresas suecas están pésimamente gestionadas. Tienen gerencias y consejos de administración que se llenan los bolsillos a costa de los accionistas. —Cruzó sus largas piernas y se pasó la mano por el pelo, corto y oscuro. Ella se fijó en el reloj de acero que llevaba. Un Patek Philippe, caro pero no ostentoso—. No te puedes imaginar cuánta mierda hay que ver —añadió—. Pero cuando Hammar Capital entra en una junta directiva, procuramos racionalizar y mejorar. Y los que ganan dinero son los accionistas, nadie más.

—Supongo que vosotros ganaréis alguna que otra corona —señaló Natalia en tono incisivo.

El valor de Hammar Capital se calculaba en casi cuatro mil millones de euros. No estaba nada mal teniendo en cuenta que todo lo había levantado él desde abajo. Y era muy joven, apenas treinta y cinco años si cabía dar crédito a internet.

—Eso también, por supuesto —dijo sonriendo—. Nuestra idea de negocio es polémica. ¿Quieres café?

Ella asintió y él pidió café para los dos. La camarera volvió enseguida con dos tazas.

Natalia se quedó pensativa mirando el chocolate que había en el plato. Hablaba en serio cuando dijo que admiraba a los que creaban algo por sus propios medios. Había muchas personas que nacían con todos los requisitos y luego los desaprovechaban.

—¿No te lo vas a comer? —David señaló el chocolate con la cabeza.

Natalia se lo dio y lo miró mientras le quitaba el envoltorio.

—Pasas mucho tiempo en el extranjero. ¿Cómo funciona realmente eso? —preguntó.

Él levantó una ceja.

—Vaya, parece que no soy el único que investiga aquí. Sí, viajo por todo el mundo buscando inversionistas. Con Michel, mi socio.

Michel Chamoun. Libanés con doble titulación: economía y derecho. Sí, ella había investigado por su cuenta y solía ser minuciosa.

—Pero ¿no deberías quedarte aquí?

—Tengo colaboradores muy competentes.

—¿Mujeres e inmigrantes?

—Entre otros.

A pesar de la charla desenfadada, a pesar del encanto del que a veces no podía defenderse, Natalia no dejaba de pensar que había algo que no encajaba. ¿Qué pretendía ese hombre tan atractivo y de mirada dura? ¿Qué buscaba en realidad David Hammar invitándola a un almuerzo «sin condiciones», el término más insulso que se podía utilizar? ¿En qué momento pretendía obtener información concreta a través de sus preguntas, formuladas aparentemente al azar mientras la halagaba dedicándole toda la atención? Echó un vistazo al reloj y pensó que tenía que ir mal. Frunció el ceño y vio que David giraba la muñeca y también miraba el suyo.

Él se incorporó en la silla.

—¿Es posible que sea tan tarde?

—Sí, lo sé; tengo que volver a la oficina —dijo ella.

—Nunca habría imaginado que el tiempo pudiera pasar tan rápido. Siento haberte retrasado —dijo mientras pedía la cuenta haciendo una señal.

—No te disculpes —dijo ella—. Pero tengo que preparar una videoconferencia con la filial de Londres.

Él dio la tarjeta de crédito a la camarera.

—¿Quieres que avise para que te pidan un coche?

—No, iré caminando. —Se levantó y cogió el bolso.

—Te acompaño.

Él también se puso de pie y le ayudó a retirar la silla.

—Preferiría que no —dijo ella en tono de disculpa.

Era sumamente atractivo, de eso no había duda, pero Natalia había hecho sus investigaciones. Durante los últimos años Hammar Capital se había enfrentado a Investum en dos ocasiones y en ambas había perdido HC. Y, durante la conversación, las dos veces que Natalia mencionó Investum notó algo en la mirada de él. Algo apenas perceptible; de no ser tan observadora no se habría dado cuenta. Pero vio una frialdad que ningún encanto del mundo podía suavizar, y ella también era Investum en muchos aspectos. David Hammar tenía una cuenta pendiente con la empresa de su familia. La gente solía decir que en el mundo de las finanzas no había cuestiones personales, que el dinero era lo único que gobernaba. Pero se trataba de tonterías. Detrás del dinero siempre había otras cosas: sentimientos e impulsos, egos heridos y deseos de venganza. Así que la pregunta era: ¿tenía David Hammar algún plan oculto cuando la invitó?

Natalia lo observó con detenimiento, recorriendo con la mirada aquellos rasgos tan atractivos, los ojos intensos y aquel cuerpo tan bien formado.

Probablemente.

—Gracias —se oyó decir—. Gracias por este almuerzo tan agradable.

Le tendió la mano, dejó que la amplia y cálida mano de él la envolviera, y luego salió al calor abrasador con la sensación de que no sabía más que cuando había llegado.

4

El almuerzo con David Hammar le había planteado más preguntas de las que había respondido. Pero mientras volvía a pie a su oficina en Stureplan notaba que al menos la había animado. Subió al cuarto piso en el ascensor, saludó a los recepcionistas con una inclinación de cabeza y se encerró en su despacho. Necesitaba estar cinco minutos a solas consigo misma antes de empezar a trabajar.

Tenía que pensar en David, en el almuerzo y en el hecho de que se sentía a la vez turbada, fascinada y atraída por ese inversionista de capital de riesgo al que había encontrado tan seductor como contradictorio.

Natalia se reclinó en la silla. Realmente no sabía qué intenciones tenía. Se había mostrado educado y a veces incluso divertido. Él le había gastado bromas y ella se había dejado llevar a una zona en la que se sintió bajo el influjo de su encanto masculino.

Aparte de eso le había parecido que en el fondo era un tipo duro. Sabía que se había criado en uno de los suburbios más conflictivos de Estocolmo. No era ningún secreto que su adolescencia no fue fácil. Pero luego debió de ocurrir algo, porque primero pasó por un internado, después por la Escuela de Economía de Estocolmo y finalmente por la prestigiosa Harvard. Gracias a las becas, sin duda, pero menudo bagaje estudiantil de todos modos.

La palabra correcta para definirlo sería «contradictorio», pensó Natalia, y los cinco minutos llegaron a su fin. Aparte de lo que opinaba de su carisma y de su apariencia, estaba convencida de que el almuerzo había sido un hecho aislado. Él la descartó por algún motivo, eso lo percibió con claridad. Lo mejor que podía hacer era ponerse manos a la obra con lo que era su verdadera vida: el trabajo. El almuerzo con David Hammar le había resultado interesante pero también le había robado parte de su valioso tiempo.

Dedicó unas cuantas horas de la tarde a un papeleo interminable. J.O. y ella estaban en la fase final de un negocio bancario realmente importante y de mucho prestigio personal para Natalia, por lo que exigía mucho de sí misma y del resto de su equipo. Nadie dormía más de lo imprescindible, todos estaban en sus puestos. En unas pocas horas abrirían los bancos y las bolsas de valores de la costa Este de Estados Unidos y la larga jornada de trabajo tendría que acoplarse a su ritmo.

Natalia echó un vistazo al reloj. En Hong Kong dormían aún, mientras que en Los Ángeles había tres horas de diferencia respecto a Nueva York. Siempre había un lugar en el mundo donde un banco abría y una bolsa cerraba. Se efectuaban transacciones comerciales y negocios durante las veinticuatro horas del día, y ella no sabía que hubiera otro jefe más exigente con sus colaboradores que el suyo.

Se preguntó si David Hammar trabajaría así. Él también tenía fama de trabajar duro. Para mantenerse en esa cima en la que él llevaba varios años había que ser tenaz. Implacable. Ese era a la vez el encanto y la parte oculta del sector financiero.

Levantó la vista al oír unos golpes en el marco de la puerta.

—¿Tienes un momento? —preguntó J.O.

—Ya voy —dijo Natalia, contenta de poder centrarse en algo más que en la impresión que David Hammar le había causado.

Åsa tenía razón, debería salir más. Pero mientras cogía papeles, carpetas y el iPad pensó que seguía sin entender en absoluto esa cita tan rara. Otras mujeres lo hacían. Åsa, por ejemplo.

Salía con hombres, se acostaba con hombres, tenía hombres. Sin orden ni concierto. Pero Natalia nunca había entendido del todo cómo se hacía eso. Había algo que se le escapaba de esas reglas sutiles, modernas y genuinas —nada suecas, por cierto—, y eso a pesar de que había vivido en Nueva York y en Londres. En el tema de los hombres era un completo desastre, y así había quedado demostrado a través de la historia. En cambio en el trabajo era excepcionalmente buena, se recordó a sí misma mientras seguía a J.O. Tenía que alegrarse de ello.

Natalia se mantuvo centrada durante toda la reunión. Los integrantes del equipo de J.O. tenían que estar al cien por cien. Eran lo mejor de lo mejor. Un solo error y uno tenía que buscarse otro trabajo. A Natalia la había elegido a dedo el propio J.O. cuando, dos años atrás, se encargó de poner en marcha el equipo de Escandinavia. Los demás, todos hombres, eran también únicos cada uno en su campo. Ella era la experta en instituciones bancarias y financieras. J.O. solía decir que podía llamar a Natalia De la Grip a media noche y que ella era capaz de levantarse y repetir mecánicamente las principales cotizaciones de la bolsa. Y sus valores al cierre.

No era una broma.

Lo había hecho varias veces.

J.O. remató la reunión, dio las gracias a los que participaban por audioconferencia y puso fin a la conversación. Natalia y los demás recogieron las cosas.

—Son casi las cuatro —dijo J.O.—. ¿Tienes tiempo para que hablemos un poco antes de la apertura de Nueva York?

Natalia asintió y esperó en silencio mientras se vaciaba la sala.

—Buen trabajo —dijo él cuando se quedaron solos.

Ella sonrió. Los elogios eran raros en él.

—Gracias.

Él dio unos golpecitos en la mesa con un dedo.

—¿Qué planes tienes para este verano? —preguntó.

Natalia procuró no mostrarse sorprendida, lo que no fue fácil. J.O. era conocido en el mundo de las finanzas por tres cosas: su gusto extremadamente caro, su inclinación a dar largas entrevistas en revistas de moda, y por no hablar nunca de temas privados.

Por lo que ella sabía, J.O. no tenía vida privada. No era como los demás mortales. Trabajaba, viajaba y pasaba tanto tiempo en los aviones por sus viajes de negocios que solían decir que estaba más en el aire que en la tierra.

Durante los dos años que llevaban trabajando juntos, en Londres primero y luego en Estocolmo, nunca habían hablado de nada que no fueran asuntos relacionados con el trabajo. Lo poco que sabía de él lo había leído en revistas de chismes y en otras del sector, y, como la familia de Natalia era una de las más conocidas de Suecia, suponía que él sabría de ella más o menos lo que sabían todos. Cuando Alexander, su hermano menor, daba pie a un nuevo escándalo —lo que sucedía al menos una vez al año, generalmente por algo relacionado con mujeres—, la prensa rosa solía pasar revista a todos los detalles de la familia, así que no era difícil mantenerse al corriente de lo que ella hacía. Pero J.O. no había dicho nunca una palabra al respecto. Ni siquiera cuando su ruptura con Jonas salió en la prensa. Se fijó en sus ojos enrojecidos sin manifestar sentimiento alguno y luego siguió dándole órdenes como de costumbre. Ella lo agradeció en medio de la desgracia.

—Continuaré trabajando hasta que terminemos —dijo ella en respuesta a su pregunta—. Aparte de eso no tengo ningún plan determinado. Excepto Båstad tal vez —añadió evitando suspirar.

Todos iban a ir a Båstad. Sus padres la habían invitado, naturalmente. Allí la familia tenía la casa de vacaciones. Por parte de la madre fue casi una orden, pero Natalia no estaba segura de que pudiese soportar pasar el verano con ellos. El año anterior, cuando su separación de Jonas aún era reciente, podría haber funcionado, pero ¿un verano después? ¿Cuando estaba a punto de cumplir los treinta? Sería demasiado patético; todo tenía un límite.

Ligeros como una pluma y sin que nadie los llamara, los pensamientos de Natalia volvieron a David Hammar. ¿Iría él también a Båstad? ¿Se lo encontraría allí si iba a la casa familiar con sus padres?

Se enfadó. Acababa de conocer a un hombre y ya estaba imaginándose un montón de cosas. ¿Acaso tenía doce años? Menos mal que después del almuerzo no lo había buscado en Google. Aún se preguntaba qué intenciones tenía. ¿Qué había en ella que tanto le interesaba? Sabía que su padre lo odiaba. Ella no se había formado una opinión sobre David Hammar hasta ese día. Se movían en esferas del todo distintas. Él era un pirata de los negocios muy atractivo. Iba a fiestas con estrellas de cine estadounidenses y con princesas inglesas, se peleaba con empresas importantes. Por su parte, ella era básicamente una mujer del mundo bancario.

—Sigo aquí —anunció J.O.

—Disculpa —dijo ella—. Si me necesitas, aquí me tienes, por supuesto. No he decidido nada todavía. Me tomaré vacaciones cuando pueda.

—Es probable que te necesite en Båstad.

Natalia se limitó a asentir con la cabeza. Por supuesto que la necesitaría.

J.O. se levantó de la lustrosa mesa de conferencias. La oficina estaba situada en un edificio considerado de interés histórico-cultural del siglo XIX, con muebles antiguos, techos altos, lámparas de araña y pinturas de marcos dorados. Miró por la ventana, desde la que se podía contemplar Stureplan y las azoteas.

—Sé que tienes tus propios planes para el futuro —dijo él despacio.

Natalia prestó atención. Eso era otra cosa, estaba hablando de ella. En las últimas conversaciones que habían mantenido como colaboradores, Natalia había dejado claro que su objetivo a largo plazo era trabajar en la empresa familiar. Ella siempre había sostenido que en un principio quería abrirse camino a partir de sus méritos pero que luego seguiría avanzando.

—¿Sí? —preguntó ella con cautela.

Admiraba a J.O., pero en realidad no eran amigos. En ese mundo todos tenían su propia agenda y la confianza era algo con fecha de caducidad.

—He oído que hoy has estado con David Hammar —dijo él—. ¿Hay algo que no me hayas contado?

—Solo ha sido un almuerzo —respondió ella muy sorprendida.

Se decía que J.O. sabía todo lo que ocurría en el embrollado mundo de las finanzas, pero ¿cómo se había enterado tan pronto?

—Espero que no me espíes —comentó ella medio en broma.

J.O. negó con la cabeza y se cruzó de brazos.

—Esto es Estocolmo. No puedes dar un paso sin que lo sepan todos. ¿Qué quería?

—No lo sé —dijo con sinceridad—. Solo fue un almuerzo, nada más. Tú lo conoces mejor que yo.

—¿Planea hacer algo?

Natalia asintió con la cabeza.

—Es probable.

—Mantenme informado. Y organiza lo de Båstad.

Natalia se levantó de la mesa un tanto sorprendida. Cuando salió de la habitación, J.O. se volvió otra vez y se quedó de pie con la mirada fija en algún punto al otro lado de la ventana.

Durante el resto de la tarde hubo mucho trabajo. Alguien se durmió en un sofá. Alguien telefoneó pidiendo una pizza. Los que estaban en prácticas, los asistentes, analistas y demás asesores iban y venían. Natalia hablaba sin cesar con los clientes, hacía diagramas y bostezaba cuando no la veían.

Casi entrada la noche regresó en taxi a su casa. Durmió unas horas, se duchó, se cambió de ropa y volvió a la oficina justo después de que amaneciera.

J.O. llegó alrededor de las nueve y media, la saludó con una leve inclinación de cabeza y desapareció en una reunión. Sonaron los teléfonos, un asistente empezó a dar voces y la mente de Natalia se centró de nuevo en el trabajo.

—¡Natalia! —gritó un colega—. ¡Va a empezar la reunión!

De repente ella se dio cuenta de lo rápido que había pasado el día.

—Ya voy —respondió mientras cogía una manzana y un bloc.

Eran las seis de la tarde y les quedaba mucho por hacer. Sería otro largo día de trabajo. Exactamente lo que ella quería.

5

David se recostó en su silla de oficina y estiró el cuello. El bullicio de la ciudad apenas se oía en la planta superior en la que estaba. Pasó la mirada por el escritorio de diseño, lleno de informes anuales y parciales y también de estados de cuentas, y a continuación se fijó en un cuadro negro al óleo por el que había pagado una fortuna a un entusiasta diseñador de interiores. El mobiliario de la oficina de Hammar Capital era el resultado de una empresa de arquitectura y diseño de interiores cara y con mucha visión comercial, así como de alguien que no reparaba en gastos. Pero allí solían atender a sus clientes, y de vez en cuando hacían una fiesta por todo lo alto y siempre había alguien que salía impresionado de ver tanto acero y tanto vidrio.

El almuerzo del día anterior con Natalia De la Grip no le había aportado nada en absoluto. Y la semana siguiente tenía previstas reuniones desde la mañana hasta la noche. Así que no disponía de tiempo para pensar en ella. Pero de vez en cuando un momento del almuerzo se colaba en su mente y perdía el hilo. Una mirada dorada grabada en la mente. El recuerdo de una piel pálida y unas líneas sensuales.

—¿Sigues ahí?

David asintió con la cabeza, aunque el hombre que estaba al otro lado del teléfono no lo podía ver.

—*Sorry*. Sí, estoy aquí —dijo.

—¿Es necesario que nos veamos o he dejado el dinero en buenas manos?

Se trataba de Gordon Wyndt, uno de los mayores inversores de Hammar Capital y uno de los pocos amigos de verdad de David.

Hammar Capital tenía un patrimonio considerable. David había creado una de las empresas de capital de riesgo más poderosas del país. Pero en negocios realmente importantes seguían dependiendo del empuje adicional de su red de socios acaudalados y dispuestos a arriesgar. Y el más rico y el que menos temía el riesgo era Gordon Wyndt, un magnate americano septuagenario de ascendencia británica que, igual que David, era un *self made man* de origen humilde.

Se conocieron en la época en que Gordon daba clases en la Escuela de Economía de Estocolmo y David era alumno. Después intercambiaron algunos correos electrónicos, y cuando David se fue a estudiar a Harvard mantuvieron el contacto y así siguieron durante años. A pesar de la diferencia de edad y de que tenían personalidades muy distintas, se hicieron amigos y socios colaboradores. Gordon le aconsejó más de una vez en qué acciones o empresas debía invertir y fue su primer inversor cuando David puso en marcha su propia empresa.

—¿De qué se trata en realidad? —preguntó Gordon.

Se oyó un perro ladrando al fondo y David recordó que a la última esposa de Gordon le gustaban mucho los perritos.

—Es un gran negocio. Tal vez solo estoy algo nervioso —respondió David en tono evasivo.

Gordon resopló.

—No estás nervioso y te encanta el juego duro. Hay algo que no dices.

Dejó el auricular y David lo oyó juguetear con el perro. Puso los ojos en blanco.

Gordon regresó.

—Está bien. Mientras sepas lo que haces y no me hagas perder demasiados miles de millones.

—Mi equipo está en sus posiciones en Estocolmo —dijo David—. Los financieros suecos pronto se irán de vacaciones. Todos juegan al tenis, beben y navegan. Aquí todo funciona a baja velocidad.

Todos se iban de vacaciones, tenían esa debilidad. Pero no era el caso de David; él no descansaba nunca.

—En los próximos días me reuniré con los últimos agentes inmobiliarios, administradores de fondos de pensiones y algunos grandes propietarios —añadió—. Tengo un buen presentimiento. Los dos fondos de pensiones más importantes están con nosotros. Y tú, por supuesto.

Se preguntó a cuántos agentes inmobiliarios y administradores de fondos había llevado el año pasado a su presentación. Por lo menos a doscientos.

—¿Has conseguido el apoyo de alguno de los propietarios? —quiso saber Gordon.

—No —respondió David. Se arrepintió de haberle dicho que iba a intentar que alguno de los hermanos De la Grip se pusiera de su lado. Detestaba reconocer que había fracasado—. Pero no importa —añadió en tono tajante.

Y era cierto. Nunca había dependido de nadie que perteneciera al círculo íntimo de Investum. Eran piezas de las que podía prescindir si era necesario. Peter, el hermano mayor, estaba descartado por razones obvias. Alexander De la Grip no atendía sus llamadas. Y durante el almuerzo quedó claro que Natalia no iría nunca en contra de su familia. No, ese camino no conducía a ningún sitio.

—Mi mujer quiere comprar un castillo en Suecia. Al parecer todas sus amigas lo hacen —dijo Gordon—. ¿Dónde está Escania? ¿Vale la pena? Hay un montón de castillos en venta allí.

—Los aristócratas de Escania son unos engreídos, te odiarán. Te va a encantar.

—Entonces tendrás que venir a vernos —dijo Gordon—. Organizaremos una gran fiesta.

David sonrió. Eso era algo que Gordon y él tenían en común, una total falta de respeto por los apellidos de alcurnia.

—David...

—¿Sí?

—¿Hay algo más?

—Tal vez.

David no tenía idea del porqué de la pregunta. No había ningún motivo racional; sin embargo, se la había hecho.

—Necesitaría que me ayudaras con algo —dijo lentamente.

—¿Más dinero? ¿Tengo que hablar con mi banco?

—No, es otra cosa —dijo David—. Tú conoces a Sara Harvey, ¿verdad?

—¿La cantante? Mi primera esposa y ella cantaban en un coro, y somos padrinos de su hija.

—Necesitaría que me hicieras un favor.

Cinco minutos después, David colgó el teléfono y se preguntó qué estaba haciendo. Pero se quitó de encima la sensación de haberse metido en algo que no controlaba y llamó a su asistente, Jesper Lidmark, un joven estudiante de la Escuela de Economía de Estocolmo. Jesper entró en el despacho y miró a David expectante.

—Quiero enviarle algo a la esposa de Gordon Wyndt —dijo David—. Tiene que ser muy exclusivo y parecer muy caro. Llama a Bukowskis y pídeles que elijan un jarrón u otra cosa que podamos enviar.

Media hora después David recibía una llamada de Gordon.

—Solucionado.

—Gracias —dijo David—. Te debo un favor.

—¿Puedo preguntar de qué se trata?

David oyó ladrar al perro al fondo y pudo ver el castillo Wyndtham delante de él. Verdes colinas. Una piscina impresionante de mármol italiano. Carpas para fiestas y huéspedes ilustres. Una amplia renovación que había puesto fin a siglos de pátina y había tenido repercusión tanto en la prensa británica como en la americana.

—Negocios —mintió sin vacilar.

—*Yes, I'm sure it is* —dijo Gordon en tono seco, y luego colgó.

6

—¿Vais volver a veros? —preguntó Åsa examinando con gesto crítico la percha con el vestido de flores rojas que acababa de sacar—. ¿Tú y el pirata? —Miró a Natalia y volvió a dejarlo en su sitio. Era demasiado curvilínea para permitirse esos estampados tan grandes.

—Oh, no.

Natalia estaba mirando una chaqueta. Gris, naturalmente. Esa mujer resultaba del todo desesperante con la ropa. Åsa no estaba segura de que tuviera alguna prenda que no fuera de color gris, beige o tal vez azul marino. Eso era lo que ocurría cuando una pasaba los días trabajando rodeada de financieros llenos de testosterona. Y cuando los consejos sobre moda procedían de una madre a la que le parecía vulgar todo aquello que le quedaba bien a una mujer joven. Acababa perdiendo el gusto por la ropa.

—Pero te gustó —afirmó Åsa mientras veía enrojecer las mejillas de Natalia.

Así que ni siquiera la gélida Natalia De la Grip podía resistirse al terrible David Hammar.

Åsa sacó otro vestido y lo examinó con detenimiento. Ese color verde le sentaría bien. Miró a la dependienta, que parecía estar flotando alrededor.

—¿Mi talla? —dijo escuetamente.

La dependienta asintió con la cabeza y se dirigió rauda al almacén.

—¿Hace falta que seas tan desagradable? —dijo Natalia, que había cogido un insulso traje pantalón y parecía estar a punto de sacar la tarjeta de oro.

—¿No tienes ya uno así? —preguntó Åsa, que miraba el traje pantalón con cara de asco.

Natalia iba dos veces al año al modisto de su madre, en la parte alta de Östermalm, y encargaba un conjunto de trajes de primavera o de otoño alternativamente. Como una máquina.

—Nunca se tiene demasiada ropa cuando es bonita —dijo Natalia inspeccionando la tela marrón.

«¡Es incorregible!»

Åsa levantó un vestido de color turquesa e hizo un gesto autoritario con la mano que otro empleado se apresuró a obedecer. En su probador ya estaban las prendas, los accesorios, los zapatos y la ropa interior que había elegido.

—Hay que mantener corto al personal para que dé buen servicio. Saben que conozco al dueño.

Su prima segunda o tercera, pero de todos modos pariente lejana y dueña del taller, era una modista brillante y Åsa pedía que le hicieran un descuento familiar. Natalia estaba mirando un traje beige.

—Deja de mirar trapos de color marrón y no cambies de conversación. Cuéntame cosas del almuerzo. ¿De qué hablasteis?

Natalia encogió un hombro en un gesto de indiferencia que no engañó a Åsa lo más mínimo.

—Natalia...

Obediente, dejó los trajes de negocios y se dirigió a la zona en la que estaban las nuevas prendas de diseño. La prima segunda o tercera de Åsa era realmente buena, muchos de esos vestidos encajarían perfectamente en un desfile de modas internacional.

Natalia sacó un vestido de satén de seda dorado. Tenía un brillo provocativo, como si fuera un ser vivo.

—Hablamos sobre todo de lo increíblemente bien que hago mi trabajo —dijo sujetando la prenda delante de ella para mirarla.

Åsa resopló.

—Sí, seguro.

—Es cierto, por extraño que parezca. No habló mucho de sí mismo.

—¿Quieres decir que estuviste almorzando con un financiero que no intentó impresionarte? Debe de ser único en el mundo.

Natalia dio la vuelta a la etiqueta y la contempló con ojos de asombro.

—Me pareció bastante agradable. Seguro de sí mismo pero no engreído.

—¿Y guapo y atractivo?

—Eso también —respondió Natalia sin levantar la vista.

«Natalia, bonita, ese hombre te gusta.»

—Pruébatelo —dijo Åsa señalando el vestido dorado que Natalia tenía en las manos.

Luego se metió en el probador donde estaba todo lo que había elegido. Se sacudió esa sensación de sinsentido que la embargaba y decidió comprar al menos dos vestidos. Decían que las compras quitaban la depresión, así que alguna vez debería empezar a funcionar.

—No entiendo por qué me traes a este tipo de tiendas —se quejó Natalia desde el probador contiguo—. Todo es de colores muy claros y llamativos. Me pongo nerviosa. Es demasiado atrevido para mí. No es mi estilo.

Siguió un silencio y luego un débil susurro.

—Hum. Creo que a este le falta tela.

Åsa miraba el vestido verde que acababa de ponerse. Las generosas curvas de sus pechos, caderas y vientre daban a esa seda —muy cara además por estar teñida a mano— un aspecto deslumbrante a la vez que ligeramente indecente. Le quedaba muy bien.

—¿Estaba solo? —preguntó mientras se cambiaba de vestido.

Se observó en el espejo. Exceso de grasa. Lencería cara. Sonrió. Adoraba su cuerpo flácido y en baja forma.

—Sí, estaba solo. ¿Qué insinúas?

Åsa ajustó bien el vestido de seda plateada alrededor del pecho. Siempre le habían favorecido los tonos plateados. La Marilyn Monroe del siglo XXI.

—Tiene un socio —dijo Åsa con fingida indiferencia, como si en realidad no le interesara su respuesta—. Simplemente me preguntaba si lo acompañó.

Silencio al otro lado, aunque esta casi podía oír el cerebro de su amiga en acción. Sobre la incapacidad de Natalia para elegir ropa se podía decir cualquier cosa, pero tonta no era.

—¿Y de qué conoces a su socio, Åsa? —preguntó la otra con evidente irritación.

La aludida guiñó un ojo a su propia imagen reflejada en el espejo. Si cerraba los ojos podía verlo delante de ella. Siempre podía evocar su imagen, daba igual el tiempo transcurrido y el lugar donde se encontrara.

—¿Tú qué crees? —dijo en tono despreocupado.

—¿Te has acostado con él?

Ni la cuestionaba ni la juzgaba; solo quería que se lo confirmara.

Åsa ladeó la cabeza. Se había acostado con bastantes hombres, así que no era de extrañar que Natalia llegara a esa conclusión. Pero la verdad era un poco más complicada que todo eso.

«Ah, Michel.»

—¿Te has acostado también con David Hammar? —oyó que decía de repente desde el otro probador.

Åsa sonrió al percibir cierta frialdad en el tono de voz de su amiga.

—¿Åsa? —la apremió Natalia.

—La verdad es que no —respondió Åsa con sinceridad—. Los inversores de riesgo no son mi tipo. —Era casi cierto. Había estado con varios, pero le resultaban terriblemente aburridos—. Además, tu padre es mi jefe —añadió—. ¿No son él y David archienemigos?

Salió del probador al mismo tiempo que Natalia. Esta llevaba el ligero vestido de noche dorado, que acariciaba su estilizado cuerpo y dejaba ver más espalda y más piel de la que ocultaba. Åsa le ofreció una sonrisa alentadora.

—Creía que la gente no tenía archienemigos hoy en día —dijo Natalia pasándose la mano por la cadera.

Estaba tan delgada como una modelo, y el vestido daba la impresión de estar hecho para una mujer de poco pecho y cintura de avispa, pero con un trasero más redondo de lo que cualquier modelo aceptaría. Parecía recién sacada del anuncio de un perfume caro retocado con photoshop.

—Cómpralo —dijo Åsa.

—Pero ¿cuándo me voy a poner yo un vestido así?

Åsa iba a todas las fiestas de sociedad, bailes y bodas a los que la invitaban, odiaba quedarse en casa, pero Natalia rechazaba hasta tal punto alternar en ambientes que no estuvieran relacionados con los negocios, que en una ocasión canceló una cena en el Palacio Real porque tenía que revisar un informe.

—El socio se llama Michel —dijo Åsa, que se sorprendió a sí misma mencionando al único hombre que la había rechazado.

Parecía que a Natalia le costaba desprenderse del vestido, a pesar de lo mucho que había protestado. Su amiga se le acercó con un par de sandalias de tacón alto en la mano.

—Pruébatelas.

A Natalia le encantaban sus cómodos Bally de tacón alto, pero obedeció; se calzó las sandalias y luego se ajustó las delgadas tiras alrededor de los tobillos. Movió la pierna y se miró el pie, que por cierto necesitaba una sesión de pedicura.

—No estaría de más que te depilaras de vez en cuando —dijo Åsa.

—Jajaja. Háblame de Michel.

—Michel y yo hicimos derecho juntos —comenzó Åsa, y al notar que la voz se le atascaba en la garganta tuvo que esforzarse para que sonara normal—. Tu hermano Peter también lo conoce —añadió—. Estudiamos juntos varios cursos en la universidad.

Pero a diferencia del mediocre Peter De la Grip, Michel era brillante. Además estudiaba ciencias económicas en la Escuela de Economía de Estocolmo, mientras que Peter apenas era capaz de seguir los cursos de derecho.

—No se caían bien.

—Peter no le cae bien a nadie —dijo Natalia un tanto compungida mientras intentaba mirarse la espalda en el espejo.

Åsa no hizo ningún comentario porque era cierto. El evasivo Peter De la Grip, que parecía estar siempre a la defensiva, difícilmente podía caer bien a nadie. Aunque ello no había impedido que se acostara también con él. Miró el precio en la etiqueta y pensó que tal vez debería buscar algo más caro.

—De hecho, tampoco me he acostado con Alexander —comentó Åsa, ya que hablaban de hombres del entorno de Natalia—. ¿Dónde está ahora?

El hermano menor de Natalia era uno de los hombres más guapos que había visto en su vida, más atractivo incluso que David y que Michel. Si se puede decir de un hombre que es bello, eso era lo que diría ella de Alexander De la Grip. ¿Tal vez alguien como Alex podría levantarle el ánimo? ¿Podría desprenderse con él de esa horrible sensación de no ser capaz de tirar de sí misma un día más?

—Mi querido hermano menor está en Nueva York machacándose el hígado —dijo Natalia—. Vosotros dos os destrozaríais mutuamente enseguida —añadió meneando la cabeza—. Y, perdona que diga esto, pero ¿no es demasiado joven para ti?

Alexander era un año menor que Natalia, por lo tanto... Åsa hizo una mueca. No quería pensar en eso.

Se oyó un sonido en el bolso de Natalia. Se disculpó y sacó el móvil. Åsa volvió al probador mientras Natalia atendía la llamada.

Åsa se quedó mirando el vestido verde, el plateado y los demás. ¿Y si los compraba todos? Podía permitírselo perfectamente.

La pobre niña rica.

Así era como la llamaban las revistas del corazón. Mejor que la puta de Östermalm, desde luego. Aunque ambos epítetos eran más o menos acertados.

Natalia se miró con detenimiento en el espejo de la tienda. Se fijó en los pies. Las sandalias doradas le quedaban muy bien. Siempre le habían gustado sus pies. No prestó demasiada atención a la llamada, por lo que tardó en entender de qué se trataba.

—¿Disculpe?

—He dicho que me llamo Jesper Lidmark y que soy asistente de David Hammar. Tengo un mensaje para Natalia De la Grip —oyó repetir al joven que hablaba con ella en un tono sumamente educado.

Por la voz parecía una persona convencida de que todo se soluciona tratando a la gente con amabilidad y hablando con toda corrección.

—¿Y bien? —preguntó Natalia.

—David me pidió que la llamara y le dijera que figura en la relación de invitados al concierto que dará Sara Harvey mañana sábado en el Café Opera. Solo tiene que decirlo en la entrada, y podrá asistir con un acompañante.

—¿Disculpe? —repitió Natalia, como si su mente estuviera en otro sitio y no la siguiera—. ¿Qué ha dicho?

Jesper reiteró lo que había explicado, poco a poco pero con la misma cortesía.

—¿Sarah Harvey? —dijo Natalia, sorprendida.

—Sí —respondió Jesper en tono desenfadado y sin la mínima irritación.

—Lo siento... —dijo ella, pero cuando al fin cayó en la cuenta de lo que Jesper acababa de decir la embargó una gran emoción.

Sara Harvey. En Estocolmo. Natalia tenía todos los CD y todos los discos recopilatorios que la legendaria soprano había lanzado. Sin embargo, nunca había asistido a ninguno de sus conciertos debido a que Sarah raras veces iba de gira y, cuando lo hacía, las entradas se agotaban enseguida.

—Perdone —dijo Natalia a la vez que agitaba la mano para echar a Åsa, que estaba en la puerta del probador y le hacía preguntas con gestos incomprensibles—. La llamada me ha sorprendido mucho, eso es todo —explicó, y luego guardó silencio un momento, pensativa—. ¿Sigue David ahí o ya se ha marchado? —preguntó al fin de forma impulsiva.

No hubo respuesta inmediata y Natalia se arrepintió de haber preguntado, pero tras una pausa el educado asistente contestó:

—No lo sé, la verdad, estaba en una reunión hace un rato... ¿Puede esperar un momento?

No le dio tiempo a decir que no lo interrumpiera porque enseguida oyó la voz de David al otro lado.

—Hola. Me han dicho que te has alegrado.

—Gracias, eres muy amable. No sé qué decir. Espero no haberte molestado, pero es que me hace mucha ilusión. No tenía la menor idea de que iba a actuar en el Café.

—No, se trata de un concierto privado —aclaró él—. Recibí una invitación; suelen invitarme a distintas cosas. Cuando la vi encima del escritorio pensé que tal vez te gustaría asistir.

—No tienes idea de lo que significa para mí. Ha sido todo un detalle por tu parte.

A Natalia le había parecido percibir algo cortante en su voz, y estaba a punto de poner fin a la conversación por miedo a molestarle cuando oyó que le preguntaba:

—¿Estás todavía en la oficina?

—No, he salido de compras. ¿Y tú? Tu asistente me ha dicho que estabas en una reunión, espero no haberte interrumpido.

—Hemos terminado. Estaba a punto de marcharme.

—Sí, es muy tarde —dijo ella imaginando por un momento a David saliendo por las puertas del edificio.

El edificio HC era una especie de palacio blanco, asentado en Blasieholmen como un vecino descarado que acababa de llegar a una de las zonas más caras de Suecia. Natalia no pudo evitar pensar adónde iría, con quién habría quedado.

—Solo quería darte las gracias personalmente —añadió a modo de excusa.

—Espero que puedas organizarte a pesar de la poca antelación; es mañana mismo...

—Sí, no hay problema —dijo ella evitando mencionar que no tenía ningún plan para el fin de semana—. Gracias.

Natalia pensó que debía procurar que la conversación concluyera en ese momento, después de darle las gracias varias veces. Con toda probabilidad él había quedado esa noche con alguna modelo deslumbrante y de largas piernas.

—¿Natalia?

—¿Sí? —respondió ella casi sin aliento.

—Estabas muy callada. Me preguntaba si habías colgado.

—Lo siento —dijo—. Estoy agotada, pero tengo que volver a la oficina para controlar el estado de la bolsa antes de ir a casa.

Se arrepintió al instante de haberlo dicho. ¿Por qué no se había mordido la lengua? ¿Por qué no le había dado a entender que ella también tenía que ir a algún sitio?

—Entonces espero que pases una agradable velada —dijo, solícito—. Tanto hoy como mañana.

—Tú también —respondió ella sin demasiada convicción—. Los dos días. —Hizo una mueca; había sonado como una imbécil.

Åsa la miraba con los ojos como platos.

—Gracias —repitió Natalia por quinta vez, pero él había colgado ya.

Se encontró con la mirada de su amiga.

—¿Qué ha ocurrido? ¿Era él? —preguntó Åsa levantando una ceja.

Natalia asintió. Guardó el teléfono en el bolso sin decir nada y sacó la billetera.

—¿Nat? ¿En qué piensas?

Natalia sonrió. Por supuesto que iba a comprar ese vestido.

—Acabo de encontrar un motivo para depilarme.

7

David colgó el teléfono; tenía la sensación de haber actuado de forma impulsiva, pero la alegría de Natalia al oír lo de las entradas le pareció tan auténtica y natural que no se arrepintió de haberse molestado en hacerlo ni de haber atendido su llamada.

Se dio la vuelta en la silla giratoria y miró hacia el despacho. Se había olvidado de que no estaba solo y de pronto sus ojos se encontraron con los de Michel Chamoun, que lo observaba con curiosidad y algo desconcertado desde el sofá, con los pies apoyados en la mesa y un ordenador en las rodillas.

—¿Y bien? —preguntó David.

—¿Quién era?

—¿Cómo?

—Me ha parecido que hablabas con Natalia De la Grip —dijo Michel—. Que mantenías una breve conversación con uno de los miembros de la familia propietaria de la empresa contra la que planeamos lanzar una OPA hostil. Un negocio en el que llevamos trabajando más de un año y que va a definir nuestro futuro.

—Era ella —dijo simplemente—. Pero no era nada especial.

Podía ser amable con Natalia aunque fuera una De la Grip. Se trataba de un gesto sin mayor importancia.

Michel lo miró con incredulidad, como si la explicación no le convenciera.

—Supongo que entenderás que no puedes ir por ahí haciendo planes por tu cuenta. ¿No lo habías dejado ya?

Por unos segundos David sintió que iba a estallar. Casi nunca se enfadaba, y menos con Michel, así que le pareció raro. Estaba claro que este tenía razón. No era profesional hacer algo así, pero lo tenía controlado, no había ningún motivo para preocuparse.

—Es algo totalmente inofensivo —dijo; el enfado ya había pasado—. No significa nada. Solo he concluido algo que había empezado. Ella se ha terminado.

Y era cierto, porque David sabía lo que quería. Nadie ni nada podía hacerle desviar la atención de lo más importante de su vida.

—Nada de distracciones en este momento —dijo Michel, pero David vio que a su amigo ya no le preocupaba tanto el asunto.

—No hay peligro —respondió.

«Ningún peligro», se dijo a sí mismo.

No podía odiar a Natalia De la Grip, sería demasiado injusto después de haberla conocido. Odiaba a su familia, odiaba lo que defendían y lo que habían hecho...

—No siento nada por ella —añadió, y sabía que era cierto.

Qué importaba que fuera simpática e incluso vagamente atractiva. Era una representante de su clase. Una mujer de la aristocracia nacida en cuna de oro. Con su impecable comportamiento en la mesa y sus exquisitos modales, había crecido rodeada de todo lo que podía ofrecerle la vida, sin tener que esforzarse, como la mayoría de las personas, para lograr un techo bajo el que protegerse, dinero y un futuro. Hablar con ella fue agradable, y se dio cuenta de que estaba tan interesada como él en el juego financiero, pero aparte de eso no tenían nada en común.

Michel asintió. David le entregó el papel con los cálculos que había hecho antes de la llamada telefónica. Michel se rascó la rapada cabeza mientras revisaba hasta tres veces las columnas de números.

Ese viaje que habían hecho era verdaderamente excepcional. Un chico de los suburbios y un inmigrante de segunda generación desafiando una y otra vez las normas suecas establecidas. Era evidente que el éxito de Hammar Capital en el sector de la inversión de capital de riesgo dependía de factores tales como el tiempo, el esfuerzo y un concepto de negocio audaz y prudente a la vez.

Pero el propio David era el primero en reconocer que la suerte era pura y simplemente un elemento clave para el éxito. Varios de los puntos cruciales de su empresa dependían en un noventa por ciento de la suerte, un hecho que él nunca había ocultado.

En la prensa consideraban que también contribuía al éxito su capacidad para hacer buenos contactos en el mundo de las finanzas. Su red de contactos incluía a casi todos los inversores globales. Sin embargo, había tenido que superar numerosos obstáculos y momentos críticos antes de lograr el objetivo de convertirse en un inversionista de capital de riesgo capaz de competir con la gran mayoría de los especuladores europeos.

Desafiaron a Investum en dos ocasiones, midieron las fuerzas con la familia más venerable del mundo financiero sueco, se enfrentaron en una lucha por obtener cargos en el consejo de administración, y perdieron. En ambas ocasiones les costó mucho dinero. Algunos financieros se retiraron, Hammar Capital sangró como un animal herido y el propio David recibió muchas críticas en la prensa. Pero analizaron sus errores y recomenzaron el laborioso proceso de recuperar la confianza de la gente.

Y ahí estaban en ese momento.

Más fuertes que nunca. Preparados para hacer lo que nunca se había hecho antes: tomar el control de Investum.

Habría quienes dirían que era una locura, pero se trataba de un plan de negocios con una base sólida. Lo habían calculado una y otra vez. Gordon Wyndt lo resumió en una reunión que mantuvieron una noche en su despacho de Manhattan con vistas a Central Park: un proyecto loco e imprudente pero totalmente factible. La posibilidad de que la familia De la Grip se fuera a pique después del asalto era un efecto secundario que Michel aceptaba como algo necesario. Para David era la fuerza impulsora, la razón que lo había empujado a abandonarlo todo para llegar hasta allí.

Porque la cuestión era que la caída de los dos hombres por fin lo liberaría a él.

Si al mismo tiempo una mujer que estaba al lado acababa aplastada, sería un daño colateral que él se sabía lo bastante despiadado para sobrellevar.

8

Peter De la Grip estaba sentado escuchando el frío monólogo de su padre. El aire que había en la reducida sala de conferencias de Investum estaba a punto de agotarse. Peter trató de ahogar un bostezo, pero no lo logró y tuvo que taparse la boca con el brazo. El padre lo miró molesto y continuó haciendo trizas verbalmente a la directora general.

Peter miró el reloj de pared. Eran casi las seis, la oficina se estaba quedando vacía, pero cuando su padre empezaba se tomaba su tiempo. Se preguntó si lo haría a propósito, si mantenía esas charlas los viernes a última hora para fastidiar el fin de semana a sus víctimas.

De cara al exterior el padre estaba a favor de la igualdad, por supuesto, cualquier otra cosa sería un suicidio ante los medios de comunicación. Pero las directoras que rara vez se nombraban en las distintas filiales de Investum no solían durar mucho. Cuando Gustaf De la Grip les pedía que fueran a la oficina principal y les lanzaba su despiadada arenga solían renunciar voluntariamente. Después el padre se quejaba ante la prensa de lo difícil que era encontrar mujeres con suficiente competencia y deseo de superación.

Sin embargo, en las saunas y en las cacerías de otoño imperaba otro tono. Entonces prodigaban palabras tan despectivas sobre las mujeres del mundo empresarial que los que eran ajenos a ese mundo ni se lo podrían imaginar. Las mujeres estaban descentradas, tenían cerebro de mosquito y no estaban adaptadas biológicamente para ocupar cargos directivos. A veces resultaba agotador. El padre no creía en tener mujeres en cargos directivos y Peter no era de los que luchaban por los demás. La gente tenía que librar sus propias batallas. Pero los que afirmaban que el mundo empresarial sueco era igualitario no tenían ni idea de lo que decían.

Se retorció en la silla. Miró el teléfono de reojo. Louise le había enviado un mensaje diciéndole que iban a tener invitados. Había ido al Systembolaget y al mercado de Östermalm, pero iba a llegar tarde y no quería que Louise se enfadara. Le envió enseguida un mensaje para decirle que empezaran sin él, que no lo podía evitar.

—Esperaba tu colaboración y lealtad —dijo el padre a la directora—. Creía que ibas a demostrar que eras digna de nuestro esfuerzo.

Peter tuvo que echar una ojeada a sus papeles porque de repente ni siquiera recordaba el nombre de ella.

Rima Campbell, cincuenta y dos años. Típico, una inmigrante que desde el principio no había tenido ninguna oportunidad.

—Pero yo... —dijo ella, y Peter hizo una mueca.

Su padre odiaba que lo interrumpieran. En el peor de los casos volvería a empezar. Peter nunca interrumpía a su padre.

—No colaboras, no eres leal —espetó el padre—. Cuestionas al consejo de administración.

Peter había asistido a innumerables reuniones de ese tipo. Solo a las mujeres se las sometía a algo así.

Algunas veces, en caso de que hubieran elegido a una persona inadecuada para el cargo, coincidía con su padre. Otras, como en esa ocasión, le parecía que cometía un error.

La mujer cuyo nombre no recordaba era competente y al parecer había realizado un buen trabajo. El solo hecho de haber llegado tan lejos, teniendo en cuenta que era inmigrante, mujer y madre soltera, hablaba de una capacidad por encima de la media. Aunque sus dos hijos ya eran adultos, Rima Campbell había hecho una carrera impresionante mientras estaba sola con dos niños. Los educó, permaneció soltera y rompió la mayoría de las barreras invisibles. Pero lo que Peter opinara de sus resultados carecía de importancia. El padre hacía lo que quería. Y en ese momento quería acabar con esa directora de piel oscura que él mismo había nombrado pocos meses antes. Quería demostrar que el lugar de las mujeres no estaba en lo más alto, que eran sensibles y propensas a reacciones desmesuradas. Quería demostrar que tenía razón.

Prosiguió:

—He oído comentar a los colaboradores que no eres leal. La gente está descontenta de ti.

—¿Quién? ¿Quiénes?

—No lo puedo decir. Pero has de saber que no le gustas a nadie.

Peter estuvo a punto de intervenir. ¿No estaba siendo demasiado duro?

Rima había palidecido pero se contuvo, y Peter guardó silencio. No serviría de nada.

—No puedo defenderme de acusaciones anónimas —dijo Rima en tono grave.

Gustaf volvió a empezar. Le atacó verbalmente una y otra vez de forma implacable hasta que al fin ella se quedó sentada en silencio, con los ojos secos y unas manchas rojas en el cuello.

—Quiero que lo pienses durante el fin de semana y, si procede, veamos de qué modo podemos colaborar en el futuro —concluyó Gustaf de modo tajante—. Porque en este momento no lo veo.

Rima tragó saliva. Peter, casi sin aliento, no se atrevió a mirar a ninguno de los dos. Ella se puso de pie. Aunque le temblaban las manos no se echó a llorar, y mantuvo una voz estable. Era una mujer dura de verdad. Pero todo había terminado, él lo sabía. El lunes dimitiría, estaba seguro.

Antes de que Rima pudiera abandonar la habitación, el padre dijo en un tono lo suficientemente alto para que le oyera:

—Esto es lo que sucede cuando contratas a un indígena.

Peter bajó la vista y miró la mesa.

Cuando Rima ya se había marchado, Gustaf preguntó a Peter si tenía intención de ir a la casa de campo; como si no hubiera ocurrido nada, como si no acabara de hundir a una mujer. Era tan racista que a Peter le daba vergüenza. Sin embargo se limitó a asentir con la cabeza. De todos modos daba igual, su padre no escuchaba nunca a los demás, siempre creía que lo sabía todo mejor que nadie.

—Louise ha invitado a unos amigos a pasar el fin de semana en casa —dijo.

—¿Conocidos de negocios?

—Sí.

—Bien.

Peter inclinó la cabeza en señal de aprobación mientras pensaba que los elogios y las alabanzas de su padre no deberían significar tanto para él.

Se despidieron. Gustaf se dirigió al coche donde le esperaba su chófer privado y Peter bajó al garaje. En cuanto se separaron, la presión constante que sentía cuando estaba con él se alivió un poco. Parecía que le hubieran quitado un gran peso de encima.

Puso la llave en la cerradura y abrió la puerta del coche.

Viernes. Todo un fin de semana sin más obligaciones que ser el anfitrión de una o dos cenas bien organizadas. Fantástico. Salió del garaje y se alejó del centro de la ciudad. Mientras conducía a través del tráfico del viernes le vino a la mente la desagradable sensación que le había dejado la reunión, pero procuró apartarla.

Ya tenía más que suficiente con sus propios problemas. Lo último que le convenía era tener conflictos con su padre.

En cuanto subió el límite de velocidad permitido, pisó el acelerador.

La reunión había sido agotadora. Cada vez resultaban más difíciles, pero si uno pretendía lograr una posición destacada en Investum no debía cuestionar a Gustaf De la Grip. Y precisamente eso era lo que Peter quería por encima de todo, obtener una posición destacada, la más relevante: la de presidente.

A veces tenía la sensación de que llevaba toda la vida luchando.

Aún lo recordaba. Cuando empezó a ir a la escuela trabajaba como un animal y sin embargo lo único que le decían era que debía esforzarse más. ¿Cómo era posible que luchara tanto y no llegara nunca a esa posición?

El padre, que no quería saber nada de fragilidad, psicólogos y debilidades por el estilo, intentaba solucionarlo todo con regañinas esporádicas. En una familia que esperaba que uno destacara en algo y en la que todos eran los mejores en alguna cosa, en una familia cuyo lema era «el placer está en el beneficio», él solo había logrado ser un mediocre.

Se detuvo ante el semáforo en rojo y tamborileó con los dedos en el volante.

Un sentimiento de impotencia y frustración habitaba siempre en su interior como una sombra. Y lo combatía metiéndose con los que eran aún más débiles. Mejor burlarse de los demás que no que se burlen de uno. Mejor golpear que ser golpeado. Ese podía ser el lema de la familia De la Grip, pensó. A veces imaginaba que alguien se revolvía, se negaba y daba un giro a la historia evitando la catástrofe. Pero no quería pensar en ello, había dedicado mucho tiempo a no recordar.

Mientras seguía el tráfico se dijo que debía de ser raro que, a sus treinta y cinco años, tuviera esa sensación de pánico a no llegar nunca al final que solía acompañarle en su época de estudiante. Era como una de esas pesadillas de las que hablaba la gente en las que uno lucha como una fiera pero sigue atrapado. Era exactamente así.

Siempre tuvo que luchar para lograr lo que Natalia y Alexander conseguían con toda facilidad. Sus dos hermanos obtuvieron las mejores calificaciones y accedieron sin ningún problema a la Escuela de Economía. Él, en cambio, se rindió después de intentar entrar en dos ocasiones y comenzó los estudios en la universidad «normal». El padre nunca dijo nada pero tampoco hacía falta. Por entonces ya sabían todos que Peter era y seguiría siendo un mediocre.

Dejó escapar un profundo suspiro y se preguntó por qué recordaba esas cosas en ese momento. Hacía tiempo que no le ocurría. Algo estaba cambiando, lo percibía.

Alexander se había echado a perder con su afición a la bebida y sus historias con las mujeres. Ya nadie contaba con él. Y Natalia... Bueno, era una mujer, así que no importaba que fuera más o menos competente.

Peter miró el espejo retrovisor y efectuó un adelantamiento rápido. Parecía que Natalia estaba haciendo un buen trabajo con el negocio bancario que llevaba, y él era capaz de reconocerlo interiormente, aunque prefería no hacerlo delante de su padre. Pero esperaba que Natalia lo rematara. Era importante para su padre, y lo mejor para todos era que Gustaf consiguiera lo que quería.

Peter vio la señal y giró en el cruce que conducía a su casa. No tardaría en llegar. Louise ya lo estaba esperando. La anfitriona perfecta. Elegante y representativa, satisfecha de ser la señora del castillo en una de las fincas más bonitas del país.

Sabía que Louise estaría contenta mientras pudiera seguir viviendo allí. Tal vez no la amaba, pero la entendía y eso era suficiente. Se llevaban bien, y lo que él esperaba no era amor. Ni siquiera sabía si era capaz de dar o recibir amor.

Redujo la velocidad y siguió lentamente por el largo camino bordeado de robles. Muchos de esos árboles debían de tener varios cientos de años. Deslizó la mirada por ambos lados, observó los campos bien cuidados y el brillo del agua al correr en la noche de verano. Nunca se había sentido tan orgulloso como el día en que firmó los papeles y se convirtió en dueño de la propiedad familiar. Fue como recibir el reconocimiento que había esperado toda su vida, la confirmación de que él, a pesar de todo, tenía capacidad suficiente para gestionar el patrimonio familiar. Por fin podía mirar hacia delante a largo plazo, no solo de año en año.

Atravesó las verjas abiertas y oyó el crujir de la gravilla bajo los neumáticos. Salió del coche y se quedó de pie mirando la fachada amarilla.

Tal vez debería librarse de una vez de los demonios que le perseguían desde hacía tiempo. Porque cuando se hizo cargo de la finca, cuando se dio cuenta de que su padre quería que él fuera su heredero y no Alex ni cualquier otro primo capacitado, en ese momento fue como si alguien lanzara al fin un poco de luz en la constante oscuridad que le rodeaba y le dijera: «Peter, llevas tanto tiempo haciendo bien las cosas, que el pasado puede quedar en el olvido».

Y si era así, no habría nada que él no hiciera para que siguiera de ese modo.

Nada.

9

Sábado, 28 de junio

«Ha sido un concierto mágico», pensó Natalia sin quitar la vista de Sarah Harvey ni un segundo. Y tal vez también una de las veladas más agradables de su vida. El ambiente del Café Opera era denso e íntimo, una experiencia casi privada.

En el momento de la última nota del último bis, Natalia sintió una especie de presencia espiritual que nunca había sentido. Resonaron los aplausos de los invitados y cuando captó la mirada de Åsa por encima de la mesa a la que estaban sentadas, casi justo delante del escenario, la vio tan emocionada que hasta tenía lágrimas en los ojos.

Después de que la cantante pasara por las mesas para saludar a algunos amigos y estrechara incluso las manos de ellas dos, salieron a pasear en la noche de verano. A pesar de lo avanzado de la hora, era de día y hacía un calor propio de un país tropical.

—Aún no podemos irnos a casa —dijo Natalia, que todavía guardaba el recuerdo de la música—. ¿Una última copa?

Åsa se abanicó con la mano y asintió.

—Pero en algún sitio donde no haya turistas —propuso—. ¿Qué hace la gente por aquí?

Natalia sonrió y dio unos pasos de baile sobre los adoquines con sus sandalias doradas de tacón alto.

Había practicado ballet de pequeña, largas y duras sesiones de entrenamiento. Adoraba esa antigua disciplina, las zapatillas rosa pálido y los trajes sencillos, pero al no destacar entre las mejores de su grupo su madre pensó que era absurdo que continuara. De un día para otro la cambiaron a una escuela de bailes de salón.

Natalia frunció el ceño al pensar en todas las decisiones que habían tomado por ella y que la habían modelado. De ser por su madre, ella nunca se habría metido en el mundo de las finanzas. «Es una pérdida de tiempo para una mujer.» Pero Natalia insistió.

Se apartó para dejar paso a una pareja que iba abrazada.

—¿Qué te ha parecido? —preguntó a su amiga—. ¿No te alegras de haber venido?

En un principio Åsa había refunfuñado y protestado. En su opinión, en esa época del año ninguna persona normal se quedaba en Estocolmo. Y el Café Opera no estaba muy de moda. Finalmente canceló una fiesta que tenía programada para el fin de semana y la acompañó.

—Ha sido agradable —admitió Åsa, pero entonces sus tacones de vértigo tuvieron problemas con el pavimento y soltó una palabrota.

Había bebido más que Natalia y se tambaleaba un poco. Un mechón de cabello rubio y rizado le caía sobre un ojo y el ligero chal que llevaba sobre los hombros brillaba al resplandor de la luz. Parecía una estrella de cine.

Natalia no podía dejar de sonreír. La noche de junio era cálida y mágica. Las calles estaban llenas de gente y se sentía joven y fuerte, como si los problemas y las tristezas de los últimos años hubieran decidido darle un respiro e irse a agobiar a otra persona.

—Hacía una eternidad que no lo pasaba tan bien —comentó.

—Desde lo de Jonas —dijo su amiga sorprendiendo a Natalia con su agudeza.

Porque ellas no hablaban nunca del pasado. Åsa era alérgica

a la autocompasión y la tristeza, así que pocas semanas después de que Natalia rompiera con Jonas, Åsa le indicó claramente que había llegado el momento de que siguiera adelante.

Uno de los principios de Åsa era seguir adelante y no mirar nunca atrás, pero a Natalia le afectó mucho la ruptura. Y la limitada simpatía de su amiga le hirió más de lo que se atrevía a admitir. Pero tal vez las cosas estaban empezando a cambiar.

—Entremos aquí —dijo Natalia señalando un bar sobrio y de aspecto caro frente al cual había una larga cola—. Pasa tú delante.

Åsa, que conocía personalmente a todo aquel que valía la pena en la vida nocturna de Estocolmo, miró con fijeza al portero. Este asintió con la cabeza al reconocerla e hizo que la cola se desplazara para que pudieran entrar.

—Eres mi ídolo —dijo Natalia sonriendo.

—Soy el ídolo de todos —repuso Åsa abriéndose paso en dirección a la barra del bar—. Dos vodka tonic —pidió.

El bar estaba repleto, hacía calor y el volumen del sonido estaba tan alto que tuvieron que quedarse de pie pegadas a la barra para poder hablar.

—No veo a nadie que conozca —constató esta.

—¿Eso es bueno o malo? —preguntó Natalia tomando un sorbo del combinado—. Estaba fuerte y frío y tenía sed. Miró a su alrededor. Vio hombres muy arreglados y mujeres delgadas de largas melenas riendo, brindando y coqueteando.

«Cielo santo, ¿desde cuándo toda la gente es tan joven?», pensó. Intentó en vano recordar la última vez que había salido a tomar una copa en un contexto distinto al del trabajo.

—Sabes tan bien como yo que todas las personas civilizadas ya han empezado a hacer las maletas para viajar a Escania.

—Lo sé —suspiró Natalia—. El verano seguía unas pautas determinadas. Gotland Runt ese fin de semana, Almedalsveckan la semana siguiente y a la otra Båstadveckan. Fiestas, tenis, sol y playa. Año tras año. Voy a agradecerte eternamente que me hayas acompañado. Y tendrás que admitir que ha sido algo nuevo. Mejor que relacionarse con las mismas personas de siempre. —Natalia bebió otro sorbo—. Qué rico —dijo con gesto de satisfacción.

Åsa sacudió la cabeza y pidió otra copa con una leve indicación de la mano. Se había bebido la anterior en un par de minutos.

—¿Cuándo empezarás a ser sensata y dejarás de rebelarte? Entiendo que no quieras ir con tus padres, pero, en serio, Natalia, no puedes trabajar todo el verano. ¿No acabas quemada?

—No —dijo ella—. Y no me rebelo —mintió.

Åsa había dado en el blanco. Era cierto que se comportaba como una adolescente sin serlo y que se rebelaba contra todo lo que sus padres solían esperar de ella. Pero odiaba esos veranos tan monótonos que pasaba desde la infancia y que todos, absolutamente todos, creían que era el único modo que había de relacionarse. Pasar las vacaciones en el sitio adecuado con las personas adecuadas. Torekov, Båstad y Falsterbo en verano. Los Alpes en invierno. Era lo que había hecho desde que tenía memoria.

A dondequiera que fueran encontraban a las mismas personas. Había tenido que adaptarse a eso toda su vida sin siquiera planteárselo. Jonas había hecho lo mismo. Todos sus conocidos, y los padres de estos, lo habían hecho. Pero ese año, el primer verano que iba a estar completamente sola, Natalia se había negado. Ya era hora. Había tardado media vida en atreverse a ir contracorriente.

—Aunque iré a Båstad —señaló tomando otro sorbo de combinado—. J.O. me obliga a ir. Pero estaré sobre todo con daneses, así que será como volver al trabajo. —Miró a Åsa—. ¿Me escuchas al menos?

Åsa no respondió. Estaba mirando con fijeza a alguien o algo. A Natalia se le empezó a nublar la vista y fue en busca de una silla. Le sorprendía que Åsa, que detestaba cualquier forma de esfuerzo físico, fuera capaz de mantenerse sobre esos tacones y beber alcohol sin parar. Ella no estaba acostumbrada.

—Me duelen los pies —se quejó.

—Hum. —Åsa movió la cabeza en dirección a una mesa e hizo un gesto que Natalia no supo interpretar—. Algunos tienen mesa —dijo en tono sarcástico—. A lo mejor quieres sentarte allí...

Natalia siguió la mirada de Åsa y, cuando se hizo un claro entre las personas que estaban aglomeradas delante de ellas, vio en un rincón una mesa con mantel blanco y brillantes copas de cristal, como un oasis en medio del bullicio. Alrededor de la mesa, varias chicas jóvenes miraban anhelantes a dos hombres que estaban sentados. Uno de ellos, corpulento, con la cabeza rapada, la piel muy bronceada y varias alhajas de oro que, junto con la camisa de seda brillante, hacían que pareciera salido de una película de gángsteres, se quedó mirando a Åsa y ella le devolvió la mirada abiertamente. Ninguno de los dos bajó la vista, y a Natalia le dio la impresión de que se había producido algún tipo de comunicación no verbal entre ambos en medio del bullicio del bar. El hombre que le acompañaba, muy atractivo, ancho de espalda y con un aire de seguridad en sí mismo que se percibía desde lejos, era David Hammar.

David levantó la vista y se encontró con la mirada asombrada de Natalia. Ella inclinó la cabeza a modo de saludo, él hizo lo mismo, y fue como si sus miradas se quedaran enganchadas en medio del bullicio. Debería haber supuesto que Natalia podía aparecer por allí. Si fuera honesto al cien por cien tal vez incluso llegara a admitir que esa posibilidad se le había pasado por la cabeza. Después de todo, la vida nocturna en Estocolmo era bastante limitada para personas tan ricas como él. El triángulo de oro que constituía el centro financiero de la ciudad durante el día se convertía por la noche en el exiguo escenario de la vida nocturna. Había pocos bares exclusivos, y si una mujer como Natalia De la Grip quería ir a algún sitio después de un concierto en el Café Opera, iba a parar allí.

Llevaba un vestido dorado y su brillante melena recogida dejaba a la vista un cuello esbelto sin ningún tipo de adorno. Se erguía como una bailarina, y la iluminación del bar hacía que pareciera que brillaba.

David tardó un instante en reparar en la otra mujer que estaba con ella y que observaba a Michel con ojos suspicaces. Debería haberla visto enseguida, era raro que no lo hubiera hecho. Era con diferencia la mujer más bonita del local, tenía unas curvas de vértigo y una sensualidad casi irreal.

—Åsa Bjelke —dijo.

Sabía muy bien quién era. Abogada de Investum y amiga íntima de Natalia De la Grip. En realidad sabía casi más de Åsa que de Natalia. A la prensa le encantaba regodearse en los detalles de sus orígenes dramáticos, y en las revistas de cotilleo era conocida como «La pobre niña rica». Nacida en cuna de oro y plata, educada en los mejores colegios y a menudo vinculada con el príncipe como novia potencial (en las revistas, no en la realidad, por lo menos hasta donde él sabía). Y luego esa tragedia sobre la que se escribieron tantos titulares de prensa durante semanas.

—Parece que sabe quién eres —comentó sonriendo y mirando a Michel de reojo al ver que este se había quedado tan rígido e inmóvil como ella—. ¿Os conocéis?

—Sí —dijo Michel de forma escueta.

—No me lo habías dicho.

Se movían en un círculo tan reducido que era normal que Åsa y Michel, ambos abogados, se conocieran. En Estocolmo casi todos se conocían. Precisamente el día anterior por la tarde David había visto a Peter de la Grip en el mercado de Östermalm. Peter, que llevaba varias bolsas en las manos y parecía muy estresado, pasó tan cerca de él que de haber extendido el brazo le habría tocado.

—No hay nada que decir —repuso Michel; tenía tan pocas ganas de hablar que cortaba las frases—. Estudiamos juntos. Varios cursos. En la universidad. No puedo decir que la conozco. Pero...

Se quedó en silencio, tomó un sorbo de agua mineral y miró con cierto aire de superioridad hacia el lado opuesto al que estaba Åsa.

David observó a las dos mujeres. Miró a Michel y luego otra vez a Åsa. David era muy sensible cuando se trataba de detectar estados de ánimo, algo que le resultaba muy útil en el trabajo. Sabía que Michel le ocultaba algo. Estaba ahí con su vaso de agua mineral y con un mosqueo más propio de un adolescente que de un financiero con dos carreras universitarias.

David volvió a mirar a las mujeres, sobre todo a Natalia, a decir verdad.

—Podríamos acercarnos a saludarlas —dijo para su propia sorpresa.

Se puso en pie rápidamente, antes de que le diera tiempo a reconsiderarlo y de que Michel se opusiera. Podía acercarse a una mujer a la que conocía sin que eso significara nada más, se dijo. Podía dirigirse a ella, saludarla y ser amable con ella unos segundos aunque fuera una De la Grip. Miró expectante a su amigo, que se levantó de mala gana.

—¿Seguro que es buena idea? —preguntó Michel pasándose una mano por la cabeza afeitada.

—Todas las ideas son buenas —dijo David—. Vamos.

Lo acababa de decidir. Era una cuestión de amabilidad, nada más.

Michel murmuró algo por detrás y David notó cierta tensión en el rostro de Åsa según se iban acercando.

—Hola —dijo David al llegar a la barra.

Natalia parpadeó agitando sus largas pestañas. Hizo un leve movimiento hacia delante y David se inclinó para darle un beso en la mejilla, pero ella le tendió la mano, así que él retrocedió y se la estrechó.

—Hola —dijo ella.

—Hola —repitió él reteniéndole la mano más de lo necesario y percibiendo ese perfume cálido, picante y sensual que ya reconocía como algo que formaba parte de ella.

Natalia retiró la mano. David le presentó a Michel y vio cómo su delgada mano desaparecía en el puño lleno de anillos de su amigo.

—Mi amiga Åsa Bjelke —dijo ella.

David le tendió la mano, y un profesional apretón de manos le recordó que esa chica explosiva de ropa plateada y mirada turbia era una excelente abogada de empresa.

—Acabamos de llegar del concierto del Café Opera —dijo Natalia—. Gracias una vez más por las entradas.

Sonrió. Se le notaba en los ojos que estaba algo achispada, aunque más bien parecía contenta. La notó menos inhibida y un poco más libre.

El bar estaba repleto y apenas quedaba espacio entre los dos, por lo que cuando otra persona se hizo un hueco en la barra ocurrió lo inevitable: sus cuerpos se rozaron. El olor de ella volvió a flotar alrededor, se quedó atrapado en sus ojos dorados y, aunque solo había tenido intención de saludarla, no podía apartarse.

La vio más alta de lo que recordaba, y con tacones su altura era considerable. Tenía un aspecto tan delicado que parecía una jovencita. Estaba muy erguida, con las manos quietas, sin tocarse el pelo ni la ropa, y no empezó a hablar por hablar. A David le desagradaban esos modales de colegio privado, pero por un momento decidió dejar a un lado ese odio clasista que le surgía de forma involuntaria. Sonrió y los ojos de ella brillaron al mirarle.

Åsa levantó la copa, bebió un sorbo y lo contempló por encima del borde de cristal.

—Me ha dicho Michel que estudiasteis juntos en la universidad —dijo David con amabilidad.

—Sí, pero debe de hacer ya más de diez años de eso —se apresuró a aclarar ella.

Miró hacia Michel con gesto duro y distante, y David se preguntó si sería producto del racismo habitual y tedioso de las clases altas. Por su tez oscura y su origen extranjero, Michel era objeto de muchos prejuicios.

—¿Sigue siendo el mismo tipo aburrido de siempre? —preguntó Åsa sonriendo con picardía.

Natalia se quedó atónita, sin embargo David se echó a reír. La chica estaba borracha, pero no parecía que su resentimiento hacia Michel se debiera a su origen ni al color de su piel. Al parecer le desagradaba a un nivel mucho más personal, lo que despertó su curiosidad. Había conocido a pocas mujeres a las que no les gustara Michel.

—Más o menos —respondió él, porque Michel podía ser muy aburrido.

—Por suerte para ti, nadie puede decir que fueras aburrida en aquella época —comentó Michel con una ironía poco habitual en él—. Recuerdo que ya por entonces lo pasabas muy bien.

Åsa alzó la barbilla, pero David notó que le había dolido. Michel se estaba comportando de un modo inusual.

—Michel... —dijo a modo de advertencia.

—Ha sido un placer verte —interrumpió Åsa en un tono incisivo—. Disculpadme. —Y se alejó con paso ligero y furioso.

Natalia la miró con gesto de preocupación.

—Disculpad —dijo asimismo Michel bruscamente, y se marchó también.

—¿Sabes si ha pasado algo? —preguntó David mirando a esta perplejo—. ¿O son imaginaciones mías?

—No.

No le dio tiempo a decir nada más porque un hombre la empujó por detrás para abrirse paso y de repente se encontró casi pegada a David. Él puso una mano en su brazo. Ella parpadeó y en un momento la preocupación de David por Michel y Åsa disminuyó. Eran dos personas adultas, podían resolverlo solos, o no. Miró la mano que tenía apoyada en su brazo, y luego a ella. Vio que una sonrisa traviesa asomaba a sus labios brillantes, y David le devolvió la sonrisa mirándola profundamente a los ojos mientras le acariciaba el brazo.

Ella abrió la boca pero volvió a cerrarla sin decir nada. Él siguió arrastrando con suavidad el dedo por su brazo; se contemplaban sin sonreír, sin coquetear, sino más bien intentando averiguar algo en los ojos del otro. Y entonces ella retiró el brazo con una sonrisa, como si se disculpara.

—Ya vienen —anunció, y por un momento David no supo de quién hablaba.

—Me voy a casa —oyó decir a Åsa.

Y él se alegró de poder salir de esa situación, de ese momento tan raro en el que había estado peligrosamente a punto de flirtear con la hija y hermana de los dos hombres a los que más odiaba en el mundo. La única mujer sobre la faz de la tierra de la que debía mantenerse apartado por numerosas razones.

—Sí —dijo Natalia empezando a recoger las cosas del modo que hacen siempre las mujeres cuando se van.

—¿Dónde está Michel? —preguntó David.

Åsa se encogió de hombros.

—No lo sé. ¿Hablando por teléfono con su madre, tal vez? —respondió resoplando.

A pesar del tono sarcástico, David tenía que darle la razón. Michel llamaba a su madre con frecuencia. Reprimió una risa desleal y vio que su amigo se acercaba abriéndose paso entre gente que estaba de espaldas y alzaba los vasos para brindar. En ese momento el local estaba abarrotado y Michel no se comportaba con tanta consideración como de costumbre.

—Creo que vamos a marcharnos —dijo Natalia a modo de disculpa, pero David percibió cierta ambivalencia en su voz y le pareció que en realidad prefería quedarse. Y él también.

—¿No puedes esperar un poco? —preguntó—. Me gustaría que me hablaras del concierto. ¿Otra copa? ¿Champán?

Notó que quería que la convenciera, y él ya había llamado al camarero. ¿Qué podía importar que compartieran una copa de champán?

Luego oyó que Michel levantaba la voz. David no prestó atención a lo que decía, no parecía nada especial, pero su tono de voz era áspero y vio preocupación en los ojos de Natalia.

—Es mejor que lo dejemos —dijo ella—. Åsa tiene que irse a casa.

David asintió. No sabía qué pasaba entre Michel y esa rubia tan guapa y algo achispada, pero le dio la impresión de que aquello estaba a punto de degenerar en pelea.

—Vamos, Michel —dijo—. Es hora de irse. Has tenido suficiente y ya es muy tarde.

—No he bebido nada —protestó este.

—No me refería al alcohol —replicó David, rotundo, y luego añadió en voz baja—: Contrólate, joder.

—Lo mismo digo por este lado —dijo Natalia mirando discretamente a su amiga—. ¿Vamos, Åsa?

Åsa Bjelke se limitó a asentir con la cabeza. Se tambaleaba un poco pero parecía que se había recuperado. Evitó mirar a Michel y él se dio la vuelta.

Natalia siguió las anchas espaldas de David y de Michel mientras se abrían paso entre la multitud. El volumen del sonido era casi ensordecedor, y aunque le preocupaba que la noche hubiera dado un giro tan lamentable necesitaba respirar aire fresco. Una vez en la calle, Åsa se despidió de ella con un breve abrazo, y de los hombres con una casi imperceptible inclinación de cabeza, antes de entrar en uno de los taxis que esperaban alineados a las puertas del bar. Natalia cerró la puerta y se quedó mirando el taxi hasta que desapareció en dirección a Östermalm.

Al notar la presencia de David a su espalda se mordió el labio. Había ocurrido algo entre ellos en el bar, pero no sabía qué.

—Åsa y yo no vivimos en la misma zona de la ciudad —explicó—. Yo vivo por allí —dijo señalando con la mano mientras se sentía como una estúpida. ¿Qué les importaba a ellos dónde vivía?

Michel Chamoun, que estaba junto a David, tenía la mirada turbia y el ceño fruncido. No decía nada y a Natalia le asustaba un poco con sus antebrazos musculosos, su chaqueta de ante negro y su cabeza rapada. Natalia miró a David. De no haber ido tan bien vestidos, con esos pantalones de diseño y esas chaquetas tan bonitas, habrían podido pasar perfectamente por guardaespaldas o mafiosos.

Desde luego era una situación incómoda. Cuando estaban en el bar, David se había mostrado sonriente y casi seductor con ella, y durante un par de segundos le pareció que quería besarla. Sin embargo en ese momento, al verle tan sereno, se preguntó si aquello solo había sido producto de su imaginación. Pero no, algo había hecho clic entre David y ella en el interior del bar. Tal vez había sido el alcohol, tal vez el hecho de que ella se había arreglado más de lo habitual, pero no quería irse a casa, no quería separarse ya de David, le apetecía estar un rato más con él.

—Vete tú —dijo David con gesto serio a Michel, como una orden.

—Pero... —Michel miró a Natalia.

Ella se dio la vuelta. Era evidente que a él no le parecía buena idea dejarlos solos.

David alzó la mano para llamar un taxi, miró a Michel y le dijo:

—Márchate.

Este se despidió de ella con cierta frialdad y entró en el taxi; David y Natalia se quedaron solos en medio de la acera. Él seguía sin sonreír, se limitó a observarla de un modo que ella no supo interpretar. Hacía calor y Natalia llevaba ropa ligera, pero de repente se sintió insegura al darse cuenta de la poca ropa que llevaba y de lo poco que conocía a David Hammar.

—Creo que yo también debería irme a casa —dijo Natalia.

—¿Quieres que llame un taxi? —inquirió él en tono neutro, casi impersonal.

Ella se preguntó si se había imaginado lo que había pasado allí dentro. La situación le resultaba incómoda.

—Puedo hacerlo yo perfectamente —respondió, de repente irritada.

No le había pedido que lo hiciera. Él y esos cambios de humor tan raros que tenía se podían ir a la...

David la miró detenidamente.

—No estaba cuestionando tu competencia —aclaró en voz baja.

—Disculpa —dijo ella. Tal vez él solo trataba de ser amable—. No era mi intención parecer susceptible. Es que ha sido todo muy raro —añadió mirándole a los ojos—. Todo.

—Sí —convino él.

—Hace una noche muy agradable. Voy a dar un paseo —dijo ella.

—Te acompaño.

Natalia empezó a caminar, él la siguió y fueron en silencio uno al lado de la otra. Ella seguía estando confusa, y eso no le gustaba nada. Miró de reojo a David. Llevaba las manos en los bolsillos y tenía el ceño fruncido. Su parte netamente femenina no pudo evitar preguntarse qué tal sería como amante. Ella era de carne y hueso y, aunque no se lo había dicho ni a Åsa —mucho menos a Åsa—, después de Jonas no había estado con ningún hombre. No por razones morales, sino porque se consideraba torpe para todo lo relacionado con cuestiones y encuentros amorosos. Hacía más de un año que no había tenido relaciones sexuales. Casi le producía risa pensar en la cara que pondría su amiga si lo supiera.

—Sara Harvey ha estado maravillosa —dijo cuando notó que el silencio empezaba a ser incómodo. Miró de soslayo el rostro serio de David.

—Me alegro mucho —dijo él sonriendo—. He de reconocer que nunca la he oído.

—Estoy realmente agradecida.

Ambos moderaron el paso de forma simultánea. Se detuvieron. Ella, que casi le llegaba a la cara gracias a sus altos tacones, le miró a los ojos con un suave parpadeo y volvió a sentir esa fuerte atracción.

David sonrió y levantó una mano como si fuera a acariciarla.

Natalia estaba a punto de cerrar los ojos y acercarse a él cuando le oyó decir:

—Ha sido un encuentro muy agradable.

Se dio cuenta de que no tenía intención de acariciarle la mejilla, solo quería desearle buenas noches.

—Sí. —Dio un paso atrás y luego respiró profundamente intentando que él no percibiera la decepción en su voz.

Si se hubiera tratado de otra persona se habría armado de valor y le habría preguntado si quería pasar la noche con ella. ¿No era así como se hacía? Tampoco era nada del otro mundo. Tenía entendido que David vivía solo y ella era una mujer libre e independiente que incluso tenía condones en uno de los cajones de su dormitorio. Le podía preguntar sin ningún inconveniente si quería acompañarla a casa a tomar una copa.

Pero apareció un taxi; el poco coraje que había reunido la abandonó y le hizo una señal.

David le abrió la puerta y ella se sentó y notó el frío del asiento traspasando la tela del ligero vestido. Él se quedó un rato inclinado con su mirada más seductora. Ella volvió el rostro hacia él firmemente decidida a mantener el control.

Por un momento tuvo la impresión de que David iba a decirle algo, pero no fue así.

—Buenas noches —dijo ella forzando una sonrisa.

Aunque no era para tanto. En realidad no había ocurrido nada.

—Natalia —dijo él con rapidez antes de que ella cerrara la puerta del taxi.

Oírle decir su nombre fue una especie de caricia; sintió un escalofrío.

—¿Sí?

—Si tienes tiempo, me gustaría que nos viéramos mañana. ¿Puedo llamarte?

A Natalia no se le ocurrió nada que decir, se limitó a asentir con la cabeza.

Él la imitó, como si hubiera tomado una decisión. La puerta

se cerró antes de que pudiera añadir nada más. Se oyó un leve zumbido y, en medio de la noche de verano, el taxi recorrió el corto trayecto hasta su casa. Ella sonrió todo el tiempo, y siguió haciéndolo hasta que se acostó y se quedó dormida.

10

A la mañana siguiente Åsa se despertó ansiosa. Por suerte era domingo y no había nadie con ella en la cama, lo que agradeció profundamente. Demasiadas veces había tenido que echar a algún desconocido que no entendía que quisiera tener sexo con él pero no que pasara la noche en su casa.

Además estaba mareada. Cómo odiaba la sensación de angustia que producía la resaca. Nunca se había sentido tan mal. No recordaba cuánto había bebido, lo que no era buena señal. Trató de apartar de su mente a Michel Chamoun, pero fue en vano. Como siempre, ese hombre había logrado meterse en ese rincón de su mente donde nadie, ni siquiera él, debía estar. Se tapó la cara con un brazo y lo apretó todo lo que pudo. En realidad —siempre intentaba ser honesta consigo misma, bastante les mentía a los demás—, no estaba enfadada con él. No, no estaba enfadada con Michel, estaba enfadada con ella. Gimió tapándose con el brazo. Su comportamiento en el bar había sido totalmente inaceptable. Aunque le sorprendió cuánto influía él en ella, Åsa Bjelke, la que no se implicaba nunca con nadie. Y no sospechaba que él le importara aún. Increíble. Pero la hirió de verdad cuando ella pasaba un momento de suma fragilidad. Fue hacía más de diez años y eran muy jóvenes, pero lo sentía como algo reciente. Recordaba cada instante, cada palabra. Cada...

Y por un momento se permitió hacer lo que nunca había hecho: mortificarse pensando en lo que no fue.

Michel estaba cambiado.

Ese estudiante larguirucho de mirada seria y pelo suave y oscuro había quedado atrás. Ya le parecía atractivo en aquella época, cuando se conocieron en la universidad, pero ahora, con la cabeza rapada y la mirada adulta, estaba mucho más guapo. No llevaba alianza, como pudo comprobar, pero eso tampoco tenía por qué significar nada. Muchos de los jóvenes financieros que habían estado en su casa tenían mujer e hijos en sus chalets de Djursholm.

«Pero Michel no es así, ya lo sabes», se dijo Åsa.

Michel Chamoun era anticuado, honesto y leal. Si estuviera casado con una libanesa y tuviera ocho hijos con ella, le sería fiel. Michel era así. Costaba entender que le fuera tan bien en un sector empresarial cuyas bases eran la falsedad y la traición.

Se incorporó hasta quedar sentada en la cama. Estiró las piernas y dejó escapar un gemido. Tenía que superar ese día. Un día más, era capaz de hacerlo. Pero odiaba no tener ningún plan para el domingo, y justo ese domingo tendría que haber asistido a una fiesta en el archipiélago. Se habría relacionado con gente divina y superficial sin el menor interés en ver su interior.

Leyó el texto borroso del mensaje que Natalia le había enviado al móvil:

> Espero que te encuentres bien.
> Llámame si necesitas hablar.

Fin de los mensajes.

Åsa dejó a un lado el teléfono, enfadada con Natalia sin ningún motivo. Pero si el arrogante David Hammar no le hubiera dado las entradas, nada de eso habría sucedido. Ella estaría ahora en una isla, rodeada de amigos lejanos, y de conocidos más lejanos aún, cuya charla le ayudaría a quitarse de encima la ansiedad del domingo y llenaría el vacío y el silencio de sonidos.

Por fortuna tenía por delante las vacaciones. Unas semanas en las que iba a estar prácticamente todo el día rodeada de gente. Habría fiestas, brillaría el sol y ese sentimiento de vacío que la asaltaba cuando se quedaba sola se alejaría. Se prometió no pensar en Michel ni una sola vez. A partir de ese momento sería como si no existiera, como si no se hubieran visto aquella noche en Estocolmo y como si la historia que vivieron hubiera acabado de verdad hacía más de diez años.

Sacó de un cajón dos pastillas para el dolor de cabeza, llenó un vaso de agua, las dejó caer y se quedó mirando la turbia efervescencia.

De repente y sin previo aviso se echó a llorar.

Natalia leyó la respuesta que Åsa le había enviado. Era breve y fría, pero le alivió comprobar que su amiga estaba sana y salva.

No solían verse los fines de semana de forma imprevista. Eran amigas desde pequeñas, sus madres se conocían, estudiaron en los mismos colegios y, obviamente, Åsa se quedó a vivir con ellos después de la tragedia, pero llevaban vidas muy distintas. Åsa era vivaracha, extrovertida y tenía visión para todo lo que fuera elegancia y estilo de vida. Contaba con montones de amigos y colegas, conocía prácticamente a todos los que eran importantes de algún modo, organizaba almuerzos, fiestas y cócteles sin cesar, casi de forma compulsiva, mientras que Natalia no paraba de trabajar y estaba incómoda en ese tipo de relaciones.

La mayoría de las mujeres que Natalia había conocido en su juventud llevaban el estilo de vida típico de las clases altas, y pocas de ellas se sufragaban los gastos que eso suponía. Muchas eran amas de casa que contaban con niñera, asistentas y una empresa de catering que preparaba las cenas; otras hacían algún curso de diseño en el extranjero de vez en cuando y se dejaban mantener por los padres mientras esperaban que apareciera un hombre rico.

Más de una vez Natalia tuvo la sensación de que todo eso eran vestigios de la desigualdad de otros tiempos. Aunque ella también había sido siempre un poco rara. Ni siquiera Åsa, que al menos hacía un trabajo cualificado en Investum, compartía su pasión por el trabajo. Åsa cumplía su horario, prolongaba los almuerzos y las vacaciones y dedicaba el tiempo libre a alternar en fiestas, ir de compras y otras frivolidades parecidas. Para Natalia era distinto. Después de separarse de Jonas no retomó la vida social. Jonas y ella se relacionaban por lo general con amigos comunes, y comprobó que estos no suelen invitar a una mujer sola a almuerzos de parejas ni a barbacoas familiares nocturnas. De hecho, durante el último año no la había invitado ninguno de los amigos que Jonas y ella tenían en común.

Al principio, el hecho de que la excluyeran le dolió más de lo que esperaba, pero no tardó en acostumbrarse. Como nunca había tenido muchas amigas, llenó su tiempo con el trabajo.

Natalia suponía que la soledad debería molestarle más, pero en realidad tenía muy pocas cosas en común con las mujeres de los círculos con los que se relacionaba. Se decía que la vida tenía que ser algo más que vivir en el sitio correcto y controlar a los que no disponían de tanto dinero como aparentaban.

Volvió a sonar el teléfono. Miró la pantalla con la seguridad de que sería Åsa otra vez.

¿Despierta?
David Hammar.

Abrazó el teléfono con fuerza. Él le había preguntado si podía llamarla y ella le dijo que sí, que por supuesto. En realidad esperaba que la llamara en algún momento durante el día, pero ahí estaba ya, solo unas horas después de separarse. Como si le trajera sin cuidado que ella pensara que estaba demasiado interesado.

Natalia escribió:

Sí.

Sonrió, envió el mensaje y esperó.

Dos segundos después sonó el teléfono.

—¿Cómo estás? —preguntó él.

Ella sonrió de oreja a oreja.

—Bien. Gracias por lo de ayer.

—¿Llegó Åsa bien a casa?

—Oh —dijo ella algo desencantada—. Sí, acaba de enviarme un mensaje. Gracias.

Él no hablaba y Natalia pensó que ella tendría que comentar algo más. Algo que sonara indiferente y agradable a la vez. De repente se dio cuenta de que esas cosas se le daban fatal.

—¿Quieres desayunar conmigo? —preguntó él.

«¡Sí! ¡Por favor! ¡Me encantaría!»

—¿Cuándo? —dijo.

—Puedo enviar un coche para que te recoja. ¿Dentro de media hora?

Natalia expulsó el aire lentamente. Eso no se lo esperaba.

Pero en un tono natural, como si fuera de lo más normal que los hombres le enviaran coches para desayunar con ella, respondió:

—Eres muy amable, gracias. Hasta ahora.

Exactamente media hora después, Natalia vio que un coche oscuro, con el logotipo del Grand Hôtel en uno de los cristales de la ventana, doblaba en la esquina de su calle y se detenía delante de la puerta de su casa. No le había dado la dirección a David, ni había pensado en ello, pero él debía de saber dónde vivía. Un joven de aspecto andrógino vestido con vaqueros, camisa y chaleco, le sostuvo la puerta para que accediera al asiento de atrás y luego volvió a cerrarla. Apenas le había dado tiempo a hundirse en el cómodo asiento de piel cuando se detuvieron ante las puertas del Grand Hôtel.

Uno de los conserjes que estaban en la puerta fue hacia ella.

—¿Natalia De la Grip?

Ella asintió y pensó que aquello era un poco como sacado de un cuento o una película.

—¿Sabe dónde está el bar Cadier? —preguntó el empleado en tono cortés.

—Sí, gracias —dijo ella, y se dirigió a la escalera alfombrada de la entrada, en medio del lujo discreto del Grand Hôtel.

David estaba sentado al final de la barra del bar que llevaba el nombre del fundador del hotel. La luz entraba a raudales, había una vista espectacular del Palacio Real sobre el agua. David se puso de pie y Natalia no estaba segura de cómo saludarle. Él le sonrió brevemente y le tendió la mano. Ella la apretó y pensó que no entendía su actitud. Por un lado era tan correcto y profesional que resultaba ridículo pensar que tenía el más mínimo interés por ella. Por otro lado, entradas para conciertos privados, desayuno el domingo, y un coche con chófer para que la recogiera. Si su objetivo era confundirla, lo había logrado.

—Como no sé qué te gusta, he pedido de todo —dijo él abarcando con la mano los panes, quesos, cereales, yogures, mermeladas, zumos, frutas y servicios de té y café que había sobre una mesa—. Menos gachas. En realidad no creo que las gachas le gusten a nadie.

Ella se sentó y le sirvieron café humeante en la taza blanca.

—Todo tiene un aspecto delicioso —dijo ella con naturalidad mientras se ponía una gruesa servilleta de hilo en las rodillas.

Untó mantequilla en un cruasán y después le puso mermelada de frambuesa. Al morder el cruasán cayeron en el plato unas migajas doradas. Estuvo a punto de relamerse los labios de placer.

Los ojos color azul grisáceo de David brillaron.

—¿Te gusta? —preguntó.

—Sí, no quedaba comida en casa y tenía mucha hambre. Gracias.

Él esperó mientras ella comía, le dirigió algunas frases de cortesía pero sobre todo dejó que desayunara en paz. Al ver que Natalia miraba de reojo el periódico de la mañana, se lo acercó.

—Léelo —dijo—. Yo también suelo hacerlo.

Mientras ella ojeaba los titulares él tomaba café y parecía satisfecho de compartir ese momento en silencio. Le sirvió más café y ella se preguntó qué querría en realidad, qué estaría tramando.

No era el primer inversor de capital de riesgo con el que almorzaba, ni tampoco el primero con el que desayunaba en un hotel. Una gran parte de su trabajo consistía en invitar a clientes potenciales. Se le daba bien, estaba acostumbrada a guardar secretos y era experta en dar consejos concretos en situaciones económicas complicadas. Natalia sabía que su famoso apellido había contribuido para que J.O. la reclutara. Su apellido impresionaba a los poderosos directores generales y a los influyentes agentes de bolsa bastante más de lo que eran capaces de reconocer. Pero también sabía que el motivo de que la consideraran una de las mujeres de más talento de Suecia, tal vez incluso de Escandinavia, se debía exclusivamente a su competencia.

Era consciente de eso.

Pero no parecía que David quisiera hablar de negocios.

—Entonces ¿qué planes tiene para el verano el inversor de capital de riesgo más conocido de Suecia? —dijo ella como a la ligera.

Él le dirigió una mirada inescrutable.

—Seguir trabajando.

—¿Nada de vacaciones?

David dejó la taza de café. Vestía de sport, camisa de manga corta y vaqueros oscuros. Ningún hombre de los que había en el comedor tenía ni remotamente su carisma. Los camareros y camareras no le quitaban la vista de encima, y casi todos los comensales les habían echado una ojeada en algún momento. David era como un foco de energía. Y no parecía preocuparle lo más mínimo.

—Nunca me tomo vacaciones —dijo, y ella sabía que ni mentía ni se jactaba de ello.

No conocía a nadie como él. La mayor parte de los hombres de la élite financiera parecían salidos todos del mismo molde: bronceados y vanidosos, afables y superficiales. David no estaba bronceado y a ella no le parecía coqueto. No era un hombre que pasara el tiempo holgazaneando en el Mediterráneo o en una isla del Caribe. En las fotos que se publicaban de él era fácil tomarlo por un financiero como los demás, aunque inusualmente guapo. Pero visto de cerca no había nada corriente en él. La dureza y energía que irradiaba ejercían en ella una fuerte atracción y, al mismo tiempo, hacían que se mantuviera alerta. Imaginó tener de enemigo a un hombre así. Se estremeció.

—Lo dices en serio —comentó ella dejando a un lado los pensamientos desagradables. Él solo era una persona, no un malvado superhéroe.

Mientras clavaba el tenedor en una fresa pensó que era probable que llevara trabajando varias horas allí a pesar de ser domingo. Miró de reojo el maletín que colgaba de la silla en la que estaba sentado. Vio un ordenador, carpetas y varios periódicos.

—Trabajo todo el tiempo, pero no me importa —dijo él.

Ella sonrió mirando la taza de café.

—¿Qué?

—Yo soy exactamente igual —reconoció ella.

—Lo sé. Se nota. ¿No te vas a tomar ningún día libre?

—Mi familia se irá pronto a Båstad y me daré una vuelta por allí. Creo que conoces a mi hermano Peter. ¿No estudiasteis juntos?

—Sí —dijo David—. En Skogbacka.

Por su tono de voz, Natalia intuyó que Peter y él no se llevaban bien en el internado. No le sorprendió demasiado. Peter a veces podía ser un verdadero esnob, y ella no había oído decir a nadie de su familia nada bueno sobre los inversores de capital de riesgo en general y de David Hammar en particular. Era lo de siempre: nuevos ricos, dinero nuevo, blablablá.

Dejó el tenedor y la fruta que quedaba. No podía más. Y era ahora o nunca.

—Tengo que hacerte una pregunta —dijo.

Él levantó una ceja.

—Si no hay otro remedio...

Pero ella no se dejó intimidar.

—No acabo de entender por qué te pusiste en contacto conmigo. —Se apresuró a sonreír para quitarle importancia a la pregunta—. Ha sido agradable, pero me pregunto cuál es el motivo. No sé si tiene que ver con alguno de mis clientes o si necesitas ayuda con algo que llevas entre manos, la verdad es que no lo sé. ¿Es por negocios o... es otra cosa?

David la observó con detenimiento. Ella también lo miró con atención, con mirada serena y sin bajar la vista. No le sorprendió que la pregunta fuera tan directa. No parecía que Natalia estuviera jugando a nada, y además tenía todo el derecho a preguntárselo.

Él era el primero en reconocer que su comportamiento no había sido del todo coherente con ella. Y lo del coche había resultado un poco excesivo, pensándolo bien. Pero el hotel tenía servicio de coche y de chófer y a él le gustó enviárselo. Quizá como compensación por el final de la noche anterior.

Tal vez se estuviera mintiendo a sí mismo pretendiendo que solo se trataba de cortesía profesional. Era la primera vez que enviaba un coche a recoger a una mujer.

—¿Honestamente? —preguntó él.

Natalia asintió. Si iba con segundas intenciones, lo ocultaba muy bien. Él no vio el menor rastro de hostilidad en su cara ni en su lenguaje corporal, y era bueno interpretando esas cosas.

—No lo sé —dijo al fin con sinceridad—. Empezó como un

simple encuentro de negocios. Conozco a tu jefe y trato de seguir la pista de los jugadores clave en el sector. El almuerzo iba por ahí. —Era verdad y a la vez era una mentira enorme—. Pero después... —Se quedó en silencio.

Después empezó a comportarse de forma ilógica y ahora estaba desayunando y mirando con fijeza los ojos inteligentes de esa mujer mientras se decía una vez más que era un área prohibida para él.

—No lo sé —repitió—. Pero me resulta estimulante hablar contigo. ¿Es suficiente?

Ella se sonrojó ligeramente pero no apartó la mirada.

—Me ha alegrado tu llamada —dijo mientras veía retirar de la mesa los restos del desayuno—. Además, estaba hambrienta —añadió con una amplia sonrisa.

Era una mujer nacida en la élite más alta, pensó él. Pero lo más curioso era que al mirarla, allí sentada, con una taza de café en la mano y una sonrisa, David tuvo la certeza de que era un ave tan rara como él.

David lo sabía todo acerca de lo que significaba ser distinto, no encajar; sin embargo nunca habría pensado que eso pudiera ocurrirle a alguien como Natalia. Pero así era, lo percibía.

Pequeños signos reveladores y alguna palabra de vez en cuando le decían que se trataba de una persona que había tenido que defender todas y cada una de sus elecciones, lo que la había hecho más fuerte y más sensible.

Sacudió la cabeza. Cuando la llamó por teléfono le pareció percibir en su voz que aún estaba adormilada y pensó que tal vez la había despertado a pesar de lo avanzado de la hora. Sin embargo, en ese momento estaba sentada delante de él, vestida con un traje de hilo impecable y discretamente maquillada. Llevaba el pelo recogido en un moño perfecto, sin un solo mechón suelto. Era probable que si se despertaba a Natalia De la Grip a media noche, se sentara en la cama, abriera los ojos con rapidez y se pusiera a escribir un informe con toda tranquilidad.

—¿Siempre has sabido que querías dedicarte a las inversiones de capital de riesgo? —preguntó ella con auténtico interés.

—Quería ser rico, ya te lo he dicho —respondió.

«Y además quería vengarme de los que habían destruido mi vida, que casualmente son familiares tuyos.»

—Y desde luego lo has logrado —dijo ella.

No percibió resentimiento ni desprecio en su voz, solo una constatación. Un hecho que ella admitía sin darle mayor importancia.

Él asintió con la cabeza. Pero en realidad no le había dicho toda la verdad, solo lo que decía siempre.

—Quiero tener poder —se oyó decir de repente.

Nunca lo había dicho en voz alta, pero era verdad. Quería tener poder para gobernar su vida. Y solo los realmente ricos podían hacer eso.

Ella asintió lentamente, como si lo entendiera.

—Mi familia siempre ha tenido dinero —comentó, pensativa—. No puedo imaginar otra cosa.

—Al principio tenía tanta prisa... —dijo él evitando analizar el hecho de que la tenía delante y aquello era algo personal con ella—. Me expuse a riesgos innecesarios, algo que no haría hoy en día.

—Eras más joven —dijo Natalia con una leve sonrisa, como si ella también se hubiera arriesgado antes y lo recordara con alegría.

Él se preguntó qué riesgos serían los de ella, y le produjo una especie de extraña excitación imaginar a una Natalia arriesgada e impulsiva.

—Al principio trabajábamos sin descanso —continuó él—. A veces tengo la sensación de que estuve varios años sin dormir.

—¿Michel y tú? ¿Sabías que él y Åsa... se conocían?

—No tenía ni idea —respondió David moviendo la cabeza—. Parecía como si no hubieran concluido lo que fuera que tuvieran en el pasado.

—Ya —dijo pensativa—. ¿Michel está casado?

—No. ¿Y Åsa?

Natalia sacudió la cabeza y sus miradas reflejaron comprensión mutua. El sol entraba a raudales, los ojos de ella parecían oro puro y él sintió que se quedaba atrapado en ellos. Ella levantó la taza de café y, con las mejillas ligeramente sonrosadas, como si le diera vergüenza, dijo por encima del borde de la taza:

—Ahora dime, de forma confidencial por supuesto, ¿qué negocio tenéis entre manos Michel y tú en este momento?

David sonrió. Le pareció una pregunta a la vez divertida y peligrosa a muchos niveles.

—Tenemos varios a la vista —respondió escuetamente.

—Uf. Frases estandarizadas.

Él soltó una carcajada, no pudo evitarlo. Ella también se rió, y en ese momento ocurrió algo entre ellos, algo tan evidente que casi se podía percibir en el aire. La posibilidad de que volvieran a verse empezó a darle vueltas en la cabeza. Era verano, eran personas adultas y se trataba de algo del todo inofensivo. No quería cortar eso, todavía no.

Sentía que cuando estaba con ella el tiempo pasaba con una rapidez increíble. Sus respuestas rápidas, su agudeza intelectual y su discreta sonrisa hacían que perdiera la noción del tiempo. Cuando miró el reloj se quedó atónito.

—Lo siento —dijo captando la mirada de uno de los camareros. Había vuelto a ocurrir. Había perdido el control del tiempo—. Tengo que irme ya si no quiero perder el avión. Pero el coche del hotel te llevará a donde quieras.

—No seas tonto, puedo caminar.

Ella no le preguntó adónde iba, sin embargo él se lo dijo.

—Tengo que ir a Malmö. Pero me gustaría que volviéramos a vernos. La secuencia lógica es, creo, almuerzo, desayuno y después cena.

Ella lo miró.

—Sí —dijo convencida—, suena completamente lógico.

Él pagó y se levantó. Ella también se puso de pie, con el bolso en el hombro. Atravesaron juntos el hotel y salieron. Ella lo miró entornando los ojos a causa del sol y él se inclinó hacia ella, dejó que su boca le rozara levemente la mejilla y casi la besó.

—Adiós —dijo David en voz baja al tiempo que inhalaba sin prisa la fragancia de su piel y lo que debería haber sido un beso impersonal en la mejilla se convertía en algo mucho más peligroso.

Ella no se movió.

Le rozó también la otra mejilla y en ese momento le pareció notar que ella contenía el aliento.

—Buena suerte en Malmö —susurró Natalia.

11

El lunes por la mañana Natalia fue la primera en llegar al trabajo, pero J.O. llegó inmediatamente después.

—Aquí traigo las nuevas cifras —dijo ella a modo de saludo.

Él cogió el montón de papeles y asintió con la cabeza. Natalia esperó de pie mientras él echaba una ojeada a los números.

—¿Cuándo crees que habrá negocio? —preguntó él mirándola fijamente.

J.O. era alto y delgado. Salía a navegar, jugaba al tenis y esquiaba a nivel profesional. Había ido a los mejores centros educativos, sus padres eran diplomáticos y sus modales los de un clásico gentleman. Pero también era uno de los hombres más fríos e impersonales que Natalia había conocido. Tenía tres secretarias que se encargaban de informarle de todo, desde el aeropuerto al que tenía que ir hasta el bar en el que había acabado de madrugada.

—El director danés va a venir a Suecia —respondió ella en el mismo tono impersonal—. Creo que deberíamos intentar verlo juntos. Necesita hablar.

Una gran parte del trabajo de Natalia consistía en apaciguar los ánimos, encargarse de los directores nerviosos, escuchar y apoyar. Dar consejos y cerrar negocios. Esas cosas no le preocupaban.

—Sí, y acudirá a la fiesta que daremos en Båstad. Allí nos ocuparemos de él —dijo J.O. mirándola por encima de la montura de acero de sus gafas. El pelo se le debía de haber puesto gris en algún momento del año anterior. Y en las comisuras de los ojos tenía unas arrugas en las que ella no se había fijado—. Te necesito allí —añadió él—. Le caes bien.

—Por supuesto, le diré a mi asistente que se encargue de los billetes —dijo, y pensó que si iba a Båstad no habría modo de evitar a su familia.

Båstad era el punto de encuentro y recreo en las vacaciones de verano de los ricos, los famosos y los glamurosos. Båstad era el motivo de que por esas fechas la capital se vaciara de coches de lujo, financieros y esposas de la clase alta. Los padres de Natalia estaban allí, tomando el sol y participando en una interminable sucesión de cócteles y fiestas de todo tipo en los que abundaba el champán.

Jonas también estaría allí, por supuesto.

Mierda.

Natalia vaciló. Lo que le preocupaba era otra cosa.

—¿No te parece que esta fusión va demasiado deprisa? —preguntó con cautela.

Realizar un negocio de esa magnitud podía llevar un año; sin embargo, después de tan solo unos meses, la gente de Investum ya hablaba de firmar el contrato en otoño. Natalia sabía lo ansioso que estaba su padre por hacer la compra, pero ella pensaba que se precipitaba. El prestigio que iba a aportarle la creación de un gran banco nórdico no le dejaba ver las cosas claras.

—¿Por qué lo dices?

—No lo sé, en realidad es solo una sensación.

—Cuando tenga tiempo revisaré todo el acuerdo, pero es normal que empieces a preocuparte en esta fase; por eso somos dos. Déjamelo a mí.

Ella asintió y fue a escribir una nota a su asistente para que le reservara billete a Båstad.

Dos horas después la oficina estaba llena de gente. Los teléfonos sonaban, las pantallas de los ordenadores brillaban y la aglomeración era casi palpable.

Después de la hora del almuerzo recibió un mensaje de J.O.

Estoy en Finlandia.
Regreso mañana.

Cuando volvió a oír el sonido del teléfono eran las tres y estaba al borde del desmayo, pues no había comido nada desde el desayuno.

¿Nos vemos esta tarde? Enseguida saldré de Malmö. Lamento la poca antelación. Puedo compensarlo con picnic y esperar en la puerta. Pls?
D.H.

Ella parpadeó. Estaba tan absorta en el trabajo que tardo un poco en darse cuenta de que se trataba de un SMS privado. Luego empezó a sonreír para sí misma y respondió:

Picnic, trato hecho. Sí, gracias.
P.D.: ¿qué significa pls?

Natalia aguardó con una sonrisa. Durante el día apenas había tenido tiempo de pensar en David en algún momento. Pero ahora...

Puso los pies encima del escritorio, se inclinó hacia atrás en la silla y siguió sonriendo. Hacía mucho tiempo que no coqueteaba con nadie, y él había estado a punto de besarla el día anterior. Sintió cosquillas en el estómago al recordar el cálido roce de sus labios en la mejilla. Miró de reojo con la esperanza de que nadie se hubiera dado cuenta de que Natalia De la Grip se emocionaba con el recuerdo de un simple beso.

Pls = please
La cesta de picnic y yo te recogeremos a las 19.
D.H. (David Hammar)

Natalia bajó los pies del escritorio. No le daba tiempo de ir a casa, pero en la oficina tenía algo de ropa para cambiarse y podría darse una ducha rápida. Fuera brillaba el sol y se dio cuenta de que podía anhelar el sol y el aire y ser una persona normal, de esas que tenían citas con hombres, comían y no solo se dedicaban a trabajar dieciocho horas al día sino que también vivían. Le envió una respuesta afirmativa y luego se lanzó de nuevo al trabajo.

12

—No es más que un paseo en barco, no te preocupes —dijo David.

—No es el barco lo que me preocupa —dijo Michel en tono contundente—. Lo que me preocupa es que quizá te hayas vuelto completamente loco. Sabes que puedes pedirme el barco e irte a donde te dé la gana con quien te dé la gana. Pero ¿con ella?

Michel se incorporó. El cuero de la silla crujió por el movimiento de su macizo cuerpo.

David fue hacia la puerta y la cerró. Al otro lado había despachos en los que los empleados de Hammar Capital se dedicaban a analizar negocios y empresas desde primera hora de la mañana hasta la noche. No tenían por qué oír aquella discusión.

—Eres tú el que siempre dice que no hay que mezclar la vida privada y los negocios —añadió Michel con tono de enfado—. Así que tal vez quieras explicarme lo que estás haciendo, porque de verdad que no entiendo que de repente vayas a todos lados con Natalia De la Grip. Creía que habíamos terminado con ella.

Michel parecía más preocupado de lo habitual, aunque solía ser tan responsable que lo controlaba todo una y otra vez. Según David, no había nadie mejor que él para tenerlo al lado en los negocios. Lo que no significaba que se lo contara todo. Tampoco era que tuviera mucho que contar, pensó, pero aun así no lo hacía.

—No es nada serio —dijo. Porque el simple hecho de pensar que podía tratarse de algo más que de una aventura pasajera le producía risa. Natalia tenía una conversación amena, el tiempo se le pasaba volando en su compañía y ese beso impulsivo en la mejilla, que ni siquiera llegó a ser un beso, hizo que su cuerpo se estremeciera y quisiera algo más. Pero no iba en serio y él lo sabía mejor que nadie—. Solo cuido un contacto valioso.

—Sí, claro. —Michel resopló.

David sacudió la cabeza. Los SMS que había intercambiado con Natalia le habían animado y estaba de buen humor, así que no quería discutir. Si se hubieran invertido los papeles, tal vez él también habría saltado.

Pero tampoco había ningún motivo para saltar. Él tenía que comer, ella también y el aire fresco era saludable. Además, navegar solo no era divertido. Se le ocurrían al menos cinco, tal vez diez razones para considerar que su amigo había exagerado; era una simple excursión no planificada. «Aunque es muy razonable que Michel haya reaccionado de este modo.»

—Sé lo que hago —dijo en tono tranquilizador.

—Pronto será portada de todos los periódicos, tanto aquí como en el resto de Europa y Estados Unidos —dijo Michel, que no se había tranquilizado en absoluto—. Nadie ha hecho nunca nada parecido a esto, como tú mismo sueles repetir. Si tienes algo que ocultar respecto a esa mujer, te agradeceré que me lo digas. Recuerda que este negocio no es solo tuyo.

Michel, igual que David, había invertido gran parte de su capital privado y tenía todo el derecho del mundo a preocuparse.

David hundió las manos en los bolsillos del pantalón y fue hacia la ventana. El despacho de Michel tenía vistas al Palacio Real y Skeppsbron. Se volvió.

—Solo voy a cenar después del trabajo con una colega un día laborable —dijo—. No tengo nada que ocultar. Somos dos personas adultas que han quedado, van a cenar juntas y tal vez hablarán un poco. Ella es un buen contacto, conoce a todos, yo he trabajado con su jefe. Y estoy ampliando la red de contactos.

Michel volvió a resoplar.

—Sí, vale.

David lo miró pensativo. Su amigo no parecía el mismo. No habían hablado de lo ocurrido el viernes en el bar. Eran hombres, los hombres no hablan de esas cosas. Tal vez debieran hacerlo.

—¿Qué te pasa realmente? Si no quieres prestarme el barco, dilo. Lo demás no tiene nada que ver contigo. Ella no tiene responsabilidad operativa en Investum, podría ser cualquier otra persona.

Michel levantó las manos, como si se diera por vencido.

—Llévate el barco, sé que nunca harías nada que no fuera profesional —dijo—. Supongo que he dormido poco.

David lo observó con atención. Parecía cansado de verdad.

—¿Qué ocurre con Åsa Bjelke?

Michel apretó las mandíbulas, pero se limitó a decir:

—¿A qué te refieres?

—Ya sabes a qué me refiero. Nunca te había visto así. Estabas muy enfadado con ella.

—Me sorprendió verla. Nada importante.

«Ya.»

—Vamos —dijo David dándole unas palmaditas en el hombro a su amigo—. Voy a comprar la comida para el picnic. Acompáñame, te invito a un café.

Mucho después, mientras esperaba a Natalia en la puerta de su oficina en Stureplan, a David se le ocurrió que Michel quizá tuviera razón, que tal vez debería dejar en paz a Natalia. Ella parecía una persona buena de verdad.

El asunto de Investum no tardaría en explotar en la prensa, y entonces empezaría el espectáculo. Los periodistas llamarían como locos, las especulaciones llenarían las columnas y Michel y él podrían dar el siguiente paso.

En cuanto descubriera la magnitud de lo que tenía previsto hacer, Natalia, inevitablemente, lo odiaría. Él no quería eso, ella le gustaba. Y si seguían viéndose, ella, inevitablemente, sentiría la traición como algo personal. Le haría daño. Era un pensamiento desagradable.

Pero ese casto beso en la mejilla había puesto en marcha algo que él no quería ignorar. Y ella también debió de sentir algo. Se le oscurecieron las pupilas. Él nunca había experimentado nada igual. Pero no debía dejar que fuera más allá, se dijo. Picnic y besos en la mejilla, bastaba con eso. Algo más sería una locura.

Y él tenía muchos defectos —era duro, despiadado y frío—, pero no estaba loco.

13

Natalia salió a la calle y notó el calor como una bofetada. Llevaba desde primera hora de la mañana en la oficina con el aire acondicionado y no se había dado cuenta del calor que hacía fuera. Nunca la habían invitado a un picnic, lo que ya era en sí un poco trágico, pero sobre todo estaba insegura acerca de qué tipo de ropa debía ponerse.

Al final, entre la ropa de reserva que tenía en el armario de la oficina, eligió una blusa de seda de manga corta y unos pantalones claros de lino. David la estaba esperando a la salida de la Sturegallerian, y al verlo con camiseta y pantalón vaquero se sintió ridículamente arreglada. Él levantó la mano en la que llevaba el reloj de acero y la saludó. Cada vez que pensaba en él se convencía de que había exagerado en lo guapo, lo alto y lo ancho de espalda que era. Y cada vez que lo veía se daba cuenta de que no había exagerado lo más mínimo. No era raro que los medios de comunicación estuvieran locos por él.

—Hola —dijo David sonriendo.

—Hola —respondió ella, y al notar el tono natural y fresco de su propia voz se tranquilizó.

Él le apoyó una mano en el hombro y le rozó la mejilla con los labios. Un simple beso fugaz. Ella cerró los ojos y aspiró su olor. Cielo santo, se excitaba por nada. Se retiró, se sosegó y sonrió.

—¿Adónde vamos?

David miró los elegantes pantalones y la impecable blusa que llevaba y sonrió con cierta sorna.

—Tendría que haber supuesto que llevarías ropa ligera y poco práctica —dijo él—. Y eso no va a durar mucho, te lo aseguro —añadió refiriéndose al peinado. Luego la tomó del brazo—. Ven.

Solo fue un momento y a ella apenas le dio tiempo a percibir el calor de la mano antes de que la volviera a soltar.

Fueron caminando hacia el agua, sorteando grupos de turistas, familias con niños y dueños de perros.

—¿Qué tal te ha ido en Malmö?

—Como suele ir por allí —respondió él con una sonrisa.

—A mí me gusta Escania.

—Sí, es bonita —admitió David—. ¡Hemos llegado! —exclamó sonriendo.

Natalia miró a su alrededor. Se detuvieron en una terraza pequeña y elegante. Camareros de uniforme llevaban bebidas y platos con aperitivos. La música se esparcía por el paseo marítimo. Le pareció que tenía que ser tan agradable sentarse al lado del agua, que reflejaba los destellos de sol, que ignoró el malestar que le causaba el hecho de que los vieran juntos en Strandvägen, donde había gente que sabía quién era ella. Fue una suerte no cruzarse con nadie conocido.

—No, aquí no —dijo David, como si le hubiera leído el pensamiento—. Allí. —Señaló con la cabeza en dirección al agua y Natalia contuvo la respiración.

Un yate a motor, blanco y reluciente, estaba amarrado en el muelle. Era enorme y tenía una línea tan estilizada y una barandilla tan brillante que parecía que estuviera vivo, como un tiburón o un delfín lleno de energía, ansioso por salir.

—He pensado que mejor no estar en medio de todo el barullo —dijo David con mirada inquisitiva—. ¿O prefieres quedarte en tierra?

—No —respondió Natalia mientras admiraba el monstruo blanco y sentía un escalofrío de expectación.

Él subió a bordo y Natalia tomó la mano que le tendía. El barco se balanceó impaciente bajo sus pies.

—¿Quieres verlo antes?

Ella sacudió la cabeza.

—Quiero navegar —dijo entusiasmada.

David empezó a apretar botones y tiró de la palanca. El motor arrancó con un ruido sordo. Giró el timón y dio marcha atrás.

—¿Adónde vamos? —preguntó ella.

—Abajo, en la cocina, hay una cesta con comida; ¿qué te parece si ponemos rumbo al archipiélago y nos detenemos por el camino en alguna bahía?

—Suena de maravilla.

Poco después dejaron atrás Estocolmo y las aguas saturadas de barcos del entorno de la bahía de Nybroviken. Siguieron por Saltsjön bordeando rápidamente la isla de Lidingö. Había barcos por todas partes, incluso en zonas alejadas del archipiélago, el sol brillaba con fuerza y los embarcaderos estaban llenos de gente.

Un rato después David llevó el barco a una pequeña cala desierta, bajó la palanca de control, echó el ancla y se volvió hacia Natalia.

—Ven a ver lo que hay abajo —dijo.

Descendieron a la cabina por una estrecha escalera y cuando Natalia bajó el último escalón y pisó el suelo de madera, no pudo contener la risa.

Era el barco de lujo más ostentoso que había visto en su vida. Las paredes estaban revestidas de madera brillante y tejido blanco. Una ventana en el techo, varias ventanas redondas en las paredes que daban al agua, y unos cuantos focos pequeños llenaban el espacio de luminosidad y amplitud. Vio un televisor de pantalla plana en una pared, y varias piezas de porcelana Pillivuyt en armarios y estantes. También había un horno microondas instalado en una pared. Sobre una mesa había una cesta enorme.

—¿Puedes traer copas de champán? —David indicó con la cabeza en dirección a un armario.

Mientras Natalia cogía dos copas altas él sacó una botella de champán del frigorífico.

—Lo he comprado rosado —dijo.

—Si no te conociera, pensaría que intentas impresionarme. —Natalia tuvo que hacer esfuerzos por no reír al ver la marca tan cara que había adquirido.

—Los nuevos ricos somos así, ya sabes —comentó él—. En lucha constante para impresionar a la clase alta. Avísame si funciona.

—Lo prometo.

David cogió la botella con una mano, la cesta repleta de comida con la otra y subió la escalera con grandes zancadas.

—¡Vamos, cuando se va de picnic no hay que perder el tiempo! —gritó por encima del hombro.

Natalia lo siguió con las copas en la mano y una sonrisa burbujeante en el pecho.

En la popa había una mesa con bancos corridos y cada uno se sentó en uno. Mientras David quitaba el celofán rosa de la botella y empezaba a desenrollar el alambre de acero, Natalia examinó el contenido de la cesta.

Frunció el ceño.

—¿A cuántas mujeres pensabas invitar a comer? —preguntó al tiempo que empezaba a sacar platos de jamón, salami y bresaola, bandejas de queso de distintas clases, aceitunas, verduras asadas, pesto y una cesta de pan recién horneado.

—Solo a una asesora hambrienta —respondió David mirando cómo sacaba hogazas de focaccia y aún más queso.

—Uau —dijo ella al ver una bolsa grasienta con distintas empanadas que olían divinamente.

—Hummm. Tal vez tendría que haber comprado vino tinto —comentó David echando un vistazo a todas aquellas delicias.

—El champán irá perfecto —dijo Natalia sonriendo—. Pero la mesa es demasiado pequeña, no cabe tanta comida.

Al final llenaron cada uno su plato, fueron a proa y extendieron una manta. Natalia se sentó en la posición del loto. David le dio una copa, llenó la suya y la levantó en un brindis.

—Dime cómo llegaste a ser uno de los capitalistas de riesgo con más éxito del mundo —inquirió Natalia.

—¿Qué quieres saber? —preguntó, y a ella le agradó que no negara su éxito, que no se escondiera tras una falsa modestia.

—Sé por qué, pero no sé cómo. Y no conozco a nadie que haya hecho lo que has hecho tú —dijo entre bocado y bocado—. Oh, Dios mío, qué rico está —exclamó y las burbujas se le subieron directamente a la cabeza—. Me refiero a empezar con las manos vacías.

—Mmm... Siempre he tenido que trabajar para mantenerme. Cuando estaba en la escuela secundaria y durante las fiestas mis compañeros se iban de vacaciones a tomar el sol y a esquiar, yo trabajaba. Todas las vacaciones, todas las fiestas. Y he continuado así.

Natalia se metió en la boca un gran trozo de queso taleggio. Ella era de las que viajaban en vacaciones. Aunque obviamente sabía que podría haber sido de otro modo, que había quienes no podían permitírselo y tenían que trabajar, nunca se había parado a pensar en ello.

—Ahorraba todo lo que podía de lo que ganaba —siguió David—. Empecé a comprar acciones en cuanto supe cómo hacerlo, y en la época de Skogbacka ya hice algunos buenos negocios.

Natalia se preguntó qué opinión tendría David de ese famoso —o infame, según se viera— internado. Peter y Alexander fueron allí. Y su padre era miembro de la junta directiva. Se podría decir que los hombres de su familia llevaban el Skogbacka en la sangre. Ella fue a uno de los otros internados, a un colegio que se consideraba más blando, más adecuado para las mujeres de la familia —las niñas, como decía su madre—, pero ambos colegios eran caros, y David —hijo de madre soltera, si no recordaba mal— solo pudo asistir como alumno becado. Se preguntó cómo le habría afectado lo que él debía de considerar una situación de gran desigualdad. Los internados nacionales formaban a los hijos de la élite, a los que eran ricos de verdad, a los aristócratas y a la familia real. A David, siendo hijo de madre soltera, no debió de resultarle fácil.

—En la Escuela de Economía seguí del mismo modo —dijo, y Natalia apartó esos pensamientos. David Hammar, el hombre que tenía delante y que irradiaba poder y vitalidad en ese yate que debía de valer millones, no era precisamente alguien que inspirase compasión—. Así que, de forma paralela a los estudios y otros trabajos extra, seguí invirtiendo en acciones. Y empecé a hacer contactos. —Se encogió de hombros—. Así fue como todo se puso todo en marcha. Hice un curso en Londres y conocí a Gordon Wyndt...

Hizo una pausa y la miró.

—Sé quién es —dijo ella.

La última vez que consultó la lista de las personas más ricas del mundo, Wyndt ocupaba el puesto cuarenta y cinco. Tener de mentor a un hombre así era exactamente lo que necesitaba un estudiante joven y hambriento sin familia propia.

—Gordon me enseñó mucho. Después de la Escuela de Economía obtuve una beca en Harvard, así que fui a Estados Unidos y seguí estudiando allí. Trabajaba al mismo tiempo en un restaurante para ganarme la vida. Y hacía análisis de empresas con un inversor de capital de riesgo. En aquellos años no dormía mucho —admitió haciendo una mueca.

—Pero ¿fue divertido?

—Muy divertido —dijo sonriendo.

Ella sintió una calidez en el pecho. Compartía esa alegría y ese amor al trabajo; tal vez por eso le resultaba tan gratificante hablar con él, por lo parecidos que eran. Lo que se le antojaba una idea bastante loca, desde luego. Pero se reconocía en su pasión, en su fuerza, y la charla fluía con facilidad. No estaba incómoda con él. Le afectaba, sí, porque le atraía, no había duda. Pero no se sentía insegura ni cohibida.

—Y luego fundé HC —continuó con una amplia sonrisa, tal vez la primera sonrisa grande de verdad que había visto en él—. Y entonces empezó el verdadero trabajo.

Natalia se rió, tomó un sorbo de burbujas y exhaló un profundo suspiro de satisfacción pensando que no podía haber un encuentro más perfecto.

David miró a Natalia, sentada en el la proa del barco de Michel, con una copa de champán en la mano y cara de satisfacción. Había sido muy hábil para sonsacarle cosas de las que generalmente no hablaba, como por ejemplo de sus primeros años. Se preguntó cuánto sabría ella de lo que ocurrió en Skogbacka. Pero Natalia había ido dirigiendo la conversación y él había arrancado a hablar. En ese momento la veía contenta y con ganas de bromear, por lo que pensó que tal vez debería tener cuidado, aunque él también estaba contento.

—¿Qué crees que estarás haciendo dentro de diez años? —preguntó ella.

David cogió su copa y se apoyó en un codo, como ella.

—No tengo la menor idea. Supongo que seguiré pasándome el día trabajando. Tal vez haya dejado de ir tras el dinero de los demás y solo invierta el mío.

—¿No quieres tener familia?

David abrió la boca y luego volvió a cerrarla.

—No —dijo escuetamente—. No si puedo evitarlo.

Ella ladeó la cabeza.

—De acuerdo —dijo en voz baja.

Dios, menos mal que ella lo había dejado pasar y punto. La de mujeres que habían perseverado e insistido en que debía cambiar de opinión.

—He pensado en ti los últimos días —soltó él.

Los ojos de Natalia comenzaron a brillar.

—¿De verdad? —dijo—. Yo casi me había olvidado de ti.

La mentira era tan evidente que David que se echó a reír. Ella bebió un trago de champán con los ojos entornados y una sonrisa en los labios. Él dejó a un lado la copa, se tumbó de espaldas, cruzó las manos por detrás de la cabeza y pensó que al día siguiente volvería a ser el mismo calculador de siempre, pero no en ese momento. Hacía tiempo que no estaba tan relajado y le sorprendía lo bien que lo pasaba con Natalia cada vez que se veían.

—¿Y bien? —preguntó ella, expectante.

Él siguió con la vista en lo alto. El sol aún calentaba pero ya podía verse una estrella brillando a lo lejos por el oeste.

—Me siento muy bien —dijo él mirando el cielo.

Vio gaviotas volando. Las olas salpicaban la proa de la embarcación; David sintió su mirada clavada en él y volvió el rostro hacia Natalia. Unos ojos grandes y algo enrojecidos por el champán se encontraron con los suyos. Pensó que tenía razón, ese peinado de señora mayor no había soportado el viento en alta mar. Alrededor del rostro revoloteaban mechones sueltos y el moño le colgaba en la nuca.

—Me encanta estar en el archipiélago —señaló ella, y a él le pareció percibir cierta tensión en su voz.

—Yo pasé mucho tiempo en el mar durante el servicio militar, hace ya como cien años —dijo él mirando al agua—. Me gusta estar aquí, casi se me había olvidado. Ahora no encuentro el momento de hacerlo.

—Sí, se nota que estás acostumbrado al mar —comentó ella—. Pero este barco no es tuyo, ¿verdad?

—Es de Michel. A él le encanta este tipo de ostentación. En este momento no lo critico, la verdad.

—No, es maravilloso.

Las palabras quedaron flotando entre ambos.

David volvió de nuevo la cabeza. Miró con detenimiento los rasgos netamente clásicos de su rostro, su cuello esbelto y fuerte, y siguió bajando la vista. Adivinó sus pezones, pequeños y duros, a través de la tela casi transparente de la blusa, y lo embargó una oleada de deseo, hasta que vio que Natalia también tenía la piel de gallina y dedujo que probablemente estaba más muerta de frío que de deseo.

No era tan listo como creía, pensó mientras se ponía de pie.

Natalia lo vio levantarse en el rincón que compartían. Con la mano sobre los ojos, lo observó recoger con rapidez todo lo que había sobrado.

—Quédate ahí —dijo él—. Vuelvo enseguida.

Se metió en la cabina y ella se incorporó. Se frotó los brazos. Había refrescado mucho.

Le oyó dar vueltas por allí abajo y al poco subió.

Se había puesto un suéter grueso y le ofreció a ella uno similar.

—He preparado café. Espero que te quede espacio para el postre.

Natalia se puso el suéter, demasiado grande, y se acurrucó al sentir el calor.

—Gracias.

David volvió a desaparecer escaleras abajo y enseguida volvió con un termo bajo el brazo y dos tazas de café y una nevera portátil en las manos. Abrió la nevera y miró en su interior.

—¿Qué hay ahí? —quiso saber Natalia.

—No tengo la menor idea —dijo él levantando un envase cerrado—. Aunque tal vez no lo creas, los postres son una de las pocas cosas que no domino —admitió a punto de reír—. No recuerdo haber comprado esto.

—Dámelo.

Natalia cogió el envase, lo abrió y lo olió.

—Tiramisú —dijo.

—¿Te gusta?

—Mucho —dijo ella con satisfacción.

David le dio una cuchara y luego desenroscó la tapa del termo. El olor del café se esparció por la proa del barco y un momento después ella se vio sosteniendo una taza de café cargado e hincándole el diente a un enorme trozo de tarta.

—Si seguimos así voy a engordar —dijo sin pensar.

David levantó las cejas por encima de la taza de café y Natalia se mordió el labio.

David probó una cucharada del postre y al parecer le gustó.

—Muy rico —dijo.

Tomó varias cucharadas más y las saboreó con fruición. Después volvió a tumbarse de lado, estiró las piernas y cogió la taza de café.

—¿Qué haces cuando no trabajas? —preguntó.

Natalia bebía pequeños sorbos de café expreso muy caliente mientras pensaba en la pregunta. De niña tenía la danza. Y luego hubo un largo período en el que la equitación lo era todo para ella; todavía le gustaba montar a caballo, pero ahora... Oyó que David se reía.

—¿Qué ocurre?

—Nada —dijo él—. Es que siempre haces eso cuando te hago una pregunta. Piensas.

—No soy una persona impulsiva —respondió ella.

—No. Por eso eres una asesora tan competente. Y me gusta ver cómo piensas.

—Trabajo mucho, igual que tú —dijo ella—. El trabajo es importante para mí. No me interesa demasiado la ropa ni ocuparme de la casa. Y no recuerdo cuándo fue la última vez que vi una película —admitió frunciendo el ceño con desagrado—. Cuando era más joven me encantaba montar a caballo. —Intentaba recordar qué le interesaba en realidad—. Me gustan mucho los bolsos y...

Se detuvo a tiempo, pero David percibió su indecisión.

—Eh, eh, Natalia, tienes un secreto —bromeó—. Cuéntamelo.

Ella se tumbó de lado con la cabeza apoyada en la palma de la mano y metió la cabeza en el jersey.

—Estoy llena.

—No cambies de tema —dijo él.

—Supongo que eres experto en sonsacarle a la gente cosas que no quiere decir.

Él asintió con la cabeza.

—No suelo hablar con hombres de mis... intereses privados —dijo Natalia cerrando los ojos—. No sé por qué te lo digo, pero colecciono lencería francesa. La compro por internet. Es algo muy caro y totalmente irracional. La mayor parte ni siquiera se puede utilizar.

Abrió los ojos.

David la miraba con intensidad.

—Cuéntame algo más que te haga sonrojar. Cuando te sonrojas estás muy atractiva, de un modo que no tiene que ver con las finanzas corporativas.

Natalia negó con la cabeza. Estiró el brazo para coger el termo y así tener una excusa para evitar su mirada.

—Creo que por mi parte ya ha habido suficientes revelaciones esta noche —dijo ella—. Es tu turno.

—Ajá. ¿Qué quieres saber?

Natalia ladeó la cabeza y se miraron por encima de los restos del picnic. Bueno, había bastantes cosas que quería saber. Por qué la había invitado, qué no le había dicho de su pasado, qué era esa frialdad que ella vislumbraba a veces... Y, sobre todo, si creía que tendrían relaciones sexuales en un futuro próximo.

—¿Qué habrías hecho si no te dedicaras a lo que te dedicas ahora? —preguntó en cambio.

—Creo que navegar alrededor del mundo. Dejar a un lado internet, leer libros —dijo él sonriendo—. Tal vez aprender a cocinar.

—¿No sabes cocinar?

—¿Tú sí? —preguntó él levantando una ceja.

—Yo abrí una lata de pepinillos el otro día. ¿Eso cuenta?

Los ojos de él brillaron.

—No tengo la menor idea.

—¿Qué se hace realmente en el servicio militar? Tengo dos hermanos, pero a ellos nunca se lo he preguntado, aunque parezca raro.

—Correteas por la naturaleza, te abroncan, trabajas mucho —dijo él—. Pero a mí me gustó, la verdad. Cumples órdenes, te esfuerzas físicamente, duermes bien por la noche.

Luego guardó silencio.

Ella escuchó las olas. Se oían ladridos de perros procedentes de algún punto de la costa.

Él se volvió hacia ella, se incorporó apoyándose en el codo.

—¿Sigues teniendo frío? —preguntó—. ¿Quieres que traiga una manta?

Natalia negó despacio con la cabeza.

David la miró fijamente a los ojos. Estiró la mano y ella contuvo el aliento. Le rozó el collar de perlas y ella parpadeó. Reparó en el grueso cierre, que se había deslizado y estaba en la parte de delante.

—¿Qué es este dibujo? —preguntó.

Ella tragó saliva e intentó mostrarse indiferente a pesar de que notaba sus dedos rozándole la garganta. Le acarició la clavícula con una yema, casi de forma distraída.

—El escudo nobiliario de mi familia —dijo sintiendo que se le aceleraba el pulso bajo los dedos de él—. Mis hermanos tienen un anillo con el escudo grabado. Yo lo llevo en el broche que cierra el collar.

—¿Porque sois aristócratas? ¿Condes?

—Sí.

Ella no fue capaz de descifrar su expresión. David miró el pesado broche de oro como si tuviera algún significado y luego volvió a mirarla a ella, sin retirar la mano. Se inclinó hacia delante, pero se detuvo. Y Natalia, para su propia sorpresa, apoyó una mano en la nuca de él, impaciente y audaz. Sus rostros se encontraron por encima de los restos del picnic y él la besó levemente, como un suave aleteo sobre su boca. Los labios calientes y ásperos de David permanecieron junto a los suyos uno o dos segundos. Natalia intentó pensar con claridad pero solo sentía deseo. No había ningún motivo para no aprovecharlo. Era como si llevara toda la vida esperando que ese hombre cuya boca sabía a tiramisú la besara en un yate a motor en medio del archipiélago.

Entonces volvió a besarla. Abrió la mano que mantenía sobre su suéter y extendió los dedos hasta abarcarle un pecho. Ella se encontró con su lengua, impaciente; se incorporó y se apretó con fuerza contra su mano y su boca. Hacía mucho tiempo que no le pasaba algo parecido. Ni siquiera recordaba si había sentido ese deseo alguna vez.

El movimiento de él hizo que temblaran las copas y los platos. Se apartó.

—Aquí no —dijo David sacudiendo la cabeza.

—¿Bajamos? —preguntó Natalia en un tono de voz tan grave que no lo reconoció.

Las chicas educadas eran pasivas, no activas. Eso fue lo que le habían inculcado su madre, sus amigas, todos, pero le parecían consejos del siglo XIX. Ella lo estaba deseando. Quería sentir las manos de él sobre su piel. Y él parecía tener las mismas ganas. ¿O le había interpretado mal?

—No, vamos a volver —dijo con cierto tono de rechazo.

Rechazo. Dios, qué humillante.

—Lo creas o no, hoy solo tenía intención de hacer un picnic. El yate no es mío —explicó él con una sonrisa de disculpa—. Además, no llevo protección. ¿Y tú?

—No —dijo ella escuetamente mientras creía que se iba a morir de vergüenza.

—Volvamos antes de que oscurezca —propuso él tendiéndole la mano.

Después de dudar un momento, ella la tomó y lo siguió en silencio tratando de ignorar lo increíblemente íntimo que le resultaba ir cogida de su mano.

David levó el ancla, se volvió hacia ella, la miró con gesto serio y luego puso en marcha el motor del barco con movimientos rápidos. Giró para sacarlo de la bahía y luego aceleró con un fuerte rugido.

Natalia no había sido consciente del frío que hacía hasta que David la puso delante de él, frente al timón. Se pegó a él buscando su calor y dejó de temblar; no hizo nada, solo se concentró en la sensación de su abrazo con el ruido del motor en los oídos. Él aumentó la velocidad y puso rumbo a Estocolmo; saltaban sobre las olas bajo un estruendo ensordecedor mientras atardecía. La mejilla de David le rozaba el pelo de vez en cuando, y Natalia quería darse la vuelta, quería que volvieran a besarse, pero ya no se atrevía a tomar la iniciativa. No sabía si se lo imaginaba o si el estado de ánimo entre ambos había cambiado. Ni siquiera estaba segura de querer saberlo.

Atracaron en el muelle de Nybrokajen. David paró el motor, saltó a tierra, amarró el barco y luego le tendió la mano. La soltó en cuanto bajó. No se dijeron nada, un silencio que ella no supo cómo interpretar.

—Te acompaño a casa —dijo él con cierta brusquedad, lo que incrementó su confusión.

Cruzaron Strandvägen en silencio. El murmullo de los cafés al aire libre disminuyó cuando entraron en la calle tranquila donde vivía.

En cuanto se detuvieron junto a su puerta Natalia lo miró.

—¿He hecho algo mal? —preguntó, y, aunque quería sonar fría y relajada, ella misma percibió fragilidad en su voz.

Åsa nunca lo hubiera tolerado. Ella sí sabía cómo hacerlo. Pero Natalia nunca había sabido y carecía de experiencia en la que apoyarse.

—¿Es eso es lo que piensas? —preguntó él.

Natalia se encogió de hombros. La puerta de entrada estaba justo detrás y ella se sentía cansada y de mal humor, como si hubiera agotado toda la energía. Tal vez fuera el alcohol, pero lo único que quería era entrar, subir rápidamente y hundir la cabeza en la almohada.

David se quedó mirándola.

—Entonces ¿qué? —preguntó ella cuando el silencio empezaba a ponerla nerviosa.

Caramba, qué difícil era interpretarle.

—Al principio era implacable —dijo él de repente, y ella tardó un momento en darse cuenta de que se refería a su trabajo y no a ellos—. No es un sector que tenga en cuenta los valores de la gente —añadió—. No soy ningún angelito. He crecido entre financieros, me he movido en este mundo desde niño.

—¿Crees que no lo sé? —dijo ella.

Su padre era duro, sus hermanos también. Sabía que David no era un blandengue.

David levantó la mano y luego la dejó caer lentamente sobre la mejilla de ella. Le acarició el pómulo con el pulgar. Y entonces la besó.

¿Era posible que un beso, un solo beso, fuera tan distinto de los demás?

Oyó un ruido, no estaba segura si provenía de ella o de él, y luego notó el brazo de él alrededor de su cintura, y a partir de ese momento ya no tuvo nada que decir acerca de ese beso, no tenía ninguna duda, ninguna pregunta; era duro y exigente. Sus piernas le empujaron los muslos y ella retrocedió hasta chocar con la pared rugosa del edificio.

—¿Me acompañas arriba? —susurró ella.

Él la miró.

Ella respiró profundamente y contuvo el aliento. Contuvo el aliento.

—Sí —dijo.

14

David se negaba a arrepentirse. Se lo había advertido cuando le dijo quién y qué era. Ella simplemente le preguntó si quería subir y él contestó que sí, y no pensaba cambiar de opinión.

Mientras el anticuado ascensor que crujía sin cesar los llevaba a la planta superior ellos se miraban inmóviles, expectantes. Ninguno de los dos dijo nada. David percibió que el pecho de Natalia se movía bajo el suéter grueso. Estaba muy seria. El ascensor se detuvo y él le sujetó la puerta al salir. Ella sacó la llave del bolso y abrió la puerta del piso. Luego se apartó a un lado y abrió la boca como para decir algo, pero David la atrajo hacia él, le cogió con suavidad el rostro con ambas manos y la besó. Había estado todo el tiempo luchando consigo mismo. No mintió al decirle que no lo tenía planeado. Era un día laborable y sabía que ella trabajaba mucho y que se tomaba en serio el trabajo. Él tenía que levantarse temprano al día siguiente. No le mintió.

¿O tal vez sí?

Era una idea descabellada. Lo que tenía que hacer era poner fin a la relación en vez de avanzar en ella. Pero ya había perdido la lucha interna. Tal vez ni siquiera había luchado lo suficiente. Tal vez lo único que quería era acompañar a su casa a la engreída Natalia De la Grip y hacerle el amor.

Una noche. Solo esta noche. ¿Qué importancia podía tener?

Volvió a besarla intensamente, hasta dejarla sin aliento. Luego deslizó una mano alrededor de su cuello y con la otra cerró la puerta y ambos permanecieron de pie en la penumbra de la entrada, él con una mano todavía en su nuca y ella con la espalda y las palmas de las manos apretadas contra la pared, como si no estuviera segura de lo que quería. Parecía una pálida sombra en medio de la oscuridad.

—Suéltate el pelo —dijo él con voz ronca.

Natalia se quitó las gomas y las horquillas que a duras penas habían logrado mantener su peinado a pesar de las ráfagas de viento. Fue dejando caer las horquillas una tras otra y él oyó el débil tintineo al chocar contra el suelo de piedra. El pelo se derramó sobre su espalda y ella lo sacudió. David la miró con detenimiento.

—Quítate las perlas —ordenó sin apartar los ojos.

Ella obedeció en silencio, se desabrochó el collar, se quitó los pendientes y los dejó sobre el mueble de la entrada. Él miró su cuello, esbelto y pálido.

—Bien —dijo.

Le puso una mano en la cadera. Natalia temblaba y respiraba con dificultad. Él podría correrse con solo oír su respiración agitada, pero quería entrar en ella, dominar ese cuerpo poderoso y procurarle mucho más que unos simples jadeos ahogados. La atrajo hacia él.

—Hace tanto tiempo para mí, David, no sé... —dijo ella al percibir la presión de su pecho.

Siguió estrechándola hasta que las caderas de los dos se encontraron. Ella se apretó contra él y notó su erección.

—Levanta los brazos —dijo, y ella volvió a obedecer.

Le quitó el suéter y lo tiró al suelo. La abrazó por la parte baja de la espalda y volvió a apretarla contra él para que sintiera la dureza de su miembro.

—He pensado en esto toda la tarde —dijo él consciente de que era verdad—. Estabas muy sexy en el barco.

Metió una mano por la abertura de la blusa y le acarició el

pecho. Palpó sus huesos finos y delicados bajo la suave piel. Tiró de la tela de la blusa y uno de los botones forrados cayó al suelo sin hacer ruido. Le masajeó el cuello rodeándolo suavemente con los dedos mientras deslizaba un pulgar por el borde de la mandíbula. Sintió que se le aceleraba el pulso. Ella abrió los ojos y lo miró. Estaba tensa.

—No pienses —dijo él sacudiendo la cabeza.

Le cogió la barbilla, acercó con cuidado su cara y percibió su respiración agitada al taparle la boca con la suya. La besó. Ella gimió y le puso la palma de una mano en el pecho, intentando detenerle.

Él se detuvo. ¿Qué le pasaba? ¿La había juzgado mal?

—Todo va demasiado deprisa. En realidad no te conozco —dijo ella respirando con dificultad mientras le miraba fijamente—. ¿Quién eres?

—No soy nadie, Natalia —dijo él al tiempo que subía poco a poco la mano hasta el pelo de ella—. Solo soy alguien que tiene muchas ganas de hacer el amor contigo esta noche. —No quería asustarla—. No tengas miedo —susurró mientras le acariciaba el cabello.

La respiración de Natalia se dejó oír en el silencio del apartamento. Se retorció inquieta entre los brazos de él. Apenas se veía nada en el vestíbulo, los ojos claros de ella parecían casi negros. Él puso una mano sobre la suya, que seguía apoyada en su pecho como una suave barrera.

—Tú decides —dijo.

Natalia sonrió ligeramente y la notó más relajada.

—No suelo hacer esto —dijo con una mueca—. Puede sonar estúpido —añadió sonriendo de nuevo—. Pero es cierto.

—No te preocupes, yo lo hago sin cesar —dijo David guiñándole un ojo.

Ella se rió primero y luego sonrió abiertamente, casi con descaro.

—He sido yo la que te ha invitado a subir. Quiero hacerlo. Y llevo... protección.

Le puso las manos en el pecho y se acercó a él. David vio la cabeza oscura que se apoyaba contra su pecho y percibió su exótica fragancia de especias y de madera de algún tipo.

No debía tener mala conciencia, se dijo. Natalia quería hacerlo. Eran personas adultas, solo se trataba de sexo, nada más. Ella misma lo había dicho: no se conocían. Podían compartir una noche sin que eso les afectara a un nivel más profundo. Los dos disfrutarían, era bastante simple. En ese espacio eran solo un hombre y una mujer, nada más. Y él se lo quería hacer realmente bien.

Se inclinó despacio hacia ella... dándole la posibilidad de que se retirara en caso de que no quisiera. Pero Natalia no volvió la cara y esa vez respondió con entusiasmo a su beso, se apretó contra él, levantó los brazos y le abrazó con fuerza. Si antes tenía miedo, esa sensación había desaparecido, pensó él al encontrar su boca hambrienta, sus besos atrevidos. La mujer que tenía en sus brazos era una mujer apasionada.

Le acarició el cabello oscuro. Era tan suave como la piel de un visón y lo llevaba largo, mucho más largo de lo que él había creído. Cogió un mechón y dio un ligero tirón que hizo que ella echara la cabeza hacia atrás. Natalia gimió, fue un sonido ahogado que le salió del fondo de la garganta, y su cuerpo respondió de forma inconsciente y voluptuosa. Con la mano todavía enredada en su abundante pelo, recorrió con la vista el enorme vestíbulo. Le pareció poco sofisticado quedarse allí y mantener relaciones sexuales con una mujer en el suelo del vestíbulo de su casa.

—Enséñame el resto del piso —dijo.

Natalia lo miró. Los ojos de ella brillaban y tenía los labios ligeramente hinchados. Le tomó de la mano y lo llevó con decisión por el pasillo. Él sonrió al ver la facilidad que tenía para asumir el mando. Estaba acostumbrada a decidir, a tener el control. Iba a ser una noche interesante.

Pasaron varias puertas, cuadros y espejos. Y más puertas.

—Este piso es interminable —exclamó él al borde de la risa.

Doblaron en una esquina del pasillo y llegaron a una enorme sala de estar. Había unas puertas de estilo francés de unos tres metros de altura; estaban abiertas y vislumbró un balcón al otro lado. La habitación, como el resto del piso, estaba a oscuras y por las puertas entraba aire fresco.

—Puedo cerrar —sugirió Natalia.

—No, quiero ver el balcón —dijo él.

Salieron juntos.

Desde el balcón se alcanzaba a ver tanto la zona verde del exterior como el canal de Djurgårdsbrunn en la explanada Strandvägen.

Al ver que Natalia empezaba a tiritar la atrajo hacia él. Le tocó un pecho por encima de la blusa, luego acarició su pecho pequeño y sensible y vio que cerraba los ojos estremecida. Volvió a besarla mientras empezaba a desabrocharle los pantalones. Cuando bajó la cremallera notó que su respiración se agitaba. Fue deslizando la mano por el vientre suavemente curvado de ella, que se apretó con fuerza contra él. Luego siguió el borde delgado de sus bragas con uno de los dedos. Eran tan ligeras que habría sido muy fácil romperlas. La acarició por encima del encaje. Notó calor y humedad. Estaba mojada. Apartó el tejido e introdujo un dedo. No se había depilado y eso le gustó.

—Eres muy sexy —susurró mordiéndole el lóbulo de la oreja.

Natalia gimió y se apretó contra la mano de él.

—¿Dónde los tienes? —preguntó David.

—Voy a buscarlos —dijo ella—. Espera aquí.

Él fue otra vez a la sala de estar. Vio que había dos sofás anchos y cómodos; todo lo que veía era antiguo y estaba decorado con buen gusto, seguramente lo había heredado.

Natalia volvió. Su cuerpo esbelto brillaba bajo la blusa de seda entreabierta. Se había quitado los pantalones y él vio sus piernas fuertes y pálidas. Extendió la mano y ella le dio la caja delgada con una sonrisa y cierta timidez. Él la miró. Le pareció que no estaba abierta. Era probable que hablara en serio cuando dijo que no lo hacía con demasiada frecuencia. Se preguntó si habría habido algún hombre en su vida después de aquel novio que tuvo. Intentó recordar el tiempo que había transcurrido desde que acabó la relación. ¿Un año? En la información que había de ella no se mencionaba ningún hombre más.

Desabrocharon entre los dos los últimos botones forrados de tela de su blusa y luego él se la quitó con una caricia. Llevaba un diminuto sujetador de encaje de seda que él supuso era uno de esos tan caros que coleccionaba.

—Quítatelo. —Le daba miedo romper el fino encaje si lo intentaba hacer él.

Natalia se llevó las manos a la espalda y se lo desabrochó. Lo miró expectante mientras sujetaba el encaje y los pechos con las manos. Pero él ya estaba impaciente, aquel juego hacía que le hirviera la sangre.

—Quiero ver. Retira las manos —ordenó.

Poco a poco ella hizo lo que le decía y él pudo contemplar sus pechos pequeños pero redondeados y sus pezones oscuros y también pequeños.

—Eres increíblemente preciosa —dijo con voz ahogada.

Le puso la mano en uno de ellos y la palma lo cubrió por completo. Movió la mano, la acarició y ella emitió un gemido. ¡Oh, Dios, cómo le gustaban las mujeres de pechos sensibles a las caricias!

Ella empezó a subirle la camiseta, de la cintura a la cabeza, y él le ayudó a quitársela. David abrió los brazos para que pudiera recorrerle los hombros con las manos. Notó el calor de sus manos delicadas y cerró los ojos para que le explorara el cuerpo sin inhibición.

Ocurrió de repente: ella se inclinó hacia delante e intentó acariciarle la espalda. Estaba tan desprevenido que no pudo detenerla a tiempo. Fingió no darle importancia, pero nunca dejaba que se la tocaran.

Natalia frunció el ceño. Acarició con ambas manos la espalda rugosa de David mientras le miraba con curiosidad, como intentando saber qué sentía él mientras le acariciaba esa parte del cuerpo. Él no dijo nada, no quería que lo supiera. Se apartó.

—Ahora no —cortó, disuasivo.

—Pero David, tú... —protestó ella, sorprendida.

Él la cogió por los hombros y le empujó suavemente hacia atrás.

—Ahora no.

Natalia parpadeó.

—De acuerdo —dijo en voz baja.

David la miró con detenimiento. Era una mezcla fascinante de modestia y sensualidad. Estaba delgada pero era proporcionada; tenía el vientre redondeado, la cintura estrecha y las caderas suaves.

Fue quitándose la ropa hasta quedarse desnudo. Ella lo miró expectante y luego se quitó también las bragas deprisa, se acercó a él y se refugió en sus brazos.

Natalia tenía la piel blanca como el marfil pulido y suave como la seda. Él le cogió con cuidado la cabeza y la besó. Ella se apretó contra su cuerpo, él le levantó una pierna y la puso alrededor de su cintura. Llegaron al sofá de algún modo, él medio tumbado de espaldas y ella a horcajadas encima de él. David tenía a su alcance la caja de preservativos, así que sacó uno y se lo colocó a toda prisa.

Ella le sostuvo todo el tiempo la mirada hasta que él la levantó por las caderas, la sujetó con fuerza y acto seguido la penetró. La oyó gritar y respirar aceleradamente y luego vio que se dejaba caer hacia delante, encima de su pecho. Su cabello oscuro se esparció a su alrededor como una fragante cortina de seda.

David le levantó la cabeza y vio que sus ojos parecían nublados.

—¿Va todo bien? —preguntó con voz ahogada.

Él había estado a punto de llegar al orgasmo. La notó húmeda y caliente, pero tenía el conducto pequeño y estrecho y él ya no podía resistirse a la fricción y al panorama que tenía delante.

Natalia asintió con la cabeza.

—Tengo que acostumbrarme un poco, solo eso —dijo con voz débil—. La verdad es que hacía mucho tiempo.

David la sujetó por detrás poniendo una mano en cada nalga y levantándola con cuidado. Natalia le apoyó una mano en el pecho y la otra en un muslo, por detrás de ella. El empezó a bajarla lentamente sin perder el contacto visual, hasta que vio en sus ojos que la había penetrado por completo. Percibió su respiración profunda y repitió el movimiento hasta notar que ella se movía al mismo ritmo.

—Qué maravilla —dijo Natalia en voz baja y con gesto ausente. Cerró los ojos y echó la cabeza hacia atrás, de modo que él notó en las piernas el roce de su cabello oscuro. Subía y bajaba sin cesar emitiendo ruidos húmedos y resbaladizos, jadeos y gemidos.

David llegó al orgasmo.

Explotó sin consideración ni estilo. Todo había ido tan rápido que no pudo contenerse. La cogió con fuerza de las caderas —mientras pensaba, como entre nubes, que le iban a quedar las marcas de sus dedos—, la fue bajando despacio y la penetró hasta el fondo, y la mantuvo allí mientras sentía las ráfagas, una tras otra. Después cerró los ojos y se derrumbó en el sofá.

Cuando volvió a abrirlos la sala seguía en penumbra pero la vista se había acostumbrado a la oscuridad y pudo verla con claridad. Ese pelo largo y esos ojos grandes le daban cierto aspecto de fragilidad, además de un enorme atractivo sexual. Le acarició las piernas y se dio cuenta de que aún estaba sentada encima de él y que seguía dentro de su cuerpo. Para él había sido fantástico, pero ella se había quedado insatisfecha.

—Discúlpame —dijo haciendo una mueca.

—¿Por qué? —dijo ella.

Pero David sabía que ella no había llegado, que no había sentido placer. Quería satisfacerla. Empezó a acariciarle los muslos.

—Por lo general me controlo algo mejor —dijo—. No sé qué ha ocurrido.

Ella empezó a retorcerse.

—No tiene importancia —dijo con poco entusiasmo.

David sacudió la cabeza.

La levantó y la tumbó suavemente en el sofá. Luego le puso un cojín debajo de la cabeza. Le acarició el pelo y se lo retiró a un lado, se inclinó y la besó con ternura. El aire helado seguía entrando por las puertas, por lo que cogió una manta que había en un sillón y se la colocó por encima después de besarle los pezones.

—¿Qué estás haciendo? —murmuró ella observándole detrás de sus largas y oscuras pestañas.

—Me ocupo de ti —dijo él—. ¿Quieres algo de beber?

—Yo no. Si quieres hay vodka en el frigorífico.

—Vodka —dijo él sonriendo—. ¿Qué iba a ser? No te muevas.

David fue a la cocina y Natalia se dio la vuelta en el sofá. Estaba insatisfecha. No porque tuviera relaciones satisfactorias con demasiada frecuencia sino porque había estado a punto de llegar al orgasmo y el momento había pasado. Cerró los ojos. Lo que sentía no era exactamente decepción, había sido un momento fantástico, pero... no del todo.

—¿Natalia?

Él estaba de pie en la puerta con una botella de vodka Stolichnaya cubierta de escarcha y dos vasos en la mano. Se sentó junto a ella en el sofá, sirvió con generosidad en los vasos y le tendió uno a ella.

—Salud —dijo él.

—*Na zdarovia* —respondió ella, y ambos bebieron en silencio.

El vodka estaba denso por el frío. Su hermano Alex había llevado la botella en alguna ocasión; ella casi nunca bebía vodka, pero le agradó el calor que sintió en el estómago.

Observó a David por encima del vaso. Nunca había visto a un hombre que fuera capaz de estar desnudo en un sofá y aun así tenerlo todo controlado a su alrededor.

David dejó el vaso. Pasó la mano lentamente por las piernas de ella a la vez que iba apartando la suave manta que las cubría. Natalia cerró los ojos y se dejó llevar por la sensación. Tenía unas manos increíbles, fuertes y seguras. Le hizo un masaje en los pies y en las pantorrillas.

—Qué suavidad —murmuró él.

Natalia oyó un ruido, como un chasquido, y notó un vacío dentro de ella. David fue deslizando las manos por sus piernas y de pronto Natalia se dio cuenta de que, sin querer, su propia respiración había cambiado. Al no haber alcanzado el orgasmo, las endorfinas y la adrenalina seguían fluyendo en la sangre y sus caricias la encendían, la aflojaban, la asfixiaban, la excitaban muchísimo.

—Me gustan tus piernas —dijo él apartando del todo la manta y dejándola desnuda ante él—. Sepáralas —pidió en voz baja.

Ella tragó saliva.

«*Okay.*»

Hizo lo que le decía: se abrió de piernas.

—Más —ordenó.

Natalia notó que el pulso se le aceleraba y el corazón le latía con fuerza mientras separaba las piernas poco a poco delante de sus ojos. Se abrió de piernas ante él. Nunca había hecho eso.

—Bien —dijo David—. Ahora puedo verte.

Le acarició la parte interna del muslo en sentido ascendente, y Natalia se estremeció.

—Qué sensible... —murmuró él pellizcándole inesperadamente.

Ella gimió.

—Quiero que esto te guste —dijo David volviendo a pellizcarle pero más arriba.

Natalia gritó. Estaba tan excitada que no se podía contener.

David se tumbó junto a ella y la empujó con suavidad hacia el respaldo del sofá. Usó los dedos índice y pulgar para cogerle un pezón y lo apretó con fuerza mientras la miraba muy atento. «Oh, Dios.»

Fue bajando la mano hasta la parte inferior del vientre y allí recorrió con un dedo la zona cubierta de vello oscuro.

—Por favor... —gimió ella con voz entrecortada.

Él ahuecó la mano sobre la piel caliente del pubis y por fin llegaron las caricias. Puso todo su empeño en encontrar el ritmo exacto; ella solo tenía que jadear, sacudir la cabeza o cerrar los ojos para que lo cambiara. Era algo mágico. Se inclinó sobre ella y la besó profundamente mientras seguía acariciándola.

Natalia empezó a temblar.

Entre besos y caricias, él le susurraba palabras que a ella normalmente le habrían hecho sonrojar, palabras amables, provocativas, excitantes, hasta que Natalia llegó al punto en el que ya no había vuelta atrás. Se apretó contra el cuerpo de él, contra su mano, contra su boca, y ella —que siempre estaba analizando, considerando y razonando— se dejó llevar, se abandonó. Solo se encontraba allí, derritiéndose bajo las manos de David, y entonces se corrió.

«No puede ser verdad», pensó Natalia, y se dio cuenta de que estaba sollozando. Permaneció un rato tumbada en el sofá, exhausta, incapaz de mover un brazo ni una pierna ni nada. David la abrazó y ella se acurrucó junto a él.

—¿Así que esto es de lo que todo el mundo habla? —dijo dándose cuenta de lo estúpido que sonaba—. No tenía ni idea de que la gente iba por ahí haciendo estas cosas. Ni idea.

Parpadeó. Nunca había estado tan relajada.

—Yo tampoco —dijo David con la boca muy cerca de su pelo. Le acarició el brazo despacio y le rodeó las piernas con las suyas—. Nos compenetramos bien —añadió—. Me refiero a en el plano sexual.

Su tono de voz se había convertido en un murmullo. Le rozó el pelo con la boca mientras acariciaba con suavidad su piel, extremadamente sensible. A Natalia le parecía estar flotando. No podía mantenerse despierta. Parecía que hubieran desaparecido los días de tensión, las horas de concentración. Cerró los ojos y se quedó dormida.

La despertó el ronquido de David, dormido a su lado. Hacía mucho tiempo —demasiado— que no pasaba un hombre por allí. Intentó levantarse del sofá con mucho sigilo.

—¿Qué haces? —murmuró él cogiéndola del brazo en señal de protesta.

—Voy a buscar unas velas —dijo ella bajando rápidamente del sofá.

—No tardes en volver —pidió él—. Es muy agradable estar a tu lado.

Mientras Natalia buscaba velas y un encendedor oyó que David empezaba a roncar otra vez. Caminando de puntillas fue encendiendo todas las velas que encontró. Luego se detuvo junto al sofá y le miró. Tenía un cuerpo musculoso y de líneas masculinas. Las llamas de las velas proyectaban sombras vacilantes sobre él, y Natalia miró anhelante su pecho, sus piernas, su... en fin. Era un hombre magnífico, no se le ocurrió una palabra mejor. Recordó un instante lo que había notado al acariciarle la espalda, pero enseguida se lo quitó de la cabeza. Él no quería hablar de eso y no era asunto suyo.

Cogió una manta ligera que había encima del otro sofá y salió al balcón de puntillas.

Había comprado ese piso con su dinero, no con el de la familia sino con su sueldo, y a través de una agencia inmobiliaria que no era la de su padre. Casi nunca invitaba a hombres a su casa, solo había estado uno, al menos en ese plan, y hacía mucho tiempo de eso.

Se ciñó la manta alrededor del cuerpo y esperó a que sus pies se habituaran al frío. Le encantaba su piso y sobre todo adoraba ese balcón. No era muy amplio pero era largo y en la barandilla de hierro había colocado macetas con plantas fáciles de cuidar. También había puesto unos quinqués enormes, que había encendido al salir, y se quedó allí mirando la calle con los brazos apoyados en la barandilla. Se pasaba el día rodeada de tecnología, dispositivos electrónicos y teléfonos que sonaban sin cesar. Necesitaba ese oasis.

—¿Qué haces?

Al oír la voz de David dio un respingo y de inmediato él la rodeó con un brazo desde atrás.

—Disfrutar —dijo ella.

David se acercó más y se rió con la boca pegada a su cuello.

—Se te da bien disfrutar —comentó—. No recuerdo cuándo fue la última vez que oí a una mujer disfrutar tanto.

—Gracias por recordármelo. Seguramente me han oído todos los vecinos.

—Nos han oído —puntualizó él—. Ha sido increíble. Eres increíble.

Fue subiendo las manos hasta abarcarle los pechos. Natalia se echó hacia atrás e hizo presión contra sus manos. La manta se deslizó y cayó al suelo.

—Tal vez deberíamos entrar —dijo ella cuando las manos de él empezaban a abrirse paso entre sus muslos.

La barandilla de hierro era delgada, si alguien desde la calle miraba hacia arriba podría verlos. Natalia se estremeció cuando él le introdujo un dedo y la acarició de la forma adecuada. ¿Cómo podía saber tan bien lo que le gustaba?

—David...

—Chis —dijo él—. Me desconcentras. Pon las manos en la barandilla.

Ella debería haber dudado, protestado, pero se limitó a hacer lo que le decía, fascinada y seducida. «Química, es solo química», intentó convencerse a sí misma, cerró los ojos y se agarró con fuerza a la barandilla.

David le pasó la mano suavemente a lo largo de la columna vertebral. Atrajo hacia él sus nalgas redondeadas y disfrutó de la sensación de tenerla tan cerca. Se apretó contra ella, palpó su trasero.

—David —jadeó Natalia por encima del hombro.

—¿Quieres ir a la habitación? —preguntó él con una sonrisa.

—¿Tú no?

—No.

Él quería hacerlo allí. En el balcón de su casa mientras ella se sujetaba a la barandilla. Entró rápido en la habitación a por otro preservativo y rasgó la envoltura. Al volver la penetró despacio, recreándose mientras la miraba. Natalia emitió una especie de quejido dulce y débil. Luego empezó a moverse pausadamente, acercándose a él.

Era perfecta, encajaban a la perfección, pensó David. Se inclinó, cogió entre los dedos uno de sus sensibles pezones y lo apretó con fuerza, como sabía que a ella le gustaba. Instantes después notó que se retorcía, se apretaba contra su cuerpo cada vez más y por último explotaba en un grito de placer que inundó la calle.

David la inmovilizó sujetándola con firmeza contra la barandilla. La abrazaba con tal fuerza que ella apenas podía moverse. Mientras la penetraba con movimientos lentos y profundos, se inclinó sobre su espalda y bajó poco a poco una mano hasta el calor de la vulva. Abrió los húmedos labios y, acariciándola, le susurró al oído:

—Ahora quiero que te corras para mí, Natalia.

—David —jadeó ella apoyando la cabeza en la barandilla.

—Córrete —dijo él en tono imperativo mientras la penetraba cada vez con más fuerza, profundamente.

Natalia alcanzó el clímax con la misma intensidad que la primera vez, reprimiendo un grito que hizo temblar la barandilla. David continuó moviéndose con frenesí. Su orgasmo fue tan violento que casi perdió el equilibrio. Exhausto, apoyó la cabeza en la espalda de ella y hundió la nariz en su cabello.

—Bueno, ahora sí que tendré que mudarme —dijo Natalia.

Él se echó a reír.

Después se sentaron abrazados en uno de los amplios sofás.

Miraban el titilar de las velas, escuchaban un CD de Sarah Harvey, hablaban y compartían un chupito de vodka.

Cuando empezó a ponerse el sol volvieron a hacer el amor de forma lenta y profunda. Natalia notó que le corrían lágrimas por las mejillas y las secó de inmediato. Sabía que él no se iba a quedar, que todo había terminado. Y era cierto. Cuando clareó un poco en el este, aunque eran solo las dos o las tres, David recogió su ropa, se vistió rápidamente y se despidió de ella.

Natalia oyó sus pasos en la escalera e intentó rescatar la alegría que le había proporcionado. Alegría por haber vivido esa experiencia, por haberse sentido atractiva y deseable. A pesar de que él no había hablado de que podían volver a verse.

Fue a la cocina y abrió el frigorífico. Solo había un frasco de pepinillos y otro de cebolletas en vinagre. Después de dudar un momento eligió el primero. Se sirvió un poco de vodka, cogió el frasco de pepinillos y salió al balcón.

El sol brillaba ya con fuerza. Pensó que iba a ser otro día abrasador y vio pasar al repartidor de periódicos. Ella no era más que una persona, una mujer, se dijo mientras sacaba un pepinillo. Y David era muy hombre. Bebió pequeños sorbos de vodka y se ajustó bien la manta al cuerpo. Su olor estaba en todas partes y, mientras dejaba vagar los pensamientos, aspiró con fruición el aroma a loción de afeitar, a sal y a amor que él había dejado.

Natalia había crecido entre animales. Había criado y cuidado caballos toda su vida, desde el primer poni hasta su Lovely marrón, que aún montaba cuando tenía tiempo.

De adolescente colaboró con varios veterinarios que trabajaban con caballos de carreras maltratados. Una vez cuidó un semental al que su dueño había azotado. El animal se recuperó bastante bien, pero las cicatrices no desaparecieron.

Se metió en la boca otro pepinillo sin dejar de reflexionar.

Nunca había trabajado en un hospital ni en un centro de salud, pero suponía que las cicatrices de las personas tendrían más o menos el mismo aspecto que las de los animales. Dejó el frasco de pepinillos y se bebió de un trago lo que le quedaba de vodka. Apoyó la barbilla en las rodillas y se acurrucó bajo la manta.

Así que la pregunta era... ¿quién había azotado a David Hammar en la espalda de una manera tan terrible?

15

Martes, 1 de julio

Unas horas después, esa misma mañana, David salía del avión que lo había llevado otra vez a Malmö. Miró el reloj y vio que eran las nueve y media. Entornó los ojos por los reflejos del sol y se estiró un poco para reactivar la circulación de la sangre.

Michel y él habían dedicado prácticamente todo el año anterior a viajar alrededor del mundo en busca de inversores, hasta tal punto que en algún momento llegó a comprobar que llevaba varias semanas sin pasar más de un día en el mismo país. Todo eso producía un desgaste, pero era necesario, pensó bajando la escalerilla que habían colocado junto a la puerta del pequeño avión de vuelos nacionales.

Había inversores en todo el mundo. Los principales bancos y fondos de inversión tenían oficinas en Moscú y en Pekín, en Londres, Nueva York y Singapur. Así que ellos iban allí, daban una conferencia, presentaban su plan y luego seguían viaje. Todo el tiempo sin parar, veinticuatro horas al día. Recopilaban toda la información, elaboraban su estrategia y luego repetían lo mismo en todas partes una y otra vez. A veces dormían en el asiento del avión en el que viajaban, muertos de cansancio.

En las entrevistas que le hacían y en distintos artículos, David siempre aseguraba que le gustaba volar, que vivía para ello. Y en parte era cierto. Uno no podía trabajar así si no estaba profundamente convencido de que valía la pena. Pero la verdad era que los viajes le desgastaban, pensó mientras caminaba por el asfalto en dirección a la terminal. Y llevaba haciéndolo mucho tiempo.

Tenía poco más de veinte años cuando puso en marcha su propia empresa. Los primeros años los dedicó principalmente a sobrevivir. Durante los siguientes, de ser un arribista interesante tuvo que pasar a ser un hombre de éxito sin perder el norte.

Cruzó las puertas y salió a la calle, levantó el brazo para llamar un taxi y señaló al conductor la dirección de la persona a la que iba a ver. Se recostó en el asiento y vio pasar las casas y las calles que conocía. ¿Cuántas veces había estado allí? ¿Veinte? ¿Treinta?

Sabía que era bueno en lo que hacía, tal vez estaba entre los diez mejores del mundo. A veces había fracasado, obviamente. Sobre todo al principio, cuando era inexperto y lo compensaba con un exceso de imprudencia.

Hammar Capital se convirtió por primera vez en centro de atención cuando dio un golpe sonado contra una de las empresas más respetables de Suecia, una compañía no demasiado grande que tenía buena reputación entre los conservadores pero que David sabía que podía ser más efectiva. Fue una locura de principio a fin. Después de endeudarse hasta las cejas, hizo un movimiento muy agresivo. Fracasó y el hecho tuvo mucha repercusión en los medios de comunicación. La prensa le linchó —especialmente el tabloide propiedad de Investum— llamándole carnicero, secuestrador, pirata. Fue difícil, pero salió reforzado. Porque cuando la prensa lo fustigaba —a veces con razón, a veces de forma inmerecida—, él conseguía rehacerse. Y si algo le había enseñado su niñez fue la importancia de saber defenderse de una soberana paliza. Siempre había tratado de aprender de sus fracasos, y aportaba su experiencia al negocio siguiente.

Hammar Capital había chocado directamente con Investum dos veces. Lucharon en dos ocasiones por el dominio de una empresa que las dos partes querían contratar. Y las dos veces fue Investum, la mayor y la más fuerte, la que salió victoriosa de la lucha por el poder.

La primera vez David estuvo a punto de ir a la quiebra. Hammar Capital fue hipotecada por un valor muy alto y David salvó el negocio por los pelos. La segunda vez, pocos años después del impacto de las IT, que debilitó a Investum pero reforzó a Hammar Capital, la lucha por un cargo en el consejo de administración de una empresa de software fue más igualada, pero Hammar Capital volvió a perder. Tuvieron que retirarse, heridos y humillados por la prensa, aunque se mantuvieron a flote.

Después de aquello David decidió no relacionarse con Investum durante un tiempo. Se dio cuenta de que debía planificar mejor, confiar más en la frialdad y en la lógica y no dejarse llevar tanto por la emoción y el odio. Comenzó de nuevo. Incorporó a Michel de socio, a quien conocía del servicio militar y de la Escuela de Economía. La estrategia dio buenos frutos. En los últimos años Hammar Capital había pasado de ser una empresa de capital de riesgo admirada pero pequeña a una de las mayores y más respetadas de Europa.

En la actualidad David no tenía ninguna dificultad para conocer a los principales representantes de los bancos y de los fondos de inversión más rentables del mundo. Sabían que HC era solvente y le daban todo el dinero que quería. Su equipo de analistas era competente, su organización era efectiva como una maquinaria bien engrasada. Nunca habían sido más fuertes. Él pertenecía a una nueva generación de financieros sin viejas lealtades pero con contactos globales, y si quería podía hacerse cargo de cualquier corporación.

Miró por el cristal de la ventana del coche. La cuestión era que tenía que pensar qué meta fijarse en el futuro. Durante casi veinte años su sueño había sido el negocio que Michel y él iban a hacer en pocas semanas: controlar Investum. Apoderarse de la empresa y desmembrarla, destruirla y destruir a Gustaf y a Peter.

Y a Natalia.

Oh, Dios. Natalia, la mujer de ojos dorados y piel de seda. En menudo embrollo se había metido.

Mientras saludaba a los rusos a los que había ido a visitar, se encargaba de todos los detalles, les invitaba a almorzar, recogía las cosas después de la lograda reunión y volvía a Estocolmo en el vuelo de la tarde, David pensó muchas veces en Natalia. Al entrar en la oficina de Blasieholmen se acordó de que ella estaba a solo un paseo de allí, en Stureplan. Pensó en ella incluso cuando se sentó en la silla de su despacho.

Se preguntó si ella también estaría un poco cansada y al mismo tiempo acelerada.

¿Cuándo había sido la última vez que hizo el amor con una mujer tres veces en una noche? No tenía ni idea. Ella también lo sintió, no tuvo que preguntarle. Sabía que había experimentado lo mismo que él, la misma pasión.

Había sido algo excepcional.

David suspiró profundamente.

Tenía un grave problema. En principio, hacer el amor con Natalia De la Grip solo iba a ser un hecho aislado. Hubo un momento en que podría no haber llegado a ser ni eso, recordó haciendo una mueca. Pero después, cuando dejó a un lado el buen juicio, la acompañó a casa y entró en el piso, lo hizo convencido de que sería solo esta noche, nada más. No llevaba una vida promiscua, pero nunca había tenido dificultad para dejar atrás relaciones insignificantes y transitorias.

Se acercó a la mesa, encendió el ordenador y volvió a sentarse con la mirada perdida. Sabía lo que tenía que hacer, debería haberlo hecho en un principio, antes de que fuera a más.

Debía romper con Natalia para siempre.

Tenía que dejar todo eso atrás. Dejar de recordar la mejor

experiencia sexual que había tenido en su vida. Dejar de soñar con verla de nuevo, dejar de pensar que ella nunca iba a ser algo insignificante o transitorio para él.

Se quedó mirando la ventana distraído mientras se preguntaba dónde estaría su socio. Se le había olvidado llamar a Michel, su colaborador más cercano, su mejor amigo; en cambio no dejaba de pensar en llamar a Natalia.

Abrió un par de documentos en el ordenador para hacer lo que tenía que hacer, centrarse en lo importante. Tenían todo lo que necesitaban en ese momento. Acuerdos de confidencialidad firmados por todos los partícipes. No se les podía escapar nada. Acceso a cuatro millones de euros. Los agentes inmobiliarios estaban preparados. En pocos días, cuando empezara la semana de Båstad, la élite financiera estaría en sus residencias de verano. Estocolmo se quedaría vacía, los sistemas de alerta se moverían a media velocidad. Habían elegido el momento con esmero. En una semana, a esa misma hora, prácticamente toda la élite de las finanzas suecas estaría en Båstad, en Torekov o en un barco por el Mediterráneo. El verano, el sol y las vacaciones tomarían el relevo. Y entonces atacarían ellos.

David respiró hondo y decidió ponerse manos a la obra.

Diez minutos después no había hecho absolutamente nada.

Los pensamientos giraban siempre en torno a ella y en su mente las imágenes se sucedían como en una película. La tersura de su piel en los momentos de excitación, el brillo de sus ojos al amanecer, cuando hicieron el amor por última vez. Sus suaves gemidos cuando la besaba, el sabor de su lengua y de su boca. No podía soportar la idea de que no iba a volver a suceder.

Se levantó con brusquedad de la silla, fue hacia la ventana y miró el agua. En realidad, no permitirse que hubiera una continuación era una estupidez. No era cuestión de profundizar la relación, se dijo. Solo se preguntaba por qué debía terminar de un modo tan abrupto.

Cuanto más lo pensaba, más sensato le parecía. Nada le impedía volver a verla. Podía llamarla por teléfono cuando quisiera, por supuesto. Invitarla a una cena en condiciones. Natalia era una mujer sofisticada, adulta, acostumbrada a ese tipo de cosas. Podían tener otra noche de sexo. David ignoró la alarma que sonó en algún rincón de su cerebro. ¡Claro que podía llamarla!

—¿Cómo te ha ido?

La entrada de Michel en el despacho interrumpió las reflexiones de David, que se quedó mirando a su amigo con gesto de asombro.

—No te he oído llegar —dijo.

Michel lo miró un tanto preocupado.

—¿Va todo bien?

—En Malmö todo bien —respondió David—. El ruso está con nosotros. Ya tenemos lo que necesitamos.

Michel asintió.

—Estupendo. ¿Y cómo te fue con el barco?

—¿El barco?

—¿Te pasa algo, David? Te noto muy distraído. ¿Estás seguro de que todo fue bien en Malmö?

—Disculpa. Todo fue bien en Malmö, con los rusos. Y con tu barco —recordó—. Gracias por dejármelo.

—¿Y qué tal?

—¿El barco?

Michel puso los ojos en blanco.

—No me refiero al barco.

—Es estupenda. Distinta al resto de su familia. Distinta a todas las bancarias que he conocido. No es la típica chica de clase alta. Es estupenda —concluyó con voz débil.

Michel lo miró con curiosidad.

David no pensaba contarle muchas cosas, pero necesitaba decirlo en voz alta, expresar lo que sentía. Que Natalia era única. Y divertida y una excelente persona. De alguna manera había conseguido ser una mujer de las finanzas dura como una piedra —David sabía lo que J.O. exigía a su personal— y profundamente humana, casi frágil cuando estuvieron juntos.

—Sabes que yo nunca me metería en tu vida privada —empezó a decir Michel con voz grave, y David supuso que le diría lo que él quería oír—. Por todos los demonios, David, ¿qué te ocurre? —preguntó rascándose la cabeza—. ¿Te das cuenta de lo que estás haciendo? ¿Vais a veros otra vez?

—No ha ocurrido nada —dijo David sin pestañear.

No le agradaba mentirle a su mejor amigo, pero no podía hablar de sexo con él. Aunque eso no era lo peor que le ocultaba, pensó inquieto.

—Actualmente trabaja en un asunto relacionado con el banco de Investum —añadió—. Una adquisición importante de no sé qué tipo. Tiene acceso a información en el Svenska Banken.

Era cierto, J.O. se lo había dicho y circulaban rumores, como siempre en ese sector. Era un negocio enorme, una fusión de grandes magnitudes que haría que Investum se quedara indefensa durante ese período concreto; parecía llovido del cielo.

—Si tengo a Natalia bajo control, sabré si sospecha algo —concluyó.

Como excusa dejaba mucho que desear.

Michel sacudió la cabeza como si pudiera leer sus pensamientos.

—Intenta evitar que nos arruinemos. Es todo lo que pido.

—Sabes que esto es importante para mí, no debes preocuparte.

—Lo sé. —Michel hizo una pausa y lo miró con gesto pensativo—. ¿Y de qué hablasteis?

—¿De qué o de quién?

—Bah, no me importa —dijo Michel mientras giraba en el dedo uno de sus anchos anillos de oro—. Nunca pasó nada entre nosotros. Pensaba que ni siquiera se acordaría de mí —continuó toqueteando un bolígrafo que había en la mesa—. Creo que ya no le caigo bien. Fuimos amigos pero luego ocurrió algo y ahora me parece que me odia. ¿Y por qué iba a ser de otra manera? Ya la has visto. Puede tener a quien le dé la gana.

David intentó contenerse. Nunca había visto así a Michel.

Parecía un chico de doce años intentando ligarse a la más bonita de la clase.

—Sí, está muy bien —dijo en tono neutral—. Supongo que estamos hablando de Åsa Bjelke...

—Trabaja en Investum —puntualizó Michel—. De todas formas no funcionaría.

—Pero no tiene responsabilidad operativa —dijo David—. Procura no decirle que tenemos planes de apoderarnos de su empresa y que vamos a aplastar a su jefe y seguro que funciona. Llámala.

Michel sacudió la cabeza.

—Esa mujer solo trae problemas. Cien por cien seguro —afirmó con una sonrisa irónica—. Lo mejor que podemos hacer los dos es mantenernos lejos de las mujeres de Investum.

—Llevas razón —dijo David. Pero no había ninguna convicción en su voz.

Porque no estaba seguro de poder hacer eso.

Mantenerse alejado de Natalia De la Grip.

16

Natalia durmió varias horas después de que la dejara David. No llegó al trabajo hasta las diez, lo que dio motivo a algún que otro comentario cuando la vieron entrar. Era increíble lo acostumbrados que estaban a verla siempre allí; era la primera que llegaba y la última que se iba.

J.O. llamó por primera vez cerca de las once de la mañana del jueves.

—¿Dónde estás? —preguntó Natalia.

—En Moscú. Hoy tengo un almuerzo con el ministro de Comercio.

Se pusieron al día de todo y luego ella pasó el resto de la jornada atendiendo un flujo interminable de llamadas de teléfono, leyendo documentos y escribiendo análisis. Llevaba varias horas sin levantar la vista de la mesa cuando, sobre las dos de la tarde, oyó una discusión en inglés en la habitación contigua. La sala que había al otro lado de su despacho era un espacio amplio y diáfano con altas mesas metálicas ocupadas por grupos de personas en continuo vaivén, y en una de las mesas había un grupo de hombres de la sede central de Londres que discutían mirando los ordenadores. Ella no los conocía, pero no era nada inusual, allí siempre había gente de distintas partes del mundo. Estiró la espalda, se levantó, fue a por un café y siguió trabajando.

Después de un almuerzo tardío Natalia le pidió a su asistente que solo le pasara lo primordial, y eso le permitió tener unas horas de relativa tranquilidad. En ese momento se dedicaba a uno de los negocios más importantes que había hecho el equipo nórdico, y era además el primer proyecto propio de ella. Svenska Banken, el banco de Investum, estaba adquiriendo una cadena de bancos daneses. Era un negocio muy complicado. Sobre el papel todo parecía en orden, pero Natalia no podía evitar pensar que estaban corriendo demasiado, que los impulsaba el afán de prestigio —el sueño de su padre siempre fue crear un gran banco nórdico—, y que habría que hacer un estudio más riguroso. Investum, como principal accionista del Svenska Banken, iba a tener que invertir una suma muy elevada.

J.O. volvió a llamar a las cuatro.

—¿Cómo ha ido el almuerzo? —preguntó ella.

—Vodka caliente y caviar —dijo él—. Lo detesto. Me voy a Helsinki enseguida.

—¿Cuándo vuelves a Suecia?

—La próxima semana. A Estocolmo y luego a Båstad en avión.

J.O. era el anfitrión de una de las fiestas más importantes que se celebraban en Båstad durante la semana del tenis. Nadie quería perderse la gala del Bank of London, a la que asistían políticos, famosos, profesionales del tenis y la élite financiera. Se enviaron quinientas invitaciones y nadie dijo que no. Tradicionalmente tenía lugar el jueves en el enorme chalet de J.O. Y al día siguiente los padres de Natalia organizaban una barbacoa —igual de tradicional e importante— en el chalet de la familia De la Grip. Siempre había sido así y siempre lo sería.

—Llamaré esta noche —dijo J.O. antes de colgar.

Natalia terminó de revisar todo el material que tenía que pasar a los representantes de los dos bancos, dos hombres cuya química personal dejaba mucho que desear.

Volvió a hablar con J.O. a última hora de la tarde, cuando la oficina de Stureplan se empezaba a vaciar. Él ya estaba en Helsinki.

—Enseguida estará listo —dijo ella—. Pero creo que debería hablar con mi padre —añadió.

—He revisado los papeles que me diste. Varias veces. No he visto nada de eso que te preocupa. ¿No estarás nerviosa?

¿Tenía razón él o debía hacer caso a su corazonada?

—No lo sé —dijo vacilante.

—Querida Natalia —dijo él en ese sueco farragoso que utilizaba a veces y evidenciaba que hablaba todos los idiomas y ninguno bien, resultado de haber estudiado en internados de dos continentes y de su continuo viajar—. Son los nervios, ¿verdad?

Ella se dio cuenta de que J.O. estaba realmente allí. Concentrado, filtrando todo excepto lo más importante. Era excéntrico y le gustaba demasiado escucharse, pero era buen jefe.

—Lo sé —reconoció—. Seguramente tienes razón.

Ninguno de los dos lo había dicho en voz alta, pero ambos sabían que Natalia esperaba que con esa operación Gustaf se diera cuenta de su verdadera capacidad. Ese negocio iba a ser determinante para que ella entrara en el consejo de administración de Investum. Nada podía fallar.

—Tienes mi apoyo —declaró él en voz baja.

Y Natalia sabía que hablaba en serio. En un sector en el que uno nunca era mejor que su último negocio, donde el más experto asesor financiero podía ser despedido en cualquier momento, ella contaba con el apoyo de J.O. Siempre y cuando no metiera la pata a base de bien.

—Creo que me voy a quedar aquí —dijo él—. Me gusta Helsinki. ¿Lo conoces?

A Natalia le pareció oír risas y tintineo de copas de fondo.

—Es una ciudad muy bonita —convino ella—. Estuve una vez, en un baile de sociedad.

—He hablado con David Hammar —soltó él de repente.

Natalia sintió que el corazón le daba un vuelco. Llevaba diez minutos sin pensar en David y no contaba con eso.

Esperó con impaciencia mientras J.O. tapaba el auricular y hablaba con alguien. Le pareció oír la voz de una mujer.

—¿Sigues ahí? —preguntó él al poco, de nuevo al teléfono.

—Sí —dijo Natalia.

Cada vez que se dejaba llevar por un pensamiento que de algún modo desembocaba en David Hammar, en su sonrisa, en su cuerpo, en el inexistente futuro de los dos, volvía de inmediato a la realidad. Se negaba a ser una mujer que dejaba a un lado su trabajo para soñar todo el tiempo con un hombre. Se negaba a hacerlo, punto. Ella valía más que eso. Pero los comentarios de J.O. la pillaron desprevenida.

—Está preparando algo —dijo su jefe, y a Natalia le dio la impresión de que arrastraba las palabras. Se lo imaginó en uno de los lujosos restaurantes de moda que tanto le gustaban, posiblemente con una botella helada de champán en un cubo y una hermosa mujer al lado. Tal vez dos.

—Todos preparan algo —repuso Natalia en un tono vago. Así eran las cosas en ese sector: chismorreos, rumores. El truco consistía en analizar y saber separar lo verdadero de lo falso.

—Esto es algo importante —afirmó J.O., y ella oyó más risas y tintineos.

—Voy a irme a casa enseguida —dijo Natalia—. ¿Podemos hablar mañana?

—¿Queda alguien en la oficina?

Natalia miró a su alrededor. Estaba casi vacía.

—La mayoría está de vacaciones —dijo.

—La gente siempre tiene que irse de vacaciones a algún sitio. Es imposible hacer negocios cuando hay tanta gente fuera. Creo que este año voy a ir a Saint Tropez. ¿Has estado allí?

—Es muy bonito —dijo ella imaginando palmeras y arena blanca—. Pero no soporto el sol.

—Volveré a revisar tus papeles, ¿de acuerdo?

—Gracias.

Más tarde, cuando el último de los chicos del London se fue al centro y los asistentes dejaron el trabajo al personal de noche, Natalia llamó a Åsa por teléfono.

—¿Cómo estás?

—Mi terapeuta dice que deprimida, pero no lo sé. Estoy pensando en comprarme zapatos. O un apartamento nuevo. ¿Qué haces tú?

—Pienso.

—¿En el trabajo?

—En parte. Esa operación bancaria me produce una sensación extraña. J.O. dice que estoy nerviosa porque nunca había hecho algo así, pero no sé... Creo que tengo que hablar con mi padre. Y con Peter, supongo. —Hizo una mueca; detestaba tener que informar a su hermano mayor. Permaneció en silencio unos segundos y finalmente añadió—: Ah, y me he acostado con David Hammar.

—¿Tal vez J.O. tenga razón? A fin de cuentas te conoce bastante. Y siempre has sido un poco nerviosa. ¿O se dice neurótica? ¿O estás deprimida, como yo? Dios sabe que si yo hubiera vivido con Jonas tanto tiempo como tú, me habría deprimido.

—¿Estás borracha?

—¿Tú qué crees?

Natalia se rascó la nuca.

—¿No has oído lo que he dicho sobre David?

Åsa resopló.

—Después de ver cómo os mirabais y la cara que pones cada vez que lo nombras, no puedo decir que me haya sorprendido. ¿Qué tal funciona?

—No sé si puedo hablar de esas cosas —dijo tajante.

A pesar de su reserva, Natalia sentía que de lo único que quería hablar era de David. De la magia de aquellos momentos de sexo. Miró a su alrededor en la oficina y, a pesar de que casi estaba sola, bajó el tono de voz.

—Es algo que no se puede evaluar, no sé si me entiendes, tiene sus propios parámetros. ¿Te ha ocurrido algo parecido alguna vez?

—Cariño, tal vez deberías precisar un poco lo de «parecido». Tenemos distintas referencias. Yo ligo constantemente. Tú, casi nunca.

—Estuve con Jonas —puntualizó Natalia.

Vivieron juntos cuatro años, durante los cuales mantuvieron una vida sexual normal. Ni relaciones alocadas ni gritos de placer. Lo normal.

Åsa volvió a resoplar.

—Jonas debe de ser el hombre más aburrido del mundo, así que podemos incluirlo en esta discusión.

—¿Cómo sabes que Jonas es aburrido? —protestó Natalia al tiempo que le venía la idea a la cabeza—. ¿Te has acostado con él?

—Bueno... creo que no —respondió Åsa, como si estuviera haciendo memoria—. No trates de huir del tema.

—Creo que solo fue un hecho aislado —dijo Natalia permitiéndose hacer lo que había evitado durante todo el día: diseccionar su relación con David Hammar—. Estoy casi segura. No hemos vuelto a hablar.

Entonces cayó en la cuenta de que eso era lo que hacía la gente: sentir atracción, mantener relaciones, separarse y luego seguir su camino. Pero ¿por qué ella no lo daba por concluido?

Nunca había vivido nada parecido a lo que habían tenido David y ella. Natalia debutó tarde y seguramente con mucha inhibición. Estaba marcada por una educación anticuada que no lograba quitarse de encima. Se acostó con chicos en Londres, financieros tan ensimismados en su carrera como ella. Y luego con Jonas, que también tardó en estrenarse, marcado por la educación recibida y por una visión de la mujer como puta o virgen. Tenían relaciones de un modo amable y prudente. Nada fuera de lo normal, sexo vainilla común. Pero David... Natalia sospechaba que el sexo con ese hombre podía convertirse en algo muy sucio. Solo el recuerdo de lo que hicieron y de su modo de acariciarla la ponían...

—¿Habló en algún momento de que os volvierais a ver? —preguntó Åsa.

—No. Y yo tampoco. No espero nada más.

—Si le coges cariño sufrirás.

—Lo sé —dijo Natalia en tono cortante. Odiaba exponerse por ese motivo; la gente siempre estaba dispuesta a dar buenos consejos—. No soy estúpida —añadió—. Y él es tan atractivo que resulta difícil.

—Tú también eres atractiva, Nat, aunque no lo sepas. —En el tono de voz de Åsa había una solemnidad inusual—. Creo que en realidad Jonas no era bueno para ti. No erais buenos el uno para el otro. Y lo que te hizo... No, tienes que seguir adelante.

—Sí, soy un verdadero chollo —dijo Natalia con amargura a pesar de que odiaba la autocompasión.

—Acaba con eso —protestó Åsa—. Entonces ¿David no tiene ningún lado malo? Guapo, rico, bueno en la cama...

—No lo sé. A veces puede ser muy duro. Y creo que se le da bien manipular a la gente. Y todo lo que dicen de él no creo que sea inventado.

Recordaba artículos de prensa acerca de competidores a los que había arruinado sin piedad, infidelidades y matrimonios destrozados, edificios históricos arrasados. ¿Cómo iban a ser meras exageraciones?

—¿Qué más hicisteis? Es decir, aparte de tener unas relaciones sexuales fantásticas. ¿De qué hablasteis?

Åsa lo preguntó con cierta despreocupación, pero Natalia no se dejó engañar.

—Si te interesa algo en concreto puedes preguntar. ¿Qué quieres saber?

—Joder, Natalia, odio que me hagas esto. A ti te pasa algo. Para mí esto es superdifícil.

—Michel no está casado —dijo Natalia—. Y no hay duda de que siente algo por ti.

—¿Te dijo eso David? ¿Qué sabe él?

—No tengo ni idea. Estaba ocupada disfrutando de un rato de sexo increíble.

—La familia de Michel quería que se casara con una chica libanesa de buena familia. Y él siempre obedecía. El honor, la moral, la responsabilidad y toda esa mierda, ya sabes. Él siempre tuvo un montón de ideas acerca del bien y el mal, lo negro y lo blanco, incluso en la universidad. Buenos conocimientos como abogado y economista, y tal vez como colega y asesor de súper David, pero aburrido como persona. Era el típico patriarca.

—Y tú eras más bien la típica zorra, ¿no?

—Estaba segura de que a estas alturas tendría hijos. Ocho hijos libaneses regordetes y pegajosos.

—Creo que no tiene hijos, ni gordos ni de ningún tipo. Respecto a David...

—No me gustan los niños —interrumpió Åsa casi presa del pánico, como si estuvieran exigiéndole que empezase a reproducirse inmediatamente—. No entiendo que pueda haber alguien que quiera tener hijos, no me lo explico.

No, en eso eran algo distintas.

—Perdona, joder, sé lo mal que lo pasaste —dijo Åsa—. Disculpa.

—No te preocupes —dijo Natalia.

Pero no podía hablar de niños. Era demasiado pronto. Solo había pasado un año, todavía no se había curado aunque su amiga creyera lo contrario. Tampoco hablaban del tema porque algo que Åsa siempre repetía era: «No mires nunca atrás», seguido de «No te aferres a nadie». Ambas estaban heridas por sus experiencias, aunque de un modo del todo diferente.

—¿Te interesa Michel?

—No en realidad. —Åsa resopló—. Tuvo su oportunidad y no la aprovechó.

Natalia sacudió la cabeza. Åsa tenía la costumbre de dejar tirados a los hombres en cuanto descubría cualquier menudencia criticable.

—Pues pareces interesada.

—En absoluto. Me da rabia, eso es todo.

Se quedaron en silencio, cada una a un extremo de la línea.

—Voy a hablar con mi padre —dijo finalmente Natalia.

—¿De David?

—Sí, claro, voy a llamar a mi padre para decirle que me he acostado con su archienemigo. No, quiero hablar de ese negocio. Hay cosas que chirrían.

—Pero ¿no has hablado ya con él y con J.O.?

—Por supuesto que sí.

Åsa se quedó un momento en silencio. Luego dijo:

—La verdad es que J.O. es bastante atractivo.

—Creo que le gusta el sexo en grupo —comentó Natalia.

—¿Y a quién no le gusta el sexo en grupo? —dijo Åsa—. Ahora debo irme. Creo que prometí estar en el Riche. Tengo una cita. El chico solo tiene veinticuatro años. Cuando te canses de David deberías probar con un hombre joven. No quieren nada, no exigen nada. Pero oye.

—Dime.

—Estamos en el siglo veintiuno. Puedes llamarlo tú. Antes o después tendrás que dejar de obedecer los consejos inútiles de tu madre en el tema de las relaciones y todo eso de que hay que mantener las piernas cerradas y esperar. No puedes quedarte en casa sentada suspirando.

—No me quedo en casa sentada suspirando, me siento en el trabajo y me ocupo de un negocio de miles de millones.

—Llámale, no te digo más. —Åsa rió—. Puedes preguntarle si le gusta el sexo en grupo. Seguro que le sorprendería.

—Estás loca.

—Ahora me recuerdas mucho a mi terapeuta. Me tengo que ir corriendo. Adiós.

17

David salió de su oficina a las siete de esa misma tarde. Estaba inquieto y necesitaba moverse. La ola de calor persistía, la tarde era templada y fue callejeando hacia el centro.

Debería ir a casa.

Debería llamar a Michel.

Debería hacer ejercicio, sudar y acostarse temprano.

Debería hacer cualquier cosa excepto lo que estaba haciendo en ese momento: dirigir sus pasos hacia Stureplan. Dejó atrás la bahía de Nybroviken, pasó por delante del Dramaten y del Riche, fue zigzagueando entre turistas y gente de la ciudad que pasaba por allí y se detuvo en la entrada de Sturegallerian, el centro neurálgico de las finanzas de Estocolmo.

Levantó la vista hacia la fachada, supo exactamente en qué parte del cuarto piso estaban las ventanas del banco de ella. Era una locura. Eran casi las siete y media, seguramente ya se habría ido. Sin embargo, se quedó allí e intentó no sentirse como un acosador. «¿Y qué demonios hago ahora?» Palpó el teléfono que llevaba en el bolsillo.

—¿David?

Parpadeó. Natalia se había materializado en la entrada del centro comercial y al principio creyó que era producto de su imaginación.

Pero era ella.

—Hola —dijo David.

Parecía que ella tampoco daba crédito a sus ojos.

—¿Qué haces aquí?

—No estoy seguro del todo —respondió él con franqueza—. ¿Has estado trabajando hasta ahora?

—Sí. Ha sido un día bastante ajetreado.

—Fuera se está de maravilla. ¿Quieres dar un paseo? ¿Conmigo?

Ella lo miró con los ojos muy abiertos pero no dijo nada, solo asintió con la cabeza.

Fueron caminando hacia el agua en dirección a Nybroplan y Strandvägen. Iban muy cerca, pero no se tocaron.

—¿Cómo estás? —preguntó él.

Habían transcurrido muchas horas desde que se separaron. Se arrepentía de no haberla llamado en todo el día, de no haberse preocupado por ella. Natalia se merecía mucho más.

Ella sonrió al oír la pregunta, pero solo dijo:

—Estoy bien. ¿Y tú?

—Ha sido un día muy largo. —Era consciente de que no podía contarle dónde había estado. «Ten cuidado con lo que dices, acuérdate de quién es. Acuérdate, David.»

David señaló con la cabeza un puesto de salchichas que había en el parque Berzelii.

—¿Te apetece una? Aquí las preparan muy bien.

Ella parpadeó. Estaba oscureciendo y su pelo oscuro brillaba bajo los rayos del atardecer, igual que sus ojos.

—No he probado nunca las salchichas —dijo ella.

—¿Bromeas?

—No, mi madre dice que comer en la calle es vulgar. Le preocupa mucho lo que es vulgar —explicó sonriendo con complicidad—. Y quién lo es, por supuesto. Así están las cosas. Sí, gracias, comeré una.

David compró dos salchichas asadas, bien condimentadas y

con mucha mostaza, que comieron sentados en silencio junto al agua, ella con la espalda muy recta y sin dejar que cayera ni una miga. Después dobló el papel, se limpió las manos con la servilleta y las puso encima del bolso que tenía en las rodillas. Él le dio la lata de agua mineral que había comprado y ella, después de dudar un momento, la cogió y bebió un sorbo.

—¿Tampoco hay que beber agua mineral en la calle?

—Es una tontería, ya lo sé —dijo ella.

Mientras hablaba, él no podía apartar la vista de su boca, de sus labios sonrosados y brillantes. Hubiera dado cualquier cosa por volver a sentir el roce de esos labios. En su boca. En su piel. En su...

—Imagino que tu infancia fue distinta —continuó ella, y David no tuvo más remedio que concentrarse en la conversación—. No suelo pensar en esas cosas —prosiguió Natalia, y una leve arruga se dibujó en su frente—. Me refiero a cómo viven los otros —aclaró mientras parecía reflexionar mirando la lata—. Me creo muy liberal, pero cuando me veo reflejada en los ojos de otras personas no siempre me resulta halagador.

—Es difícil reflexionar sobre uno mismo —dijo él—. Pero tienes razón, supongo que mi infancia fue diferente a la tuya. Mi madre estaba sola. Me tuvo con diecinueve años y no pudo estudiar. Nos mantenía con trabajos eventuales, no tenía a nadie. Vivíamos en un suburbio bastante conflictivo.

—¿Y tu padre?

—No estaba nunca. Hace tiempo que murió.

—Debió de ser muy duro. Tanto para ella como para ti.

—Yo era muy travieso y no le facilité las cosas.

Ella levantó la mano para protegerse del sol y lo miró con ternura. No recurrió a los tópicos habituales, no le dijo que todos los niños hacen travesuras o que no debía culparse, no hizo nada de eso, solo lo miró con gesto grave.

—Nos mudábamos mucho de casa —se oyó decir a sí mismo.

¿Había hablado con alguien de esas cosas? ¿De la infancia que le había marcado más de lo que quería admitir?

—¿Por qué?

Le resultaba fácil hablar con ella, pero se contuvo.

—Por diversas razones —dijo de forma evasiva—. A los dieciséis años entré en el internado de Skogbacka. Mi madre consiguió que me admitieran como alumno becado.

Cada año entraban un par de alumnos de forma casi gratuita. Siempre que no olvidaran de dónde procedían y mostraran agradecimiento.

—Allí fue donde todo cambió —añadió.

«Poco a poco.»

—Es difícil ser diferente —dijo ella en tono suave—. Y más en esos centros. Hay tantos alumnos parecidos... Solo hablan de lo bien que están y de la gente que conocen. Pero el precio es la conformidad. No es fácil.

—¿Tú eras diferente? —preguntó él.

—Sí.

Con una sola palabra se lo dijo todo. Por eso le resultaba tan fácil estar con ella. Era rara en su mundo privilegiado. Y él era un extraño en el suyo. Desde fuera Natalia parecía sentirse cómoda con lo que era, pero había tenido que luchar sus propias batallas. Su padre era conocido por sus declaraciones difamatorias y sexistas sobre las mujeres en el mundo de las finanzas. Natalia debió de crecer oyendo ese discurso, día tras día, en la mesa de la cocina. En muchos aspectos, formar parte de una de las familias más importantes de las finanzas de Suecia era una ventaja. Se adquirían gratuitamente muchos conocimientos y muchas relaciones sociales. Pero por otro lado... Se preguntaba cómo le habría afectado. ¿Habría ido mellando poco a poco su confianza en sí misma o se habría obligado a demostrar su talento?

—Tu jefe habla muy bien de ti —dijo David.

Quería que lo supiera.

—Gracias. Me parece un poco raro que estemos aquí hablando de estas cosas. ¿A ti no? En cierto modo sé mucho de ti a través de los medios de comunicación, pero en realidad no te conozco.

Frunció el ceño y David supo que estaba pensando en cómo habían llegado a conocerse esa noche. En lo cerca que se habían sentido el uno de la otra. Pero Natalia tenía razón. Aparte de lo que creían saber del otro no se conocían. Se preguntó si esa mujer tan capacitada tendría tantos secretos como él. De repente quiso conocerla mejor, compartir con ella algo de sí mismo.

—¿Qué quieres saber? —dijo—. Puedes preguntar lo que te apetezca.

—¿Dónde están tus límites? —dijo ella rápidamente, como si llevara mucho tiempo dándole vueltas en la cabeza a esa pregunta—. ¿Qué no harías nunca?

Y David supo que se refería al trabajo. Era propio de ella preguntar acerca de algo que les concernía a ambos. Porque también eran iguales en eso, el trabajo les definía como personas.

—Compro y vendo empresas. Las fracciono, las hago más efectivas, y hay muchos que tienen su propia opinión sobre este tema.

Era consciente de que estaba intentando restarle importancia. Algunas personas, como el padre de Natalia, no tenían una mera opinión, pensaban que David se dedicaba a desmantelar empresas respetables hasta desintegrarlas. Sin embargo, no especularía nunca con la educación ni con la sanidad.

—No es ético —añadió. Y era cierto. No quería invertir en ese tipo de actividades porque les tenía demasiado respeto—. No creo que las entidades de capital de riesgo tengan que gestionar ese tipo de operaciones, no saldría bien.

Ella levantó una de sus cejas oscuras. Parecía una curiosa y estricta maestra de escuela. También contribuía que llevaba el pelo recogido y una blusa sobria.

—¿Un inversor de capital de riesgo con moral? —dijo en tono escéptico.

—Depende de a quién se lo preguntes —repuso él con ironía.

—¿Y si te lo pregunto a ti? —Lo miró y David se dejó seducir por esa mirada limpia.

—No soy mejor que cualquier otra persona de este mundo,

pero tampoco peor. Y Hammar Capital nunca ha ganado dinero con armamento, petróleo o tabaco.

Casi le avergonzaba lo mucho que le gustaría que lo comprendiera, que después recordara que él era algo más que frialdad y traición.

—Entiendo —dijo ella sin parpadear, sin sonreír.

Dios, cómo la deseaba al verla así. Sentada con la espalda tan recta. Serena. Preguntona. Le hubiera gustado quitarle la blusa y esa ropa interior tan exclusiva que llevaba y besarle la piel, lamerla y morderla hasta que ardiera. Recordó su piel como seda caliente, el espacio estrecho de su cuerpo palpitando. Exigente e indulgente al mismo tiempo.

Se había olvidado de qué estaban hablando.

—¿David Hammar?

David apartó la mirada de ella y vio a un hombre que se acercaba, un conocido, apenas eso. Se puso de pie, le estrechó la mano e intercambiaron cumplidos. Vio de reojo que Natalia también se había levantado. Fue rápidamente a tirar la basura a una papelera que había por allí.

—No quieres que te vean conmigo —comentó cuando el hombre ya se había marchado y Natalia volvió a sentarse en el banco.

—Lo siento, pero no sé en realidad qué hay entre nosotros —dijo sin rodeos, y él se preguntó si ella habría mentido alguna vez en su vida—. Además, estoy en medio de un negocio —añadió—. Un negocio enorme relacionado con Investum y con mi futuro. A mi padre no le haría ninguna gracia vernos juntos.

—Entiendo.

—En realidad es una locura —prosiguió Natalia—. He intentado advertírselo a mi padre varias veces, pero no me escucha.

David tardó unos segundos en darse cuenta de lo que acababa de decirle. Quería hablar sin reservas con él, pero él no podía mantener esa conversación con ella.

—No deberías contarme eso —dijo bruscamente.

Natalia, sorprendida, se mordió el labio.

—Lo sé, pero acabas de hablar de ética y presiento que puedo confiar en ti.

Aquello era muy peligroso. No quería que le odiara más de lo necesario. Porque el odio iba a ser una consecuencia inevitable. Pero ese momento aún no había llegado, así que no deseaba que le contara secretos y cosas que luego creería que él había utilizado contra su padre y contra Investum.

Ya sabía todo lo que necesitaba saber.

—Se ha hecho tarde —dijo David para evitar meterse en terreno peligroso. Llevaban mucho rato hablando, el sol había empezado a rozar los tejados de los edificios. Además, ella apenas había dormido la noche anterior, la que había pasado con él—. Estarás cansada.

—No. —Levantó la barbilla con determinación—. No estoy cansada. Me molesta que nos vean juntos pero quiero estar contigo. —Lo miró. Sus ojos grandes parecían oro líquido, y su piel clara mármol cuidadosamente pulido—. Esta noche.

Era increíble. Al oír sus palabras David notó que la expectación le corría por el cuerpo. Levantó una mano y la apoyó en sus piernas, le acarició los muslos con suavidad y luego la retiró. Entendía su miedo. Cuando todo acabara —y tenía que terminar porque cualquier otra cosa sería una locura—, sería mejor para ella que nadie los hubiera visto juntos.

Santo cielo. Una simple caricia por encima de la tela ligera de su falda había despertado todo su cuerpo. «Una vez más, ¿qué puede importar?», oyó susurrar en su cabeza. Y a David no se le ocurrió ni una sola razón para decir que no y privarse de algo que los dos ansiaban casi con desesperación.

—¿Adónde quieres ir? —dijo él.

Había decidido hacerlo bien, para que ella no se arrepintiera.

—No me quedan preservativos en casa —dijo ella—. Ni comida..., nada de nada. Y la mujer de la limpieza no irá hasta mañana, así que prefiero que no vayamos allí.

Se sonrojó un poco. Era evidente que no estaba acostumbrada a hablar de esas cosas. Pero se puso muy tiesa y lo miró fijamente a los ojos. David sonrió. Una mujer valiente.

En las oficinas de Hammar Capital había una habitación para pernoctar, un frigorífico lleno y una terraza bien cuidada con vistas al agua. Podían ir allí, pero en su despacho estaban todos los papeles del proyecto para hacerse cargo de la empresa del padre de Natalia, así que...

—Vamos a mi casa —dijo sorprendiéndose a sí mismo.

Su casa era algo muy privado. Casi nunca llevaba a mujeres, de hecho no recordaba cuándo fue la última vez que lo hizo. No dejaba que nadie entrara demasiado en su vida, quería ser él quien dejara la relación y se marchara. No hacía fiestas ni reuniones en el piso, estaba cerrado a los medios de comunicación. Ni siquiera Michel había estado allí. Era solo suyo. Pero no podía llevar a Natalia a una suite del Grand Hôtel por un montón de razones, sobre todo porque no le parecía correcto.

—Podemos parar por el camino y compraré lo que necesitemos —añadió.

Ella asintió y se puso de pie. Él también se levantó.

—De acuerdo.

Natalia se abrazó al bolso y se mordió el labio inferior. Él hubiera querido cogerle la mano, darle un beso y decirle que esa tarde y esa noche tenía intención de tratarla muy bien. Pero se limitó a levantar la mano y llamar un taxi, consciente de que por bien que la tratara nunca podría compensar lo que iba a hacer después. Apartó esos pensamientos y abrió la puerta del taxi. Natalia estaba equivocada respecto a su carácter. Cuando era cuestión de conseguir algo, dejaba a un lado los principios morales y los escrúpulos.

18

Natalia tenía la impresión de que David se iba a abalanzar sobre ella en el interior del taxi. Le parecía que el aire estaba cargado y le costaba respirar. ¿Le estaba ocurriendo de verdad?

Vio su mano apoyada en el asiento de al lado. Fuerte y ancha, con algo de vello en los dedos. Se moría de ganas de volver a sentir esas manos grandes y hábiles sobre su cuerpo. Miró por el cristal de la ventana e intentó tranquilizarse. Notó los pezones duros y sensibles al roce del sujetador. Tenía los muslos calientes, y las palmas de las manos, húmedas. No le había dado tiempo a ducharse, pero cómo iba a imaginar que una hora después de salir de la oficina estaría en un taxi al lado de David para tener sexo en su casa.

David indicó al conductor que se detuviera. Bajó del taxi, entró en un 7-Eleven y volvió enseguida con una bolsa en la mano. Ella intentó parecer despreocupada, como si para ella fuera de lo más normal ir en taxi y parar a comprar preservativos.

—¿Dónde vives? —preguntó.

No había oído la dirección y vio que se dirigían a Östermalm. Cayó en la cuenta de que casi toda la gente que conocía vivía en Östermalm, en Djursholm o en Lidingö. Excepto la mujer de la limpieza, claro. No tenía la menor idea de dónde vivía Gina. La reflexión le produjo un estallido de risa nerviosa. ¿Cómo podía ser tan limitada?

—Aquí —respondió David mientras el coche se detenía. Bajó del taxi y dio la vuelta para abrirle la puerta. Después le ofreció una mano y ella la agarró con fuerza.

Natalia percibía su presencia con todos los sentidos. Su olor, su imponente estatura, el leve crujido de la bolsa de plástico, el tintineo de las llaves. Le apoyó una mano en la parte baja de la espalda y la invitó a entrar. Oyó retumbar los pasos de ambos en la escalera, clara y elegante aunque un poco impersonal. No vio ningún nombre en la entrada.

—Soy el dueño del edificio —dijo a modo de explicación—. Conozco a todos los que viven aquí.

Natalia entendió que su intención era calmarla porque debía de haber notado lo nerviosa que estaba, pero aun así le pareció un presagio. Si ocurriera algo, nadie sabría dónde estaba.

Se sacudió de encima esos morbosos pensamientos y al llegar al último piso salieron del ascensor. David abrió una puerta que debía de pesar mucho y dejó que ella entrara delante. La puerta volvió a cerrarse en silencio tras ellos. Toda la casa parecía un mecanismo silencioso, discreto y efectivo.

—Entra por allí —dijo él señalando el final del pasillo—. Yo subo un momento a preparar algo.

Desapareció por la empinada escalera de caracol y Natalia siguió por el pasillo hasta la sala de estar. Se detuvo en la entrada. No sabía bien qué se esperaba, tal vez acero y cuero negro. Una gran pantalla plana de televisión y estantes con DVD. Algo masculino y de nuevo rico.

Pero eso...

Estantes llenos de libros, sofás mullidos, tonos cálidos y alfombras gruesas. En vez de televisor había un simple equipo de sonido analógico y mucha música clásica. Una chimenea, velas consumidas. Algo de desorden pero un ambiente limpio, fresco y sumamente acogedor.

David apareció por detrás.

—Qué agradable —exclamó ella.

—Pareces sorprendida. —David rió. Llevaba en las manos

un montón de toallas de felpa blanca—. Ven —dijo—. Vamos arriba.

Ella le siguió por la escalera. En el piso superior había ventanas por todos lados. Le pareció ver un dormitorio, pero lo que más le impresionó fue la vista.

—Ven, vamos aún más arriba.

Subieron otro tramo de escalera y al salir a la terraza Natalia no pudo evitar su asombro.

—No sé qué decir.

La vista era de ensueño. Tejados, el cielo al atardecer y el agua. El suelo de la terraza estaba revestido de madera. Había tumbonas, macetas, palmeras y, en el centro, una piscina con forma de riñón, aguas turquesa y focos que brillaban en el agua humeante.

—No sabía que se pudiera vivir así —dijo ella con cierta solemnidad. Era perfecto.

—Te he traído un albornoz y una toalla. Voy a abrir una botella de vino, tú mientras tanto ve metiéndote en el agua.

Ella dudó al principio pero luego empezó a quitarse la ropa. Se desabrochó la blusa, se sacó la falda y la ropa interior y se quedó desnuda. David, de pie, miraba discretamente hacia un lado al tiempo que ella avanzaba y se sumergía en el agua templada. Luego volvió la cabeza, sonrió y se acercó a él, que la esperaba al borde de la piscina con dos copas de vino. Bebió pequeños sorbos mientras él se quitaba la ropa, mirándolo de reojo por encima de la copa. Hasta ese momento no había apreciado del todo la belleza del cuerpo masculino.

Desnudo, David se metió en el agua y, acercándose a ella, apuró la copa de vino y la miró. Empezó por la cara y recorrió su cuerpo, que flotaba pálido y brillante en medio del agua tibia. Al sentir su mirada, Natalia se irguió y percibió en sus ojos el brillo del deseo. Él se acercó más, apoyó los labios en los de ella y la besó con pasión. Luego le cogió la copa y la dejó en el borde de la piscina. Ambos se fundieron en un largo abrazo. La levantó agarrándola de la cintura, se sentó y la puso sobre sus rodillas con las piernas abiertas. Entre el calor del agua, el alcohol y la intensidad de los besos en la noche estrellada, Natalia sintió que le daba vueltas la cabeza. Él subió una mano poco a poco hasta la nuca y le soltó el cabello, que cayó como una cascada sobre sus hombros mientras ella se retorcía en sus brazos. Se frotó contra él. David la cogió por las caderas y la pegó a su cuerpo con firmeza. Luego se inclinó hacia delante y empezó a lamerle con fruición un pezón.

Ella se estremeció.

—Eres increíblemente sexy, Natalia —murmuró.

Ella volvió a gemir hundiéndole los dedos en el pelo, apretándose contra su boca, contra su cuerpo, contra su erección. Perdió la noción del tiempo mientras se besaban, se tocaban como adolescentes, bebían vino y volvían a besarse una y otra vez.

—Sigamos en tierra —dijo David con la voz ahogada por la excitación.

La noche era cálida, casi tropical, por lo que no notaron frío al salir del agua. David estaba desnudo y ella se envolvió en una toalla antes de hundirse en una tumbona.

Él se sentó a su lado, le quitó la toalla y contempló su desnudez. Le puso una mano en el pubis y la ahuecó sobre el monte de Venus.

—Me encanta que no estés depilada —susurró.

Ella dio un respingo cuando le levantó una pierna y la apoyó en uno de los reposabrazos. Sintió vergüenza y excitación a la vez. Intentó protestar.

—Chis —susurró él mientras le acariciaba con suavidad la parte interna del muslo y luego le subía despacio la otra pierna hasta apoyarla en el otro reposabrazos—. Relájate, Natalia —murmuró—. Confía en mí, quiero hacerlo aquí.

Ella pensó que debería protestar. Era una postura de sumisión, y no estaba nada cómoda tumbada con las piernas abiertas. Pero su voz era tan persuasiva y la miraba con tanta intensidad... Además, tenía los sentidos embotados, así que se echó hacia atrás, se hundió en el almohadón de la tumbona y cerró los ojos.

David empezó a dibujar círculos con los dedos y con la boca en la parte interna de los muslos y ella se estremeció. La acarició y la besó sin tocar la zona que más le gustaba. Ella empezó a removerse en la tumbona, inquieta y ansiosa pero limitada por la postura.

Él le puso una mano en el vientre y, con la palma y los dedos extendidos, la apretó un poco mientras le lamía suavemente la zona de las corvas y la parte interna de los muslos. Ella gimió al notar la presión y las caricias de su boca recorriéndola despacio, como con cautela.

—David —dijo, frustrada al sentirse excitada.

Se preguntó si estaría intentando hacerla rabiar. A decir verdad, nunca había tenido buenas experiencias en ese tipo de cosas. Los hombres rara vez se implicaban como querían aparentar y ella, al igual que la mayoría de las mujeres, había tenido que soportar en silencio su parte de sexo oral sin rumbo.

Mientras pensaba en ello David le hizo algo con la boca y con un dedo que de superficial o sin rumbo no tenía nada. Continuó... Natalia no sabía qué le estaba haciendo exactamente pero le producía tal excitación que no habría podido soportar que dejara de hacerlo.

—¡Oh, Dios! —gimió retorciéndose.

Cuando estaba a punto de alcanzar el clímax y notaba los primeros espasmos previos al orgasmo, él se detuvo.

—¡No! —gritó enfurecida.

Natalia abrió los ojos. Vio sus piernas abiertas y a él concentrado en acariciarle los muslos, sin buscar su mirada. Le vio inclinar la cabeza y empezó a sentir el calor de su boca mientras le abría la vulva con los dedos y luego le mordisqueaba y le chupaba con suavidad el clítoris. Empezó a temblar y a respirar de forma entrecortada.

A continuación le introdujo un dedo y siguieron las caricias por dentro, por fuera...

—Eres tan sexy... —susurró—. Podría correrme solo lamiéndote.

Ella oyó un sonido. Una especie de gemido que procedía de su interior.

—¿Quieres que continúe?

Ella cerró los ojos y asintió con la cabeza. «¡Sí!»

—Pídemelo.

—Lámeme —dijo ella, y la voz se le rompió al notar el movimiento del dedo de él dentro de su cuerpo—. Por favor, no pares, sigue, ¡no puedo más!

David se levantó, fue a por una copa de vino y volvió a ponerse entre sus piernas. Vertió lentamente el vino sobre el vientre de ella. El tibio líquido se derramó hasta mojarle el sexo y entonces él se inclinó hacia delante.

David le recorrió la piel con la boca y con la lengua, lamiéndole el vientre y el sexo, que sabían a vino y a ella. Era una mujer magnífica, única. La abrió con dos dedos. Introdujo un dedo que resbaló por la humedad y produjo en ella un gemido inesperado.

Era una mujer con mucho autocontrol, serena y calculadora, pero una vez que se soltaba era toda pasión, como muchas otras mujeres capaces e inteligentes. Él sentía cómo se le entregaba, le abría sus espléndidas piernas y dejaba que jugara con ella.

Cómo le gustaba ver a la fría, inteligente y aristócrata Natalia De la Grip temblando, suplicándole que la lamiera. Estaba empalmado desde que se sentaron juntos en el taxi y solo quería entrar en ese cuerpo fuerte y tembloroso y oírla gritar de placer diciendo su nombre.

Ahora veía esa imagen deseada ante él.

Su dedo estaba envuelto en el calor de ella, tenía la vagina estrecha, introdujo otro dedo y la estimuló. La oyó jadear. Luego dobló los dedos, buscó y prestó atención. Murmuró algo inaudible y él lo entendió. Presionó con los dedos el punto blando, hundió la cabeza entre sus piernas, le acarició el clítoris con la lengua y luego se lo chupó. Ella estalló. Él continuó mientras notaba las sacudidas de su orgasmo, no se retiró hasta que la notó calmada.

Natalia se quedó inerte, con los ojos cerrados, las facciones relajadas y el pelo revuelto. Estaba increíblemente bella.

David sacó un condón del envase, rasgó el envoltorio y se lo puso. Ella seguía inmóvil, con un brazo por encima de la cabeza y una mano en el vientre.

Él se cogió el pene con una mano, la penetró y empezó a moverse con lentitud. Ella abrió los ojos. David sostuvo su mirada dorada sin apartarla ni un segundo y percibió en sus ojos el placer que le producía sentirlo dentro. Notó su cuerpo de seda, caliente, húmedo y relajado después del orgasmo. En realidad deseaba hacerlo con brutalidad, para su propio placer, pero temía que no le gustara o no pudiera soportarlo.

Los ojos de Natalia empezaron a iluminarse y sonrió. No podía moverse bien porque aún estaba con las piernas apoyadas en los reposabrazos, gloriosamente abierta.

—¿Puedes? —preguntó él—. ¿Estás incómoda? ¿Te bajo las piernas?

Ella lo miró desafiante. Se movió un poco y levantó el culo. Tenía unas nalgas, inesperadamente redondas, suaves y muy femeninas. Debía tener cuidado o se correría demasiado pronto.

Natalia alzó las piernas y lo envolvió con ellas. Era ágil como una gata y ligera como una bailarina. Él notó que comenzaba a perder terreno cuando ella le dijo con voz ronca:

—Fóllame, David, con todas tus fuerzas.

Nunca la había oído hablar de ese modo. Parecía estar poseída por una Natalia distinta, una Natalia más libre y audaz que daba rienda suelta a toda la sensualidad y a toda la pasión que él siempre supuso que escondía bajo esa superficie de serenidad.

La penetró con más fuerza y ella empezó a jadear. Volvió a empujar, notó cómo la sangre le fluía al pene y siguió moviéndose a buen ritmo, cada vez más rápido, una y otra vez. Ella apretó los párpados y levantó las caderas. Él continuó embistiéndola con tal frenesí que se le nubló la mente y dejó de pensar.

Murmuró algo que él no pudo oír y luego notó que le clavaba la uñas en la espalda y le atraía con fuerza hacia su cuerpo. David metió una mano entre los dos y empezó a acariciarla, después dobló la mano y fue aumentando la presión de los dedos, y cuando ella empezó a apretarse contra él, cuando notó que sus largas piernas le oprimían hasta dolerle la espalda, empujó más aún y la penetró profundamente hasta estallar en un orgasmo y una eyaculación que hizo que se le nublara la vista. Quería que ese momento no se acabara nunca, quería detener el tiempo, quedarse allí, rodeado por sus piernas y sintiendo el calor de su vulva.

Las piernas de Natalia temblaban de forma incontrolada. David se retiró y se sentó. Estaba a punto de desmayarse por la falta de sangre en la cabeza. Se dio la vuelta, se tumbó boca arriba y respiró hondo. Luego se rió a carcajadas, satisfecho, complacido y feliz.

Natalia oyó la risa de David. Tenía el cuerpo flácido del todo. No le obedecía ni un solo músculo. Notó la caricia del sol en su cuerpo y se movió con apatía.

—Me voy a hacer nudista —murmuró.

Él volvió a reírse y le transmitió su alegría.

Había tenido dos orgasmos. Nunca se había creído lo de los orgasmos múltiples ni lo del punto G, ni que había hombres que sabían lo que hacían, pero tendría que cambiar de opinión.

La risa provocativa de David y las imágenes de lo que acababan de hacer volvieron a excitarla. Natalia se miró el cuerpo, consciente de que en ese momento era insaciable. ¿Podía haber tanta química entre dos personas? Ella misma se contestó, era evidente.

—¿Qué haces —preguntó ella.

—Creo que estoy muerto.

—¿Hay algo para comer en esta guarida de inversor de riesgo? Estaba hambrienta. Ser una diosa sexual era agotador.

Comieron una especie de tapas muy picantes. Empanadillas y albóndigas de sabores y olores exóticos.

—La mujer que viene a limpiar está casada con un cocinero persa —explicó David—. Viven aquí los dos y me cuidan el piso —añadió—. Ella se encarga de la limpieza y la ropa y él me da las sobras del restaurante.

—Pues las sobras están riquísimas.

Al atardecer, cuando empezó a refrescar, David la llevó a su dormitorio, un piso más abajo, donde volvieron a hacer el amor. Él se mostró tierno y áspero. Amable e insolente. Ella seguía insaciable y sonrió al pensar que al día siguiente Natalia De la Grip se sentiría dolorida y descoyuntada de tanto sexo.

Después se quedó tumbada e inmóvil. La ropa de cama estaba limpia, planchada, olía bien y era lujosa.

—Esta es la cama más cómoda del mundo —murmuró.

Él estaba acostado a su lado y le acariciaba la piel. Retiró la sábana con la que ella se había tapado hasta la barbilla. Observó su cuerpo y le pareció una verdadera obra de arte. Ella levantó la mano y le recorrió el brazo con un dedo. Era tan musculoso que a su lado se sentía increíblemente femenina.

—¿Siempre has sabido que querías trabajar en el sector de las finanzas corporativas? —preguntó David mientras empezaba a pasarle los dedos por el pelo y le desenredaba los mechones sobre la almohada.

—Me decidí en Londres.

Estaba muy quieta y se dejaba mimar. Él la besaba de vez en cuando en los brazos, en los hombros.

—¿Después de la Escuela de Economía?

—Sí —dijo ella cerrando los ojos.

Tras graduarse trabajó un año en Nueva York como asesora. Luego viajó a Filadelfia, obtuvo el MBA en Wharton, el centro que ha formado a algunos de los personajes más relevantes en el mundo de las finanzas, y eso le abrió las puertas. Sabía que

David había estudiado en Harvard. Pero él se había costeado sus estudios y a ella se los había pagado su padre. Nunca se preguntó cuánto había costado su formación ni reparó en lo mucho que había obtenido gratuitamente.

—¿Y después?

La voz de David era solo un murmullo suave y sensual y ella estaba como flotando. Tenía el cabello esparcido a su alrededor.

—El Bank of London me reclutó —dijo ella abriendo los ojos.

—Solo reclutan a los mejores.

—Sí.

Hizo algunos años de prácticas en Londres, junto con otros financieros y financieras jóvenes y de mucho talento. Trabajaban todo el día, como si fueran propiedad del banco, podían mandarlos a cualquier parte del mundo avisándoles con solo una hora de antelación. Muchos abandonaban, hartos de aquellas condiciones inhumanas, pero a ella le encantó aprovechar al fin toda su capacidad, que la estimularan y la desafiaran. Sentirse válida.

—Supongo que sabes que más del noventa por ciento de los asesores son hombres —dijo ella.

—No —dijo deslizándole un dedo por la garganta hasta su vientre—. Creía que había más paridad.

—Al principio sí, pero las mujeres van desapareciendo por el camino.

—Algunos dicen que eso es porque las mujeres son demasiado inteligentes para querer trabajar tanto —dijo él levantándole una mano y besándole los dedos uno por uno.

—Y otros dicen que es porque las mujeres son por naturaleza incapaces de realizar un trabajo duro —contraatacó ella—. Que prefieren que las mantengan.

Ella se preguntó cuántas veces habría oído decir a su padre esas mismas palabras mientras su madre asentía con la cabeza. Y que si las mujeres querían ser exactamente iguales a los hombres era porque la igualdad había llegado demasiado lejos. Y que Jonas la dejó por ese motivo, porque trabajaba como un hombre.

—Eso son tonterías —dijo David—. Las que realmente valen trabajan el doble que los hombres. Todo eso va a cambiar. Me encuentro con muchas chicas espabiladísimas cuando doy conferencias en la Escuela de Economía. Y cada vez más empresas se dan cuenta de que las mujeres son una base de contratación y que no se pueden permitir el lujo de pasarlas por alto.

David se expresaba como si lo que decía fuera algo evidente, y Natalia notó algo en su interior al darse cuenta de que era la primera vez que hablaba con un hombre que pensaba igual que ella, que no distinguía entre el género femenino y el masculino. Le pareció sumamente atractivo.

—De pequeña me encantaba hablar de negocios y de la empresa familiar —explicó ella—. Solía obligar a mis hermanos a que consideraran distintas estrategias para Investum. Ellos lo odiaban.

David le levantó la mano y le olió la palma.

—¿Y por qué no trabajas en Investum? —murmuró.

—Antes quiero adquirir méritos propios —respondió ella de forma automática.

«Y si demuestro que soy lo bastante capaz, mi padre me lo pedirá.»

Él le dio la vuelta a la mano, le besó el dorso y lo mordisqueó un poco.

—Y luego volviste a Estocolmo —dijo sonriendo—. Hace dos años.

Natalia asintió. No era información secreta, solo había que entrar en Google.

—A J.O. le dieron un puesto de gerente y me trajo con él.

Dejó el apartamento que compartía en Londres con gente a la que apenas veía debido a lo mucho que trabajaba y viajaba. Jonas y ella se prometieron en Londres, él iba y venía en avión desde Suecia.

—Mi novio de entonces vivía en Estocolmo.

—¿Ya no lo es?

Ella se volvió y lo miró.

—Claro que no. Si hubiera otra persona no estaría aquí.

La pregunta le incomodó. Ella había dado por sentado que David no tenía pareja, pero recordó con cierto malestar la foto con marco dorado de una rubia impresionante que había visto en el cuarto de estar. Una mujer muy hermosa al lado de un David Hammar feliz y sonriente que le rodeaba los hombros con el brazo. Era de dominio público que Él no tenía familia. Se decía que tenía una hermana que había muerto joven en un accidente y que sus padres también habían fallecido. Entonces ¿quién era esa rubia? ¿Y qué era ella misma para él? ¿Un ligue de verano mientras su hermosa rubia estaba por ahí haciendo quién sabía qué?

Natalia frunció el ceño. No tendría que molestarle tanto. Ella no había hecho nada malo y lo único que ambos pretendían era disfrutar del sexo como locos. Si David cometía una infidelidad no era su problema, aunque en ese momento se lo pareciera. ¿Cómo había podido ser tan imbécil? ¿Por qué no se lo había preguntado?

—¿Qué ocurre? —dijo David.

—Nada.

—No te creo, estabas ausente. Cuéntame —pidió mirándola muy serio.

Ella contuvo el aliento y pensó que era mejor decirlo.

—No me acuesto con el primero que conozco —dijo—. Y detesto la infidelidad. No sé qué hay entre nosotros, tal vez solo sexo y quizá no tengamos que hablar de ello. Quizá no debería decirlo. Pero yo no me acuesto con ningún otro.

David apoyó la cabeza en la mano. Tenía unos ojos muy bonitos. Todo en él era atractivo. Parecía un modelo pero muy corpulento, más bien un trabajador de la construcción. Las chicas del internado debían de adorarlo.

—Natalia —dijo, y esperó hasta que sus ojos se encontraron—. Lo que hay entre los dos no lo había sentido nunca con nadie. Yo tampoco me acuesto con quien sea ni ligo más que cualquier otro hombre; probablemente menos. Yo tampoco sé qué es esto, pero no hay ninguna otra en este momento, ¿de acuerdo?

—De acuerdo.

—Y tampoco soy demasiado aficionado a las infidelidades —añadió mientras le acariciaba la frente.

—Está bien —dijo sintiéndose feliz como una estúpida.

Parpadeó y luego bostezó. Le preguntó qué hora era; ya casi había anochecido y de repente se sintió agotada.

—Debes de estar cansada —dijo él.

—No puedo quedarme. Tengo que ir a casa a cambiarme de ropa y a por unas cosas.

—Entiendo. —Le acarició el cabello y siguió la línea de sus cejas con un dedo.

Era una sensación tan agradable que volvió a bostezar. Estaba cansadísima, tanto física como mentalmente.

—Quédate —pidió él en voz baja—. No te vayas. Duerme un rato. Puedo despertarte temprano si quieres.

Era tan tentador... Y se lo decía en tono tranquilizador, suave, persuasivo y atento.

—Muy temprano —dijo ella—. No puedo llegar tarde dos días seguidos.

—Te lo prometo.

Dos segundos después dormía.

David cumplió su promesa. La despertó tan temprano que en el aire del amanecer que entraba por la ventana abierta ella percibió el olor a humedad de la noche. Él llevaba una camiseta y un pantalón claro, estaba recién afeitado y la boca le olía a menta fresca. Le sirvió un café cargado y muy caliente que ella se tomó en la cama. Luego se quedó un buen rato bajo la ducha, se puso su ropa arrugada y bajó de puntillas a la cocina. Él le preparó un sándwich, le sirvió más café y la observó hojear las páginas de negocios del periódico. Luego pidió un coche por teléfono, le dio el bolso y la despidió en la puerta. Un abrazo fuerte, un beso rápido y un cuarto de hora después Natalia estaba en el vestíbulo de su casa.

19

Cuando Natalia se marchó, David se puso a dar vueltas por el piso. El recuerdo de su risa y de los momentos de sexo que habían pasado juntos seguían allí, como un eco o una fragancia.

Él no había planeado lo sucedido, y no podía seguir, era una absoluta locura. La cuenta atrás continuó durante todo el día.

A través de testaferros y agentes inmobiliarios, Hammar Capital y él habían comprado tantas acciones de Investum que alguien iba a empezar a sospechar. Tantos accionistas desconocidos y tanto movimiento tenía que llamar la atención independientemente de que fuera época de vacaciones. En una semana, diez días a lo sumo, alguien daría la voz de alarma. No importaba, contaban con que tarde o temprano aparecerían en el radar. Pero faltando solo doce días —ni siquiera dos semanas— para que la noticia saliera en los medios de comunicación, lo que acababa de hacer era una locura. Aunque a él no se lo pareciera.

Le parecía algo maravilloso.

David se detuvo en el cuarto de estar. Miró la foto de marco dorado. No había pensado en eso. ¿La habría visto Natalia? ¿Se lo habría figurado?

Con toda probabilidad. Debería haberse dado cuenta cuando empezó a hablar de la infidelidad.

Había tantas cosas que podía decirle y que ella no entendería... Se sentía sucio, indigno.

Le gustaba Natalia, no era una desconocida reemplazable, era una buena persona. Y una mujer increíblemente atractiva con la que no era capaz de romper, a pesar de que había muchas razones por las que debería hacerlo.

Rozó con un dedo el rostro alegre de la foto. Tenía que llamarla, debía hablar con Carolina. Estaba enfadada con él porque la evitaba. Tenía que recuperar el control. Esa locura con Natalia tenía que acabar.

Era lo correcto.

Mierda.

20

—No estamos juntos pero tampoco estamos con otros —dijo Natalia subiéndose a la silla de montar. Lovely, la yegua marrón, resopló—. No entiendo nada, la verdad. ¿Así son las cosas hoy en día?

Åsa ya estaba sentada en su montura con la espalda recta y sujetaba con firmeza las riendas de su caballo ruano claro.

—Pero tú naciste en los cincuenta, ¿verdad? —dijo—. Sí, en el siglo veintiuno las cosas son así. Vas probando, paso a paso. O te quedas tumbado y lo demás sigue adelante.

Natalia se montó en su caballo. Le parecía todo muy confuso. Miró a su alrededor. Rebaños de ovejas pastaban con sus corderos. El agua espejeaba más allá de prados y campos. El castillo de fachada amarilla estaba a la derecha.

Peter y su esposa invitaban a una copa de jerez en la terraza antes de comer, pero Åsa y Natalia pidieron permiso para ir a montar a caballo.

—Pero ¿cuándo empezaron a ser así las cosas? —dijo Natalia mientras espoleaba a Lovely.

—¿Sigue siendo bueno en la cama? —preguntó Åsa por encima del hombro.

—Mucho.

—¿Se puede hablar con él?

—No he conocido nada igual.

—Querida Natalia, ¿no deberías esperar a ver adónde lleva todo esto?

—Supongo que sí. Y no parece que tenga otra elección.

No lo había visto desde que ella se marchó de su casa el miércoles por la mañana. Y era sábado. David le había enviado un mensaje, un simple SMS correcto y bastante impersonal. Natalia le respondió y después él le comunicó que se marchaba de viaje unos días. Ella no le preguntó adónde iba y luego no supo nada más de él; llegó el fin de semana y estaba cada vez más confusa. ¿Había terminado todo?

—Cada vez que nos vemos me da la sensación de que va a ser la última. Y luego me llama y todo es fantástico y yo no entiendo nada.

—De repente estás muy dramática —dijo Åsa—. ¿No estarás con el síndrome premenstrual o algo así?

Åsa vestía ropa de montar nueva y de marca, rompiendo con ello la costumbre de la antigua nobleza de llevar ropa vieja y gastada. Se lo había comprado todo nuevo sin pensar ni un segundo en lo que diría la gente.

—Según mi familia siempre estoy con el síndrome premenstrual —dijo Natalia con gesto amargo; miró la fachada amarilla.

El castillo de Gyllgarn era tan bonito que sintió una presión en el pecho. Pertenecía a la familia desde hacía tres siglos. En sus habitaciones habían dormido reyes. Natalia había pasado allí algunos de sus mejores momentos, con los caballos, los animales y los niños que vivían en los alrededores. Peter se había hecho cargo de Gyllgarn hacía un año, cuando se casó con Louise.

Ese día se había reunido allí toda la familia, excepto Alexander, por supuesto. Peter y Louise, el padre, la madre y Åsa, que en muchos aspectos formaba parte de la familia. La madre de Åsa y la de Natalia habían sido amigas de la infancia, y las hijas se hicieron amigas a pesar de los cuatro años de diferencia que había entre ellas. Åsa era una adolescente cuando su familia murió en un choque frontal y ella se fue a vivir con la familia De la Grip. Dormía en el cuarto de invitados, lloraba en el sillón de Natalia y bebía a escondidas lo que sacaba del mueble bar. En la actualidad trabajaba para el padre de Natalia y cenaba con ellos varias veces al mes en la residencia de verano o en el chalet que los padres tenían en Djursholm.

—Por cierto, ¿podré quedarme en tu casa en Båstad? —preguntó Natalia—. J.O. me ha dicho que vaya, pero en casa de mis padres no hay sitio. Estará Alex, y él siempre se instala en la habitación de invitados. Y Louise andará fisgoneando como de costumbre para ver qué va a ser lo siguiente que herede.

—Creo que Louise es la persona más antipática que he conocido —dijo Åsa—. Ni siquiera Peter se merece estar casado con semejante arpía. Es raro que aún no se haya quedado embarazada —añadió, y luego se arrepintió y miró a Natalia—. Disculpa —dijo rápidamente—. Soy una insensible. Solo por eso te quedarás en mi cabaña de invitados. Será tu pequeño nido de amor. ¿Irá él?

—¿David? No tengo ni idea.

«Porque no hablamos del futuro. Porque se ve que eso es lo normal. Y creo que todo ha terminado y odio todo esto tan moderno.»

—Me pregunto si se traerá al estúpido de su socio.

—Cielo santo. ¿Todavía no os habéis visto?

—¿Por qué íbamos a vernos? ¿Has oído algo? ¿Te ha dicho algo David?

—¿Y por qué no lo llamas?

—Bah, que me llame él si quiere —resopló Åsa—. Tengo citas con varios hombres toda la semana. No me queda tiempo para interesarme por Michel. —Se ajustó el casco y levantó la barbilla—. Y él tampoco parece interesado.

—Tal vez porque la última vez que os visteis te comportaste como una bruja insoportable —señaló Natalia.

Åsa sonrió con ironía.

—Aunque últimamente disfrutes mucho del sexo, tus habilidades sociales no han mejorado —dijo—. Por lo visto no te diste cuenta, pero el que estuvo desagradable fue él. Que me llame si quiere algo.

—¿Qué pasó con eso de que vivimos en el siglo veintiuno?

—Si quieres saber mi opinión, el siglo veintiuno está demasiado sobrevalorado.

«Solo me queda decir amén —pensó Natalia—. Amén.»

A la hora de la cena había seis personas sentadas alrededor de la mesa. Entrada, plato principal y fruta.

—Mantenemos la sencillez —dijo Louise con satisfacción mirando la porcelana antigua, las copas de plata resplandeciente y las exquisiteces locales que les servía una señora mayor que vivía cerca de allí.

Peter estaba sentado al lado de su madre y a Natalia le llegaban algunos fragmentos de la conversación que mantenían mientras saboreaba la sopa, que estaba realmente deliciosa. Louise no cocinaba, por supuesto, pero tenía una buena cocinera. Los habitantes de las comunidades cercanas contribuían, como habían hecho durante siglos, a que los señores del castillo de Gyllgarn vivieran con comodidad. Reminiscencias de la sociedad feudal que quedaba a solo medio siglo de distancia.

—Se ha casado con una joven muy ordinaria —dijo la madre—. Así que ahora tendremos que aguantar que la traiga a la fiesta. Es muy descortés que nos obligue a relacionarnos con gente como ella.

Peter murmuró y asintió con la cabeza. Mostrarse de acuerdo era su especialidad. La conversación siguió girando en torno a quién iría a Båstad y era lo bastante importante para verlo. Hablaron de relaciones, matrimonios y de distintos grados de finura. Peter hablaba en un tono bajo y sumiso, y cuando retiraron el primer plato Natalia notó que el rumbo de la conversación cambiaba. De la gente y las fiestas pasaron al futuro. Natalia se preparó. Enseguida le tocaría a ella. Habría comentarios sobre eventuales planes futuros, relaciones estables y referencias a que uno no es más joven cada día que pasa... Estereotipos que si no fuera por el dolor que le producían podrían llegar a parecerle cómicos.

—Nunca he entendido por qué Natalia y Jonas tuvieron que seguir caminos separados —dijo la madre con cierta solemnidad; luego se humedeció los labios con el vino y volvió a dejar la copa en la mesa. Su pelo claro relució—. Hacían buena pareja —añadió. Hablaba mirando hacia delante, como si se dirigiera a todos y a ninguno—. Todas mis amigas opinan lo mismo. Y me dio mucha pena que acabara.

Natalia pensaba a veces que para su madre ella debía de ser una decepción de principio a fin. Empezando por la escuela, donde coincidió con al menos uno de los hijos del rey pero nunca logró entrar en los círculos correctos. Después en el internado, donde no se comportaba como el resto de las chicas ni llegó a establecer una red de relaciones sociales y evitaba asistir más de lo necesario a los bailes de sociedad. Más tarde en la vida laboral, cuando apostó por un buen trabajo en vez de hacer cursos sin ton ni son y aguardar la llegada de un hombre de buena posición. El único momento en que supo que su madre estaba orgullosa de ella fue cuando se comprometió con Jonas. Luego se tomó la ruptura del compromiso como algo personal y no le dirigió la palabra en varias semanas. Era su forma de actuar ante algo o alguien que le desagradaba: ignorarlo. Siempre había sido así, su madre la castigaba con el silencio y retirándole su cariño. Natalia era incapaz de defenderse y ello fue dejándole pequeñas heridas difíciles de curar.

—Sí, Natalia, deberías estar con Jonas —dijo Åsa en tono alto y arrastrando un poco las palabras—. Por el bien de la familia.

—Esa es mi opinión —señaló la madre con frialdad—. Tengo derecho a ello.

Åsa miró a su amiga. «Vamos —le decían sus ojos—, cuéntales cómo te hundió ese miserable.»

Natalia sacudió la cabeza y guardó silencio.

Åsa vació la copa y volvió a llenarla. Natalia apretó los cubiertos. Solo el plato principal, fruta y queso; luego se podría ir a casa.

—He oído que estuviste almorzando con J.O. —comentó Peter volviéndose hacia su padre. Natalia prestó atención.

—Hablamos de la fusión —dijo este sin mirar a Natalia.

—¿Mantuvisteis una reunión sin mí? —preguntó Natalia.

Se puso las manos en las rodillas y miró a su progenitor atentamente. No exteriorizó lo ignorada que se sentía. Tanto por su padre como por su jefe.

Ella adoraba y admiraba a su padre, pero ya le había hecho eso un par de veces antes y la había hundido de verdad. La última vez había sido hacía dos años. Natalia solicitó un puesto de liderazgo en el Svenska Banken, cuyo consejo de administración por casualidad estaba presidido por su padre. Se trataba de un puesto de mucha responsabilidad, y no lo consiguió a pesar de estar suficientemente cualificada. Más tarde supo a través de rumores que su padre había intervenido para que no la admitieran. Le dijeron que era demasiado joven y que no querían que se aprovechara de su apellido, pero luego le dieron el puesto a un hombre que solo era un par de años mayor que ella y además era un primo de De la Grip. Después de ese episodio fue cuando decidió buscar un plan de acción fuera de Investum y aceptó el trabajo que le ofreció J.O. en Estocolmo. Podía entender que su padre perteneciera a otra generación, era evidente. Entendía que en ciertos aspectos tal vez se sintiera más cómodo hablando con J.O., que no tuviera que ver con ella como persona, pero le dolió de todos modos. Y deterioró su posición en el plano profesional.

—No sabía que tuviera que informarte de con quién me reúno —respondió su padre.

—Por supuesto que no —dijo ella en el tono más razonable que pudo—. Pero es mi negocio y me hubiera gustado que me informaras. ¿De qué hablasteis?

El padre dejó los cubiertos.

—Te preocupas demasiado por todo. Si no puedes manejar asuntos tan importantes no deberías involucrarte en ellos.

—Yo... —empezó Natalia, pero su madre la interrumpió.

—Precisamente por eso siempre he pensado que es mejor que decidan los hombres. —Se limpió la boca dándose ligeros toquecitos con la servilleta de lino—. Al fin y al cabo las mujeres tenemos nuestro modo de hacer las cosas.

Louise la miró con una sonrisa comprensiva.

Åsa resopló y captó la mirada de Natalia. Ambas detestaban esa forma de manipular la feminidad.

—Las mujeres son más emocionales, es así de sencillo —afirmó la madre con vehemencia. Era su argumento favorito, junto con la expresión «de sentido común». Miró a Louise, que mostró su conformidad asintiendo—. Estoy segura de que las feministas deben de ser unas mujeres muy infelices —prosiguió la madre—. Lesbianas.

Louise soltó una risita y, mientras estiraba el brazo para coger la copa de vino, la gruesa alianza que llevaba en el dedo brilló. Natalia estaba segura de que su cuñada lo hacía a propósito, pues en el mundo de Louise lo mejor a lo que podía aspirar una mujer era sencillamente a estar casada.

—No estoy demasiado preocupada —dijo Natalia retomando el tema—. Solo soy minuciosa, papá. —Se esforzó por transmitir profesionalidad y sensatez—. Quiero que salga bien, espero que lo sepas y confíes en mí. —Sonrió.

Pero su padre parecía estar en pie de guerra.

—Es distinto ser minucioso que ser inseguro. A veces hay que actuar, no solo mirar pantallas de ordenador. El Svenska Banken es fuerte. Los daneses se beneficiarán de esta fusión. No hay razón para dudar. Almorcé con J.O. porque quería que me asegurara que en el momento de cerrar el negocio no se interpondrán un montón de hormonas femeninas —dijo frunciendo los labios—. Esto va en serio, Natalia, no es ninguna realidad virtual de las de internet y YouTube. —Dio una palmada en la mesa que la sobresaltó—. Son negocios de verdad, de los que levantan este país. Estoy harto de todas esas tonterías feministas. Los hombres hemos sido capaces de dirigir la nave durante mucho tiempo, independientemente de lo que las mujeres modernas creáis que tenéis que demostrar. No son más que memeces.

Natalia prefirió concentrarse en la comida. Sabía que para su padre el tema de las mujeres ocupando cargos superiores era como hurgar en la llaga, y ella quería elegir sus propias batallas.

Unos años antes, Nordbank, el mayor competidor de Svenska Banken, había nombrado directora general a Meg Sandberg. Su padre criticó sin disimulo el nombramiento de una mujer tan original. Expresó ante la prensa todos los motivos por los que consideraba que era una mala elección. Además, criticó en privado su aspecto varonil, su gusto por la ropa de colores llamativos y otras cosas que no tenían nada que ver con la capacidad de liderazgo. Sin embargo, Meg Sandberg demostró que era digna de la confianza de su consejo de administración, y su gestión sincera y original reportó grandes éxitos a Nordbank. Natalia estaba casi segura de que esa era una de las razones por las que su padre había impulsado la fusión en la que estaban trabajando J.O. y ella. Quería que Svenska Banken recuperara su posición de liderazgo.

—Investum y Svenska Banken son tan importantes para mí como para cualquier persona de esta mesa —afirmó Natalia—. Sé lo que significa para ti, papá. Y lo llevo en la sangre y en los genes como tú, como Peter y como Alex —añadió con una sonrisa conciliadora.

Åsa le guiñó un ojo y levantó la copa en un brindis silencioso, pero el padre ni siquiera miró a su hija, que temió perder la compostura si él seguía ignorándola tan abiertamente. Tendría que haberse dado cuenta de que no era buena idea ir allí.

—He hablado con el presidente del consejo de administración danés —dijo el padre mirando a Peter—. Me ha asegurado personalmente que todo va bien. No estoy preocupado.

—Entonces ¿no solo hablaste con J.O. a mis espaldas?

«¿Cómo puede anularme de este modo?»

Hasta Peter pareció avergonzarse. Sin el apoyo de Gustaf, aunque solo fuera aparente, nadie iba a confiar en ella. Natalia agarró con fuerza la copa de vino.

—La última vez que investigué el asunto no tuve que pedirte permiso para nada —dijo el padre sonriendo como si no se tomara la conversación en serio.

Natalia estaba acostumbrada a sus técnicas de dominación, estaba acostumbrada a los hombres como él y sabía de qué modo manejarlos. Pero cuando se trataba de su propia familia se interponían un montón de emociones.

—No, claro —dijo ella—. Pero este es mi negocio, soy yo la que dirige el proyecto, y no es conveniente que hagas cosas a mis espaldas. —Hizo un gran esfuerzo para sonreír con amabilidad—. ¿Qué le has prometido?

—Acaba de una vez. No hay nada más que discutir.

—Vamos, ¿queréis hacer el favor de dejar los negocios para después, cuando las mujeres nos hayamos retirado de la mesa? —dijo la madre con gesto suplicante—. Creo que todo esto ha ido demasiado lejos —concluyó mirando a Natalia.

—¿Todo esto? —replicó Natalia con voz aguda.

—Hay que dejar que las mujeres sean mujeres —dijo la madre—. Todos no podemos ser iguales, eso es lo que digo. ¿No ves que lo exageras todo y estropeas el ambiente? Hay demasiada igualdad hoy en día.

—Pero, en serio, mamá, ¿cómo puede haber demasiada igualdad? —protestó Natalia—. ¿Demasiada justicia, mamá? ¿Para quién?

—¿Es que ya no puedo expresar mi opinión? —dijo Ebba De la Grip mirando a su alrededor—. Antes era todo tan agradable... Los hombres se encargaban de los negocios, cazaban y podían ser hombres, y nosotras podíamos ser mujeres. No entiendo por qué no puede seguir siendo así.

Natalia había odiado toda la vida que los hombres se quedaran a la mesa hablando de negocios y que las mujeres se retiraran y hablaran de empresas de catering y de guarderías. Parecía que vivían en el siglo XIX.

—Es una buena tradición —añadió la madre.

Louise se inclinó hacia ella y le dio unas palmaditas en la mano.

Natalia no contestó, no habría servido de nada. Llevaba toda la vida librando esa batalla. Miró a Peter pero él le rehuyó la mirada. Nunca la defendería contra su padre. Louise sonrió burlona y murmuró algo a lo que la madre asintió. Ambas estaban de acuerdo en que las mujeres no eran adecuadas biológicamente para los negocios.

Natalia permaneció sentada mientras retiraban los platos. Åsa estaba sumida en un silencio introspectivo. La madre y Louise hablaban en un tono de voz bajo muy femenino. El padre le contaba algo a Peter, que escuchaba con toda atención. Natalia miró de reojo a su hermano y luego a su cuñada. Estaban sentados apartados, como si no tuvieran nada que ver. Pensó que Louise había florecido con su matrimonio con Peter. Era como si hubiera esperado toda su vida poder vivir como una señora de palacio, organizar cacerías y escapadas para ir a pescar, cuidar las colecciones de arte, preservar un patrimonio cultural. Pero Peter parecía cansado, agotado. Como si estuviera intentando mantener el ritmo constantemente y no lo consiguiera. Trabajaba en la ciudad con su padre, volvía en coche a Gyllgarn todas las tardes. Tenían muchos invitados. Su casa aparecía con frecuencia en prestigiosas revistas de estilo y Louise era conocida por sus cenas y fiestas. Vivía la vida que siempre había soñado, pero Natalia se preguntaba a veces si el precio que Peter pagaba para mantenerla allí arriba no era demasiado elevado.

—David Hammar está en la ciudad —comentó Peter de repente y Natalia aguzó el oído—. Lo vi el otro día —añadió mientras se ajustaba el nudo de la corbata haciendo una mueca.

El corazón de Natalia dio un vuelco. No era la primera vez que se hablaba de David Hammar en la casa, pero hasta entonces él solo era uno de los muchos nuevos ricos a los que despreciaban y criticaban. No alguien con quien ella había estado y compartido una profunda intimidad. Miró a Åsa, que se limitó a encogerse de hombros.

—Dios, qué hombre más vulgar —dijo Louise—. Además de nuevo rico, presumido.

—Un maldito parásito —afirmó el padre—. Nunca ha sabido cuál es su lugar.

—Cariño, ¿no estudiamos juntos en Skogbacka? —preguntó Louise con toda la malicia de que era capaz.

Eso era lo que David veía todos los días en el internado, pensó Natalia. Burlas y desprecio.

—Estudiaba gratis. Becado —señaló Peter.

—Creo que su madre trabajaba en un bar —dijo Louise—. Y se acostó con el rector —añadió riendo con picardía—. Así de sencillo.

—Él nunca entendió las reglas. —Peter sacudió la cabeza.

—Le ha ido bastante bien —afirmó Natalia en tono contundente mientras lanzaba una mirada envenenada a Louise—. Y él no tiene la culpa de lo que su madre hiciera o dejara de hacer.

Louise levantó una ceja pero no dijo nada.

—Se aprovecha de la gente honrada para sacar dinero, que es aún peor —dijo el padre—. Saquea empresas que otros han levantado.

—Trabaja en las mismas condiciones que todos los demás —replicó Natalia—. Y es hábil.

—Es desconsiderado y corto de miras. No hay que ser hábil para eso.

—Hay gente que no merece que malgastemos energía —intervino la madre—. Ese tipo es uno de ellos. No os empeñéis en estropear esta cena tan agradable que ha preparado Louise.

—Pero...

—Es suficiente, Natalia —zanjó el padre en tono tajante.

Natalia parpadeó. Enfadarse no serviría de nada, ella no ganaba nunca. Y los tenía a todos en su contra. Ni siquiera Åsa intervenía en ese tipo de discusiones. «Que se vayan al infierno.»

—Lo único que quiero decir es que es muy triste que gente como él se permita venir y destruir las cosas —dijo Louise con su voz más conciliadora, una voz femenina y alegre. Como debían ser las mujeres según los hombres de clase alta. Pavisosas inofensivas que marginaban a las personas que no eran de su agrado y nunca tomaban partido por nada importante. Natalia no pudo evitar recordar el momento en que David y ella habían hablado de negocios e igualdad.

—Como de costumbre, no sabes de qué hablas, Louise —intervino Åsa de repente, elevando la voz y sacudiendo la cabeza como si ya no aguantara más—. No entiendo cómo puedes ser tan limitada.

—Solo digo en voz alta lo que todos piensan —dijo Louise. Empezaron a salirle manchas rojas en el cuello, eludió su mirada y se humedeció los labios, pero no se rindió—. Algunas personas carecen de estilo y de clase, y creo que eso se nota desde el primer momento, simplemente es así. Es algo innato. Es la diferencia que hay entre las personas y..., bueno, los tipos como él.

Peter bajó la mirada al plato, era imposible interpretar la expresión de su rostro. Natalia se preguntó si estaría tan hastiado como ella de esas conversaciones. Pero no podía saber qué pensaba su hermano porque hacía muchos años que se habían alejado.

Cuando era pequeña admiraba a su hermano mayor, que tenía seis años más que ella y en su mundo infantil le parecía grandioso. Alex nació solo un año después que Natalia y de algún modo ellos dos formaron una especie de alianza, mientras que Peter se distanció más y más cada año que pasaba, hasta que en vez de hermanos parecían extraños.

Miró el rostro de su padre, tan inexpresivo como de costumbre. Pero no tenía nada que decir. Nadie necesitaba decir nada. Natalia sabía lo que pensaban todos. A veces esa comunicación silenciosa era tan desagradable que lo único que quería era gritar. Su madre permanecía allí sentada, inmóvil, esperando que volvieran a hablar de banalidades. Louise sonrió, Peter carraspeó, elogió la comida y luego hicieron lo de siempre: seguir como si no hubiera ocurrido nada. Natalia se rindió.

Después de la cena, el café y la copa, Åsa decidió quedarse a dormir, pero Natalia quería volver a casa. Se despidió, abrazó a Åsa, dirigió una última mirada a su querida fachada amarilla y luego puso el coche en marcha. Tardaría un tiempo en recuperarse de esa cena familiar.

David estaba inquieto. Había pasado el sábado con Carolina, había sacrificado un día entero para compartirlo con ella. Carolina estaba contenta y él había aliviado en parte su mala conciencia. Se encontraba otra vez en la oficina tratando de recuperar el tiempo, aunque era sábado por la tarde y en realidad no había mucho que hacer. Michel había ido a visitar a sus padres a la casa que tenían en las afueras y la oficina estaba vacía.

Miró el teléfono pero no tenía mensajes. Al menos ninguno de Natalia. Aunque tampoco lo esperaba. Había sido deliberadamente frío con ella, y suponía que ya había pasado todo, tal y como había planeado. Pero le parecía tan inacabado, tan insatisfactorio... Buscó en «contactos» y marcó el número. Decidió que si no respondía después de tres tonos cortaría la llamada.

—Maldita sea, espera que conecte el auricular —oyó decir. Y después su voz—: ¿Sí? ¿Diga?

—¿Natalia?

—Hola, David —dijo ella después de un largo silencio, sin que él pudiera determinar si estaba contenta, sorprendida u otra cosa—. Perdona, creía que era mi jefe.

David miró el reloj. Eran casi las once.

—¿De verdad? ¿Suele llamarte a estas horas un sábado por la noche?

—Ya conoces a J.O. —respondió ella con cierta ironía—. ¿Tú qué crees?

—Tienes razón. ¿Te he despertado?

—No. Estoy conduciendo. He estado en la finca de mis padres. Bueno, ahora es la finca de mi hermano.

David vio el edificio amarillo delante de él, recordó el viaje en helicóptero.

—¿El castillo?

—Sí, pero no solemos llamarlo así. Decimos la finca.

Se hizo un breve silencio y luego él oyó una risa contenida.

—Disculpa, acabo de darme cuenta de lo arrogante que ha sonado. Suelo ir sobre todo para montar a caballo. Digamos que la familia va incluida en el paquete.

La familia De la Grip era conocida por su unidad, pero algo en la voz de Natalia le decía que las relaciones no eran fáciles.

—¿Montas a caballo? —preguntó él, aunque sabía que era una excelente amazona. La imagen de Natalia con botas relucientes y espuelas hizo que se le acelerara el pulso.

Ella se rió de un modo que le recordó los momentos en que se apretaba y se retorcía contra su cuerpo ardiendo de deseo.

—Sí, David. Monto a caballo. —Lo dijo en voz baja y él percibió el doble sentido de la afirmación.

—No sé si está mal decirlo, pero te imagino con botas de montar y ya me pongo cachondo. ¿Llevas también pantalones ajustados?

—Muy ajustados —dijo ella despacio.

Vio sus piernas largas y fuertes delante de él, sus nalgas redondeadas y voluptuosas.

—¿Qué ropa llevas? —preguntó él en voz baja.

—Joder —susurró ella.

—¿Qué ha ocurrido?

—Voy a ciento cuarenta por la autopista, no puedo tener sexo telefónico.

Él reaccionó.

—Pero está prohibido ir a ciento cuarenta. ¿Puedes reducir un poco?

—Está bien, ha sido la sorpresa.

—¿Has bebido? ¿Quieres que vaya a buscarte a alguna parte?

La preocupación había surgido de forma automática y no le dio tiempo a pensar, simplemente lo dijo.

—No he bebido y enseguida estaré en casa.

—De acuerdo. Conduce con cuidado.

—Oh, David, yo siempre tengo cuidado —dijo ella en un tono de voz que a él le pareció una melodía suave y seductora. Le encantaba que flirteara con él.

«No más por ahora. Cuelga de una vez.»

—Solo quería... —David quería justificar la llamada, pero no se le ocurrió nada razonable. No debería haber llamado y lo sabía—. He pensado en ti —declaró por fin con toda sinceridad. «Estúpido, eres un estúpido.»

Siguió un silencio.

—David —dijo ella en voz tan baja que él tuvo que pegarse el teléfono al oído.

—¿Qué?

—No estoy acostumbrada a esto, así que no sé si debería decirlo, pero estoy llegando a casa. He tenido una tarde horrible. ¿Quieres venir? —Respiraba con suavidad y a él le pareció oír el débil ruido del motor de su coche—. Deseo que vengas. Independientemente de que haya o no haya algo entre nosotros, quiero que lo sepas. Me encantaría verte. Otra vez.

Oh, maldita fuera. Eso era lo peor que le podría haber dicho. Se debatió consigo mismo. Y perdió por un amplio margen.

—Estaré allí dentro de una hora —dijo.

21

Peter llevaba un rato en la cama sin poder conciliar el sueño después de que Natalia se marchara a su casa y tanto Åsa como sus padres le dieran las buenas noches y se retiraran. Louise dormía a su lado.

No conseguía deshacerse de esa sensación en el pecho.

Había empezado el viernes anterior, cuando vio a David Hammar entre el gentío. Una sensación de muerte inminente. Levantó la vista hacia el techo antiguo de estuco sin saber si solo era producto de su imaginación. Le asustaba lo poco que podía confiar en lo que sentía, ya que por lo general no sentía nada.

Aunque eso tampoco era cierto, pensó, y se dio la vuelta. La noche era calurosa, hacía bochorno y la casa no tenía aire acondicionado. Sentía algunas cosas, por supuesto, pero era todo tan desagradable que hacía lo posible por evitarlo. El problema era que no podía elegir qué sentimientos tenía que rechazar, así que los bloqueaba todos.

Recordó cuando habían iniciado los estudios en Skogbacka. Entonces creía que todo iría bien, que haría bien las cosas, que podría volver a empezar, que dejaría atrás los problemas de la escuela y que al fin lograría encajar.

Pero nunca se le había dado bien hacer amigos, y el hecho de ir a Skogbacka no cambió las cosas. Los alumnos mayores se metían con él. Aunque allí era algo habitual, a él le resultaba difácil verse solo en esas situaciones. Cada uno tenía que sufrir su propia humillación.

«Hay que hacer de tripas corazón —le dijo su padre una vez que cometió el error de llamarle por teléfono llorando—. No llores como una nenaza.»

A partir de entonces Peter hizo lo que pudo por aguantar. Por raro que parezca, uno termina acostumbrándose a todo.

Después llegó su turno.

Entraron nuevos alumnos, él ya no era el más joven. David Hammar era uno de ellos. Ya llevaba un tiempo allí. Tenía una mirada furiosa, una infancia distinta a la de los demás, y circulaban rumores de que su madre se acostaba con unos y con otros. David no tuvo ninguna posibilidad desde el principio. Los ritos de iniciación comenzaron y Peter se sorprendía aún al recordar la rapidez con que la víctima pasaba a ser verdugo. Él en especial.

Pero así eran las cosas, se disculpó, como había hecho toda su vida. No era mala persona por eso. Todos lo entendieron.

Excepto David Hammar, por supuesto.

El recién llegado no tuvo la sensatez de aceptar la humillación y callarse. David se negó a seguir todos los códigos sociales que Peter había seguido al pie de la letra. Y este recordaba lo enfadado y engañado que se sentía, como si fuera un ultraje personal. ¿Quién se pensaba que era? ¿Cómo podía tener el descaro de creerse mejor que los demás un chico de clase obrera que estudiaba con una beca? Peter no se acordaba de cómo había sido la cosa, pero decidió que aplastaría a ese tipo. Además las chicas del internado estaban locas por él.

Louise incluida.

Peter miró a su esposa dormida. Louise era la mujer perfecta hasta durmiendo: tranquila, silenciosa y fresca.

Louise creía que él no lo sabía, pero le oyó hablar de David en una fiesta. Vio brillar sus ojos de emoción mientras hablaba del chico corpulento de clase obrera.

Y Peter también vio la humillación de ella cuando él rechazó sus intentos de acercamiento.

Era raro que no hubiera pensado en ello antes. Lo había olvidado por completo, pero el recuerdo había surgido cuando mencionaron a David Hammar durante la cena y Louise dio rienda suelta al odio que le tenía.

Peter siempre había creído que no era digno de Louise, así que se sorprendió cuando finalmente le eligió. Ella había salido con algunos de sus compañeros antes de que fueran pareja. Todos consideraban que Louise era una ganga y Peter le propuso matrimonio, y lo único que pensó fue que había tenido suerte llevándose a una mujer así: rubia, fresca y de buena familia. Siempre se le habían dado mal las mujeres. No las entendía, solo sabía que había que ganar mucho dinero y tener éxito para que no lo despreciaran a uno.

Se movió un poco, se pasó la mano por el pantalón del pijama. Hacía mucho que no tenían relaciones sexuales, pero a decir verdad su deseo había disminuido. ¿Podía ser la edad? Solo tenía treinta y cinco y no era especialmente feliz en su matrimonio. Tal vez eso debería preocuparle. Pero el asunto era que Peter no estaba del todo seguro de tener derecho a ser feliz después de lo que hizo. Retiró la mano, ni siquiera podía masturbarse. Si Louise se despertaba... Era probable que se pusiera a vomitar.

Suspiró. Los pensamientos volvieron a girar en torno a David Hammar.

Peter había arremetido contra David en Skogbacka con toda su fuerza. Con toda su amargura, envidia y frustración. Ni siquiera sabía que pudiera tener tantos sentimientos.

Las consecuencias fueron nefastas.

El acoso al que sometieron a David se fue intensificando cada vez más.

Y después...

No, no debía pensar en eso. Si lo hacía no podría respirar. Era mejor intentar olvidarlo. Le habría gustado levantarse, encender un cigarrillo y fumar, pero no podía mantener esa discusión con Louise.

Parpadeó tratando de que el sueño acudiera pero no hubo

forma. ¿Tal vez era solo por la fusión? En cuanto se cerrara el negocio, su padre se jubilaría, se retiraría y le dejaría la responsabilidad a Peter, al mayor, al hijo obediente.

Se convertiría en presidente del consejo de administración, la cima de su carrera. La prueba de su valía. Todos los que murmuraron alguna vez que solo tenía trabajo gracias a su apellido tendrían que callar. Entonces todo sería mejor.

Peter volvió la cabeza y miró hacia la ventana.

Conseguir la paz interior tal vez fuera esperar demasiado, pero le habría gustado mucho librarse de esa carga que llevaba siempre encima. Todos esos recuerdos que no podía compartir con nadie. Todo eso por lo que a veces le parecía que estaba volviéndose loco.

Alrededor de una hora más tarde amanecería. Cuántas horas de luz... ¿Tal vez era eso por lo que no podía dormir?

Louise murmuró algo en sueños y él la miró. Decidió que si se despertaba hablaría con ella. Pero no se despertó, y él sabía que el pasado no podía deshacerse. En el mejor de los casos se podía confiar en que llegara el olvido. Él llevaba veinte años intentando olvidar.

Lo intentaría aún con más ganas.

Alguna vez lo lograría.

22

Natalia era como un veneno que tenía en el cuerpo. David no podía describirlo de otro modo.

No podía pensar con claridad.

O tal vez no quería.

Porque en su interior, incluso en ese momento —iba en un taxi y acababa de facilitarle al conductor la dirección de Natalia—, era consciente de que, si fuera capaz de pensar con claridad, no continuaría con esa relación sabiendo todo lo que estaba en juego. Las acciones de Investum cotizaban ya en bolsa e iban evidentemente al alza. Cinco de las empresas inmobiliarias más importantes estaban preparadas. Habían comprado acciones para Hammar Capital a través de testaferros para transferirle a él la titularidad en cuanto recibieran la señal.

En el plano legal se movía en una zona gris, pensó mientras miraba por el cristal de la ventana del taxi. No era del todo ilegal pero tampoco era nada ético, y haría que muchos de los que estaban en el mundo de las finanzas se subieran por las paredes, en especial los que seguían sus propios principios morales. Todos los inversores de David habían transferido el dinero que habían prometido, lo que significaba que Hammar Capital poseía en ese momento la enorme suma de más de cien mil millones de coronas suecas. Sin duda era el mayor golpe que se había dado en Suecia y tal vez en toda Europa. Aparecería en la primera página del *The Wall Street Journal* y se darían a conocer en otros ámbitos, no solo en el financiero.

En realidad era inconcebible que todavía no se hubiera filtrado nada. Aunque nadie sabía nada excepto David y Michel. Y no formaba parte de los sistemas de alerta racionales que alguien atacara a Investum, la columna vertebral de la nación. Pero aun así. En el mundo financiero había reglas no escritas y David estaba a punto de violarlas todas. Sabía que lo iba a lograr, lo percibía en cada fibra y en cada célula. Obligarían a Investum a ponerse de rodillas. El gigante sangraría y caería. Ese golpe marcaría un antes y un después en la economía sueca.

Y por ese motivo tenía que mantener la mente clara. Centrarse en la complejidad de lo que estaban haciendo.

Por eso no debía pensar a todas horas en Natalia. No podía perderse en pensamientos de sexo y risas y en una sensación extraña que no sabía cómo denominar.

Mientras pagaba al taxista que le había llevado a la tranquila calle donde vivía Natalia se dijo que sería la última vez. Se trataba de eso. De estar con ella por última vez, acabar del mejor modo posible y luego sería libre, capaz, se centraría. Solo se trataba de eso. De terminar.

No había alternativa.

Ninguna.

Pulsó la tecla del intercomunicador y entró. Sin esperar el ascensor, subió con ansiedad las escaleras notando los fuertes latidos de su corazón y el pulso acelerado. En cuanto atravesó el umbral de la puerta la abrazó apretándola contra la pared y, mientras cerraba la puerta con un pie, tomó su cabeza entre las manos y la besó. Ella jadeó y se volvió fuego vivo en sus brazos. Le subió hasta los muslos la ajustada falda y retiró las bragas. Sintió la humedad de su sexo en la palma de la mano.

—David —gimió ella.

Él aspiró su olor al tiempo que ella se frotaba contra su mano. Estaba impaciente y siguió acariciándola hasta sentir que llegaba al orgasmo y que se apretaba contra su mano cada vez con más prisa y fuerza, casi con furia. Después se abrazó a su cuello con la falda ya en las caderas y él notó la presión suave, el calor y su tacto de seda rodeándole los dedos mientras se sucedían las convulsiones. Se quedaron un momento con los rostros muy juntos y respirando profundamente. Él le rodeó la nuca con una mano y notó que estaba sudando. Le desabrochó la blusa sin decir una palabra, le bajó el sujetador y le puso una mano en el pecho.

Ella exhaló con fuerza.

—¿No quieres pasar? —preguntó en tono vacilante.

Él sonrió al darse cuenta de que aún estaban de pie en el vestíbulo.

—Sí, con mucho gusto.

Natalia se recolocó la falda, le tomó la mano y lo llevó por el pasillo hasta una puerta.

Entraron en el dormitorio. Olía a limpio y a Natalia.

La cama estaba hecha. Sábanas blancas; un toque de castidad que le pareció muy erótico.

—Lo hemos hecho en el sofá, en el vestíbulo y en el balcón, pero es la primera vez que veo tu dormitorio.

—Lo sé. —Se desabrochó el sujetador y lo dejó caer al suelo—. Nunca me había ocurrido algo así.

Se quitó la falda y las bragas y se quedó de pie, desnuda, con la espalda recta, etérea.

Le ayudó a quitarse la camiseta, le pasó las palmas de las manos por el pecho y luego por los brazos. Él notó que estaba seria pero la dejó en paz porque sabía que pronto podría hacer lo que quisiera con ella. Natalia le desabrochó el pantalón, le bajó la cremallera y le acarició con el mismo gesto grave y la misma intensidad. Él percibió que su respiración se aceleraba mientras el calor la envolvía y su pálida piel se encendía. Cerró los ojos cuando ella ahuecó la mano y lo abarcó con firmeza.

—Cómo he deseado tenerte dentro de mí —dijo con voz ronca.

Él levantó una ceja.

—¿Un día duro?

Ella asintió.

—¿Tienes protección?

Él sacó la caja que había comprado.

Natalia se tumbó en la cama y se estiró. Él contempló sus brazos que descansaban por encima de la cabeza y sus largas piernas, una sobrepasando el borde de la cama y la otra abierta. Totalmente desinhibida.

En su vida se había puesto un condón tan deprisa. Se acostó sobre ella y, separándole las piernas, le cogió las manos con una de las suyas y empezó a moverse y a empujar hasta penetrarla. Ella elevó las caderas y él le agarró una pierna y la puso encima de su hombro. Siguió penetrándola así hasta notar que estaba muy cerca del orgasmo. Ella parecía ausente.

Introdujo una mano entre ambos y la acarició.

—¿Natalia?

—Mmm —murmuró ella.

—¿Estás conmigo?

—Creo que sí. Es tan agradable.

Su voz era débil. David se dio cuenta de que estaba disfrutando mucho.

—¿Puedes mirarme?

Ella abrió sus ojos dorados y lo miró a través de un velo de excitación. La penetró con fuerza a la vez que la acariciaba y presionaba con la mano. Vio el brillo de sus ojos.

—No te vayas —ordenó, y siguió estimulándola hasta que vio en su mirada la proximidad del orgasmo y lo percibió en todo su cuerpo. Ella se apretó alrededor de él, lo abrazó con sus músculos internos y él también se corrió sin dejar de mirarla a los ojos. Le encantaba verla disfrutar en el mismo instante en que él empujaba profundamente en su interior por última vez y luego se hundía y explotaba.

Trató de recuperar el aliento. Pensó que tenía que moverse, que pesaba demasiado. Su miembro salió de ella poco a poco y entonces giró y se derrumbó en la amplia cama.

Permanecieron uno al lado de la otra, exhaustos. Los sentidos comenzaron a volver despacio, uno a uno. El perfume de la habitación, la luz de la ventana, la quietud del entorno.

—Me alegro de que hayas venido —dijo ella.

—Y yo me alegro de que tú te hayas corrido. Dos veces.

La oyó reír. Extendió el brazo y ella apoyó la cabeza en su pecho. Se sentía bien.

—Ha sido agradable —dijo Natalia poniéndole una mano en el pecho.

—Más que agradable —matizó él, y la acercó más. Estaba sudorosa, con su larga melena esparcida alrededor de ellos.

—Me ha alegrado mucho que me llamaras —comentó ella, y él sintió que debía defenderse contra el calor de su voz, sintió que se estaba dejando arrastrar por aguas equivocadas.

—Y a mí me ha alegrado que me pidieras que viniera —dijo en cambio en tono grave—. ¿No lo has pasado bien en casa de tus padres?

Sintió el aire de su suspiro en el pecho.

—Es la casa de mi hermano. Se hizo cargo de la finca el año pasado. Él y su esposa.

—Louise, ¿no? La conozco.

David recordaba vagamente a una mujer rubia y fría. Había muchas como ella en Skogbacka.

—Dijiste que ibas allí a montar a caballo. ¿Tienes un caballo?

Ella asintió.

Estaba claro que lo tenía.

—¿Tú montas? —preguntó ella.

Él se rió de lo absurda que le parecía la pregunta.

—No, ni siquiera me gustan los caballos. No me gusta el campo ni los caballos. Y además son malas inversiones. Solo me dedico a lo que produce beneficios.

—Mientes. Te gusta leer, me diste entradas para el concierto de Sarah Harvey y me invitaste a salchichas. Creo que no eres tan duro como intentas aparentar.

«Si ella supiera...»

—A mí me encanta montar a caballo —dijo ella—. Es una actividad exigente, no te deja pensar en nada más. ¿Sabías que se dice que para llegar a ser buen jinete hay que caerse por lo menos cien veces?

—¿Se te da bien?

—Sí.

Podía verla delante de él, resuelta, cubierta de polvo, con una pierna rota pero decidida a levantarse y a continuar.

—Eso puede aplicarse a casi todo —señaló David en tono reflexivo—. Hay que tener ganas de competir y odiar perder.

—Cómo odio perder... —Lo dijo con tal énfasis que él se rió. Se reconoció a sí mismo.

Ella le acarició el pecho y el estómago siguiendo con el dedo el contorno de sus músculos abdominales.

—Y si no montas a caballo, ¿qué ejercicio haces? ¿O esos músculos tan desarrollados son algo natural? —Le puso una mano en el muslo.

—Hago footing —murmuró—. Y juego al tenis, sobre todo con clientes.

Ella le acarició el muslo.

—¿Y tú, juegas al tenis?

Se la imaginó con una falda blanca muy corta y el pene pareció revivirle. Ella se dio cuenta y esbozó una sonrisa que para él era una anticipación. ¿Cuánto tiempo hacía que no le duraba tanto la energía?

—Soy una chica de la nobleza. Juego al tenis, monto a caballo y esquío. Pero me niego a jugar al golf.

—Yo juego al fútbol.

—¿Al fútbol? —Le acarició el muslo y él tuvo que concentrarse para seguir la conversación.

—Sí. —Nunca había hablado de ese tema con nadie, ni con sus relaciones de negocios ni con los medios de comunicación, era algo privado y hasta a él le sorprendió contárselo—. Michel y yo entrenamos a un equipo de jóvenes en una barriada de las afueras. Yo jugaba bastante bien al fútbol. —Quería que ella recordara que había hecho al menos una cosa desinteresada en este mundo.

La mano de Natalia se detuvo.

—Deberías tener cuidado, David —murmuró—. Si sigues así dejaré de verte como un malvado inversor de capital de riesgo.

La atrajo hacia él con ímpetu y se echó sobre ella. La miró profundamente a los ojos y, mientras la besaba, supo que si su objetivo al ir allí era acabar con Natalia De la Grip, se había engañado a sí mismo.

—No sé si soy capaz de dejarte del todo —susurró.

—Eso me parece bien. —Ella sonrió y volvieron a besarse.

Notó su lengua caliente y vivaz, pero cuando Natalia deslizó las manos por su espalda se puso rígido e intentó apartarse.

Ella le sujetó con fuerza con ambas manos.

—No —dijo.

David le dirigió una mirada de advertencia, pero Natalia sacudió la cabeza; la obstinación hacía que le brillaran los ojos.

—Quiero hacerlo —dijo con voz firme.

Pasó el dedo por una de las ásperas cicatrices de David y él sintió una oleada de malestar.

—Ponte boca abajo —ordenó ella mirándolo fijamente.

Él le sostuvo la mirada. Iba demasiado lejos, se acercaba demasiado.

Al ver su mirada hostil, Natalia se dio cuenta de que se iba a negar. Sus ojos se engarzaron en una lucha de voluntades. Reflejados en su rostro, ella vio ciertos sentimientos que no quiso analizar.

Pero se resistió y decidió que no iba a ceder.

—Natalia —dijo él en tono de advertencia.

—No —repitió ella.

¿No acababa de contarle lo perseverante que era? No iba a darse por vencida.

De pronto él se rindió.

—Eres una mujer muy obstinada —dijo sacudiendo la cabeza, pero obedeció y se puso boca abajo.

Oh, santo cielo.

Tenía la espalda destrozada.

—¿Quién te ha hecho eso? —preguntó ella en voz baja.

Tenía tantas cicatrices que era imposible contarlas. ¿Cuánto tiempo se necesitaría para azotar a alguien de ese modo?

—Quién no. Quiénes.

Ella esperó.

—Fue en la escuela. —Suspiró y ella comprendió que se refería a Skogbacka. La escuela de Skogbacka, cubierta de verdor... Con sus tristemente célebres novatadas. Escándalos que incluso llegaban a la prensa, aunque Natalia suponía que solo salía a la luz una mínima parte. De repente se arrepintió de haber insistido; no sabía si podría soportar oír la verdad. Se dio cuenta de que las cicatrices ya no le dolían, pero quería acariciarlas, aliviarle el sufrimiento que en algún momento tuvo que ser insoportable—. Me costaba adaptarme a las jerarquías —dijo él con la cabeza apoyada de lado sobre el colchón; su voz sonó calma, como si no le afectara—. No dejé que me humillaran, ya sabes lo que son las novatadas y toda esa mierda. Duró mucho tiempo, les molestaba mi actitud y el hecho de que fuera diferente. —Se encogió de hombros—. Tenía dieciséis años y mi arrogancia solo empeoró las cosas. Un día me liaron para que bajara al sótano, donde me iban a castigar por algo que había hecho que no les gustaba. Abajo había un cuarto insonorizado. Me azotaron y me dejaron allí. Mucho tiempo. Las heridas no se curaron bien.

—¿Qué les hicieron a ellos?

—¿Tú qué crees?

—Nada. ¿Lo silenciaron?

Él asintió.

Lo primero que le enseñaron a David sus compañeros de estudios fue que era peor que ellos simplemente porque no asistía a cenas elegantes y estúpidas ni conducía coches deportivos, y después le maltrataron porque se atrevió a enfrentarse a ellos.

Natalia nunca hasta ese momento se había avergonzado tanto de pertenecer a esa parte de la sociedad. Supuso que David le había contado más de lo que solía revelar y decidió no presionarle más.

Contempló su cuerpo bien formado. David Hammar era más que una espalda marcada por las cicatrices. Miró los brazos musculosos y los hombros anchos sobre su cama y supo que le gustaría verlo allí más a menudo. Mucho más a menudo. Le acarició la espalda, oyó su respiración, fue bajando la palma de la mano, sonrió cuando él apretó las duras nalgas al notar sus dedos. Ahuecó la mano sobre sus genitales, le oyó jadear y siguió hacia abajo acariciándole las caderas y los muslos. Él gimió y el cuerpo de Natalia captó inmediatamente ese leve sonido. No le cabía la menor duda de que si David hubiera estudiado en el mismo lugar que ella, todas las chicas se habrían vuelto locas por él. Y ahora era suyo.

—Date la vuelta.

Él se volvió. El peso de su cuerpo hizo que la cama se balanceara y su obediencia la excitó.

David se tumbó de espaldas y ella junto a él.

—Abre las piernas —le ordenó ella poniéndole una mano en el muslo.

Dudó un momento pero hizo lo que le decía sin dejar de mirarla ni un segundo. Estaba excitado y, cuando ella se arrodilló entre sus piernas, apoyó una mano en su cadera y con la otra le rodeó el pene erecto y se lo llevó a la boca, jadeó.

La sensación de que apenas podía introducirse todo el miembro en la boca le parecía excitante; lo chupó y lo lamió sin avergonzarse del placer que sentía y siguió haciéndolo hasta que David mostró su deseo de participar de forma más activa. Se incorporó y la lanzó sobre la cama. Ella vio que se ponía otro preservativo y luego la penetró. Cerró las piernas alrededor de su espalda y él la estrechó contra su cuerpo.

Amarle era una locura apasionante.

El cuerpo de él bombeando dentro del suyo. Los sonidos, las palabras. Y él tras ella, dentro de ella, disfrutando con ella, y sus enormes manos rodeándole la cintura y sus besos en el cuello y después, poco después, abrazándola, pegados el uno a la otra, y la sal, y el sudor, y los olores; en ese momento ella supo que muy pocas veces se sentía algo tan nuevo, y si no fuera por lo contenta que estaba habría llorado. Se acurrucó junto a él, se abandonó entre sus brazos dejando que la estrechara y se fundió con su cuerpo. La pasión violenta fue reemplazada por la ternura y permaneció allí intentando prolongar el momento y disfrutarlo con todo su cuerpo, solo eso.

Pero la mente no la dejaba en paz.

¿Qué eran en realidad? ¿Pareja? ¿Amantes?

—David...

—¿Sí? —masculló él en voz baja.

Quería preguntarle qué clase de relación mantenían. «¿Eres mi novio? ¿Mi amante?» Pero no lo hizo. No quería oír una mentira y no se atrevía a pedirle que le dijera la verdad.

«Eres cobarde, Natalia, muy cobarde.»

Se frotó la mejilla con el brazo de él.

—Estoy muy contenta de que hayas venido —se limitó a decir.

Él la abrazó aún con más fuerza.

—Yo también. ¿Puedo quedarme?

—Sí, quédate.

—Mañana tengo que ir al trabajo. En realidad hoy, para ser exactos.

—Es domingo.

—Lo sé. —Subió la sábana y la besó en el cuello.

Durmieron muy juntos, casi pegados.

Se despertó cuando él volvió de la ducha. Le abrazó adormilada. Todavía estaba húmedo. Volvieron a hacer el amor y luego se despidió de ella con un beso en la punta de la nariz.

—Adiós, mi diosa del sexo.

—Adiós.

Ella se quedó en la cama.

Sentía que estaba a punto de caer. Lo sentía en el cuerpo y en el alma.

«Ten cuidado, Natalia.»

No consiguió quedarse dormida, así que se levantó y fue a la cocina. Sonrió al ver que él había sacado la cafetera y la había dejado preparada. La encendió y esperó pacientemente; se puso café con un poco de leche, le añadió azúcar y se llevó la taza al balcón.

Miró abajo, la calle vacía y el pequeño parque en el que un vecino paseaba al perro. Probó un sorbo de café y pensó en la noche. Se le pasó por la cabeza una idea que no quería analizar, prefería evitarlo. Era algo que había surgido a raíz del relato de David.

Se bebió el café mientras pensaba en su familia. Sus padres. Sus hermanos.

Peter era el hermano mayor, y ella le quería. Pero a pesar de su carácter afable, casi débil, no siempre era buena persona. Podía ser malvado, especialmente con los hermanos y con los que estaban por debajo de él. Había hablado de David con desprecio. Y, aunque le desagradara aceptarlo, sabía que Peter era un verdadero opresor, intimidado por su padre, presionado por los resultados. Capaz de ser cruel. Además, había ido a Skogbacka al mismo tiempo que David.

¿Habría tenido algo que ver con sus cicatrices?

23

El conde Carl-Erik Tessin miró la invitación. Recibía tantas que a veces ni siquiera las abría. Montones de invitaciones de todo tipo, desde estrenos e inauguraciones hasta fiestas y bailes en toda regla. El verano era lo peor.

La mayoría las tiraba directamente. Pero reconoció ese escudo de armas. Y le despertó muchos recuerdos, muchos sentimientos.

Tocó el papel grueso y de buena calidad. Leyó las letras impresas en negro, las frases más formales grabadas en dorado. La firma arrogante.

Carl-Erik pocas veces aceptaba, especialmente tratándose de esa fiesta, pero esta vez dudó. Hacía mucho tiempo. Habían pasado años. Se arrepentía de muchas cosas. Tendría que haber hecho muchas cosas de otro modo.

Miró los dos rostros sonrientes del cuadro antiguo que estaba colgado sobre la chimenea. Ellos no sabían nada. Estaban satisfechos con su vida. ¿Debería dejar atrás el pasado? ¿Podía hacerlo?

Abrió despacio el cajón del escritorio y eligió una pluma.

Respondió de forma elegante.

Tal vez era mejor así.

Alexander De la Grip miró a su alrededor en el pequeño aeropuerto. Estaba atestado de gente pero no había comité de bienvenida.

Ni padres ni primos, nadie.

Afortunadamente.

Con el rabillo del ojo vio a una mujer pelirroja que esperaba junto a la cinta de equipaje. Había llegado de Nueva York en su mismo vuelo. Le hizo gracia que coincidieran en ese pequeño aeropuerto.

Se había fijado en ella porque le parecía increíblemente bella; era alta y magnífica como una amazona. La había invitado a tomar una copa, pero ella declinó y además dejó caer un comentario nada halagador acerca de su modo de beber, así que asumió que no había caído de rodillas ante él precisamente.

Ella estaba de pie y abrazaba el bolso. Miró sus uñas cortas sin pintar y se preguntó qué haría allí. En el avión habían hablado en inglés y él había dado por supuesto que era estadounidense. Pero ¿en un aeropuerto de vuelos nacionales en la pequeña Escania?

—No me había dado cuenta de que eras sueca —dijo poniéndose a su lado.

Ella lo miró sin entender.

—*Excuse me?*

Él optó por hablarle en su inglés impecable.

—*We met on the plane. I'm Alexander.* —Le tendió la mano.

Ella se quedó tanto tiempo mirando la mano extendida que Alex pensó que no se la iba a estrechar.

—Isobel —dijo al fin; le estrechó la mano y la retiró con rapidez.

Alexander le dedicó su sonrisa más encantadora.

Una Samsonite bastante desgastada llegó en la cinta y notó en su mirada que era de ella. La levantó y se la dio.

—*Can I offer you a lift somewhere?* —preguntó.

Ella frunció la nariz y miró el lujoso equipaje que se acercaba en la cinta. Estiró tanto la espalda que pareció aún más alta, a pesar de llevar zapatos planos. Lo miró con unos ojos que parecían centellear.

—*I'd prefer if you'd go and fuck yourself* —dijo cogiendo su maleta desgastada.

Después se dio la vuelta y lo dejó allí.

24

De Estocolmo a Båstad se tardaban cinco horas en coche, siempre que uno no se detuviera más de lo necesario ni fuera riguroso con los límites de velocidad. Era más rápido ir en avión, por supuesto. Pero en el coche Michel y David podían hablar con tranquilidad, sin temor a que les escucharan. Lo que perdían en tiempo lo ganaban en intimidad. Además, David se había comprado un coche nuevo.

Michel miró el coche, un Bentley deportivo de los más caros, si no se equivocaba.

—¿No es demasiado pronto para la crisis de los cuarenta? —dijo mientras abría el maletero del descapotable, guardaba las maletas y volvía a cerrarlo.

—Era el único que podían entregarme inmediatamente —respondió David en tono despreocupado—. Quería tener coche.

—Nunca me lo habías dicho.

De hecho, David siempre había dicho que no tenía sentido que él tuviera coche porque casi nunca estaba en casa. Y a diferencia de Michel, al que le encantaban las cosas caras, David no era ostentoso.

David hizo tintinear las llaves.

—Se me ocurrió ayer. Durante el almuerzo pasé por la exposición de coches de alta gama de Marmorhallarna y lo compré, me dieron las llaves en el momento —dijo sonriendo—. ¿Qué te parece?

Michel se preguntó si a su jefe y colega no le estaría empezando a afectar la presión. Desde que le conocía, David nunca había hecho nada de forma impulsiva ni irreflexiva. Su cerebro trabajaba con suma rapidez. Era un maestro procesando información y podía parecer impetuoso, pero Michel sabía que no lo era. David no hacía nada sin antes pensarlo detenidamente.

Excepto comprarse un coche de un millón y medio de coronas. De color azul cielo.

—Me parece muy... azul.

—Sube, vámonos. ¿Has hablado con Malin?

Michel asintió. Lo había hecho, justo antes de salir de la oficina. Lo último que oyó fueron sus gritos llamándolo hasta que entró en al ascensor.

—Está algo molesta porque la dejamos en casa —dijo restándole importancia. La jefa de comunicación en realidad estaba muy cabreada—. Al parecer se había comprado ya la ropa para la fiesta. No oí bien lo último que dijo, pero puede que espere una paga extraordinaria para Navidad.

David arrancó el coche y el potente motor rugió.

—Sí, lo sé. Me ha enviado por correo electrónico una lista de razones por las que asegura que debería ir a Båstad. Pero la necesitamos aquí. Todos los demás también han tenido que quedarse.

El ambiente en la oficina no era precisamente como para echar cohetes, pero David llevaba razón, pensó Michel, contento de no tener que asumir el papel de asesino de la democracia en Hammar Capital.

—Esperemos que no haya un motín en la sede central mientras nosotros nos divertimos en Båstad —comentó—. Habrá muchos periodistas allí, ya sabes cómo te persiguen, y Malin podría ayudarte a sortearlos.

—Malin tiene que preparar los comunicados de prensa, y

ella lo sabe —dijo David—. A los periodistas puedo sortearlos solo. He cancelado la reserva de nuestras habitaciones de hotel y he alquilado una casa.

—Mejor, estaremos más tranquilos —convino Michel—. Así no nos arriesgaremos a toparnos con periodistas indiscretos o con cachorros financieros borrachos que quieran darnos su opinión sobre los inversores de capital de riesgo, los nuevos ricos y los extranjeros de piel oscura.

David salió del centro de Estocolmo, subió por Essingeleden y continuó hacia el sur. Avanzaban rápido, tenían mucha información que compartir y revisar, y se alegró de haber tomado la decisión, probablemente un tanto impulsiva, de ir en coche en vez de en avión. Además le gustaba ese coche.

Su madre nunca pudo permitirse el lujo de tener un coche, y David, con un sentimentalismo poco habitual en él, se preguntó qué opinaría Helena Hammar si lo viera. A ella siempre le gustaron las cosas bonitas y caras, pensó con una opresión en el pecho.

Se detuvieron por el camino para estirar las piernas y comer un almuerzo rápido, y a primera hora de la tarde ya estaban cerca de Båstad.

Por fin vieron a un lado la señal azul de salida. David dejó la autopista y vislumbró el mar. Imaginó que Natalia estaría allí. Hammar Capital era uno de los clientes más importantes del Bank of London, así que Michel y él estarían invitados a la macrofiesta que organizaba J.O.

—¿Viene Åsa? —preguntó.

—No lo sé —dijo Michel.

—¿Aún no la has llamado?

—Por supuesto que sí —dijo Michel, irónico—. La llamé anteayer, pero luego cambié de opinión y colgué. Y ayer volví a llamarla para darle explicaciones.

—¿Qué te dijo?

Michel apretó las mandíbulas y miró por la ventana.

—Nada. Colgué después de unos cuantos tonos.

David reprimió una risa.

—Sabes que uno ve quién llama, ¿no?

Michel siguió mirando por la ventana.

—Sí, lo sé —asintió—. Cuando se trata de ella no puedo pensar con claridad. Pero no sé qué ocurriría su hubiera algo entre ella y yo. Mi familia se volvería loca.

—No hace falta que se lo cuentes a tu familia —manifestó David.

—Y además trabaja en Investum, la empresa que vamos a hundir, como bien sabes.

«En cambio Natalia solo es dueña de parte de la empresa.»

No podía pasar por alto el hecho de que Natalia estaba allí y seguramente se verían esa misma noche. No se veían desde el domingo por la mañana, solo habían mantenido el contacto a través de algunos SMS.

Pero David había estado a punto de enviarle por error un mensaje que era para Carolina y eso le puso en guardia. Había mucho en juego, no lo podía estropear.

—Åsa posee un montón de acciones de Investum —dijo David, que sabía exactamente quién y quiénes eran los mayores accionistas—. Entre otras cosas —añadió—. ¿Sabes lo rica que es esa mujer?

—Cuando su familia murió, ella lo heredó todo, y lo ha administrado bien, así que supongo que es una de las mujeres más ricas de Suecia.

—¿Qué edad tenía?

—¿Cuando murieron? Dieciocho. Heredó absolutamente todo. Y el linaje se extinguirá con ella. Mala suerte. En la época en que estudiábamos juntos estaba descontrolada, fumaba, bebía, andaba por ahí... Creo que estaba desequilibrada.

—Parece que hace un buen trabajo, así que supongo que se habrá recuperado. Y está claro que hay algo entre vosotros.

—A propósito de no seguir los propios consejos —dijo Michel—: ¿Cómo van las cosas con Natalia.

—No era nada —dijo tajante—. Y ya ha terminado.

Michel se rascó la cabeza. Uno de los enormes anillos que llevaba brilló. Oro de veinticuatro quilates y diamantes de tres quilates. Un collar de eslabones de oro macizo. El chico de extrarradio que iba a por todas.

—¿Así que al principio no había nada? —dijo Michel en tono escéptico—. ¿Y ahora todo ha terminado?

—Exacto.

Porque todo había terminado. Estaba completamente seguro. Había terminado con ella.

—La has vuelto a ver —constató Michel sacudiendo la cabeza.

—Nos hemos visto —dijo David, consciente de que se ponía a la defensiva—. Una vez en su casa, tal vez dos. Y otra vez en la mía. Pero eso es todo, ya no habrá más.

—¿En tu casa? —preguntó Michel mirándole con fijeza.

—Sí.

—¿En la casa a la que nadie puede ir, ni siquiera yo?

—Claro que puedes ir. —David entró en el aparcamiento y frenó—. Puedes bañarte en mi jacuzzi.

—Estás loco —dijo Michel.

—Es posible, pero al menos yo no me dedico a llamar a las chicas y colgar.

25

—No entiendo cómo puedes caminar con eso. —Natalia miraba los altísimos tacones que llevaba Åsa. A pesar de los diez centímetros de sus sandalias, parecían casi modestas en comparación con los zapatos de ella.

—No son zapatos para andar —explicó Åsa moviendo el pie—. Son zapatos para atrapar hombres. De todos modos, cuando te los pones no estás demasiado tiempo en posición vertical. —Miró a su alrededor e inclinó la cabeza para saludar a un finalista del concurso «Idol» y luego saludó a una actriz moviendo la mano—. Michel me ha llamado dos veces y ha colgado —dijo—. Hoy va a sufrir.

Natalia observó con detenimiento el vestido con estampado de piel de serpiente que llevaba su amiga. Parecía que la hubieran metido dentro a presión. El pelo rubio, que caía en rizos rebeldes alrededor del rostro, y esas curvas apretadas bajo la tela del vestido le daban un aspecto tan de mujer en pie de guerra que Natalia casi sintió pena por Michel Chamoun. En ese estado de ánimo, Åsa Bjelke era muy capaz de sacrificarlo como a un cordero.

Natalia cogió una copa de champán de una bandeja de plata y esperó mientras su amiga besaba en la mejilla a un ministro y a su última novia no oficial.

Natalia y Åsa llevaban dos días en Båstad. Habían tomado el

sol, se habían bañado, y aquella había tenido varias reuniones con clientes.

La pequeña ciudad era un hervidero de actividades, pero en realidad solo había dos eventos que contaban y que no había que perderse. Uno era el que organizaban los padres de Natalia al día siguiente y el otro ese: la espectacular macrofiesta del Bank of London. La lista de invitados estaba repleta de nombres de ricos, poderosos y famosos; Natalia sabía que había gente que sufría una crisis nerviosa si no conseguía una de las codiciadas invitaciones. Después de la ceremonia de los premios Nobel y de las bodas de las princesas, la fiesta a la que todos querían ser invitados era esa.

J.O. les hizo señas con la mano y ellas respondieron al saludo. El jardín estaba lleno de personas vestidas de fiesta, y seguían llegando. A modo de bienvenida y aperitivo se ofrecía champán en altas copas de cristal y ostras en hielo picado. Había un grupo de música y algunos artistas famosos que se turnaban para entretener a los invitados. En el patio interior estaban los mejores jefes de cocina del país, con barbacoas encendidas y enormes sartenes en marcha. La simple preparación de la comida era un espectáculo en sí mismo, y Natalia vio un equipo de televisión filmando. No tardarían en marcharse. Las cámaras solo podían acceder un rato al principio de la fiesta.

Políticos, periodistas y famosos se divertían. Åsa coqueteó primero con un príncipe monegasco que daba vueltas alrededor de ella y luego con un famoso jugador de hockey; Natalia, mientras, bebía sorbos de champán. Conocía a una mínima parte de los asistentes, sin duda a muchos menos que Åsa, pero el ambiente estaba animado y se dejó llevar por el sentimiento festivo.

—Hola, Natalia —oyó de repente, y se vio envuelta en un enorme abrazo.

—¡Alex! ¡Qué alegría verte!

Consiguió salir del apretado abrazo y miró a su hermano pequeño, Alexander De la Grip, que de pequeño no tenía nada.

Cada vez que se veían estaba más alto y tenía los hombros más anchos.

—Hola, hermanita. —La miró de cerca—. Estás guapísima. —Su enorme sonrisa aportó una expresión radiante a su agraciado rostro—. Y Åsa Bjelke —dijo con voz dulce y suave—. Estás mágica, como de costumbre. ¿Queréis que os traiga más champán?

Ellas asintieron y miraron cómo se alejaba.

—Siempre se me olvida lo guapo que es —dijo Åsa—. Es como si Dios se hubiera despertado una mañana de un humor excelente y hubiera decidido darle todo a un solo hombre.

Alexander volvió y cada una recibió su copa.

—¿Y bien? ¿Ya estás permitido? —preguntó Åsa.

Alexander se echó a reír. Era poco más de un año más joven que Natalia y, por lo que esta sabía, cambiaba de mujer a tal ritmo que, en comparación, las escapadas de Åsa parecían un casto paseo dominical. Tenía trece años cuando Åsa, que entonces tenía dieciocho, se fue a vivir con la familia De la Grip. Siempre mantuvieron un vínculo especial con muchos coqueteos y pocos límites. Y eran bastante parecidos, pensó Natalia. Inteligentes y bellos, pero infelices. Y relajados sexualmente. Alexander se inclinó hacia delante y susurró algo al oído de Åsa que la hizo aullar de risa.

Natalia se apretó contra su brazo. Era su hermano menor y le traía sin cuidado lo que hiciera ni con quién.

—¿Están mamá y papá aquí? —preguntó Alexander dejando la copa; la había vaciado en un tiempo récord. Ni siquiera Åsa bebía tan deprisa.

Natalia sacudió la cabeza.

—¿Aún no los has visto?

—No, gracias a Dios. Cuanto más tarde mejor. Dime, ¿qué ha pasado desde la última vez? ¿Cabe esperar que Peter se haya separado de la bruja?

Natalia iba a responder cuando de repente apretó con fuerza al brazo de Alexander.

—¿Qué ocurre? —preguntó él.

—Mierda —dijo Åsa captando rápidamente la situación—. Jonas.

Natalia sintió que le fallaban las piernas. Jonas se dirigía hacia ellos. No se habían visto desde la ruptura y ella no tenía ni idea de lo que podía pensar mientras se acercaba con rostro serio.

Ella volvió a apretar el brazo de su hermano y él le dio unas palmaditas en la mano.

—Vamos, Nat, eres una De la Grip. Tú puedes. ¿O quieres que le dé una paliza? No me importa pelearme. Más bien al contrario.

—Gracias, pero no es necesario —dijo Natalia.

Lo último que quería era que su hermano se enzarzara en una pelea en la espectacular fiesta de J.O.

Jonas ya estaba delante de ellos.

Primero le estrechó la mano a Alexander, los hombres siempre en primer lugar. Natalia vio que Alex le apretaba mucho la mano y que Jonas hacía una mueca de dolor. No pudo evitar sonreír. Alex era una de las personas más amorales que conocía, pero era leal hasta la muerte con aquellos a los que amaba.

Jonas besó a Åsa en ambas mejillas y luego miró a Natalia.

—Hola —dijo en voz baja. Su mirada amable y su sonrisa amistosa hicieron que se le encogiera el corazón.

—Hola.

—Estás preciosa.

—Gracias.

Ya se sentía mejor. No era para tanto. El shock inicial había pasado y Jonas era el mismo de siempre. En realidad no era mala persona. No había resultado tan difícil como ella temía. Respiró e hizo un esfuerzo para sonreírle con cortesía.

—Esperaba que estuvieras aquí —dijo él.

—¿De verdad? —Le sorprendió el tono tranquilo de su propia voz. Y aunque pareciera raro, así era como se sentía, casi indiferente.

—Sí, te he echado de menos.

—Yo también te he echado de menos —murmuró, pero se dio cuenta de que no era cierto. No había pensado en Jonas ni una sola vez durante las dos últimas semanas.

Un fotógrafo de prensa se acercó a preguntar si podía hacerle una foto a Alexander. Siempre atraía a la prensa, y aguardaron mientras le hacían fotos. Luego se acercó una mujer joven y Alexander se fue detrás de ella. Natalia se quedó mirando a su hermano. Era casi demasiado atractivo para su propio bien; las mujeres se amontonaban a su alrededor y él cultivaba su imagen de playboy de un modo casi obsesivo. Si al menos fuera feliz, no tendría en los ojos esa expresión de desasosiego. Ni bebería tanto, pensó.

Vio que Alex se detenía al lado de una llamativa pelirroja que estaba hablando con J.O. La mujer llevaba un vestido de color rosa pálido que resaltaba el brillo rojizo de su pelo, y no parecía que le agradara lo que Alex le estaba diciendo, fuera lo que fuese. Vio que Jonas hablaba con Åsa, pero no tenía demasiadas ganas de acercarse a ellos.

Y entonces ocurrió.

Sintió la presencia de David abriéndose paso a través del bullicio de la fiesta y de los invitados y una especie de electricidad le erizó la piel. Los sonidos cercanos se transformaron y todo se centró en él. Era una sensación tan fuerte que creyó que era producto de su imaginación. Se dio cuenta de que estaba conteniendo la respiración, así que respiró hondo y dejó a un lado la copa de champán. Activó sus músculos con toda la fuerza que los años de equitación, danza y mucha voluntad le habían aportado y giró lentamente la cabeza. Sintió una especie de punzada en la espalda. Sonrió y sus miradas se encontraron.

¡Pum!

Åsa se acercó.

—¿Los ves?

—Sí —dijo Natalia respirando al fin.

—Están aquí. Los dos.

—Sí.

—¡Son guapísimos!

Natalia levantó la barbilla. Llevaba ropa nueva, zapatos nuevos y peinado nuevo. Estaba lista.

—Pero nosotras más.

—Por supuesto —convino Åsa—. El escenario es nuestro. ¿Vienes?

—Claro que sí.

26

David la vio. Estaba entre los asistentes a la fiesta y se la veía luminosa. Había gente a su alrededor, detrás y a veces delante, pero ella destacaba en el centro como una estrella radiante en una noche oscura. ¿Cómo no había reparado antes en su impresionante belleza? ¿Realmente pudo parecerle en algún momento una persona común y corriente? No había en ella nada corriente. Observó que había cambiado de peinado, el pelo le caía sobre los hombros en amplias ondas brillantes que le llegaban a la espalda. Iba de rojo. Llevaba un vestido corto de color rojo Ferrari de una tela ondulante que rodeaba su cuerpo como si tuviera vida propia. Después reparó en sus largas y provocativas piernas que no hacía mucho descansaban en sus hombros mientras la llevaba al placer.

Al principio no pudo identificar la palabra que oyó en su cabeza, estaba demasiado ocupado devorándola con los ojos.

Pero volvió a oírla. Una sola palabra que se imponía a las otras, como un rugido.

«Mía.»

«Ella es mía.»

Era una estupidez enorme. No tenía ningún derecho sobre ella y nunca lo tendría. No importaba lo que hubieran sentido. Era solo sexo.

«Solo sexo.»

Quería ir hacia ella, quería acariciarle los hombros desnudos, rodearla con los brazos, acercarla a él, darle un beso profundo y apasionado. Quería ver cómo se le encendía el rostro y se le nublaban los ojos. Casi no podía resistirse. No sabía por qué motivo tenía que reprimir ese impulso irrefrenable y primitivo. Hizo lo que al parecer siempre hacía cuando se trataba de Natalia: negociar consigo mismo.

La última vez, ¿qué podía importar? Porque esa sí sería de verdad la última vez. Iba a ser la última noche que se vieran antes de...

Ella ladeó la cabeza y lo miró. Era atractiva y provocadora como una sirena moderna, y David lo tiró todo por la borda. Dejó a un lado las buenas intenciones y el sentido común, ese lastre que le impedía moverse, y se decidió.

«Mía.»

Fue hacia ella, pero ya había dado el primer paso cuando de repente vio a un hombre alto que apareció por detrás de ella, como si hubiera permanecido allí todo el tiempo y en ese momento reclamara algo legítimo. Natalia le hizo un guiño a David y luego volvió el rostro hacia el hombre, que se le acercó y le susurró algo al oído. Ella respondió inclinando la cabeza y David vio que después de unos segundos de duda la pareja se alejaba perdiéndose entre los invitados.

El momento había pasado.

Tragó saliva. Debería estar agradecido por lo que había ocurrido. Ahora ya podía continuar.

Pero no continuó.

Se quedó allí preguntándose quién diablos era ese hombre.

Michel intentaba no mirar a Åsa, pero era como estar muerto de hambre y no mirar una mesa llena de manjares. Y cuando lo hacía, ella le miraba también, cada vez con más recelo. Llevaba un vestido que se le ceñía al cuerpo como una segunda piel. Vio que Natalia De la Grip se alejaba con un hombre desconocido y que Åsa no los acompañaba.

Michel se abrió paso hasta ella.

—Åsa —se limitó a decir cuando la tuvo delante.

El corazón le latía con tal fuerza que creía que podía notarlo.

Ella levantó una ceja rubia y le dirigió una de sus miradas más aristocráticas.

—¿Sí?

A Åsa siempre se le había dado bien sacarle de quicio. Una palabra, una mirada, y él empezaba a desvariar como un imbécil.

Eran de la misma edad, tenían veinte años cuando se conocieron. Michel aún lo recordaba. El primer día de clase, la universidad, los estudios de derecho. Él estaba allí sentado, concentrado, ávido, el orgullo de la familia, mucho antes del comienzo de la clase, en la primera fila.

Åsa entró en el aula como una estrella de cine. Llegó un poco tarde, pasó delante de él sin mirarle y con su presencia ocupó todo el espacio. Él no oyó ni una palabra de la clase, estuvo todo el rato mirando de reojo hacia donde ella estaba sentada, escuchando, con un bolígrafo en la boca y moviendo el pie adelante y atrás. Después los otros estudiantes se pusieron a revolotear a su alrededor, chicas y chicos. Ella no lo miró ni una vez. Y Michel, que no bebía alcohol, empezó a frecuentar los bares de estudiantes. Sentado con una cerveza que no probaba, la observaba y veía cómo se iba a casa con un hombre distinto cada vez.

Una tarde comenzaron a charlar. Era coqueta pero también inteligente, y les sorprendió descubrir que tenían muchas cosas en común. Entonces empezaron a estudiar juntos y a quedar para almorzar, pero nada más. Åsa seguía yéndose a casa con distintos hombres y él seguía soñando con ella. Y una tarde..., Michel no podía recordarlo sin sentir ansiedad, una tarde todo cambió y dejaron de ser amigos. Después de los estudios desaparecieron de la vida del otro, aunque en los últimos años no había habido un solo día en que él no hubiera pensado en ella.

Si alguien quería saber su opinión, el amor a primera vista estaba muy sobrevalorado.

—Te llamé —dijo él.

Los viejos y complicados sentimientos entorpecían el flujo de las palabras.

Ella ladeó levemente la cabeza, un mechón de pelo rubio cayó sobre su mejilla y él pensó que le gustaría retirárselo con la mano, enroscarlo en uno de sus dedos, olerlo. Vio sus espléndidos treinta años y pensó que estaba más bella que cuando tenía veinte.

—Pero no dijiste nada. Llamaste y colgaste, ni siquiera dejaste un mensaje. Y yo no adivino el pensamiento, Michel —dijo ella, y el nombre de él sonó a fuego y a sexo en sus labios.

—Lo sé —dijo él—. Discúlpame.

—¿Qué quieres? —preguntó ella con indiferencia, como si le preguntara cuál era su color favorito o cualquier otra cosa sin importancia.

«¿Qué quiero?»

Michel no estaba seguro de encontrar en alguno de los idiomas que conocía las palabras adecuadas para describir lo que quería.

—Quiero que seamos amigos.

Habían mantenido una verdadera amistad y no se había dado cuenta hasta ahora de lo mucho que la echaba de menos.

—¡Åsa! —gritó alguien detrás de ellos—. ¡Oh Diooos, el tiempo que hacía que no te veía!

Había gente por todos lados y Michel oyó la voz aguda y las palabras como un aullido. Åsa miró automáticamente hacia atrás para ver quién era y dejó de prestarle atención. Algo se rompió en ese momento.

Eso hizo: se retiró, desconectó, lo dejó fuera. Él no estaba seguro de que pudiera superarlo una vez más, así que se interpuso sin más entre Åsa y la persona que intentaba llamar su atención.

Åsa abrió unos ojos como platos.

—¿Se puede saber qué estás haciendo? No tienes derecho a...

Pero Michel sacudió la cabeza y se acercó a ella, invadió su espacio. Acababa de otorgarse el derecho a hacerlo. Agarró a

Åsa por la muñeca y percibió su olor, ese olor a vainilla con el que él la identificaba dondequiera que estuviera.

—Tú y yo tenemos que hablar —dijo mirándola a los ojos y atrayéndola hacia sí.

Era como mirar directamente en su interior.

—¿Hablar de qué?

Percibió un atisbo de miedo en ella, pero en vez de huir sonrió con burla.

—De nosotros.

Ella lo miró con desconfianza.

—No sé a qué te refieres con «nosotros».

Pero ahora estaba embalado. El estudiante inseguro ya no existía y acababa de ver algo en sus ojos, algo suave y vulnerable, algo que le decía que no era en absoluto tan fría como aparentaba, y le dio alguna esperanza. Solo dijo:

—Yo sí lo sé. Ven.

Esperaba que le saliera bien, que, si se mostraba lo suficientemente dominante, ella se quedara tan pasmada que accediera. Lo esperaba de verdad, porque no contaba con ningún plan B y tampoco tenía mucho valor de reserva.

Le tendió la mano.

Åsa se quedó mirándola unos segundos, como si no entendiera qué le proponía, pero luego puso su mano en la de él, quien la apretó con fuerza, y no intentó escapar cuando se dieron la vuelta y echaron a andar.

Le siguió en silencio mientras se abrían paso entre la gente. Tampoco dijo una palabra cuando le siguió por las escaleras que él decidió subir intentando encontrar un rincón donde no hubiera nadie.

Al final abrió la puerta de una habitación y vio con alivio que estaba vacía. Era una especie de cuarto de estar con un sofá, un sillón, una mesa baja y un pequeño televisor. Entraron y cerró la puerta.

Miró a Åsa, que respiraba con dificultad.

—Michel —susurró—. ¿Qué estás haciendo?

No lo sabía. Había actuado sin pensar. Pero nunca habían hablado de lo que ocurrió entonces. Tal vez ya era demasiado tarde. Tal vez era una locura intentar continuar donde lo dejaron hacía diez años. Tal vez él necesitara entender.

—Quiero hablar —dijo él.

—A mí no me gusta hablar.

Él sonrió.

—Lo sé.

Ella lo miró con sus ojos turquesa.

—Tienes diez minutos.

Natalia dedicó a Jonas una de esas sonrisas de cortesía que desde hacía unos minutos regalaba a todo el mundo. Jonas estaba hablando con un hombre al que ella no conocía de un tema que no lograba captar su atención. Vio gente más o menos conocida alrededor de ellos con los cuales no había tenido nunca nada en común. Mujeres de su edad, muy parecidas unas a otras, bien cuidadas, vestidas en tonos pastel y discretas. En ese mundo hablaban los hombres. Las mujeres estaban junto a ellos sonrientes.

Una pareja con la que Natalia y Jonas se habían relacionado en otros tiempos se detuvo y les saludaron. La mujer le dio un beso que apenas llegó a rozarle la mejilla y la felicitó por su buen aspecto. El hombre le estrechó la mano riendo fuerte y con ganas. Luego se unió a la discusión sobre golf o vela y la mujer hizo algún comentario acerca de un chal que llevaba alguien.

Natalia hacía ver que escuchaba, pero su estado de ánimo iba en declive. Trataba de conservar la sensación de fiesta y expectación que la había acompañado. Pero Åsa se había ido con ese Michel que parecía tener unas intenciones realmente serias. Y David también había desaparecido sin dejar rastro.

Cuando sus miradas se encontraron, cada uno de sus cabellos y cada parte de su cuerpo había respondido y en ese momento le pareció que él también había sentido lo mismo. Ya no podía seguir negando que se había enamorado de él, y menos a sí misma.

Pero entonces llegó Jonas y perdió de vista a David, como si se lo hubieran tragado quinientos invitados de los cuales al menos una cuarta parte eran mujeres muy atractivas. Tal vez fuera lo mejor, así nadie tendría que decirle que enamorarse de David Hammar era una idea pésima. Por un montón de razones. Y por el pequeño pero no poco importante detalle de que él no parecía haberse enamorado de ella y prefería mantenerse a distancia. Y ella era una persona razonable a la que nunca se le ocurriría molestar a un hombre que no la quería.

Sin embargo, deseaba estar con David a pesar de los pesares. Quería lo que pudiera conseguir de él, recibir lo que él fuera capaz de darle. Él la había vuelto avariciosa. Se había dado cuenta de lo que tenía derecho a esperar de la vida.

Asintió automáticamente a una pregunta y respondió algo sin sentido. Lo único que le apetecía era irse de allí.

De vez en cuando Jonas la tocaba, como en los viejos tiempos; era algo muy molesto. Natalia retiró el brazo. Le preocupaba Alexander, no parecía contento. Buscó a J.O. con la mirada, esperaba que estuviera satisfecho con la fiesta y con ella. Le inquietaba que se encontrara con su padre en cualquier momento, y por encima de todo sobrevolaba la constante incertidumbre de qué había en realidad entre David y ella.

Y de pronto se hizo la luz en su mente y lo entendió.

Hombres. Todo se trataba de distintos hombres y de su relación con ellos. Le pareció importante haberse dado cuenta de eso. Era algo que quería aislar y analizar a solas. ¿Por qué lo que ella sentía y pensaba tenía que definirse con relación a un hombre? Vació la copa, cogió otra y le dio vueltas con el ceño fruncido. Le pareció que estaba descubriendo algo importante. Se bebió el champán. Estaba helado y hacía mucho calor; entre los cientos de invitados, la noche veraniega y todas esas parrillas encendidas, la temperatura iba en aumento. Cogió una copa de una bandeja y bebió deprisa unos sorbos.

—¿No deberías beber un poco de agua? —susurró Jonas.

—¿Qué? —preguntó ella con brusquedad. Lo miró a los ojos y le pareció ver en ellos amabilidad pero también preocupación, y notó que algo se encendía en su interior. Despacio, sin dejar de mirarlo fijamente a los ojos, se bebió la copa, la dejó y cogió otra.

—Natalia...

—Tú —dijo ella señalándolo con la copa de modo que el champán salpicó—. Tú no eres mi novio —añadió, y luego bebió otro sorbo con determinación.

Los que estaban a su alrededor la miraron perplejos. Había levantado la voz. Una mujer nunca levantaba la voz, nunca llamaba la atención, y menos en los círculos en los que se movía ella. Eso era vulgar.

—Fuiste tú quien rompió conmigo —continuó con una voz algo rota al final—. Así que tu derecho a opinar sobre lo que yo haga, Jonas Jägerhed, no existe. Se acabó. *Finito.*

Jonas la miró como si quisiera decir algo pero Natalia levantó la mano.

—No. —Le entregó la copa vacía—. Ahora voy a buscar a mi hermano. Y a mi jefe. Y tal vez a alguien más. —Se llevó una mano a la boca y eructó lo más discretamente que pudo—. Fuera de mi camino —dijo abriéndose paso ante las miradas atónitas y desapareciendo entre la gente.

«Que hablen.» Avanzó sin rumbo fijo y poco después vislumbró aliviada los anchos hombros de su hermano menor.

—Alex. —Se acercó y le dio unos golpecitos en la espalda.

Él se volvió con una amplia sonrisa.

—Natalia, hace un momento me ha parecido oírte gritar. Ha sido fascinante. Justo lo que ese engreído necesitaba.

—Creía que Jonas te caía bien.

Alex la miró con un destello de amargura en los ojos. Era rubio como un vikingo, tenía las pestañas largas y oscuras y unos pómulos que volvían locas a las féminas.

—Eso era antes. —Sonrió y recuperó la expresión de alegría

que le caracterizaba—. Queridísima hermana, ¿me permites que te presente a...? Disculpa, no recuerdo tu nombre —dijo Alexander dirigiéndose a un hombre al que Natalia reconoció inmediatamente.

«Ajá.»

—Lo conozco —dijo Natalia—. Se llama David. Es inversor de capital de riesgo —añadió tambaleándose sobre los altísimos zapatos que llevaba—. Uno de esos a los que odia nuestra familia, ya me entiendes.

Alexander sonrió.

—¿No estarás un pelín borracha, querida y preciosa hermana mayor?

Ella resopló.

—¿No lo estarás tú? —preguntó ella.

—Yo siempre lo estoy. —Alexander se volvió de nuevo hacia David—. Perdona, ¿cómo has dicho que te llamabas?

Natalia vio el brillo de los ojos de David y pensó que no había un hombre más atractivo que él.

—Me llamo David Hammar. Y si no te importa me encantaría intercambiar unas palabras con tu hermana.

Alexander estaba a punto de decir algo cuando Natalia se le adelantó.

—¿Por qué iba a importarle? —preguntó, enfadada—. ¿Acaso no puedo decidir por mí misma?

David la observó largo rato. La mirada de sus ojos de color gris azulado era difícil de interpretar, pero a ella le pareció entrever un brillo de alegría tan seductor que solo pensó en que quería acariciarle los brazos, enredar lo dedos en su pelo...

El silencio se prolongó y Alexander lo interrumpió con cierto tono de sarcasmo.

—Creo que estoy de más. —Besó a Natalia en la mejilla apresuradamente—. La oferta de darle una paliza a Jonas sigue en pie. Estaré por aquí si me necesitas. —Se quedó mirando a una mujer joven y exuberante con largas extensiones en el cabello y añadió—: Al menos un rato más. *Ciao*.

Se alejó y los dejó solos.

David no apartó la vista de ella ni un momento.

—¿Qué tal te van las cosas? —preguntó cuando Alex ya había desaparecido.

—De maravilla —dijo ella con fingida despreocupación—. ¿Y a ti?

—Bien, he trabajado mucho esta semana.

Hablaba en voz baja y ella se acercó tanto a él que notó el olor de su agua de colonia. Le hubiera gustado cerrar los ojos y aspirarlo. Y quitarle la ropa y restregarse contra él... No pensaba en otra cosa.

—Estás increíble —murmuró él mientras parecía acariciarle el cuerpo con la mirada, rozándole el cuello y deteniéndose en el pecho.

A Natalia se le aceleró la respiración y percibió con más nitidez todo lo que había a su alrededor, la tela de la ropa de él, el tacto de su piel, su olor, el calor de la noche.

—Gracias. —Carraspeó y echó de menos una copa de champán—. Tú también tienes un aspecto magnífico —añadió con sinceridad.

Lo miró. Iba de negro: pantalón pitillo negro, cinturón de cuero y camisa negra. Le parecía tan atractivo que le entraron ganas de lamerlo de arriba abajo, lentamente.

David sonrió y ella tuvo la terrible sensación de haber dicho en voz alta lo que pensaba.

—¿Cuándo has llegado? —preguntó de modo convencional, amable. Sabía ser amable en cinco idiomas.

—He venido con Michel en coche. Hemos llegado hoy.

—¿Dónde os alojáis?

—He alquilado una casa junto al mar. ¿Y tú?

Natalia pensó en su nido de amor.

—Åsa me presta su casa de invitados. Me he instalado allí.

El ruido iba en aumento. Habían empezado a servir la comida y el grupo de música estaba tocando. Era casi imposible hablar en un tono normal.

—¿Quieres salir un rato? —preguntó él.

Ella dudó. Era la fiesta de J.O., él era el anfitrión y ella su colaboradora más cercana. Pero la gente bebía y se divertía. Nadie la echaría de menos si se ausentaba un momento.

—Sí —respondió—. Dame un segundo.

David miró sus largas piernas y el corto vestido rojo, que parecía flotar cuando se movía. Si su intención era cortar lo que pasaba entre ellos había fracasado estrepitosamente. Había ido allí por ella y por todo lo que en ella había.

Ella volvió con los labios más rojos y sonrió.

Algo se rompió dentro de él.

Lo que había planeado...

No iba a entristecer o a decepcionar a Natalia.

La iba a destrozar.

Esa era su última oportunidad de no herirla todavía más. Debería decir algo absurdo, como que andaba fatal de tiempo, que tenía que dejarla porque su trabajo era prioritario. Sabía que eso sería lo más humano y justo. El golpe sería menos duro si ella seguía pensando que él era una mierda.

Lo sabía.

En ese momento ella se acercaba con una sonrisa llena de expectación y pensó que era la mujer más bella, atractiva y divertida que había conocido en su vida, que era la última noche que iban a estar juntos y que él era lo suficientemente desconsiderado como para aprovechar todo lo que ella le ofrecía.

Dieron un paseo hasta el mar. Había gente por todos lados, en la playa, en los embarcaderos, en los cafés, y David no quería atraer miradas innecesarias, así que no la tocó. No quería que tuviera que explicar su relación con él.

La prensa la destrozaría si llegara a enterarse. Protegerla de las miradas era lo mínimo que podía hacer. David contempló el mar.

—Has estado hablando con Jonas Jägerhed —dijo cuando logró recordar dónde había visto antes a ese hombre.

—A veces tengo la sensación de que guardas todo lo relacionado conmigo en una especie de archivo —dijo ella riendo—. Sí, era Jonas. Es la primera vez que nos vemos en un año.

La ayudó a bajar una escalera empinada.

—Esos zapatos no son para pasear —indicó observando los tacones altos y finos y las correas más finas aún que rodeaban sus fuertes tobillos.

—No; Åsa dice que son zapatos para atrapar hombres.

—¿Funciona? —preguntó él riéndose.

Ella le guiñó un ojo. Ya no estaba borracha. Estaba contenta y tenía ganas de jugar.

—Tú estás aquí, ¿no?

Miró la superficie del agua y David se puso detrás de ella, protegiéndola de las miradas de los demás. El mar era lo único que tenían delante.

—He sentido algo raro al volver a ver a Jonas —continuó ella—. Pero no ha resultado tan difícil como creía. Es curioso esto de los sentimientos. Todo se pasa con el tiempo. Me parece triste lo reemplazable que es todo.

—Pero de algún modo también es reconfortante —dijo al tiempo que le ponía una mano en el brazo. Ella apoyó la espalda en su pecho y él pasó la mano suavemente por su piel.

Natalia sintió un escalofrío.

—Supongo que sí —dijo en voz baja.

—¿Por qué terminó?

Era una pregunta demasiado personal, no tenía derecho a hacerla, pero a David le parecía incomprensible que alguien que estaba con Natalia De la Grip no bebiera los vientos por ella.

Si todo fuera distinto, si fuera su mujer...

Natalia permaneció largo rato en silencio mientras miraba el mar en calma. No se oía más que el golpear de las olas contra el embarcadero y algún que otro chapoteo.

—Ayer me vino la regla —dijo, y David pensó que intentaba cambiar de conversación—. Sin embargo esta mañana ya no la tenía, solo me ha durado unas horas. Suele causarme problemas

—explicó sonriendo, y en ese momento él tuvo la certeza de que debían pasar la noche juntos. No podía dejarla sin compartir algo tan fantástico por última vez—. Nunca se me ocurrió que pudiera haber algún problema —continuó—. Siempre he querido tener una familia y a Jonas le gustan mucho los niños. —Apoyó las palmas de las manos en los brazos de él, como buscando su calor, y siguió mirando el mar y hablando en voz baja y segura, casi distante—. Pero Jonas es el hijo mayor, tiene un título nobiliario y una gran finca. Solo un hijo biológico puede heredar un título nobiliario. En ciertas esferas eso es importantísimo.

Se dio la vuelta y se miraron a los ojos. Seguía luciendo el sol, aunque empezaba a atardecer. El reflejo de los rayos en los ojos de Natalia parecía oro puro.

—Tal vez suene a problema de los países ricos, pero la regla ha sido durante muchos años mi mayor enemigo. Dios, cómo la odiaba cada vez que llegaba...

Sacudió la cabeza y su mirada volvió a perderse en dirección al mar y al cielo, lejos de allí.

David esperó. Cuando volvió a oír su voz, sonó tan triste y vacía que se estremeció.

—Jonas me dejó el mismo día que supe que no podía tener hijos.

27

Åsa miró de reojo a Michel, que estaba de pie en medio de la habitación rascándose la frente. Le parecía muy sexy con la cabeza afeitada, y eso que antes de conocerlo a ella no le gustaba el look gángster. La mayoría de los chicos malos eran unos narcisistas insoportables, y en sus relaciones ella solo tenía espacio para una persona egocéntrica. Los trajes de tela satinada, las camisas de tonos chillones y los llamativos anillos que llevaba eran de lo más ostentoso que se pudiera imaginar, pensó mientras cruzaba las piernas. Pero a ella le excitaban, no había duda. No era un financiero joven y engominado ni un matón. Era Michel, el hombre más bueno y amable que había conocido. El hecho de que la rechazara una vez no lo convertía en mala persona. Aunque ella se daba cuenta de eso ahora, diez años después. Y eso no significaba que no le doliera mucho.

—Tienes que haberlo notado —dijo Michel, y ella reaccionó.

Estaba tan absorta en sus pensamientos que ni siquiera había oído lo que le decía. Frunció el ceño. Iba en serio cuando le dijo que se había dejado llevar hasta allí. En realidad ella no quería hablar. Hablar no conducía a nada bueno, por mucho que dijeran Natalia y ese psicoterapeuta tan pesado.

Hablar producía dolor. La gente decía tonterías y al final una se sentía mal. Así que ella prefería no hablar.

Åsa le recorrió con la mirada las piernas, las caderas y el vientre y se recreó en la entrepierna.

Lo que quería era acostarse con él.

Natalia siempre le decía que utilizaba el sexo para adormecer los sentimientos, pero Åsa no estaba de acuerdo. Lo que utilizaba para adormecer los sentimientos era el alcohol, el sexo simplemente le gustaba. Y se le daba bien. Y Michel la deseaba, eso podría verlo hasta un ciego.

—¿Me estás escuchando? —preguntó él con cierto enfado.

—Disculpa —dijo Åsa mirando con descaro el reloj. Habían transcurrido ya tres minutos.

Se levantó del sofá y fue hacia Michel, que estuvo a punto de dar un salto hacia atrás. Le pasó un dedo por el pecho muy despacio mientras le miraba fijamente a los ojos. Dos segundos más y sería suyo. Michel sacudió la cabeza.

—No me escuchas —se quejó—. Quería pedirte disculpas por lo mal que me porté cuando nos vimos en el bar. No esperaba verte y dije cosas de las que me arrepiento. Perdóname. —Retrocedió aún más.

—No tiene importancia —dijo ella impaciente agitando la mano y dando un paso hacia él sobre sus altos tacones mientras Michel la miraba con atención—. Ya no me acuerdo de aquello —concluyó sonriendo.

Aunque tal vez no era del todo sincera, porque él la había humillado una vez y eso seguía clavado en su alma como una espina encapsulada. Pero eso fue en el pasado, ahora estaban en el presente y no servía de nada pensar en cosas antiguas, se reprochó con dureza.

Åsa ladeó la cabeza y bajó la voz hasta convertirla en un susurro.

—Solo te quedan unos minutos. —Sonrió, parpadeó y se acercó lentamente a él.

Michel sacudió la cabeza.

—Así no, Åsa —repuso con gesto grave—. Tenemos que hablar. Lo digo en serio. Solo hablar.

Entonces llegó.

El pánico.

Åsa se quedó paralizada. Bajó los brazos. Si Michel no quería tener sexo con ella, si solo quería aclarar las cosas —que era precisamente lo que ella más odiaba en el mundo—, no tenía sentido que se vieran. Había supuesto que discutirían un poco, él la perseguiría, ella le excitaría, le tentaría y luego recuperaría el poder que él le arrebató cuando ella era vulnerable. Que terminarían en la cama, tendrían una noche explosiva y Michel se daría cuenta de lo que se había perdido, y luego todo se acabaría. Y que ella ganaría. Pero no eso, de ningún modo. El pánico le producía un sudor frío y abría compuertas que tenían que estar cerradas.

Cuando conoció a Michel ella todavía seguía en estado de shock. Al parecer puede durar años.

Su familia había quedado destrozada, así que no era raro. Un accidente, una llamada telefónica de la policía y en un momento todo su mundo se hundió.

Se fue a vivir con la familia de Natalia. Había que firmar papeles, escuchar a abogados, tomar decisiones. Siempre que recordaba aquel momento le parecía que lo había vivido otra persona.

La universidad y Michel fueron sus puntos de apoyo en medio del caos. Ella era una alumna más y eso le agradaba. Y la exótica presencia de Michel siempre estaba allí. Expectante, en segundo plano pero fiable. Se hicieron amigos. Ella le hacía rabiar. Coqueteaba con otros chicos para ponerlo a prueba. No ocurría nada. Él se limitaba a mirarla con sus ojos negros de un modo difícil de interpretar. Unas veces creía ver en ellos hambre, otras, compasión. Siempre amistad. En algún momento se enamoró, como era natural. Pero no se atrevía a acercarse a él y tuvo que recurrir a algo tan pueril y vergonzoso como emborracharse. Él la rechazó, sin más. No le interesó lo que ella le ofrecía.

Aquella noche Åsa se llevó a otro a casa, obviamente.

Pero de eso hacía una eternidad, se dijo a sí misma suspirando. Era una mujer adulta y sabía que no debía pensar más en ello.

—¿Tenemos que hablar ahora de eso, Michel? ¿No podríamos...? —Pero su voz carecía de convicción. Se lo había jugado todo a una carta, había apostado por su atractivo sexual y había perdido. Otra vez. Él había vuelto a rechazarla. Se estaba convirtiendo en una costumbre muy desagradable. Se hundió en el sofá.

Michel se puso en cuclillas delante de ella, apoyó las manos en sus piernas y Åsa lo miró atónita. En todos esos años nunca la había tocado de verdad, como un hombre. Tenía unas manos grandes y fuertes, como el resto del cuerpo, y sus brazos y piernas parecían comprimidos bajo la tela satinada del traje.

Miró sus ojos negros y vio bondad. ¿O era compasión?

Ya no podía pensar más, apenas podía respirar. Estiró la espalda. Era Åsa Bjelke. Podía volver a la fiesta y tener una docena de hombres moviéndose a su alrededor en un tiempo récord. No necesitaba eso.

Le retiró las manos, se puso de pie y se alisó el vestido.

—Tus diez minutos han pasado —dijo en tono frío—. No creo que tengas nada más que decirme. No estás interesado, de acuerdo.

Luego agitó la melena y buscó fuerza donde lo hacía siempre, en la ira y en la indiferencia.

—Gracias por esta breve conversación. Estoy segura de que ambos estamos de acuerdo en que no debe repetirse.

—Åsa... —dijo él.

Ella sacudió la cabeza. Ya había tenido suficiente.

—Adiós, Michel.

28

La cabaña de invitados estaba un poco más abajo de la casa principal, al fondo del jardín y cerca del mar, protegida de miradas extrañas.

—Es increíble. —David contemplaba admirado las vistas desde las ventanas corredizas.

—Lo sé —dijo ella.

Las ventanas abarcaban toda la pared, desde el suelo hasta el techo, y al otro lado solo se veía el mar. No había playa ni gente por allí, solo un mar inmenso que se juntaba con el cielo en el horizonte. Aún quedaba algo de luz en la noche de julio a pesar de que el sol ya se había puesto y una inmensa luna llena colgaba sobre las aguas tranquilas.

La cabaña constaba de una habitación, una cocina americana y un cuarto de baño. Todo era blanco, desde el suelo hasta las cortinas y las paredes. El protagonista era el mar. El mar y la cama, con cobertores de piel blanca, sábanas y almohadas blancas.

David se quedó mirando la cama y luego la miró a ella. Natalia sintió un escalofrío. Notó mucha hambre en sus ojos. Fue hacia él y le abrazó fuerte, ansiosa. Se sentía valerosa y audaz y le besó hasta que se quedaron sin aliento. Él le acarició el cuello, le cogió la cara entre las manos y la miró detenidamente.

David era atento y aprendía con facilidad. Ella nunca se había sentido tan importante. Era como si todo lo que quería y todo lo que le gustaba fuera prioritario para él, lo más importante. Le parecía que la estudiaba, la ponía a prueba, dejaba a un lado lo que veía que le desagradaba y luego le daba más de lo que a ella le gustaba. Era violento y erótico a la vez. Y en medio de esa oscura sensualidad ella se sentía segura.

Él le acarició el cuello y fue bajando la mano por la clavícula mientras seguía sus propios movimientos con suma atención. Natalia perdió la noción de todo lo que no fueran sus ojos y sus dedos. Él le quitó el vestido poco a poco, ella le desbrochó el cinturón y se desnudaron el uno a la otra con cierta familiaridad.

David sonrió al ver la ropa interior tan sofisticada que llevaba. Ella no lo había pensado antes, pero esas prendas francesas, delicadas y exclusivas, eran representativas de cómo era ella cuando estaba con él, la persona en la que se convertía cuando estaban juntos. Una mujer atractiva y hambrienta de sexo. Una mujer que esperaba y exigía con descaro lo mejor que el mundo podía ofrecerle. Una mujer que quería tener a ese hombre y se atrevía a pedirlo.

Antes se habían amado de forma impetuosa o con una pasión casi lúdica, pero en ese momento todo era tan intenso que Natalia apenas podía respirar.

Se tumbó en la cama y David la siguió. Le separó las piernas y la acarició suavemente mientras la inundaba de suaves besos.

Luego le mordisqueó el hombro y murmuró:

—Deja que te lo haga bien. Quiero hacértelo bien, mejor que las otras veces.

Su tono grave y viril le produjo un nudo en el estómago.

—Sí —susurró, y se dejó arrastrar por la lengua, las manos y el cuerpo de él y enseguida llegó al orgasmo.

Después se tumbó de espaldas, sudorosa, floja. David la besó rozándola apenas con los labios mientras le acariciaba el pelo. Fue a buscar agua, le ofreció y la miró cuando bebía. Él también tomó unos sorbos y después dejó el vaso en el suelo. Ella se estiró buscándole con la mano, quería tenerlo, pero él se apartó.

—Todavía no —dijo él en voz baja.

Le recorrió la zona del estómago con los labios y luego le besó los pechos con mucha suavidad. Ella se hundió en las sábanas, cerró los ojos, se dejó acariciar y se entregó a otra ola de sensaciones. Increíblemente, logró disfrutar otra vez y al terminar se acurrucó hecha un ovillo, como si su cuerpo no pudiera soportar más. Él le acarició la espalda, la ayudó a enderezarse, la puso boca abajo con mucho cuidado, le pasó la mano por la espalda y luego fue bajándola por las nalgas, esa zona tan sensible. La sangre caliente fluyó, el calor y el deseo arrastraron los pensamientos y solo quedaron los sentimientos, las sensaciones y los cuerpos. Siguió por los muslos, la parte interior, la parte de atrás; había tanta sensibilidad en esa piel tan suave y tan fina, tanto deseo... Y a pesar de que era imposible, a pesar de que estaba exhausta, el cuerpo de Natalia respondió otra vez.

A ella le parecía que estaba en otro sitio, en lo más profundo de sí misma. David volvió a ponerla boca arriba y notó su cuerpo laxo, como el de una muñeca. Se tumbó encima y acomodó una pierna de ella sobre las suyas, de modo que el vello de las piernas de él rozaba la parte de atrás del muslo de ella. Le colocó una almohada debajo de la cabeza y apoyó un brazo en las piernas de Natalia. Cuando la vio tranquila, le separó las piernas, la acarició, se inclinó y la besó.

—David, no puedo. Ya no más —murmuró ella.

El movimiento era demasiado intenso.

—Chis —dijo él mientras le introducía suavemente los dedos y se abría camino con destreza y seguridad—. Vas a correrte otra vez, Natalia. Sabes que puedes, y yo quiero. Quiero que disfrutes por mí.

Le introdujo otro dedo y con movimientos lentos y metódicos encontró todos los puntos más sensibles. Las caricias insistentes y su posición relajada y pasiva hicieron que se le agitara la respiración. Cuando empezó a retorcerse al sentir los primeros espasmos, él se puso el preservativo y la penetró.

Natalia apenas era capaz de moverse mientras él se corría dentro de ella. Hundida en las sábanas, rodeada de almohadas y de aire fresco, sentía que cada rincón de su cuerpo estaba hecho para recibirle. Él le apartó el pelo de la cara; estaba sudorosa y caliente, y le pareció que flotaba en la blanda cama en medio de la noche apacible arrullada por los sonidos del amor. La besó. Su sabor era tan agradable, tan cálido y familiar..., le transmitía seguridad. Abrió los ojos y él estaba tan cerca que resultaba demasiado intenso para ella, no podía soportar tanta intimidad, así que volvió a cerrarlos.

—Natalia —susurró a su oído mordiéndole levemente el lóbulo de la oreja—. Mírame.

Ella, obediente, lo miró a los ojos.

Estaban tan cerca, dos miradas con un mínimo espacio de separación. Él siguió contemplándola a la vez que se movía dentro de ella con movimientos profundos y firmes que empujaban y presionaban hasta que ocurrió lo imposible y ella tuvo otro orgasmo. Cuando los sentimientos se desbordaron casi aparecieron las lágrimas.

—Natalia —susurró él otra vez, solo su nombre.

Ella le sujetó la cara con las manos y le rodeó la cintura con una pierna, como si no quisiera separarse de él. Notó que le acariciaba el rostro y se entregó en cuerpo, alma y corazón.

David siguió moviéndose dentro de ella lenta y rítmicamente. Una y otra vez mientras murmuraba su nombre. Y suave como una brisa de verano, relajada como un mar en calma, sin hacer ningún esfuerzo, con las miradas engarzadas, ella empezó a disfrutar otra vez. Los bellos ojos grises y azules de él se nublaron y ella notó cómo se corría en silencio, con intensidad, sin apartar sus ojos de los de ella, y entonces algo estalló en su interior; las lágrimas empezaron a brotar y sintió que nunca había estado tan cerca de otra persona, de otra alma. Ni siquiera creía que fuera posible.

—David —susurró.

Él intentó decir algo pero se interrumpió como si no le saliera la voz y Natalia cerró los ojos. Era demasiado crudo, demasiado doloroso. Tenía que dejarle fuera un momento si no quería romperse en pedazos. David le besó los párpados y ella sollozó. Él seguía allí y era perfecto.

—Natalia —dijo en voz baja.

Ella lo abrazó, hundió la cara en su cuello, le pasó los dedos por las cicatrices. «No hay palabras», pensó. Porque había sido una experiencia para la que habría que inventar nuevas palabras. Ella le lamió la piel. Le mordió ligeramente, oyó que gemía y le tapó la boca con la suya. Lo que más le gustaba de él eran sus besos. La atrajo hacia él sin interrumpir el beso y la estrechó entre sus brazos. Se quedaron allí desnudos y abrazados, con el mar y la luna al otro lado mientras se besaban. Piel con piel, corazón con corazón.

Más tarde, cuando las sombras de la noche empezaron a posarse, arrastraron la cama hasta las ventanas y se tumbaron a mirar el mar. Ella estaba boca abajo con las manos debajo de la barbilla cuando notó que él se subía encima y la abrazaba. La penetró con lentitud hasta que ella se quedó sin aliento y se derrumbó en las sábanas. Le hizo el amor en silencio, con la brisa del mar y el aire salado entrando por las ventanas abiertas.

Natalia despertó horas después. La cabeza descansaba todavía en el borde de la cama, pero él le había tapado el cuerpo con una sábana y le había puesto una almohada debajo de la mejilla. Recordó el momento en que él susurraba su nombre; después debió de quedarse dormida. Se preguntó cuánto tiempo habría dormido. Levantó la vista y vio a David de pie en el embarcadero que se prolongaba como una especie de terraza exterior. Había luna llena y una luz amarilla de finales de verano. Iba descalzo, se había puesto el pantalón pero llevaba el torso desnudo; estaba inmóvil, con las manos apoyadas en la barandilla, absorto en sus pensamientos.

—David —lo llamó en voz baja.

Se dio la vuelta y fue hacia ella, se sentó en el borde de la cama y le retiró un mechón de pelo del rostro.

—¿No puedes dormir? —preguntó ella.

Estaba somnolienta y tranquila, como si todo en su interior se hubiera relajado.

—Tengo que irme —dijo él con voz grave.

Y Natalia lo entendió. No quería que los vieran juntos, se iba por su bien.

Era ella la que siempre insistía en que debían ser discretos, pero ya no quería serlo. El corazón le decía que eso era algo más que una relación casual y sabía que él sentía lo mismo. Lo miró a los ojos. Lo notaba en el calor y en la intensidad con que hacían el amor y en la intimidad que compartían.

Tendrían tiempo de hablar, así que asintió mientras él se levantaba. Se puso la camisa y los zapatos y la miró largo rato. Por un momento le dio la impresión de que iba a decir algo, pero se limitó a sacudir la cabeza.

—Hasta la vista, Natalia —dijo con semblante serio.

—Adiós —dijo ella sonriendo.

David inclinó la cabeza y ella creyó percibir cierta sombra en su rostro. Habría querido preguntarle si todo iba bien, pero él ya se había marchado.

Se quedó un rato sentada y luego se metió bajo la sábana, notó su olor y volvió a quedarse dormida, segura de que le amaba. Y de que él sentía lo mismo.

29

Åsa se estiró en el mar. Era una tarde fría como a veces son las tardes de julio en Suecia, pero tenía que refrescarse, por lo que dio unas cuantas brazadas más, temblando de frío, y luego empezó a nadar.

Natalia se mecía un poco más allá, tumbada de espaldas y con los ojos cerrados por el sol. Tarareaba, chapoteaba y sonreía, pero Åsa tardó un rato en averiguar qué le ocurría.

Luego lo entendió: Natalia era feliz.

En cambio Åsa estaba enfadada. Ni siquiera ese biquini nuevo que tanto le favorecía la ponía de buen humor. Porque ¿de qué servía ser tan atractiva si no conducía a nada?

—¡Todavía no puedo entender que tú te hayas acostado y yo no! —gritó Åsa con amargura.

No solo era el hecho de que Michel no hubiera querido tener sexo el día anterior, lo más humillante era que Åsa estuvo a punto de ponerse de rodillas y pedírselo. Tiritó en el agua helada. Si alguien se enterara se moriría.

—Pero tú puedes tener a quien quieras —dijo Natalia—. ¿Por qué no saliste a por otro? —Miraba a su amiga con tal complacencia que la hundió más aún.

No era que quisiera reprocharle nada a Natalia, pero ¿acaso

una mujer podía ir por ahí con esa cara de satisfacción? ¿Ese tipo de satisfacción que solo puede dar una noche entera de sexo del bueno? Åsa estaba a punto de gritar de envidia.

—Tú lo has hecho antes —añadió Natalia un tanto desconcertada y confusa. Como si no se diera cuenta de que lo de Michel era algo totalmente distinto a las absurdas relaciones sexuales que Åsa había mantenido toda su vida—. Esto está lleno de hombres, solo tienes que cerrar los ojos y señalar al que más te guste.

—De eso se trata —replicó Åsa—. No me interesaba ningún otro hombre. ¿Me estaré poniendo enferma? No lo entiendo. Todo lo que hicimos fue hablar.

—A veces hablar es bueno.

Åsa no estaba de acuerdo.

—¿Salimos ya? —dijo—. Se me está congelando la vagina.

Fueron nadando hasta la orilla. Después de vestirse, cepillarse el pelo y embadurnarse la piel se dirigieron al paseo marítimo. Åsa se escondió tras sus gafas de sol y un amplio sombrero. Natalia se lió un pañuelo de seda alrededor del pelo que le daba un aspecto muy elegante. Åsa saludó a algunos conocidos con una leve inclinación de cabeza pero no se detuvo con nadie. No había concluido aún con lo de Michel.

—He quedado con él para tomar café antes de que vuelvan a Estocolmo —dijo al tiempo que se preguntaba por qué se exponía a esa humillación. Él le había enviado un mensaje y ella había contestado que sí en vez de que no—. Por lo visto aún tenemos que hablar más. ¿No he dicho que detesto hablar?

Natalia se protegió los ojos con la mano.

—¿Se van a Estocolmo? ¿Cuándo?

—Creo que hoy. ¿David no te lo ha dicho?

Natalia se encogió de hombros.

—No tiene por qué decírmelo. Además, estábamos ocupados haciendo otras cosas. —Natalia sonrió con picardía y Åsa puso cara de fastidio. Odiaba ese cambio de papeles.

A lo lejos vieron a un hombre alto que las saludaba con la mano.

—Mi jefe —dijo Natalia—. No sé qué cómo se habrá tomado mi desaparición de ayer.

—Aprovecharé el momento para largarme. —Åsa no tenía
ganas de hablar con J.O. y acababa de ver a un grupo de hombres
que conocía. Financieros jóvenes y bobos, justo lo que su mal-
parada autoestima necesitaba—. Voy a pasar un rato con ellos.
—Los señaló—. ¿Nos vemos en la barbacoa?

Natalia asintió y Åsa aceleró el paso, inclinó la cabeza al llegar a donde estaba J.O., que la obsequió con una sonrisa, y continuó en dirección a los cachorros de las finanzas.

Natalia vio que los hombres, jóvenes y bien peinados, saludaban a Åsa con besos en la mejilla y se comportaban como galli-
tos. Se detuvo y aguardó a J.O. en medio del paseo marítimo.
El sol pegaba fuerte y empezó a sudar a pesar del refrescante
baño.

—Al fin te veo —dijo J.O. a modo de saludo—. Ayer desa-
pareciste.

—Sí —se limitó a decir ella. J.O. era su jefe pero no era dueño de su tiempo.

—¿Debo preocuparme por algo? —preguntó él mientras
empezaban a caminar juntos—. Varias personas preguntaron
por ti.

—No —respondió ella—. Estuve hablando con los daneses.
Parece que están tranquilos.

Se preguntó si debería hablar del almuerzo que J.O. com-
partió con su padre y al cual no la invitaron, pero decidió que
era mejor no tocar el tema.

—Bien. —J.O. miró hacia una de las carpas que había instalado la prensa—. Vamos para allá.

Natalia lo siguió y al llegar a la carpa él saludó a una periodista y se la presentó. Natalia inclinó la cabeza y pensó que J.O.
estaba orgulloso de ella. Sabía que hacía bien las cosas. Luego estrechó la mano a un parlamentario, le presentaron a un poten-

cial inversor y pensó que eso era lo que mejor se le daba. Hablar de finanzas, relacionarse, establecer vínculos.

David vio a Natalia charlando con diferentes personas en una carpa que había montado la prensa en el paseo marítimo. Él acababa de concluir un coloquio con un catedrático de economía y un líder empresarial. Escuchaba a medias el debate siguiente mientras intentaba arrebatarle a Natalia una mirada más. Llevaba un fresco vestido de lino, tenía a J.O. a su lado, de apoyo, y se la veía en su salsa. Con un bolso de playa al hombro y unas gafas de sol en lo alto de la cabeza, parecía una mujer efectiva, enérgica, hábil y absolutamente brillante.

Sintió una especie de presión en el pecho y tuvo que tragar saliva.

—¿Puedo hacerle unas preguntas? —preguntó una periodista con la que había hablado en otras ocasiones.

David apartó la vista de Natalia, sonrió de forma automática y escuchó la pregunta. Era una periodista bien preparada y muy profesional, y él quería ser complaciente con ella. Pero miró a Natalia una última vez, no pudo evitarlo. Le pareció que tenía el pelo mojado. ¿Había estado nadando? Seguramente era una nadadora excelente. Cómo le gustaría ir con ella, detener el tiempo...

—¿Señor Hammar?

Estaba en las nubes y no había oído la pregunta. Sonrió conciliador.

—Disculpe.

—No hay problema —dijo la periodista, aunque él vio que miraba con curiosidad hacia donde estaban Natalia y J.O., como si intentara averiguar qué había robado su atención.

Ella volvió a iniciar la entrevista, formuló las preguntas y luego dejó que el fotógrafo hiciera su trabajo.

David se despidió y al mirar al exterior vio que J.O. y Natalia se acercaban caminando hacia él. El corazón le dio un vuelco.

No se lo podía creer. Natalia parecía estar serena, apenas había expresión en su rostro, pero David intuyó que su mente no descansaba. Se dio cuenta de que estaba preocupada y él quería tranquilizarla pero no delante de J.O. Sabía lo mucho que significaba el trabajo para ella y lo importante que era su integridad. Además, ella prefería que no la relacionaran con él. Por raro que pudiera parecer, le dolía un poco, y eso que él no tardaría en traicionarla.

Luego vio a alguien más detrás de Natalia y J.O.

Oh.

Aquello podía complicarse.

Cuando llegaron, David estrechó primero la mano a J.O. Luego se encontró con la mirada de Natalia. Parecía que hubiera pasado mucho tiempo.

—Conoces a Natalia De la Grip, ¿verdad? —dijo J.O., y a David no le cupo duda de que había una doble intención en la pregunta.

—Sí —dijo con tranquilidad mientras le tendía la mano—. Nos conocemos.

Natalia vaciló una fracción de segundo, pero luego se la estrechó y se limitó a murmurar un saludo cortés. Tragó saliva y alzó la barbilla.

Él rozó con la mirada la piel suave que entreveía por la abertura de su blusa. Unas horas antes había besado esa garganta. El olor de ella lo envolvía aún como el recuerdo de un sueño real.

—Y este es Eugen Tolstoi —dijo Natalia presentándole a un hombre alto de cabello gris—. Es mi tío —añadió con una cálida sonrisa.

David puso la cara más inexpresiva que pudo.

«Justo lo que necesitamos los dos, aún más complicaciones.»

—El hermano de mi madre —explicó Natalia.

Claro, la hermana de Eugen era la madre de Natalia, Ebba De la Grip.

David estrechó la mano al ruso. Ya se conocían, pero eso era algo que no podía revelar, y menos a ese grupo. Sonrió a Eugen con cortesía. Un ruso homosexual, excéntrico y muy rico que casualmente era propietario de una gran parte de las acciones de Investum. Eugen le guiñó un ojo y David confió en que los otros no se hubieran dado cuenta. Al parecer ese hombre no sabía qué era la discreción.

—Qué pequeño es el mundo —exclamó Natalia sin que pareciera haber notado nada fuera de lo normal, y luego sonrió a su tío Eugen y a J.O.—. Me refiero a que ya nos conocemos todos.

Y David pensó que el mundo era aún más pequeño de lo que ella suponía.

Natalia miró a su tío y a David de forma alternativa. Frunció un poco el ceño y luego formuló la pregunta que este hubiera preferido no oír:

—¿Vosotros ya os conocíais?

Lo preguntó con tranquilidad y cierta curiosidad, pero David sabía que era peligrosamente astuta y que le bastaría cualquier indicio para montar el rompecabezas más rápido que un ordenador.

Tendría que haber insistido en que partieran por la mañana temprano, como él quería. Habría preferido anular todos los compromisos y marcharse, pero la decisión de Michel era inusualmente inquebrantable y habían tenido que quedarse. Y ahora tenía a Natalia delante preguntándole por un hombre del que David no quería hablar. No conocía al ruso lo suficiente, no sabía si era fiable.

Otro familiar se acercó en ese momento y lo sacó del aprieto.

—¡Alexander! —exclamó Natalia apartando la mirada de su tío.

Acogió con una amplia sonrisa a su hermano, que se incorporó al grupo. Intercambiaron saludos y besos en la mejilla. David se vio estrechando la mano firme de Alexander De la Grip, que era una versión más joven y vital del tío ruso. Los ojos azules y penetrantes del hermano de Natalia, del todo distintos a los de ella, se encontraron con los de él y lo saludó con un fuerte apretón de manos.

David frunció el ceño. A Alexander De la Grip, descendiente en línea directa de al menos una gran duquesa rusa y conocido por su estilo de vida inmoral y por su desinterés por todo lo que no fuera su propia diversión, él no le caía bien.

Pero a David no podía importarle menos la opinión de un heredero mimado como él. Retiró la mano, miró el reloj y vio que al fin se acercaba la hora de dejar Båstad. Aprovechó el pequeño alboroto que había originado la llegada de Alexander para excusarse.

Vio que Natalia se había dado cuenta de que se retiraba y se despidió con la mano. Se la veía muy contenta rodeada de amigos y familiares. Quería recordarla así, eficiente, en compañía de otras personas afines a ella, acariciada por el sol y sonriente. Fijó en él sus brillantes ojos dorados y le sostuvo unos segundos la mirada hasta que él tuvo que interrumpir el contacto. Inclinó la cabeza a modo de saludo y después hizo lo que debería haber hecho mucho antes: se marchó.

Ella le siguió con la mirada.

La notó en la espalda, en el cuello, pero no se volvió.

«Hasta la vista, Natalia.»

Alexander vio que Natalia miraba a David, que se alejaba caminando con una seguridad casi enervante, como si fuera dueño de la mitad del mundo y estuviera a punto de serlo también de la otra mitad. No había posibilidad de malinterpretar la expresión de Natalia y las miradas que habían intercambiado los dos. Se preguntó qué demonios había entre su inteligente hermana mayor y esa fuerza de la naturaleza que era David Hammar.

Natalia no brillaba así cuando estaba con Jonas, aunque eso a él siempre le tuvo sin cuidado. El resto de la familia se llevó una gran decepción cuando Natalia y el aburrido de Jonas terminaron, como si fuera lo mejor que Natalia podía conseguir. A Alexander le parecía demasiado débil para su hermana. Natalia era diplomática y discreta, tranquila y sensata, pero era también fuerte como una roca, tal vez la más fuerte de la familia. Necesitaba alguien como ella, no un muermo como Jonas. Pero dicho eso...

El flemático David Hammar no era en absoluto una opción mejor. David ya no estaba allí, pero Natalia y su gran corazón, la hermana que tenía unos sentimientos imposibles de albergar para Alexander, seguía mirando con un gesto de desolación.

—Bueno, es un poco extraño —dijo él sin más.

Natalia lo miró sin comprender.

—Creía que David Hammar nos odiaba a todos —explicó.

—¿Qué quieres decir?

—Yo empecé los estudios en Skogbacka pocos años después de que se fueran Peter y David —comenzó Alexander—. Pero los rumores seguían allí. —Sacudió la cabeza—. Eran tan macabros que tenían que ser ciertos.

—¿Qué rumores? —Lo preguntó en un tono tan serio que Alexander se dio cuenta de que sabía algo.

—A Hammar le ocurrió algo en Skogbacka. Algo malo.

—¿Acoso escolar?

—Eso que llaman novatadas —señaló Alexander en un tono mordaz. Odiaba los años que pasó en el internado.

—David tiene cicatrices en la espalda —explicó ella en voz baja—. Latigazos.

Alexander procuró no pensar en cómo podía saber su hermana cómo tenía la espalda David Hammar.

—Ten cuidado —dijo.

—¿Me vas a decir tú cómo tengo que relacionarme? —dijo ella sonriendo—. ¿De verdad?

—No es bueno —declaró Alexander.

—Hay quienes dirían lo mismo de ti —señaló ella.

Alexander sacudió la cabeza, sabía que tenía razón.

—Lo que ocurrió en Skogbacka fue serio. Lo silenciaron, pero sé que había una chica implicada. Algunos rumores dicen que murió.

Habían muerto personas en esos centros. Lo llamaban accidentes.

Qué asco.

—Llegaron a algún tipo de pacto —prosiguió Alexander mientras los recuerdos se hacían cada vez más nítidos. El centro les engañó—. Y estoy casi seguro de que se trataba de una chica.

Siempre era así, pensó él. Sexo o dinero. Era deprimente.

—¿Y por qué iba a odiarnos a nosotros por eso?

Alexander miró sus ojos grandes y preocupados. Mierda, estaba metida en eso del todo. Y no era conveniente, debía mantenerse lejos de David Hammar.

—Porque se decía que fue Peter quien le azotó —dijo en voz baja—. Peter lo apaleó.

Ella palideció pero guardó silencio, solo lo miró un instante. Alexander quiso decir algo sensato y reconfortante, pero nunca se le había dado bien hacer de hermano considerado.

Una persona requirió la atención de Natalia y ella se dio la vuelta. Otra preguntó si Alexander podía posar para unas fotos, así que se frotó los ojos y luego forzó una sonrisa, pero estaba agotado. Miró la copa que tenía en la mano. Al parecer se la había bebido. Ni siquiera recordaba cómo había ido a parar a su mano y ya estaba vacía. Buscó a Natalia.

Lo de Natalia y David era un problema. Porque el tristemente célebre inversor de capital de riesgo tenía muchos secretos. Y, como por casualidad, esos secretos parecían tener puntos de contacto con la familia De la Grip.

Alexander se disculpó y fue a uno de los bares del paseo marítimo en los que servían alcohol. Se excusó diciendo que era la hora del almuerzo y evitó reflexionar sobre el significado real de esos autoengaños.

Hizo girar la copa y dejó volar los pensamientos.

La noche anterior, en la impresionante fiesta de J.O., había ido a parar detrás de una cortina muy pesada. Una cortina de terciopelo lo suficientemente gruesa y larga como para ocultar a una pareja obligada a esconderse por la llegada de una visita inesperada a la habitación donde estaban practicando sexo en el respaldo de un sillón.

Tuvo que esconderse rápidamente detrás de la cortina, junto con la jovencísima segunda esposa de uno de esos hombres que se consideraban la columna vertebral del país. Ella era una mujer aburrida en busca de nuevas sensaciones y con cierta predilección por el sexo en público. Pero también era una mujer que quería seguir casada. Así que, cuando la puerta se abrió, tiró de Alexander y se colaron detrás de la cortina.

Ella siguió satisfaciéndole con la mano mientras contenía la risa. Tenía unas manos expertas y Alexander no era quién para poner reparos. De pie detrás de la gruesa cortina, contra una ventana del segundo piso de la magnífica casa de J.O., dejó que una esposa de lujo en busca de autoafirmación le hiciera una paja mientras escuchaba la larga conversación telefónica del hombre que había entrado en la habitación.

Alexander no vio al hombre pero sabía quién era. Y estaba claro que hablaba con una mujer. La voz del hombre era cálida y cariñosa. Mientras oía la conversación y se dejaba hacer, no apartó la vista del jardín ni un momento, que estaba lleno de gente con ganas de pasarlo bien. Entre otros vio a su hermana mayor en medio del jardín. Llevaba un vestido rojo y bebía champán, hablaba con J.O. y se reía.

Natalia no estaba hablando por teléfono.

Por lo tanto, Alexander tenía la certeza de que la persona con la que David Hammar había estado hablando por el móvil, esa persona que sin duda era una mujer porque le oyó decirle «te quiero» en tono cariñoso, no era Natalia.

Eso solo podía acabar de una forma.

Mal.

30

Si bien la fiesta del jueves era la más divertida y suntuosa de la Semana de Båstad, la tradicional barbacoa del viernes en casa de la familia De la Grip era la de más categoría. La edad media de los invitados era algo más alta y el grado de afinidad con la nobleza y la realeza algo mayor. El padre de Natalia se movía en los círculos masculinos que rodeaban al rey, y la madre fomentaba esas relaciones con gran interés. No podía fallar ni un solo detalle, no permitían que nadie se saltara la etiqueta cuando se esperaba a la pareja real.

La fiesta se hacía en el chalet de los padres. De fondo sonaba música sobria. Camareros vestidos de blanco y negro trabajaban con suma eficiencia. El vino que servían procedía de los viñedos que la familia De la Grip tenía en Francia. Los manteles de lino y los servicios de plata eran herencia familiar, y todo lo que se podía pulir relucía. Los frigoríficos estaban llenos de aperitivos. La comida esparcía su olor, que era el mismo todos los años. Grandes cantidades de carne, caza incluida. Sueco y clásico.

Natalia miró la sala en la que los invitados charlaban en voz baja. Las puertas de cristal que daban al jardín estaban abiertas, los porteros se aseguraban de que solo entraran las personas adecuadas y los demás se quedaran afuera. Natalia vio a Louise hablando de pie con su madre al lado de un aparador antiguo.

Llevaban vestidos y joyas parecidas y gesticulaban del mismo modo femenino. Louise, en realidad, era más parecida a la hija que Natalia siempre sospechó que su madre habría querido tener. Rubia, interesada en la decoración, el arte y el árbol genealógico. Y, al igual que su madre, se comunicaba sobre todo a través de mensajes ocultos y de indirectas. Con su actitud arrogante y su ancha espalda, Louise se parecía más que Natalia al resto de la familia De la Grip.

Se dio la vuelta. El tío Eugen se acercaba a ella con dos copas de cristal en la mano.

—Natalia, querida —dijo con voz pastosa.

Le dio una de las copas con vodka. Luego tomó un sorbo de la suya y miró a su hermana torciendo el gesto.

—No ha debido de ser fácil, *miluska*.

Natalia probó un sorbo de vodka. Siempre había sabido que a Eugen le desagradaba su hermana, pero nunca se había atrevido a preguntarle el motivo.

—En todas las fiestas se ve a las mismas personas —dijo cambiando de tema.

Gente cortada por el mismo patrón, pensó con tristeza. Hombres con trajes idénticos. Mujeres con vestidos discretos y operaciones estéticas más discretas aún. Le parecía más penoso que de costumbre.

—¿No te parece deprimente? —preguntó ella bebiendo otro sorbo.

¿Tal vez debería coger una botella de vodka y sentarse sola en un rincón?

Eugen la observó detenidamente.

—¿Echas de menos a alguien? —preguntó con naturalidad.

Natalia desvió la mirada y bebió otro poco de vodka helado.

—¿Quién es ese hombre con el que estaba hablando Alexander? —dijo evitando la certera pregunta que le había hecho su tío. Al parecer no había sido tan cuidadosa con David como pensaba.

David.

El simple hecho de pronunciar su nombre para sí misma hacía que se le agitara la respiración. Mierda, pensó, ahora sí que estaba de verdad en un aprieto.

Saludó a Alexander desde lejos y el tío Eugen le siguió la mirada. Aquel, de pie con una mano en el bolsillo, sonreía a la misma pelirroja de las otras veces, la cual no le devolvía en absoluto la sonrisa. Era tan inusual que una mujer no pareciera estar alelada por Alexander que a Natalia le llamó la atención. Cuando Alex dirigía sus encantos hacia alguien, él o ella solían estar perdidos.

—No tengo la menor idea —dijo el tío Eugen sin interés—. Un médico, creo. —Estudió a la pareja con más atención—. Alex ya puede darse por vencido.

—No está acostumbrado a que se le resistan —comentó Natalia sonriendo.

—No —reconoció el tío Eugen, y luego saludó a un hombre que se acercó a ellos.

»¿Conoces al conde Carl-Erik Tessin? —preguntó.

De la edad del padre de Natalia, tenía el cabello gris, estaba bronceado y lucía un aspecto distinguido en su traje convencional. Un hombre que debía de pasar mucho tiempo al aire libre, se dijo Natalia mientras le sonreía y le tendía la mano. Él se la estrechó y la miró con tal intensidad que ella pensó que tal vez se conocían.

—¿Nos hemos visto antes? —preguntó en tono de disculpa al no reconocerle.

El conde Tessin sacudió la cabeza.

—No, pero sé quién es usted. Es la hija de Gustaf. Fuimos juntos a Skogbacka —dijo con gesto sombrío, como si ocultara una pena—. Hace una eternidad, por supuesto.

Natalia, gratamente impresionada, intentó recordar quién podía ser. Su madre y Louise no tendrían ninguna duda. Las dos conocían de memoria los títulos nobiliarios. Sabrían con quién estaba casado, los nombres de sus posesiones y cuántos hijos tenía.

—Carl-Erik y yo vivimos cerca, somos casi vecinos —explicó su tío.

El tío Eugen vivía desde hacía años en la propiedad que Alexander tenía al sur de Escania, donde hacía las veces de cuidador de la finca. Los hermanos Ebba y Eugen, nacidos Von Essen, se habían criado en Suecia. Pero mientras que Ebba cuidó con todo esmero su noble herencia sueca, Eugen adoptó el apellido de soltera de la madre y se hizo llamar Eugen Tolstoi. Había pasado muchos años en Rusia, pero Natalia nunca tuvo el valor de preguntarle qué hizo allí. A pesar de su aspecto de muñeco de peluche ruso, su tío tenía bordes afilados y peligrosos. En los últimos años, Eugen, que era abiertamente homosexual, se había instalado de forma permanente en Suecia, en el castillo de Alexander que él rara vez visitaba. A Natalia le agradaba que su tío tuviera amigos; a pesar de sus ruidosas carcajadas, solía estar solo.

—Eugen y yo bebemos coñac y hablamos de tiempos mejores —dijo Carl.

Erik rió y parecía que iba a decir algo más cuando apareció el padre de Natalia y lo interrumpió.

El ambiente en el grupo cambió al instante.

Como era habitual, Gustaf De la Grip dominó la reunión con su sola presencia. Era como un rey. Acostumbrado a que le obedecieran y le prestaran atención, seguro de su posición, convencido de su superioridad. Pero ello generaba fricciones y el ambiente se tensó.

Eugen saludó a Gustaf con un apretón de manos. El padre miró al conde Tessin. Los dos hombres se midieron con la mirada. Eran de la misma estatura y de la misma edad y estaban al mismo nivel en todos los aspectos. Pero algo en sus posturas corporales revelaba las posiciones de poder.

—Hacía mucho que no nos veíamos —dijo su padre escuetamente—. Creía que no volvería a verte.

—Y sin embargo aquí estoy —respondió Carl-Erik en voz baja—. Gracias por la invitación.

La conversación no tenía nada de particular. El tono era cortés, las frases educadas y las expresiones contenidas. Pero Natalia era consciente de que fluía una corriente hostil entre ambos. Una agresividad apenas perceptible que se filtraba en cierta brusquedad de los gestos y los tonos discordantes. Su padre se volvió hacia el tío Eugen y dijo algo sobre la caza y las cacerías. Carl-Erik dio un paso atrás y se retiró. Pidió disculpas a Natalia y la sorprendió cogiéndole la mano y besándosela a la vieja usanza antes de dejarlos. Natalia lo miró sin saber con seguridad qué había presenciado. Había percibido algo bajo la superficie, de eso estaba segura. Palabras no dichas y miradas que no podían ocultarse. Sentía una especie de frustración por no haber sido capaz de interpretar lo que ocurría entre ellos.

—Papá.

Peter se unió a ellos en ese momento, algo típico en él. Le daba miedo que su padre pudiera decir algo importante. Esa protección constante de sus intereses, esa preocupación. Saludó en primer lugar a su padre inclinando la cabeza con su respetuoso servilismo. Luego estrechó la mano al tío Eugen y evitó así el beso en la mejilla al modo ruso. No le gustaba el contacto físico. Tal vez por eso encajaba tan bien con Louise, pensó Natalia con cierta maldad, quien lo saludó con un movimiento de cabeza, nada más. Ella tenía el rango más bajo y nunca se abrazaban. Aunque entonces cayó en la cuenta de que no se abrazaba nadie de la familia excepto ella y Alexander. ¿Cómo no había reparado nunca en ello? Su madre abrazaba a Louise, y solía abrazar a Jonas. Pero nunca a sus propios hijos. ¿No era extraño? ¿Cómo no se había dado cuenta antes?

—¿Has oído algo más sobre la cotización de las acciones? —preguntó Peter, y Natalia prestó atención.

—¿De qué estáis hablando? —dijo.

Peter miró a su padre como pidiéndole permiso para hablar. Como si tuvieran secretos que debían considerar si podían compartir con Natalia.

—Dímelo —exigió ella con brusquedad.

El padre asintió inclinando levemente la cabeza.

—Las acciones de Investum se están negociando —comenzó a decir Peter. Hablaba de forma lenta y escueta, sin perder de vista a su padre, que estaba preparado por si se le ocurría hablar demasiado—. Llevamos controlándolo toda la semana. Nadie sabe qué está pasando. Pero han empezado a aparecer una serie de desconocidos en el registro de accionistas. Se ignora quiénes son. Tendremos que averiguarlo la próxima semana.

—¿No podemos hacerlo ya, de inmedio? —preguntó Natalia. Aquello podía afectar el negocio que ella tenía en marcha con J.O. No era conveniente que las acciones cambiaran de propietario y fueran a parar a manos desconocidas—. ¿De cuánto estamos hablando?

Peter se volvió bruscamente hacia ella.

—Supongo que no le habrás dicho a nadie lo del negocio...

Ella lo miró y luego a su padre. ¿Qué demonios pensaban de ella?

—No —dijo en tono contundente, muy ofendida.

Tragó saliva. Se puso nerviosa. Había estado a punto de contárselo a David; si él no la hubiera detenido tal vez se lo habría dicho.

—No —repitió.

De todos modos David no podía tener nada que ver con el movimiento de las acciones.

¿O sí?

David conducía el Bentley azul claro. Michel había estado tomando café con Åsa Bjelke y por fin se iban de Båstad. Dudó un momento y de repente giró a la izquierda. La señal de tráfico que indicaba Estocolmo desapareció a su derecha.

—¿Por dónde vamos? —preguntó Michel, desorientado.

—Es solo un pequeño desvío —dijo David.

Cuando se acercaron a la mansión vieron a la multitud dentro y fuera del jardín. Los porteros daban la bienvenida a los invitados y les guiaban hacia las verjas de hierro. Fuera había gente que miraba boquiabierta todo aquel lujo. La música se oía desde la calle.

David frenó. Sentía que todavía tenía una opción.

—Eh, ¿qué estamos haciendo aquí? —preguntó Michel—. ¿Esta no es la casa de los De la Grip?

David asintió. Miró y supo que en realidad no había opción. Llevaba media vida planeándolo. Y tenía que pensar en Carolina, no en una mujer que conocía desde... ¿hacía dos semanas?

Contempló a los sonrientes invitados vestidos de fiesta. La élite. Algunos de ellos eran gente que le importaba realmente y en cuya vida iba a influir.

—¿David?

Volvió la cabeza y vio el rostro interrogante de Michel. Soltó el freno, miró el espejo retrovisor y giró para salir.

Hicieron el viaje de regreso en absoluto silencio.

David dejó a Michel y siguió hasta su casa.

Aparcó el coche, cogió la maleta y atravesó la puerta de entrada. Habían acordado que se verían el día siguiente a las siete en la oficina.

Había llegado el momento.

31

Lunes, 14 de julio

«Treinta-cero.»

Natalia lanzó la pelota de tenis por encima de la red con toda su fuerza.

—¿Qué demonios...? —exclamó Åsa sin esforzarse demasiado por alcanzarla—. Ya no puedo más. ¿Y si lo dejamos y vamos a tomar una copa?

—Solo son las ocho de la mañana —protestó Natalia recogiendo otra pelota—. ¿Preparada?

Åsa asintió con gesto sombrío. Natalia golpeó la pelota y Åsa se la devolvió.

Natalia había reservado pista a primera hora en el polideportivo Kungliga, y con una evidente falta de juicio le había dicho a Åsa que la acompañara.

—¿Por qué has accedido a venir si no te apetecía nada? —preguntó al oír que su amiga volvía a maldecir.

Åsa le dio la vuelta a la raqueta y la agitó amenazante.

—Porque de lo contrario mataré a alguien. Tengo que eliminar algunas hormonas.

La verdad era que Natalia sentía más o menos lo mismo. Lanzó otra pelota. No sabía nada de David desde el viernes, en Båstad. Estaban a lunes y se negaba a quedarse en casa deprimida por un hombre, a analizar lo que él había dicho o había dejado de decir, a ver los mensajes y los SMS obsesivamente cada cinco minutos.

Ella le había enviado un mensaje el sábado, no había tenido respuesta y ahora estaba ahí, furiosa, lanzándole pelotas a Åsa mientras oía sus gruñidos.

—¿Un juego más? —preguntó secándose el sudor de la frente.

Hacía calor y bochorno y estaba cansada, casi exhausta. No esperaba que lo de Båstad fuera tan agotador. Después de la fiesta de sus padres, se fue temprano a casa, se tumbó en la cama a mirar el mar y a aspirar el olor a David que quedaba en las sábanas. El sábado nadó y durmió y el domingo volvieron a casa juntas. Natalia quería trabajar al menos una semana más en Estocolmo y Åsa de repente se negó a quedarse en Escania. Eran patéticas.

—¿Vas a volver a ver a Michel? —preguntó Natalia levantando la voz.

—Tal vez —dijo Åsa—. No lo sé. Tal vez. Ahora no aguanto más.

Se ducharon y se sentaron en la cafetería con sendos batidos de frutas delante. Åsa probó un sorbo y murmuró que echaba de menos un buen trago.

Natalia toqueteó distraída su sándwich de queso.

—Dijiste que debían volver porque tenían algo pendiente que hacer; ¿sabes qué era? —inquirió.

—¿A qué viene eso?

Algo no encajaba.

Natalia casi lo podía palpar. Se preguntaba por qué las acciones de Investum de repente se movían en la bolsa de un modo muy raro. Y por qué durante los últimos seis últimos meses la cotización había ido subiendo muy, muy lentamente.

—¿Has oído hablar a Peter alguna vez de Skogbacka? —preguntó mientras notaba que se le aceleraba el pulso—. David y él estudiaron juntos allí. Al parecer, Peter lo sometió de algún modo. —Recordó las marcas de latigazos que David tenía en la espalda.

—¿Novatadas?

—Peor aún. Peter lo azotó.

Su mente iba a mil por hora.

«Todo es personal.»

«Había una mujer implicada.»

La rubia de la foto enmarcada.

J.O. suponía que Hammar Capital iba a hacer algo importante.

—No he oído nada —dijo Åsa—. Puedo preguntar por ahí si quieres. ¿Te encuentras bien? Estas muy pálida.

Natalia soltó el sándwich. No podía comer. Empezó a sentir náuseas.

—¿Crees que Hammar Capital puede estar haciendo algo relacionado con Investum? —preguntó con cautela; esperaba que Åsa se riera al oír aquello.

—¿Lo crees tú? —repuso Åsa con semblante serio.

Nunca había entendido por qué David le había pedido que almorzara con él.

Muchas de las acciones de Investum eran de propietarios desconocidos.

La apresurada partida de Båstad de David.

El odio entre David y su familia.

Skogbacka.

La compra de acciones.

«Nunca estamos satisfechos.»

Parpadeó. ¿Sería verdad? Miró a Åsa sin verla.

Tenía que volver al trabajo. Rápidamente.

Porque acababa de entender el significado de la mirada de David al marcharse. Se había dado cuenta de que revelaba el comienzo de algo nuevo e importante.

Algo que para ellos no iba a ser el comienzo sino el fin.

32

El lunes por la mañana temprano David estaba en la oficina recién duchado, afeitado y concentrado.

Tomó café, se sentó frente al ordenador y esperó a Michel.

Ahora la cuestión era seguir adelante, nada más. Puso en orden sus ideas y eliminó las que no estaban relacionadas con el trabajo.

Cuando, con total imprudencia, decidió relacionarse con Natalia, creía que podía hacerlo porque no había sentimientos involucrados.

Pero luego empezó a sentir cosas demasiado fuertes por ella. Y ahora que necesitaba estar centrado, perdía la concentración a causa de una atracción imposible. Porque era realmente imposible. Una atracción condenada a muerte.

Revisó el correo electrónico y empezó a ordenar las pilas de papeles que había sobre el escritorio. Giró el cuello, lo notó rígido pero aparte de eso se sentía bien, debía sentirse bien.

Michel entró. Sereno y con las pilas cargadas.

David dudó, pero tenía que decirlo. No podía pensar con claridad y necesitaba la confianza de su amigo.

—Tengo algo que decirte antes de empezar. —Indicó la silla de delante del escritorio.

Michel se sentó.

—¿Se trata por casualidad de Natalia De la Grip?

—En cierto modo sí.

Michel lo miró escéptico.

—No sé si quiero oírlo.

—Probablemente no, pero necesito tu opinión. Tengo muchísimas dudas. Debo saber que hago lo correcto. Que lo que vamos a hacer ahora es razonable desde el punto de vista económico.

Michel soltó unos cuantos tacos en francés y luego sacudió la cabeza.

—Necesito un café —dijo levantándose de la silla—. Y luego hablaremos con la puerta cerrada.

David esperó. Michel volvió con el café y cerró la puerta. Era temprano, pero el personal ya empezaba a llegar.

—Me acosté con Natalia —confesó David.

—¿Otra vez? —Michel arqueó una ceja.

—Sí.

—Eso no es ser muy listo.

—No —convino David.

—Me refiero a que pronto vas a destruir a su familia.

—Sé a qué te refieres —repuso David en tono molesto.

Michel lo miró a los ojos.

—¿Qué sientes por ella?

—No siento nada por ella.

Michel bebió un sorbo de café e hizo un gesto.

—Yo estoy enamorado de Åsa.

«*No shit Sherlock.*»

—¿Lo habéis hablado?

Michel asintió.

—Tengo que decirte algo más, Michel.

—¿Más?

—Hemos pasado por esto muchas veces y hemos llegado a la conclusión de que es un proyecto de negocio sólido, ¿no es así? Todo el mundo lo dice. Hay un motivo económico real para hacerlo. Y para nosotros es una buena oportunidad de hacernos ricos.

—Sí —dijo Michel después de vacilar un momento.

—Y sabes que siempre hemos dicho que en los negocios no tiene que haber nada personal. Eso es lo que mejor se nos da. Mantenernos fríos, profesionales. Mandar a la mierda el prestigio y ese tipo de cosas.

—No me va a gustar lo que vas a decir, ¿verdad? —Michel suspiró.

—Cuando iba a Skogbacka ocurrió una cosa entre Peter De la Grip y yo.

—¿Una cosa?

—Algo realmente grave. —David recordó el rato que había pasado sentado en el sótano insonorizado mientras la sangre manaba de su espalda—. Una cuestión de vida o muerte. Gustaf, el padre de Peter, se implicó. Y mi familia también. Es una larga historia. Después de ese incidente fue cuando tomé la decisión.

—¿Qué decisión?

—Que me haría rico para poder aplastarlos, aniquilarlos. —David se encogió de hombros—. Para vengarme.

Michel parpadeó.

David esperó a que lo asimilara.

—Joder, David, tendrías que habérmelo contado —dijo Michel por fin.

David respiró. Se sentía increíblemente aliviado después de haberle dado a conocer toda la información. Casi toda.

—Sí, tendría que habértelo dicho —admitió.

—Siempre hemos sido sinceros el uno con el otro. Abiertos, sin nada que ocultar... eran tus propias palabras, tus valores.

—Sí.

—Me lo has ocultado y tengo derecho a enfadarme.

—Por supuesto —dijo David—. ¿Hasta qué punto lo estás?

Michel se encogió de hombros.

—Me duele que no me lo hayas dicho, pero en lo que se refiere a los negocios no cambia nada.

—No lo creo.

—¿Quieres dejarlo? Supongo que podemos abandonar —dijo Michel pensando en voz alta—. Pero en ese caso perderíamos mucho. Y Hammar Capital se debilitaría —añadió mirando a David seriamente—. ¿Quieres hacerlo? ¿Por ella?

David sacudió la cabeza.

—No, vamos a seguir.

—Pero ella te va a odiar.

Sí, Natalia le iba a odiar. Tal vez fuera lo mejor. Ella se merecía un hombre bueno, mejor que él, mejor de lo que él iba a ser nunca en la vida.

—¿Sabes qué? —dijo Michel, dubitativo.

—Dime.

—Ya que estamos sacando cosas a la luz, yo...

David se apretó con dos dedos el puente de la nariz. Santo cielo. Nunca habían tenido ese tipo de conversaciones; se preguntó quién de los dos estaba más incómodo.

—¿Qué? —se limitó a decir.

—Mientras estábamos tomando un café, Åsa me preguntó si sabía algo acerca de que al parecer alguien estaba barriendo el mercado de acciones de Investum.

David sabía desde el principio que no debían subestimarla.

—¿Qué le dijiste?

Michel hizo una mueca.

—Me vine abajo y lo reconocí todo. ¿Tú qué crees? Lo negué rotundamente, por supuesto. Pero ahora ella me va a odiar a mí también.

—Bienvenido al club. Creo que Natalia también sospecha algo. Si hubiéramos tenido que lidiar con ellas dos en vez de con hombres, no habríamos llegado tan lejos.

El consejo de administración de Investum estaba formado en su totalidad por hombres. Por siete hombres blancos de mediana edad. Eso era lo que ocurría cuando uno reclutaba a gente de su red de contactos. Perdía talentos.

Llamaron a la puerta.

—Todo está listo —dijo Malin Theselius asomando la cabeza.

David miró el reloj. Faltaban veinte minutos para que el mercado de valores abriera.

—Ya vamos —dijo con un asentimiento de cabeza.

La bolsa de valores de Estocolmo se había informatizado hacía varios años y ya no se efectuaba ninguna operación bursátil en el hermoso edificio de la bolsa situado en Gamla Stan. Todo procedía de Nasdaq OMX, en Frihamnen, y se reproducía inmediatamente por los monitores de bancos, las agencias de bolsa y las administraciones de fondos de inversión de todo el país. La bolsa abría a las nueve.

Sin embargo, ellos habían hecho una operación muy importante a primera hora de la mañana, antes de la apertura. Una compra que de golpe convirtió a Hammar Capital en propietaria del diez por ciento de Investum. Los negocios de tal envergadura solían realizarse fuera del horario comercial, con el fin de minimizar el riesgo de que se detuvieran las adquisiciones.

—¿Has avisado a los de arriba? —preguntó Michel.

David asintió. Tan pronto como alguien pasaba a poseer más del cinco por ciento de una empresa tenía la obligación de comunicárselo a Inspección Financiera. El hecho de que Hammar Capital de repente fuera propietaria no solo de un cinco sino de un diez por ciento tendría unas consecuencias explosivas en el mercado.

—Acabo de enviarles un correo electrónico —dijo David.

—Nos van a investigar.

Lo que David había hecho se movía en esa línea sumamente fina que hay entre lo poco ético y lo ilegal.

—No van a poder demostrar nada en absoluto —dijo.

David y Michel se pusieron de pie. Se abrocharon las chaquetas y se miraron. Fueron en silencio a recepción. En la sala de conferencias estaban encendidos los monitores de Reuter, que actualizaban al momento los valores de la bolsa, y allí se dirigieron. Malin les acompañó. Luego llegaron un par de analistas y se sentaron con ellos.

Eran las nueve de la mañana.

La bolsa abrió.

Los valores empezaron a parpadear, línea tras línea. El valor de Investum empezó a subir y a subir...

—Voy a enviar el comunicado de prensa —dijo Malin en tono solemne.

David asintió.

Ella envió el mensaje.

El valor siguió subiendo.

No tardarían en ver la reacción del mercado al darse cuenta de lo que estaba ocurriendo. Uno nunca podía tenerlas todas consigo. El mercado era terco e imprevisible por naturaleza. Pero ellos tenían sus sospechas.

David miró a Michel.

—¿Estás preparado?

—Sí.

—Allá vamos.

Michel asintió. Malin asintió.

La guerra había empezado.

33

Natalia y Åsa se separaron después del tenis. Åsa fue en taxi a Investum y Natalia se puso las deportivas y fue caminando desde Kungliga Tennishallen hasta su oficina, en Stureplan.

Estaba cansada y no había dormido bien, así que se dijo que no le vendría mal hacer más ejercicio. El centro estaba en calma, todo parecía detenido. Compró una botella de agua por el camino, miró los escaparates de Östermalm e intentó no pensar en nada.

En cuanto llegó a la oficina semivacía del banco se puso a trabajar; estaba convencida de que era el mejor modo de manejar la preocupación, la impotencia y el cansancio que sentía.

No había nada que presagiara algo malo. La oficina estaba tranquila. Todo se hallaba bajo control. Se convenció a sí misma de que estaba equivocada, había reaccionado de manera exagerada.

A las nueve y cinco se desató el infierno.

Todos los teléfonos empezaron a sonar a la vez. No cesaban de entrar SMS y correos electrónicos, todos los dispositivos parpadeaban y hacían ruido. Echó un vistazo a uno de los mensajes y supo que algo iba mal, realmente mal.

—Dios mío —susurró.

Era como si estuviera en lo más alto de una casa que empezaba a derrumbarse bajo ella.

Actuó sin pensar. Tomó el bolso, metió dentro el móvil y salió corriendo.

—¡Tengo que ir a Investum! —gritó al recepcionista.

Por el camino intentó llamar a su padre, a Peter, a J.O., pero todos los teléfonos estaban ocupados. Tuvo que detenerse en una esquina para respirar. Apoyó una mano en la pared y estuvo a punto de vomitar.

No podía creer que fuera cierto. A pesar de las sospechas, a pesar de sus cavilaciones esa mañana, el shock era muy fuerte.

Respiraba tan deprisa que veía una especie de manchas. Le temblaban las manos y no le respondían las piernas. Se obligó a continuar.

Diez minutos después empujó la puerta de entrada, subió corriendo las escaleras e irrumpió en la oficina principal de Investum. La recepción era un caos. Nadie levantó la vista cuando ella entró; contuvo la respiración en la garganta con tal fuerza que notó sabor a sangre en la boca. Los teléfonos sonaban, la gente hablaba en voz alta, tenían el rostro enrojecido, los ojos brillantes. Mujeres y hombres iban y venían con papeles en la mano. El enorme televisor de la pared emitía noticias en directo sobre finanzas y alguien había subido el volumen. Los monitores con las distintas cotizaciones de bolsa parpadeaban agoreros.

Natalia llamó a la puerta del despacho de Åsa y entró sin esperar respuesta. Esta estaba sentada con las piernas sobre la mesa. Las suelas rojas de sus zapatos brillaban. Saludó a Natalia con la mano mientras hablaba por la Blackberry con voz firme.

—Gustaf viene de regreso de Båstad —dijo Åsa a modo de saludo cuando terminó de hablar. El teléfono volvió a sonar, pero ella miró la pantalla y cortó la llamada—. Peter y los otros también están en camino.

—¿Alexander? —preguntó Natalia.

Le parecía que era un momento en que la familia debía estar unida.

Åsa negó con la cabeza.

—No he hablado con él. Ha cogido un vuelo a Nueva York.

—¿Qué ha dicho mi padre?

Åsa se encogió de hombros.

—Ya sabes cómo es. Por fuera mantiene la calma.

Natalia sabía que su padre no perdía nunca la compostura, pero en ese momento debía de estar furioso. Peter, en cambio, estaría al borde de un ataque de nervios. Y desde el primer momento intentaría buscar un chivo expiatorio para esa catástrofe. Natalia sintió un escalofrío y un gran malestar en todo el cuerpo.

—¿Qué sabemos? —preguntó.

El teléfono de Åsa volvió a sonar y esa vez contestó. Con un gesto indicó a Natalia que se quedara y esta se sentó en la silla para visitas, hundida, sin energía, aturdida por el shock.

Åsa terminó la conversación.

—Habrá una rueda de prensa a las diez —dijo—. La retransmiten directamente desde Hammar Capital. Vamos.

Fueron a la recepción. Cada vez que sonaba el teléfono, cada vez que llegaba un correo electrónico o un SMS era una catástrofe más que se añadía a las anteriores. Aquello —fuera lo que fuese— iba a dañar a la empresa de un modo imprevisible. Natalia miró a su alrededor. Parecía un campo de batalla. Alguien lloraba. Alguien gritaba.

—¡Ya empieza! —chilló alguien, y se congregaron delante del televisor.

La jefa de comunicación, una mujer rubia llamada Malin Theselius, inició la rueda de prensa a la hora exacta e informó con voz firme que Hammar Capital, en virtud de la cantidad de acciones que poseía, iba a solicitar inmediatamente una asamblea general extraordinaria. Los periodistas formularon las preguntas; cada uno intentaba hacerse oír por encima de los demás. Natalia nunca había visto una rueda de prensa tan acalorada. Era como una mala película. Malin respondió lo mejor que pudo. Daba una sensación de calma y sensatez, de educación y amabilidad. David había reclutado a alguien que sabía de verdad lo que hacía.

Sí, Hammar Capital tenía de su lado tanto a grandes propietarios como a inversores.

Sí, David Hammar quería incorporarse al consejo de administración.

Sí, todo iba a realizarse de forma correcta.

Las preguntas no terminaban nunca.

Y en la oficina seguían sonando los teléfonos. Natalia vio que el jefe de comunicación de Investum, un hombre de unos cincuenta años que vestía traje, contestaba al teléfono y al poco su rostro adquiría un tono gris. Debía de haber oído algo realmente malo.

Natalia bajó la mirada, sentía frío y náuseas. Aquello solo acababa de empezar. Oyó que el jefe de comunicación levantaba la voz y pensó que no podía ser bueno que quien representaba a la empresa gritara como un borracho descontrolado. Miró el televisor, la rubia Malin Theselius seguía respondiendo cortésmente a las preguntas de los periodistas. El contraste era sorprendente. Pero tal vez estaba siendo injusta. Hammar Capital se hallaba en situación ventajosa; Investum, en cambio, en situación de inferioridad. Por lo que ella sabía, era la primera vez en la historia de la empresa que sucedía algo así. No era de extrañar que no hubiera estrategias para manejarlo.

Detrás de Malin, en diagonal en la pantalla, pudo ver a David. Al otro lado estaba Michel. Los dos parecían relajados y centrados, y David transmitía poder y seguridad. En apariencia, todo iba bien. Natalia se preguntó si él hablaría y qué diría. Y también se preguntó si habría algún manual sobre cómo sentirse en una situación así. El primer susto aún no se le había pasado. Tal vez había sustos que no se superaban nunca.

Estaba totalmente aislada de sus sentimientos. Como si contemplara la situación y a sí misma desde fuera. Como si un poco más allá hubiera otra Natalia mirando lo que ocurría. Una Natalia que intentaba analizar la situación pero no sentía nada en absoluto. Sin embargo sabía que había sido engañada, traicionada y estafada.

Empezó a marearse. No podía admitirlo, no podía.

Sonó el móvil y vio en la pantalla borrosa que era J.O.

—¿Dónde estás? —preguntó ella sin saludarle.

—Estoy llegando —respondió J.O.

Ella oyó el ruido del aeropuerto e intentó recordar adónde había ido.

—¿Dónde estás tú? —preguntó él.

—Estaré en la oficina dentro de diez minutos —dijo ella—. Nos vemos allí.

—Los daneses se van a retirar.

—Ya lo sé.

Aquello iba a tener unas consecuencias absolutamente incalculables. Y en distintos niveles. Rodarían cabezas, la gente perdería el trabajo. Y en cuanto a Investum, la empresa indestructible, el orgullo del país... Natalia ni siquiera podía imaginar qué pasaría con Investum. Respiró hondo y se levantó. No tenía tiempo para venirse abajo. Porque, cuando todo aquello la alcanzara, no sabía si sería capaz de superarlo.

—Tengo que volver al trabajo —dijo a Åsa, que apenas levantó la vista.

En la oficina del Bank of London en Stureplan todo estaba bastante más tranquilo, la gente miraba las retransmisiones en directo y hacía comentarios en voz baja, pero trabajaba como de costumbre.

Natalia se había sentado pegada a la pantalla del televisor del comedor y seguía los acontecimientos con una mano sobre la boca. Había llamado a su padre y a Peter repetidas veces, pero ninguno de los dos contestaba. Llamó a David. Cuando el buzón de voz saltó por segunda vez, le dejó un mensaje y luego se quedó mirando la pantalla, en un intento de que su insistencia lograra que le respondiera. No pasó nada.

En cuanto el personal llegó para el almuerzo, ella se encerró en su despacho. Se sentó como si le hubieran vertido plomo en las articulaciones. El cuerpo funcionaba, pero se sentía tan cansada... Y tenía frío. Y se encontraba mal. «Esto es un shock —se dijo—. Es el modo que tiene el cuerpo de protegerse de un peligro mortal.»

J.O. llegó después del almuerzo. Las ediciones digitales de todos los periódicos más importantes ya tenían la noticia en la página de inicio: «Golpe de Hammar Capital contra Investum. David Hammar contra Goliat».

Después del mediodía salió a comprar todos los periódicos. La noticia estaba en todas las portadas.

«En qué te afectará a ti.»

«La lucha por el poder.»

«El descarado golpe del playboy multimillonario.»

A las tres de la tarde J.O. confirmó con gesto sombrío que los daneses se habían retirado. La transacción bancaria en la que Natalia había trabajado tanto tiempo se había ido a pique.

A las tres y media Peter y su padre llegaron a Estocolmo. Peter le envió un mensaje desde el taxi.

Papá quiere que vayas a su casa. A las seis.

Con dedos helados y temblorosos, respondió que iría.

La pesadilla acababa de empezar.

Cuando abandonó la oficina a las cinco y media, David no había contestado a ninguno de sus SMS ni a sus mensajes de voz.

34

Con la sensación de hallarse envuelta en una gruesa niebla a causa de la conmoción, Natalia tomó un taxi que la llevó al chalet de Djursholm. Sus padres, Peter, Louise y Åsa ya estaban allí. El rostro del padre era como una máscara rígida; apenas la saludó. La madre y Louise, sentadas muy erguidas cada una en una silla antigua, se retorcían las manos como pálidas mujeres del siglo XIX. Solo faltaban las sales y los abanicos.

Gina, la mujer de la limpieza, la misma que limpiaba la casa de Natalia, les sirvió té moviéndose entre ellos en silencio. Peter, irritado, le indicó que se retirara, pero Natalia aceptó agradecida una taza. Åsa estaba de pie hablando por teléfono cerca de la ventana. Cogió una taza de té sin mirar a Gina.

Natalia se volvió hacia su padre y su hermano.

—¿Qué hay de nuevo? —preguntó.

—Habrá una asamblea extraordinaria dentro de dos semanas —dijo Peter con determinación—. Él quiere que se vote el nuevo consejo de administración.

—¿Sabes a quiénes propone?

—Sí, y no figura un solo nombre del antiguo consejo de administración, ni tampoco de la familia propietaria. Es una desvergüenza total.

Cambiar a todos los componentes era tan inusual que Natalia no lo había oído nunca. Sustituir a todos y cada uno de ellos, no aprovechar su experiencia y sus conocimientos era una moción de censura tan arrogante que no habría creído que nadie fuera capaz de algo así. Pero sí David.

—Quiere llevárselo todo, acabar con nosotros, no hay duda alguna. El muy canalla.

—¿Ha llamado alguien a Eugen? —preguntó Natalia.

—¿Por qué íbamos a llamarle? —replicó Peter mirando al padre de reojo.

Åsa concluyó la llamada de teléfono y miró a Natalia.

La madre y Louise no decían nada. Era como el teatro de cámara. Agobiante y pesado, con un desarrollo aterrador y previsible. El rostro impávido del padre. El hundimiento de Peter. La mirada sombría de Åsa. Y un final que lo cambiaría todo.

Natalia dejó la taza. No había comido en todo el día y empezaba a sentir mareo. Todo estaba en silencio. Cada vez que alguien decía algo sonaba más alto de lo habitual. El silencio se extendía por Djursholm. Nadie estaba en casa en esa época del año. Era como una ciudad fantasma de mansiones de varios millones en la que solo jardineros y empresas de limpieza se movían como sombras discretas.

—Supongo que deberíamos hablar con todos los que tengan acciones A —dijo Natalia, y el tono sosegado de su propia voz la sorprendió. Todo el cuerpo le indicaba que estaba a punto de derrumbarse. El corazón le latía de forma acelerada, los pulmones le dolían, a veces tenía la sensación de que se quedaba como anestesiada, pero se obligaba a concentrarse en lo práctico, se negaba a revelar sus sentimientos. De vez en cuando un atisbo de desesperación lograba abrirse paso, pero por el momento había logrado detenerla.

Se preguntó cuánto tiempo más podría soportarlo. Miró a Peter, que estaba de pie con las manos en los bolsillos. Debía de tener un llavero en el bolsillo y lo apretaba una y otra vez. El tintineo de las llaves estaba poniéndola de los nervios.

—¿Tienes alguna idea de por qué ha hecho esto? —preguntó Natalia.

—Porque está loco —le espetó él.

Åsa miró a Natalia. En ese momento Natalia deseó no haberle contado a su amiga lo que había habido entre ella y David. Lo que estaba ocurriendo era terrible. La vergüenza, el daño, la rabia, todos esos sentimientos dolorosos serían más llevaderos si además no tuviera que soportar la reacción de Åsa.

Miró a esta y luego se volvió hacia Peter.

—¿No estará todo esto relacionado con alguna otra cosa? —insistió ella.

—¿A qué te refieres?

Aunque él lo negara, Natalia sabía que iba bien encaminada, porque Peter palideció.

—Sé que ocurrió algo entre vosotros en Skogbacka. ¿Puede que lo que está pasando ahora esté relacionado con eso?

—¿De qué hablas? —dijo la madre, indignada—. Natalia, ese hombre está loco. No es más que un nuevo rico que intenta ser alguien a nuestra costa.

—Pero... —Natalia reflexionó. No intentaba defender a David, solo quería saber qué había en el fondo de todo aquello. ¿Qué ocultaban?

—Ya había hecho esto antes —dijo el padre. Era la primera vez que hablaba desde la llegada de Natalia—. Con otras empresas. Nunca habría creído que se atreviera con Investum. Pero había hecho exactamente lo mismo antes. En menor escala.

—Cuéntame —pidió ella.

—En el momento en que David Hammar se convence de que alguien le ha ofendido, se venga de todos los modos que puede —dijo el hombre, y Natalia sabía que era cierto. Lo sabía porque le conocía. Buscó a su alrededor un sitio donde pudiera sentarse y se hundió en una silla—. David Hammar ya destruyó a alguien que también iba con él a Skogbacka. Un compañero de clase que no le había hecho nada en absoluto. Pero se ve que a él se le metió algo en la cabeza, tomó la empresa a su cargo y la desmanteló.

La madre sollozó en silencio.

—Y después David sedujo a su esposa —añadió el padre—. Solo para humillarle de verdad. El pobre hombre nunca se recuperó —dijo mirándola—. Es un psicópata, Natalia, no tiene conciencia.

Peter asintió.

—Está loco —repitió—. Ya se notaba en el internado. Era incapaz de aceptar las reglas que seguíamos los demás. Nunca entendía cómo eran las cosas. Y ahora hace esto.

—Pero es terrible —dijo la madre—. ¿No se le puede denunciar?

Natalia cada vez se sentía peor. ¿Tenía razón Peter? ¿Era el modo de actuar de un loco? ¿A cuántas personas había atacado?

Sedujo a la esposa de su enemigo para humillarlo.

La cabeza empezó a darle vueltas. Las voces indignadas de los otros flotaban a su alrededor.

David la había engañado. De repente lo vio con claridad. David la utilizó para acceder a la familia. Por eso la invitó a almorzar. Buscaba puntos vulnerables. No solo pretendía hacerse cargo de Investum, además quería destruir a toda su familia. A través de ella. Habían ocurrido cosas terribles entre David y Peter, acoso y maltrato físico, y esa era su manera de vengarse.

Notó que Åsa la buscaba con la mirada pero ella la esquivó. No quería creer que aquello fuera cierto, aunque las pruebas se acumulaban y cada vez era más difícil ignorarlo.

Ella había seguido enviando mensajes a David una y otra vez. Incontables veces, casi de forma compulsiva. Él no había contestado a ninguno. Era obvio que no lo había hecho porque ella no significaba nada. Solo era un medio para obtener un fin. Una ficha en un juego sucio. Era estúpida. Increíblemente estúpida. Deseaba hacerse un ovillo y llorar. La vergüenza resultaba casi insoportable. La vergüenza que sentía de sí misma, de lo que creía que había significado. Y la culpa por lo que había hecho... Cerró los ojos. Cielo santo, ¿qué había hecho?

35

—Salgamos a la terraza —propuso David sacando una cerveza sin alcohol del frigorífico de la pequeña cocina de la oficina. La noche era cálida y arriba había un montón de sillas cómodas.

Malin y Michel, los únicos ejecutivos que seguían allí, cogieron una botella cada uno y asintieron. El jefe de personal y el gerente financiero se habían ido a casa hacía un cuarto de hora. El resto del personal se había marchado ya. Solo quedaban ellos tres al final del día más memorable en la historia de Hammar Capital.

—Buen trabajo —dijo David chocando las botellas en un brindis silencioso antes de sentarse cada uno en su silla en la terraza.

El sol había descendido hacia el horizonte, y el agua —la terraza tenía vistas al mar— brillaba en encendidos tonos azules.

—Vaya día —señaló Malin; se quitó los zapatos y puso los pies en un taburete.

—Mmm —dijo Michel tomando un buen trago de la botella empañada.

Los comunicados de prensa no habían dejado de salir de Hammar Capital a lo largo del día. La oficina casi había estado sitiada. Malin y sus asistentes habían trabajado sin descanso y con eficacia, y David estaba orgulloso de ellos. Era un equipo competente. Y Malin sabía que, tanto en los canales de televisión convencional como por la web, la habían visto tranquila, serena y profesional.

—Buen trabajo también tú —dijo ella, pero él sabía que agradecía el elogio.

David también había aparecido en casi todos los canales de televisión y se había dejado entrevistar varias veces en la sala de conferencias delante del logotipo de Hammar Capital. Respondió a las mismas preguntas que Malin, una y otra vez durante horas. Todos los periodistas del sector financiero querían hablar con él y atendió a la mayoría de ellos. No había hablado tanto en su vida.

—Mañana también será un día largo —comentó Michel.

—Las próximas semanas serán largas —predijo Malin.

—Y mientras vosotros dos chupabais cámara nuestro personal hacía un trabajo magnífico en esta oficina —dijo Michel.

Tenía los ojos enrojecidos y arrugados y por una vez estaba en mangas de camisa. Llevaba razón, su equipo había mantenido las posiciones. Todos habían trabajado mucho y con mucha concentración. David, que había escogido a cada uno de sus colaboradores, estaba orgulloso de ellos.

—Si vendiéramos todo hoy ganaríamos una fortuna —señaló Michel en tono filosófico.

La cotización de las acciones de Investum estaba por las nubes. En los periódicos ya lo llamaban el efecto Hammar.

—Me voy a casa —dijo Malin; bostezó y se tapó la boca—. Mi marido está empezando a olvidarse de cómo soy.

—¿Y tus hijos?

—Ellos están contentos de tener a su padre en casa. —Hizo una mueca—. Creo que he perdido la oportunidad de que me den una medalla por lo buena madre que soy. —Dejó la botella y volvió a ponerse los zapatos—. Nos vemos mañana.

David y Michel se despidieron de Malin y se quedaron sentados uno al lado del otro. Michel se bebió la cerveza con los ojos cerrados. Todo estaba en silencio y tenían los teléfonos desconectados. Sonaban sin cesar y hacía un par de horas que habían decidido desconectarlos. Estaban incomunicados. David tenía encendido su teléfono privado, pero había quitado el sonido. Lo miró un instante. Hacía un rato que no llegaban mensajes de Natalia.

—Mañana va a ser brutal —dijo Michel.

—*Oh yes* —asintió David.

Los periódicos ya habían empezado a hurgar en sus antecedentes. No tardarían mucho en preguntarse cuál era la relación de Skogbacka con el asunto. Ya circulaban los rumores más extraños. Pero eso no era nada en comparación con lo que estaba por llegar.

Al día siguiente Malin empezaría a filtrar la información que tenían sobre Gustaf y Peter. Cosas que no les favorecían nada y que cambiarían su posición en Investum, tales como acuerdos secretos y contratos ventajosos. Ello afectaría obviamente a toda la familia De la Grip, pensó él. Incluso a Natalia.

—¿Has hablado con ella —preguntó Michel en voz baja.

David sacudió la cabeza. Era difícil no sentirse un canalla.

—¿Y tú? —preguntó apartando a un lado el sentimiento de culpa que lo mortificaba—. ¿Has sabido algo de Åsa?

Michel levantó una ceja.

—Oh, sí —dijo—. Me dejó un mensaje de voz muy detallado —continuó rascándose la zona afeitada de la cabeza—. Esa mujer podría ganar un campeonato de insultos. Pero después de eso, nada. Es casi peor cuando está en silencio.

—Quieren vernos. Me refiero a la familia.

Michel se llevó la botella a la boca y bebió. Dejó la botella.

—¿Qué has dicho?

—Nos reuniremos mañana. Malin va a preparar un terreno neutral. Probablemente en el Grand Hôtel. No podemos traerlos aquí. Y ellos tampoco nos recibirían bien —dijo David sonriendo con ironía—. Irán armados de abogados hasta los dientes. —Miró a Michel y le advirtió—: Y cuenta con que Åsa estará allí. Es la mejor que tienen.

Esperaba que Natalia no estuviera con ellos. No había ningún motivo para que asistiera, pero nunca se sabía.

—Va a ser una reunión muy animada —murmuró Michel.

—Ya lo creo. —Pero David se alegraba de haber puesto a Michel en antecedentes. Aunque no se lo había dicho todo, desde luego. No le había hablado de Carolina.

—Tal vez deberíamos irnos a casa y dormir un poco. —Michel se estiró y las articulaciones crujieron—. ¿Te vienes?

—No tardaré.

Michel se despidió y se marchó, pero David se quedó sentado mirando el cielo.

Había imaginado tantas veces cómo sería ese momento, cómo se sentiría cuando al fin se hubiera vengado de ellos... Pensaba que le aportaría satisfacción, que le cambiaría de un modo fundamental. Que se sentiría bien por el mero hecho de haber desmembrado y destruido Investum.

Se quedó un rato allí mientras el sol se ocultaba y el cielo se oscurecía. Lo raro era que no sentía nada. Solo un vacío.

36

Al día siguiente Åsa fue al Grand Hôtel acompañada de Gustaf y de Peter en el coche corporativo de Investum, con chófer incluido. El estado de ánimo era bastante denso. En el vehículo de atrás iban más abogados de Investum, una especie de ejército privado con trajes de ejecutivo.

Los coches se detuvieron, todos se bajaron y empezaron a entrar en fila en el hotel. David y Michel los esperaban ya en una de las salas de reuniones. Serios e impasibles.

Gustaf y Peter se sentaron a una de las cabeceras y los abogados se lanzaron a una esperpéntica lucha por ocupar el mejor asiento, el más estratégico y el de mayor prestigio. Åsa indicó a un joven abogado que se cambiara de sitio para poder sentarse ella al lado de Gustaf. Luego cruzó las piernas, oyó el chisporroteo de las finas medias, e intentó aparentar una indiferencia al borde del aburrimiento cuando su mirada y la de Michel se cruzaron por primera vez. No se habían visto desde que quedaron para tomar un café en Båstad. Lo que no era nada raro, se dijo ella con cierta amargura, dado que él debía de estar ocupado planeando el golpe contra su jefe.

Las largas pestañas de Michel temblaron al encontrar su mirada. El pecho se alzó bajo su llamativa camisa; ella pensó que nunca había visto a un hombre con una prenda de color rosa. Åsa inclinó la cabeza levemente, como si fueran extraños, como si nunca se hubiera acercado a ella.

Él había logrado derribar sus defensas, pero eso ella no se lo revelaría nunca. Su único objetivo ese día era superar esa reunión sin perder la compostura. Por lo demás, no tenía ninguna expectativa, aquello solo podía ser una masacre.

De hecho, había intentado por todos los medios que Gustaf no celebrara esa reunión. Pero ¿acaso el mayor patriarca de Suecia la había escuchado? Dijo que no, que Peter y los demás abogados tendrían que arreglárselas como pudieran. Ella se lavaba las manos. Era la única mujer que había allí, y se dedicaría a observar lo que sucedía. Luego pensaba irse a casa y pillar una buena borrachera con todo lo que encontrara en el mueble bar. No era precisamente el plan más inteligente del mundo, pero era lo que había. En un tono cortante ordenó a uno de sus subordinados que se encargara del protocolo. Se negaba a hacer de secretaria.

La reunión empezó a degenerar casi de inmediato. Los abogados de Investum hablaban casi a gritos y en tono prepotente. Proferían quejas jurídicas y objeciones sin cesar. Leían los informes en voz alta agitando dedos llenos de anillos. Era tan agotador que Åsa tenía que pellizcarse los muslos para no bostezar. Fulminaba a Michel con la mirada mientras sus abogados subordinados seguían repitiendo frases sin sentido que debían de haber practicado delante del espejo la noche anterior.

Gustaf guardaba silencio. A veces lanzaba una fría mirada a David y el resto del tiempo lo ignoraba.

Peter no lograba parecer tan impasible. Estaba evidentemente sorprendido y ofendido. Tenía el rostro sonrojado y un gesto de enfado permanente. Debía tener cuidado de que no le diera un infarto o algo así.

Åsa miró con atención a los dos hombres de Hammar Capital mientras fingía escribir en su bloc.

David Hammar era increíblemente atractivo, como un maldito supermodelo. Y con ese traje hecho a medida tenía una apariencia tan gélida que cualquiera habría dicho que carecía de nervios.

Åsa nunca lo reconocería, pero David la asustaba un poco.

Siguió observando el panorama, intentando resistirse a los sentimientos que no quería aceptar. Michel también estaba tranquilo, y en sus ojos negros había vida y sentimientos. No era capaz de mostrarse tan impasible como David. Michel siempre había sentido emoción y pasión, y en ese momento no lograba ocultarlo del todo. Sus larguísimas pestañas se agitaron. Joder, qué guapo era.

No llegaron absolutamente a nada.

A Åsa empezó a dolerle la cabeza. Miró a Gustaf con gesto serio. «Termina.»

Gustaf asintió, como si la hubiera oído. A pesar de su misoginia mal disimulada solía escuchar sus consejos —procedía de una familia con más pedigrí que la suya y, sobre todo, no le creaba conflictos—, así que, después de unas cuantas frases absurdas y algunas amenazas más, se marcharon. Los propietarios, ella y el grupo de abogados.

No hubo apretones de manos.

—¿Qué hacemos ahora? —preguntó Peter cuando iban en el coche.

Se volvió hacia Åsa, pero ella miraba por el cristal de la ventana.

«No tengo la menor idea. Nos van a destrozar.»

—Esperemos a ver qué pasa —dijo.

En realidad pensaba que lo que Michel les hiciera a ella o a su jefe carecía de importancia. La había engañado con palabras bonitas, diciéndole que quería hablar con ella y conocerla mejor, mientras planeaba su maldita operación.

Cuando llegaron a Investum Åsa salió el coche, fue rápidamente a su despacho y cerró la puerta.

A pesar de lo que le había hecho, quería conseguir a ese maldito libanés.

Al día siguiente Åsa trabajó bastante más de lo que hubiera querido y al terminar se le ocurrió algo. Se levantó, salió al pasillo y llamó a la puerta del despacho de Peter. Él la miró con ojos vidriosos. Åsa reparó en que empezaba a tener canas en las sienes. Era solo un par de años mayor que ella y el pelo ya se le estaba poniendo gris. Además, tenía un aspecto horrible. Envejecido y demacrado. Se preguntó si bebería. No era que ella tuviera mala opinión de las personas que bebían, pero Peter, a pesar de su ascendencia rusa, no toleraba bien el alcohol.

—¿Qué quieres? —soltó con un bufido.

Parecía a punto de derrumbarse. Si no se cuidaba, dejaría viuda a Louise.

—¿Cuándo fue la última vez que hablaste con Natalia? —preguntó Åsa escuetamente.

No podía sentir empatía por Peter y sus deplorables elecciones. Si la gente quería amargarse la vida era su problema. Bastante ocupada estaba ella intentando no aprender nada en absoluto de sus propios errores.

Peter se limitó a sacudir la cabeza con cara de enfadado. Sonó el teléfono y le indicó con la mano que saliera.

Åsa volvió a su despacho. Puso las piernas en alto y se quedó mirando el techo. ¿Debería preocuparse? Eso no se le daba muy bien. La gente creía que era buena abogada porque parecía equilibrada y segura de sí misma, cuando la verdad era que no le importaba de forma especial.

Se miró las manos y las uñas. Quería manicura, masaje y sexo, no crisis, caos y sentimientos. Odiaba los sentimientos. Cerró los ojos, pero volvió a abrirlos cuando su secretaria llamó a la puerta. Åsa la miró levantando una ceja.

—Tienes una llamada de teléfono en la centralita. Una mujer que se llama Gina.

—¿Gina? —dijo Åsa con gesto de duda.

No le sonaba de nada. Parecía un nombre extranjero, y ella no conocía a ningún extranjero, salvo a Michel, claro. Miró a la secretaria con irritación. ¿Lo que se pretende al tener una secretaria no es acaso que elimine las llamadas que no son importantes?

—Creo que es mejor que te pongas —dijo la secretaria, impasible.

—Pásamela —cedió Åsa suspirando.

Sonó el teléfono y contestó:

—¿Sí?

—¿Åsa Bjelke?

—¿Quién llama?

—Me llamo Gina. Soy la asistenta del hogar de Natalia De la Grip.

La preocupación de Åsa fue inmediata, sintió como si le hubieran dado un puñetazo en el pecho. Tiempo atrás había recibido una llamada así. Una llamada inesperada que no sabía de dónde procedía. La llamada de una persona educada que desencadenó un caos.

«Lo siento, todos han muerto.»

«¿Tienes a alguien a quien puedas llamar?»

Notó que se le empezaba a nublar la vista, quería derrumbarse en el suelo. «Si le ha ocurrido algo a Nat, me mato.» No era histeria, era una afirmación. Porque una persona solo es capaz de superar un número determinado de pérdidas y ella no era especialmente fuerte. Si Natalia había muerto, ella moriría también. Era así de simple. Apretaba el auricular con tanta fuerza que la mano le dolió.

—¿Hola? ¿Sigues ahí?

El tono tranquilo devolvió a Åsa al presente. Dejó a un lado los pensamientos morbosos. La voz de esa mujer transmitía calma.

—Lo siento —dijo Åsa, y notó que le temblaba la voz—. No sé quién eres. ¿Qué pasa con Natalia?

Hubo un silencio.

—Estoy preocupada —dijo Gina al otro lado de la línea—. Natalia no me deja entrar. Ya me ha pagado pero no puedo entrar.

Åsa por fin cayó en la cuenta.

—¿Eres la chica de la limpieza?

Le vino a la mente el vago recuerdo de una mujer extranjera, joven y de semblante serio.

Siguió un breve e incómodo silencio hasta que llegó la respuesta lacónica:

—Sí, la asistenta, sí.

Åsa ya había cogido el bolso y se dirigía a la puerta.

—Voy para allá —dijo, y luego, algo incómoda en el papel de agradecida, añadió—: Gracias por llamarme.

Pero para entonces la chica de la limpieza —la asistenta— ya había colgado.

Åsa tomó un taxi y unos minutos después ya estaba delante de la puerta de Natalia. Pulsó el intercomunicador. Al no recibir respuesta apretó todos los botones hasta que alguien abrió.

El ascensor crujía mientras ascendía lentamente, con lo que Åsa tuvo tiempo de seguir haciéndose reproches. En medio del caos no había tenido un minuto para pensar en cómo se sentía Natalia en realidad. Sabía lo apegada que estaba a David. Debido a su propio egocentrismo y su fijación con Michel había olvidado que todo ese lío era todavía más personal para su amiga.

No era nada bueno que Nat sufriera otro abandono. La traición de Jonas, haberla dejado en medio de la pena que supuso para ella enterarse de que no podía tener hijos, fue algo terrible. Y Åsa —ella misma sabía que dejaba mucho que desear como persona precisamente por eso— no supo cómo ayudar a Natalia cuando se hundió después de aquel golpe.

La pobre Natalia, que siempre se había esforzado por hacerse un sitio en la familia, que había tenido que luchar contra la sensación de no estar a la altura, que no confiaba en sí misma como mujer. Nat amaba a Jonas, Åsa estaba segura de eso. Era un amor leal y Natalia quería formar una familia. El hecho de que él la abandonara de ese modo y por los motivos que lo hizo dañó enormemente su autoestima. Luego apareció David y Natalia cayó rendida a sus pies.

Lo dicho, nada bueno.

Åsa oía el ruido de las cadenas del ascensor y el crujido del hierro envejecido. Natalia era fuerte, pero también tenía cierta fragilidad. Era probable que pensara que Åsa no lo sabía, pero Åsa sabía incluso que Natalia mantenía a raya esa maldita debilidad con trabajo, descanso y arrebatos ocasionales de ejercicio físico. La cuestión era qué había ocurrido ahora.

Llamó al timbre. Al no recibir contestación siguió llamando una y otra vez, sin esperar. No apareció nadie, así que empezó a golpear la puerta. Y luego gritó:

—¡Abre, maldita sea!

Un vecino se asomó detrás de una cadena de seguridad.

Åsa lo ignoró.

—¡Natalia!

El vecino miraba con unos ojos como platos.

Después se oyó el clic de la cerradura.

La puerta se abrió y vio el rostro de Natalia.

—¿Qué quieres?

El alivio dio paso a la furia.

—Nat, por todos los demonios, me has dado un susto de muerte. Déjame entrar antes de que algún imbécil llame a la policía.

Natalia saludó al vecino.

—No pasa nada —dijo con voz ronca—. Nos conocemos.

Luego le dijo a Åsa que entrara, le sostuvo la puerta y su amiga pasó al vestíbulo.

Estaba oscuro y olía a encierro. Bajo la ranura del correo había cartas y periódicos que no se habían tocado. Natalia avanzaba delante de ella arrastrando los pies. Llevaba una manta alrededor de los hombros, el pelo suelto y sin cepillar, y unas zapatillas sucias. El piso estaba en penumbra a pesar de que fuera lucía el sol, y Åsa se dio cuenta de que todas las persianas estaban bajadas. Eso no podía ser bueno. Y Natalia. Parecía que fuera a quebrarse en cualquier momento.

Åsa se enfrentó a la ola de pánico. Luchó contra el impulso de huir y contra la ansiedad que rodeaba a Natalia como una nube informe y contagiosa. Cuando había hecho terapia aprendió que la ansiedad se transmite.

—¿Has hablado con J.O.? —preguntó. Su voz sonó demasiado fuerte en aquel silencio.

—Llamé a su asistente y le dije que estaba enferma. No me siento con fuerzas para hablar con él.

Entraron en el cuarto de estar y Åsa se sentó en uno de los sofás. Natalia se acomodó en un sillón. Con las piernas dobladas parecía una pálida adolescente. Tenía los ojos hundidos y la piel casi transparente. Åsa intentó no mostrar lo sorprendida que estaba.

—¿Has comido algo? —preguntó.

Natalia apoyó la barbilla en las rodillas. Tenía ojeras muy marcadas.

—He buscado en Google todo lo que ha hecho David —dijo con voz hueca.

Señaló los papeles impresos que estaban amontonados alrededor de ellas. El rostro de David se vislumbraba en las fotos. Los titulares variaban.

—Las personas a las que ha arruinado a lo largo de los años. Mujeres con las que ha estado. Casas que ha derribado. ¿Sabías que compró un chalet solo para que lo echaran abajo? Era un centro cultural. Mira. —Levantó un artículo periodístico. Como Åsa no lo cogió, lo dejó y echó mano a otro—. Y mira. Este hombre era enemigo de David. Así que David tuvo relaciones sexuales con la esposa. Fue la causa de que se divorciaran.

—Ahí no puede poner eso —dijo Åsa, impactada.

Natalia se encogió de hombros.

—Lo he leído en la revista *Flashback*. David Hammar es muy conocido ahí. Por lo visto es un cerdo —dijo como si fuera lo más normal—. Ellos utilizan otras palabras, pero son variaciones del mismo tema.

Se enrolló un mechón de cabello en el dedo y le dio vueltas una y otra vez.

—Natalia...

—Ahora lo entiendo —la interrumpió Natalia.

Su voz cobró vida y energía de repente. Sus ojos parecían arder en la oscuridad. Åsa sintió un escalofrío.

—Debería haberme dado cuenta antes —continuó—. Él se acostó conmigo solo para castigar a mi familia, para vengarse. ¿Entiendes? —Se le quebró la voz y Åsa vio que tenía los labios completamente secos—. Está buscando venganza. ¿Quién sabe a quiénes tiene de su lado?

Fue elevando la voz mientras parpadeaba sin cesar con los ojos secos. Åsa recordaba bien esa sensación. Recordaba el shock cuando había ocurrido lo incomprensible, esa incapacidad de aceptar lo que no podía ser cierto. Esa impresión de caída libre, como en un sueño que no termina nunca.

Åsa tragó saliva. No quería estar ahí sufriendo esa ansiedad. Durante toda su vida adulta había intentado evitar la ansiedad. No tenía ninguna estrategia para afrontar eso.

—¿Has comido algo? —repitió—. ¿Tienes comida en casa?

Natalia tosió y su cuerpo pareció contraerse. Se limpió la boca.

—¿Quieres que traiga agua?

—Duele mucho —susurró Natalia.

—Lo sé. —«Claro que lo sé.»

—Me duele por todos lados. No puedo más.

Åsa asintió. Sabía lo que se sentía cuando todos los sistemas del cuerpo se bloquean.

Se levantó y fue a la cocina. El frigorífico estaba vacío y no había platos en el fregadero. No había comido. No había vasos ni botellas, así que al parecer tampoco se había emborrachado, pero Natalia siempre había sido estricta con el alcohol. Puso agua en un vaso y se lo llevó.

—¿No deberías estar con tu familia? —preguntó, resignada— ¿Quieres que llame a tu madre?

Natalia cogió el vaso y la miró con sarcasmo. En ese momento hubo un destello de la vieja Natalia, la del corazón roto, la capaz, la inteligente.

—No ha llamado nadie, y lo agradezco —respondió—. No tengo ganas de hablar con ellos.

Bebió un poco de agua e hizo una mueca, como si le doliera.

—Estoy muy enferma —se quejó con voz ronca, y luego se hundió en el sillón—. Debe de ser gripe. Estoy mareada. Me duele el vientre y la garganta. —Sollozó y se puso la mano en el pecho—. Me duele aquí, en el corazón.

Natalia tenía todo el aspecto de estar enferma. A menos que... a Åsa se le ocurrió algo y lo dijo sin pensar:

—¿No estarás embarazada?

El odio que vio aparecer al instante en los ojos de Natalia la dejó paralizada. Nunca en su vida había visto a su amiga tan furiosa. Le salieron unas mancha rojas en el cuello blanco como la nieve.

—Usamos protección —dijo con la voz rota—. Me ha venido la regla y, por si lo has olvidado, ¡soy estéril! —gritó, y Åsa tuvo que hacer esfuerzos para no retroceder.

Natalia la miró fijamente. Tenía el cuello rígido, se le marcaban los tendones y no parpadeaba, solo miraba a Åsa con los ojos muy abiertos.

—Y ya no puedo seguir fingiendo que no me importa. Si eres mi amiga, deja de ser mala conmigo. Si no lo eres, puedes irte. Vete.

Le temblaba la voz. Y la rabia desapareció con la misma rapidez con que había llegado, dejando en su lugar un dolor tremendo. A Åsa esos cambios repentinos de su estado de ánimo le asustaban más que cualquier otra cosa. Porque cuando Natalia perdía la serenidad ya no quedaba nada estable en el mundo.

Åsa tragó saliva.

—Soy tu amiga —dijo en voz baja—. Sé que esto es insoportable. Y que él te hiciera eso... —Sacudió la cabeza y sintió algo muy parecido al odio contra David Hammar—. No puedo imaginarme siquiera cómo te sientes.

No se atrevía a tocar a Natalia. Nunca habían estado especialmente cercanas en el aspecto físico y en la actitud de Natalia había cierto distanciamiento.

—Pero soy tu amiga, Nat. Y tú eres mi amiga. La única amiga de verdad. No fue mi intención decirte nada que te hiciera daño. Estoy aquí y no te voy a dejar.

Los ojos de Natalia estaban secos pero brillaban. Parecía tener fiebre. Le aparecieron más manchas rojas en el cuello. ¿Tal vez fuera realmente gripe? Empezó a tiritar en el sillón. Los hombros le temblaban bajo la manta de forma incontrolada. ¿Cómo podía menguar tanto una persona en solo dos días?

—No responde a mis llamadas —dijo ella—. Y eso duele mucho. —Sollozó y miró a Åsa con tal desesperación que también le dieron ganas de llorar. Nunca le perdonaría eso a David—. Duele tanto que creo que me he roto —susurró Natalia.

—Lo sé.

—No puedo ser fuerte.

—No. Ahora la fuerte soy yo. Estoy aquí y estoy de tu parte, solo de la tuya.

—Prométemelo —pidió Natalia con voz aguda, como cuando eran niñas.

Åsa extendió la mano y la apoyó en el hombro de Natalia.

—Lo prometo —dijo.

—Gracias.

Y entonces se echó a llorar.

Por fin.

37

—¿David?

David apartó la mirada del ordenador. Estaba totalmente concentrado y tardó un poco en enfocar la vista. Malin Theselius estaba en la puerta y parecía preocupada.

—¿Sí? —dijo él.

—Tienes visita. La recepcionista no sabía qué hacer.

David frunció el ceño. Jesper, su asistente, era el encargado de controlar a sus eventuales visitantes y de que no entrara ninguna persona no autorizada. Llevaban asediados por periodistas y reporteros desde el lunes, pero hasta ese momento nadie había logrado pasar sin anunciarse.

—¿Dónde está Jesper? —preguntó.

Malin le lanzó una mirada crítica.

—Es viernes por la tarde —dijo—. Jesper ha trabajado desde el lunes casi las veinticuatro horas del día.

—¿Y?

—Hace un rato se ha quedado dormido en la cocina.

—¿Se puede quedar uno dormido de pie? —preguntó David, profundamente escéptico.

Malin levantó un hombro.

—Sea como sea, lo he mandado a casa.

David miró el reloj. Eran más de las ocho, así que decidió ser indulgente. Se preguntó qué periodista sería esta vez. Le parecía que ya había hablado con todos.

—¿Quién es?

Malin sacudió la cabeza con gesto de preocupación.

—No se trata de un periodista. Es Natalia De la Grip.

Él se quedó inmóvil.

«Natalia.»

Había dejado de recibir sus mensajes el lunes por la tarde y después no había sabido nada de ella. ¿Cuántas veces había pensado en ella desde entonces? ¿Cien?

—¿Le digo que se vaya?

—No —dijo él rápidamente.

No la podían echar. Y antes o después tenían que verse. Ignoró esa sensación rara que lo embargaba y se convenció de que no sentía nada.

—¿Dónde está?

—Está esperando en la sala pequeña de conferencias.

Él cerró el ordenador.

—Gracias. Y tú, Malin, vete ya a casa.

—Si quieres, puedo quedarme.

Pero David dijo que no. Parecía agotada.

—Vete a casa y no vuelvas hasta el lunes. Es una orden.

Ella sonrió con expresión de cansancio. Tenía oscuras ojeras.

—Llámame si hay una crisis —dijo antes de marcharse.

David se levantó y fue a la sala de conferencias.

Ella estaba junto a la ventana, y al verla notó que algo le atravesaba el pecho de repente, un sentimiento, una percepción. Estaba erguida como una bailarina, con el pelo recogido en un moño apretado. Excepto las perlas que brillaban alrededor de su cuello, iba completamente vestida de gris, y ello le hizo pensar en cómo llamaban a los mejores asesores: las eminencias grises.

—Hola —dijo él en voz baja a su espalda.

Ella se dio la vuelta.

Sus enormes ojos casi ardían en el pálido rostro. Estaba muy seria, desafiante. Ninguna sonrisa, ninguna emoción, ni siquiera le tendió la mano. David no esperaba otra cosa, pero le dolió verla así.

Ella se irguió.

—Hola, David —dijo con frialdad.

Era como estar ante un extraño. Sujetaba un bolso y se dio cuenta de que tenía los dedos blancos, pero en general parecía serena. Imposible interpretarla.

—No voy a molestarte mucho tiempo —dijo ella, y David se estremeció al oír su voz. La miró intensamente buscando algo en su rostro—. Pero necesito saberlo. ¿Yo era parte del plan?

David parpadeó.

—¿Qué? —preguntó, aunque sabía cómo acabaría eso.

«Joder, joder, joder.»

—Me he dado cuenta de que tienes tus propias razones para querer hacerte cargo de Investum. En mi familia nadie dice nada, pero tú y yo sabemos que esto no es solo una cuestión de negocios.

—No —dijo él—. No son solo negocios.

—¿Y acostarte conmigo? ¿Significó algo para ti lo que hicimos o también era un modo de llegar a mi familia? —preguntó cruzándose de brazos—. Todo era mentira ¿no? Un juego para hacer el mayor daño posible.

Lo dijo con voz tranquila, sin esforzarse, solo un leve temblor al final delató algún sentimiento.

David se metió las manos en los bolsillos del pantalón para que no viera cómo le temblaban. No sabía qué decir, se sentía completamente vacío. Los últimos días habían tenido que ser horribles para Natalia. Todos los periódicos habían indagado hasta en los mínimos detalles de la familia De la Grip. Los padres, los hermanos, los negocios. Natalia incluso. La vio allí de pie, pálida, vestida de gris, casi transparente. La vida de esa mujer reservada e íntegra se había publicado en tinta de imprenta, en blogs y en la prensa sensacionalista. Se había rumoreado sobre su esterilidad, y Jonas Jägerhed también había salido en las fotos. Otro ex de Natalia había sido entrevistado y había dado su opinión. Todo había salido a la luz. Y en parte era culpa suya, de Malin y de Hammar Capital. Casi se sentía mal cuando pensaba en la información que habían filtrado sobre Peter y Gustaf. Información acerca de bonificaciones, beneficios y acuerdos secretos que había llegado a los medios de comunicación a través de ellos y había perjudicado a los De la Grip. Sin duda era un juego, un juego limpio, pero había manchado de forma inevitable al resto de la familia y había dañado a Natalia.

—Natalia, yo... —empezó a decir, pero ella le interrumpió.

—¿Sabías que Investum estaba en medio de un negocio que lo hacía vulnerable? Era mi negocio, el mío. Estábamos en una fase delicada. Una fase secreta —dijo dando un paso hacia delante, y él vio que tenía las mejillas encendidas. Le brillaban los ojos como si tuviera fiebre—. ¿Lo sabías, David? —preguntó con voz dura y fría como el hielo ártico—. ¿Por eso me buscaste con tus malditos halagos y galanteos?

David sacudió lentamente la cabeza. El dolor que vio en el rostro de Natalia era casi más de lo que podía soportar. Ella se merecía algo muchísimo mejor que eso.

Y sin embargo...

¿Haría las cosas de forma distinta si pudiera atrasar el reloj? ¿Dejaría de hacer todo lo que había hecho? La verdad era que no lo sabía porque no podía imaginar un escenario en el que Natalia y él no se hubieran conocido y no se hubieran enamorado.

—Suponía que estaba pasando algo —dijo él—. Sabes tan bien como yo que circulan rumores todo el tiempo. Mi trabajo consiste en ser capaz de separar los rumores de los hechos, y sí, reconozco que tenía sospechas de que se estaba preparando una fusión.

El rostro de Natalia se puso gris, y David sabía que el motivo era que recordaba que en cierto momento había estado a punto de confiarse a él y que este se lo impidió.

—Y yo te dije... —Se le quebró la voz; tuvo que carraspear y empezar de nuevo—: Yo te conté...

—No me revelaste nada —dijo él—. Nada que yo no supiera.

Era verdad. Pero era consciente de que Natalia se culparía a sí misma de todos modos.

David apretó los puños en los bolsillos del pantalón. Había contado con que se odiaría a sí misma y le odiaría y despreciaría a él. Y se había convencido de que iba a ser difícil pero lo soportaría.

Sin embargo, no esperaba que ella se culpara a sí misma y que eso a él le resultaría tan doloroso como que le golpearan el pecho hasta dejarlo sin aliento. Era un dolor insoportable.

Natalia miró el rostro totalmente inexpresivo de David. No había hablado mucho, más que nada la había escuchado con una mirada gélida y las mandíbulas apretadas. No estaba segura de qué esperaba de esa reunión, pero necesitaba encontrarse con él, ver al hombre que la había engañado de casi todas las formas imaginables.

La visita de Åsa dos días antes había significado un punto de inflexión. Tras llorar hasta quedarse ronca, se durmió con la ayuda de una de las pastillas que ella le dio. Cuando despertó a la mañana siguiente fue capaz de respirar de nuevo. Åsa había llamado a Gina, y cuando la asistenta le puso la comida en la mesa Natalia comió obediente. Durmió unas horas más y lloró un poco más. Pero después se dio cuenta de que debía ver a David. Debía poner fin a todo aquello. Tuviera las consecuencias que tuviese. Y asumir las consecuencias.

Gastó toda la energía en ducharse y vestirse y se obligó a centrarse en lo práctico. La gripe la había debilitado y necesitó descansar varias veces mientras se arreglaba. Le costó llegar a Hammar Capital. Tuvo que quedarse de pie en la puerta de entrada y esperar para reunir fuerzas antes de subir. El coraje estuvo a punto de fallarle muchas veces. Y no cayó en la cuenta de la hora que era hasta que llegó a la casi desierta recepción. Era como si hubiera vivido los últimos días fuera del tiempo y del espacio.

Estuvo a punto de darse la vuelta en la puerta, pero la rubia y amable jefa de comunicación la invitó a pasar. Natalia miró detenidamente la habitación. Era muy lujosa, apestaba a dinero, a riqueza y a éxito. Cada cosa y cada cuadro que había allí parecían tener un valor incalculable. Era evidente que el mobiliario y la decoración habían sido elegidos para imponer. Así era David. Superficial y obsesionado con el dinero.

Y cuando vio el rostro tenso y la mirada inflexible de este supo que había hecho bien en ir. Que todo lo que se le imputaba era cierto y que lo que había habido entre ellos había sido una quimera.

La fantasía desesperada de una mujer sola y crédula.

Sí, y él se había aprovechado de ella. Pero ella también se había dejado utilizar, tendría que haberlo imaginado. Bueno, así eran las cosas. Porque, por raro que pudiera parecer, el encuentro con David le había devuelto una especie de energía. En ese momento, viendo la frialdad de su mirada y comprendiendo que nunca había significado nada para él, al fin había tocado fondo. Y del fondo solo se sale subiendo.

Natalia se concentró en su interior, buscaba algo y lo encontró. El sentimiento que en adelante la sostendría y le daría la fuerza que necesitaba. Rabia.

Bien. Porque a partir de ahora asumiría toda la pena, toda la vergüenza y toda la culpa que sentía y dejaría que trabajaran para ella.

—Adiós, David —dijo dando media vuelta y alejándose con la espalda recta y paso firme.

Juntaría toda su rabia y luego haría lo único que podía hacer.

Luchar.

38

—¿Natalia De la Grip?

Natalia cerró la revista semanal con la que se estaba abanicando. Era un ejemplar atrasado, afortunadamente, así que no contenía ningún chisme sobre el golpe. No obstante, aparecían algunas fotos de Alexander en una fiesta en Nueva York.

—Sí —respondió ella.

Dejó la revista, se levantó y estrechó la mano a la médico que había ido a buscarla a la sala de espera.

—Hola. Me llamo Isobel Sørensen. Bienvenida.

Le estrechó la mano con firmeza, casi con fuerza, y a Natalia le pareció increíblemente bella con su pelo rojizo y su piel pecosa.

—Ya has entregado los análisis de sangre, ¿verdad? —preguntó con una ceja levantada.

Natalia asintió.

—Varios tubos.

—Está bien, vamos a ocuparnos de ti como es debido.

Natalia la miró más de cerca.

—¿Nos hemos visto antes? —preguntó con la sensación de que ya conocía a esa intrépida pelirroja.

—En Båstad —respondió Isobel asintiendo con la cabeza—. Coincidimos en la misma fiesta.

Natalia recordó a la mujer pelirroja que estaba con Alexander.

—¿Eres amiga de mi hermano?

Una sonrisa sarcástica, que Isobel no pudo o no intentó ocultar, apareció y desapareció con la misma rapidez.

—No —se limitó a responder mientras abría la puerta de su despacho—. Adelante.

Natalia ocupó la silla para las visitas.

Isobel se sentó a su escritorio, ojeó los papeles y después miró a Natalia con mirada profesional e impersonal.

—Aquí pone que quieres hacerte un chequeo —dijo—. Y hemos empezado con los análisis de sangre. ¿Cómo te encuentras? —Miraba atentamente a Natalia con sus ojos grandes e inteligentes.

—Bastante bien. La semana pasada tuve la gripe pero no vengo por eso. He trabajado mucho y, en fin, han pasado muchas cosas en los últimos días...

Natalia guardó silencio, desconocía lo que la médico podía saber de ella. Se sentía completamente transparente y detestaba ese grado de exposición, pero quería hacer eso. El encuentro del viernes con David la había sacado del shock y, tras el fin de semana, estaba lista para seguir adelante.

—Entiendo —dijo Isobel con tranquilidad, y de algún modo parecía que lo decía de verdad, que entendía.

Natalia se removió en la silla. Su médico de cabecera, un hombre mayor, se había jubilado; ahora esa mujer ocupaba su puesto, y ella se sentía muy relajada con una médico que era casi de su edad.

—Solo quiero comprobar que todo esté bien —explicó—. Tengo que cuidar de mí misma y me ha parecido conveniente venir.

Guardó silencio y recorrió con la mirada las paredes del despacho. Más que nada había carteles y cuadros muy coloridos. Al lado de la ventana vio un grabado de anatomía con músculos y tendones. En un tablero de corcho, clavadas con una chincheta, dos fotos tomadas en un país extranjero; dos pequeños cuadros serios en ese ambiente claro e impersonal. En una de ellas estaba Isobel de pie en medio de un grupo de niños sonrientes de piel oscura. En la otra Isobel pesaba en una simple báscula a un niño con evidente falta de peso. Natalia identificó el emblema de la organización humanitaria en una de las fotos.

—¿Trabajas para ellos? —preguntó.

Isobel asintió.

—Cuando no trabajo aquí. Es bueno alternar.

Natalia se mordió el labio inferior, avergonzada de sus problemas del primer mundo. ¿Qué importaba un poco de cansancio o de falta de vitaminas? Estaba sana y vacunada, tenía un techo sobre la cabeza y comía cuanto quería todos los días.

—Has hecho bien en venir —dijo Isobel en tono tranquilizador, como si adivinara los pensamientos de Natalia—. Mientras esperamos los resultados de los análisis te haré un reconocimiento físico completo, ¿te parece bien?

Posteriormente, cuando Isobel ya había examinado a Natalia con movimientos cortos y eficaces, le habían hecho un ECG y la habían explorado de pies a cabeza, palpación de ganglios y pechos incluida, concluyó:

—A las mujeres de tu edad me gusta hacerles también un test de embarazo.

Natalia se arregló la ropa.

—No es necesario. He tenido la regla hace poco. Y no puedo quedarme embarazada.

La médico asintió, escribió algo en el ordenador y luego miró a Natalia.

—¿No tomas la píldora?

Natalia se miró las manos entrelazadas. Odiaba ese tipo de preguntas rutinarias.

—No. Ya he dicho que no puedo quedarme embarazada.

Isobel la miró con interés.

—¿Cómo lo sabes?

Natalia se mordió el labio.

—Mi ex novio y yo nos hicimos un examen médico que dio ese resultado.

—Entiendo. ¿Has tenido relaciones sexuales sin protección recientemente?

Natalia se sonrojó como una imbécil.

—No —respondió—. Es decir, sí, he tenido relaciones recientemente. Pero con protección. Usamos condón. Por lo de las enfermedades de transmisión sexual.

Estuvo a punto de reírse pero la risa se quedó atascada en la garganta. ¡Santo cielo! ¿No tendría alguna enfermedad de transmisión sexual?

—Muy sensato —dijo la médico entregándole un recipiente pequeño—. Es mera rutina —añadió en un tono que no incitaba al diálogo.

Natalia cogió el recipiente algo molesta, entró en el baño e hizo lo que le había pedido. Se lo devolvió con indiferencia; Isobel lo cogió, se disculpó y salió del despacho.

Natalia se arregló el esparadrapo y la gasa que le habían puesto en el brazo. Decidió que no le gustaba esa médico tan mandona.

Isobel volvió con unos papeles en la mano.

—Han llegado los resultados de los análisis de sangre —dijo.

—¿Tan rápido?

—Tenemos un laboratorio excelente.

Isobel echó una ojeada a los papeles y luego miró a Natalia.

—Tus valores están muy bien —dijo ella—. Nada de que preocuparse. Hígado, hierro, glucosa, todo se ve bien.

Así que solo tendría que comprar vitaminas y suplementos y volvería a ser prácticamente la misma. Natalia empezó a recoger sus cosas para marcharse.

Se oyeron unos golpes en la puerta, una enfermera que calzaba unos silenciosos zapatos de goma entró y entregó a Natalia otro papel. Isobel le dio las gracias y lo leyó rápidamente. Entonces se le formó una pequeña arruga en el entrecejo. Miró a Natalia.

—¿Has dicho que la semana pasada tuviste la gripe?

—O un resfriado.

Isobel la miró tanto tiempo que Natalia empezó a parpadear nerviosa. Algo iba mal, lo notaba.

—¿Qué ocurre? —preguntó.

Isobel sonrió.

—¿Sabes que estás embarazada?

Natalia se echó a reír, una risa breve, carente de alegría.

—Acabo de decírtelo —señaló—. No puedo estarlo.

Isobel volvió a mirar los papeles.

—Según el análisis de orina, lo estás. Es pronto aún, pero estás embarazada, no hay duda.

—Pero es que yo no puedo estar embarazada —repitió Natalia, enfadada. ¿Cómo se atrevía esa mujer a tomarle el pelo?—. Te habrán dado un resultado equivocado —dijo en tono rotundo. Natalia descendía de una línea casi continua de mujeres aristócratas y grandes duquesas. Aunque no utilizaba el título, era condesa de nacimiento, y cuando realmente quería podía sonar muy de clase alta, como hizo en ese momento, hecha una furia—. Y además no me siento embarazada —dijo poniéndose en pie—. No siento nada.

Isobel lo había debido de leer mal, tal vez ni siquiera fuera médico y estuviera haciendo prácticas, o quizá fuera una fotomodelo que estaba tomándole el pelo.

—¿Estás cansada? —preguntó Isobel sin inmutarse.

—Sí, pero...

—¿Tienes náuseas?

—Tal vez.

—¿Cómo sientes los pechos?

Natalia frunció el ceño. Aunque el reconocimiento de la médico había sido muy suave, ella lo notó mucho.

—¿Doloridos? —dijo.

Isobel se encogió de hombros, como si eso decidiera el asunto.

—Estás embarazada —sentenció.

Natalia parpadeó pero despés reaccionó. Era absurdo. Le lanzó una de sus más gélidas miradas. Era suficiente.

—Tengo papeles que acreditan que no puedo tener hijos —dijo en tono cortante—. Y, como acabo de informarte, la última vez que me acosté con alguien lo hice con protección. —Sintió alivio al recordarlo—. Y el otro día tuve el período, eso también te lo he dicho. —Señaló los papeles que había sobre el escritorio—. Hace unos minutos.

Era indignante que la trataran así. Exigiría cambiar de médico.

—Veo que no es algo buscado —dijo Isobel, que parecía mantenerse al margen de los arrebatos de Natalia.

—¿Buscado? —Natalia resopló—. Esto es una broma de mal gusto. ¿Hemos terminado? ¿Me puedo marchar?

De repente odió a esa intrépida pelirroja. ¿Qué podía saber de todo lo que le había ocurrido a ella? Tenía todo el aspecto de ser una atractiva diosa de la fertilidad. Debía de tener cuatro hijos cuyos partos habría alternado sin ningún tipo de complicación con sus prestigiosas tareas médicas. Natalia no pensaba volver allí. La denunciaría. Llamaría por teléfono a algún jefe para quejarse, tal vez a Sanidad y Asuntos Sociales. No se le podían hacer esas cosas a la gente.

Isobel se reclinó en la silla y juntó las yemas de los dedos de tal modo que formaron un triángulo abierto. Su pelo rojizo resaltaba como una señal de stop sobre la bata blanca.

—¿Esa regla que tuviste fue abundante? —preguntó.

Natalia intentó recordar. Fue en Båstad. Sacudió la cabeza.

—No, pero siempre he sido irregular.

Isobel ladeó la cabeza.

—Eso se llama manchado. Es cuando el óvulo se implanta en el útero. Y, respecto a la infertilidad, a veces ocurre que mujeres y hombres que creen ser estériles procrean. —Se encogió de hombros a modo de disculpa—. La naturaleza no es una ciencia exacta.

—Pero usamos condón —dijo Natalia con voz débil.

La cabeza empezó a darle vueltas otra vez. No podía ser verdad.

—Ninguna protección es segura al cien por cien —repuso Isobel—. Puedes utilizarlos mal. Pueden romperse. Pueden estar en mal estado. O caducados. Los condones, por ejemplo, no hay que guardarlos demasiado tiempo.

Eso no podía estar pasando.

No podía pasar, simplemente.

Porque la médico tenía razón. Los condones que guardaba en el cajón eran un poco viejos. De repente sintió que se desvanecía y se hundió en la silla.

Isobel se levantó, cogió un vaso de plástico, lo llenó de agua y se lo ofreció.

Natalia aceptó el vaso. Toda la ira se le había pasado. Bebió y bebió.

—¿Te ha pasado algo parecido alguna vez? —preguntó en voz baja.

Los bellos ojos de la doctora expresaban algo que Natalia no supo definir. Un dolor infinito tal vez.

—He trabajado en guerras y en campos de refugiados. Lo que he presenciado...

Sonrió ligeramente y señaló con la cabeza el vientre de Natalia.

—Esto todavía entra dentro de lo normal.

Normal.

Eso no era normal.

—¿Mantienes una relación estable? —preguntó Isobel.

—¿Disculpa?

—¿Sabes quién es el padre?

Natalia asintió en voz baja.

—Pero es imposible... —dijo en un tono de voz más bajo aún.

No lo podía asimilar. Llevaba tantos años anhelándolo... Tantos meses en los que un embarazo era lo único que quería de la vida... Ese deseo enorme y absorbente de tener un hijo, al que debió renunciar.

—Veo que hay mucho de que hablar —dijo Isobel—. Es pronto aún. Un embarazo se calcula desde el primer día de la última regla. Tú te quedas embarazada en la tercera semana. Si pensamos que lo que tuviste fue un manchado menstrual, tuvo que ocurrir en la semana cuatro, lo que implica que ahora estás en la semana seis y ello coincide con las pruebas, que en la actualidad son increíblemente sensibles. Es muy pronto, como ya he dicho. Ni siquiera es un feto, solo es un embrión, un pequeño conglomerado de células. Si no quieres continuar con el embarazo... —Isobel guardó silencio. Miró a Natalia con una mirada profesional. No la juzgaba ni se estaba formando una opinión, solo le transmitía muchísima calma.

«Estoy embarazada.»

Natalia intentó abrazar las palabras. Se puso una mano encima del vientre, casi ridículamente plano. Estaba en la sexta semana de embarazo. Del hijo de David. Suponía que ocurrió la primera noche, la primera vez. ¿Cuál era la palabra que buscaba?

Surrealista.

De verdad lo era, totalmente surrealista.

—¿Estás segura? —preguntó.

Isobel asintió.

—Si vas a seguir adelante tendrás que pensar en decírselo al padre.

—¿Tengo que hacerlo?

—Estamos en el siglo veintiuno. A la mayoría de los hombres les gusta implicarse en la vida de sus hijos. Y los hijos necesitan a su padre.

Natalia se levantó con las piernas temblorosas. Se acercó al lavabo y apoyó las manos a ambos lados de la fría porcelana. Se inclinó y vomitó.

Respiraba con dificultad, se secó la boca y miró a Isobel, que permanecía sentada mirándola.

—¿Estás del todo segura?

—Al cien por cien.

Natalia tragó saliva. Cerró los ojos y respiró profundamente varias veces.

Después los abrió, miró el lavabo y vomitó otra vez.

¡Vaya día!

39

Michel rebañó los restos de aceite y yogur con el delgado pan libanés y luego se lo metió en la boca.

—Comería todo el tiempo comida libanesa —dijo David con la boca llena de hummus y berenjena.

La madre de Michel había preparado *meze* y él y David se estaban deleitando.

Michel se inclinó para coger el agua mineral, bebió directamente de la botella y luego estiró las piernas en el suelo de la terraza. Allí arriba soplaba una agradable brisa marina y tenían una vista increíble de Estocolmo. Habían dejado las chaquetas en los respaldos de las sillas y estaban compartiendo un almuerzo tardío en una soledad relativa.

—Mi madre está enfadada conmigo. Y contigo.

—¿Por qué? Creía que tu madre me quería.

—Dice que nos peleamos con la gente y que yo tengo que dejarme de peleas, casarme y darle nietos.

David meneó la cabeza.

Jesper Lidmark, el asistente de David, se movía entre las macetas de la terraza. Regaba una planta aquí, quitaba una hoja seca allá. Miró hacia ellos.

—¿Voy a por el café? —preguntó.

—Sí —dijo David—. ¿Podrías decirle a Malin que suba?

Jesper asintió con energía y desapareció.

Michel frunció el ceño y miró al muchacho.

—¿Aún sigue...?

David encogió un hombro.

—Un poco tal vez.

Era imposible interpretar su mirada tras las gafas de sol, pero sonreía.

Jesper Lidmark, que llevaba dos años trabajando en Hammar Capital, se cogió una buena borrachera en la última fiesta de Navidad y confesó entre lágrimas que era gay y que estaba terriblemente enamorado de David.

En un mundo tan homófobo como el de las finanzas, no ser un heterosexual del todo incuestionable era casi un suicidio en el aspecto social. Por eso los integrantes tenían atractivas asistentes, participaban en deportes masculinos y se saludaban con fuertes palmadas en la espalda. Michel siempre sospechó que David había elegido de asistente a un chico joven solo para pasárselo por las narices a los hombres blancos de mediana edad. Cuando después el chico resultó ser gay...

En la tristemente célebre fiesta de Navidad, Jesper siguió bebiendo hasta caerse redondo.

Al día siguiente no fue al trabajo. Nadie sabía qué hacer. La oficina era un nido de rumores. David llamó en persona a Jesper y desde entonces esa llamada telefónica (nadie sabía cómo había trascendido) se contaba una y otra vez como una leyenda urbana de Hammar Capital.

David le había dicho a Jesper que a él lo único que le molestaba era que la gente no llegara a su hora a su puesto de trabajo.

«Soy heterosexual —añadió—. Y soy tu jefe, así que queda descartado que entre nosotros pueda haber algo. Además soy demasiado viejo para ti. Procura venir ya.»

Una hora más tarde Jesper estaba en Hammar Capital, tembloroso y con resaca, y después de eso no había faltado ni un solo día.

Cuando Jesper, después de Navidad, apareció con moretones y mirada evasiva, David lo llamó a su despacho. Logró que confesara que su padre, un director sueco muy conocido, le había dado una buena tunda al enterarse de que era homosexual.

David tuvo uno de sus poco habituales arrebatos. Ciego de ira fue al restaurante donde el director estaba sentado a la mesa disfrutando de un almuerzo de tres platos. Delante de los comensales y del personal, David le dijo con todo detalle qué le ocurriría si volvía a ponerle un dedo meñique encima a Jesper, uno de los empleados más valiosos de Hammar Capital.

David volvió a Hammar Capital aún furioso y le contó a Jesper que había comprado un edificio en Kungsholmen y que si quería había un apartamento disponible en alquiler.

Después de eso Jesper empezó a salir con un famoso personaje de reality shows y se fue a vivir con él, pero Michel sospechaba que, de tener la oportunidad, Jesper daría la vida por David.

—Este es un sector de chiflados —dijo este como hablando consigo mismo.

Michel no le llevó la contraria.

—Hablando de chiflados: ¿qué es del tío ruso?

—¿Eugen Tolstoi? Vendrá a votar a la reunión.

—¿Es de fiar?

David sacudió la cabeza.

—Espero que sí, pero es como una de esas bolas de acero de los juegos del laberinto, casi imposible de controlar y de interpretar.

—Se rumorea que tiene contactos con la mafia rusa —dijo Michel.

—No me sorprendería lo más mínimo.

—¿Por qué va en contra de la familia? Gustaf es su cuñado; Ebba, su hermana. No sé por qué lo hace.

—Yo tampoco. Pero me dio la sensación de que realmente tenía sus razones.

—¿Eso significa que contamos con los votos que necesitamos? ¿Tú que opinas?

Imposible estar seguro. Podían pasar muchas cosas durante la semana que quedaba para la reunión. Michel contaba y contaba, pero había tantas variables en el aire que ya no podía asegurar nada. Las negociaciones estaban tan avanzadas que era tan importante la economía como la psicología. Y todos sabían que lo único seguro en ese sector era que ningún negocio era definitivo hasta que se cerraba.

—No vendrían mal algunos más —dijo David cogiendo una aceituna.

—¿Has hablado con Alexander De la Grip? —preguntó Michel mientras Jesper se acercaba con el café.

—Gracias, Jesper —dijo David cogiendo la taza de expreso—. Alexander parece tener su propia agenda. Creo que me odia. Lo percibo como algo personal, y me extraña porque no hemos tenido mucho que ver el uno con el otro.

—Con lo popular que eres.

—¿Qué crees que votará Åsa? —inquirió.

Michel resopló.

—Ella es leal a Investum. Además, estoy seguro de que el único deseo de Åsa en la vida es causarnos, a ti y a mí, pero sobre todo a mí, todo el daño, el dolor y la humillación posibles.

—Bueno, no es para tanto —repuso David—. Solo parecía que quería torturarnos hasta la muerte.

A Michel no le hizo demasiada gracia.

Estaba claro que la reunión en el Grand Hôtel había sido el fin definitivo de una posible reconciliación entre él y Åsa.

—Sale con otros —dijo, aunque le dolía solo pensarlo—. Todo el tiempo. Todas las noches. Con distintos hombres. Y al menos en parte lo hace para fastidiarme.

—¿Cómo lo sabes? —preguntó David—. Supongo que no la espiarás... —dijo completamente serio.

—No. —Michel sacó su teléfono móvil privado—. Todavía no he caído tan bajo. Me envía fotos.

Le mostró fotos de Åsa muy sonriente con distintos hombres a su lado. Åsa riéndose, Åsa besando.

—Un hombre distinto cada noche desde el martes, que fue cuando nos vimos por última vez. Siete hasta el momento —concluyó.

—¡Qué fuerte! —dijo David—. Imponente pero fuerte.

—Está cabreada. No tendría que haber vuelto a hablar con ella.

La última semana se dijo que debía mantenerse alejado, pero ni siquiera su propia voz interior parecía convencida. Estaba condenado a eso, a anhelar a una mujer que le odiaba, le menospreciaba y estaba siempre furiosa con él. Sabía que iba a ser así, que el golpe que habían protagonizado David y él haría imposible una relación con Åsa.

—Por supuesto que está cabreada —dijo David en tono despreocupado. Como si Åsa Bjelke no fuera la única mujer con la que Michel podía pensar pasar el resto de su vida. Era como una de esas películas en las que se espera un final feliz pero luego alguien muere en un accidente de bicicleta.

Michel suspiró. A su familia no le agradaría que llevara a Åsa a casa. Tenía seis hermanas, era el único hijo y había claras directrices familiares. Åsa Bjelke no era precisamente la nuera que sus padres querían.

Michel sacudió la cabeza; no era un problema inmediato, dado que Åsa le odiaba. Las miradas que le dirigió en el Grand Hôtel, ese encuentro... Se estremeció.

Si lograra acercarse de nuevo a ella y abrirse paso a través de su furia, tendría que prepararse para una guerra a gran escala. Sería una batalla campal y ella lucharía para no dejarle ganar.

—La verdad es que deberíamos tener a alguien de la vieja esfera en el consejo de administración —dijo para evitar mostrar a su jefe, colega y mejor amigo que era incapaz de dejar de pensar en Åsa Bjelke—. Alguien que conozca la empresa.

—Lo sé, yo también lo he pensado —dijo David.

Había siete puestos en el consejo de administración. Michel ocuparía uno de ellos y David asumiría la presidencia. Para los puestos importantes tenían varios candidatos. Posteriormente, la primera y principal tarea del consejo de administración sería echar al antiguo director general y nombrar uno nuevo. Tenían uno en mente, pero Investum era una empresa tan grande que era difícil estar al corriente de todo. Facilitaría las cosas contar con alguien que conociera la empresa.

—Natalia habría sido perfecta —señaló Michel—. Si no la hubieras engañado y traicionado, claro.

—Sí, hubiera estado bien —convino David sin sonreír.

Había sido una broma de mal gusto, Michel estaba de acuerdo en eso. Pero no estaba seguro de los sentimientos de David hacia ella. Si bien durante todos esos años su amigo había salido con distintas mujeres —inteligentes, atractivas, divertidas—, nunca vio que se enamorara de ninguna. Sin embargo, sí parecía que se había enamorado de Natalia.

—¿Cómo está? —preguntó Michel.

David se encogió de hombros.

—Hablamos el viernes pasado —dijo—. Pero en verdad no lo sé.

—¿Qué dijo? —insistió Michel.

David no contestó, se quedó como ausente y Michel sintió un escalofrío. David parecía realmente afectado.

—Escucha... —empezó a decir, pero David le interrumpió.

—Investum está preparando un contraataque —dijo, y cierta frialdad en la mirada le indicó que no quería hablar más de Natalia—. Creo que me han puesto vigilancia. ¿Has visto algo?

—No —respondió Michel.

Pero los dos sabían que tenían que aumentar la atención día tras día. No podían permitirse ningún descuido.

David miró el reloj.

—Tengo que irme. —Se levantó y cogió la chaqueta.

Michel lo siguió con la mirada y se dio cuenta de que no le había dicho adónde iba. Sacudió la cabeza. Ese negocio...

David bajó las escaleras. Fue al coche. Volvió la cabeza. No vio nada sospechoso, pero decidió que hablaría con Tom Lexington y revisarían lo de la seguridad. Volvió a mirar la hora. Carolina estaba al llegar, tenía que ir al aeropuerto a recogerla. Pronto tendría que hablarle a Michel de ella. Otro secreto que guardaba desde hacía demasiado tiempo. Otra pieza fundamental del rompecabezas que afectaría a Michel.

Se sentó en el coche y encendió el motor.

Se quedó unos segundos con los ojos cerrados tras las gafas de sol.

Para llevar media vida planeando aquello, había dejado muchos cabos sueltos.

40

Dos días después de la visita al médico Natalia fue a Djursholm a hablar con sus padres. Se había pedido la baja, no era capaz de trabajar cuando toda su vida acababa de dar un vuelco.

Otro más.

Últimamente había habido varios

En realidad había logrado pasar por la oficina el día anterior. Trabajó unas horas pero luego se encontró mal y se fue a casa. Mejor eso que vomitar delante de sus colaboradores. Aquella mañana se dio por vencida y pidió la baja. Luego se quedó dormida en el sofá. Era tan impropio de ella que le parecía estar habitando el cuerpo de otra persona.

J.O. no había llamado ni una sola vez y Natalia no sabía si era buena o mala señal. Tal vez solo quería dejarla en paz.

Pero al menos había tomado una decisión: se lo diría a sus padres. El embarazo les afectaría también a ellos, y esperaba su apoyo. Y comoquiera que se viera el asunto de su relación, Natalia era una mujer joven que estaba embarazada por primera vez. Quería compartir algo tan increíble con sus seres más cercanos.

Tomó la E18 en dirección norte e intentó imaginar la reacción de sus padres. ¿Se enfadarían? ¿Se llevarían una decepción?

Se trataba de un niño, de su primer nieto. ¿Podía esperar un poco de alegría ahora que la peor parte del shock había pasado?

Se mordió el labio inferior. Realmente no tenía ni idea de lo que la esperaba. Sí, cometió un error manteniendo relaciones con un hombre que la engañó, pero ella solo era un ser humano y una vez superado el shock sin duda lo entenderían. No se atrevía a rozar la posibilidad de que no lo entendieran, de que no la apoyaran. Ellos eran todo lo que tenía. Debían entender.

—Tengo que contaros algo —dijo Natalia cuando se sentaron en el salón. La casa estaba en absoluto silencio y casi no corría el aire.

La madre se sentó muy tiesa y con una llamativa arruga entre las cejas. El padre, con los brazos cruzados.

Natalia se humedeció los labios, nerviosa, deseando tener algo para beber.

—Se trata de David Hammar —comenzó.

La madre parpadeó y se llevó una mano al pecho.

—Espero que no tengas nada que ver con él —dijo.

El padre entornó los ojos pero no dijo nada, solo la observaba.

Natalia tragó saliva.

—David y yo... —empezó a decir, pero las palabras no le salían. Realmente necesitaba beber algo, estaba sedienta.

—Natalia —dijo la madre—. ¿Qué has hecho?

—Déjala hablar —terció el padre.

Natalia tomó impulso. No había matado a nadie. Se irguió y dijo:

—Hace unas semanas tuve una breve relación con David Hammar y...

La madre se levantó de la silla y gritó:

—¿Estás loca?

—Silencio —dijo el padre. Miraba fijamente a Natalia—. ¿Qué más? —preguntó con frialdad.

Natalia bajó la mirada a sus rodillas, vio que estaba retorciéndose los dedos y los obligó a quedarse quietos.

—Hemos terminado —dijo en voz baja—. Pero estoy embarazada.

La madre se llevó la palma de la mano a la boca.

—¡No puede ser verdad!

—Lo supe hace dos días. David no sabe nada. He venido a vosotros en primer lugar —dijo mirándolos con gesto suplicante—. Sois mis padres.

La madre empezó a llorar tapándose la boca con la palma de la mano. «Debe de ser el shock», pensó Natalia. Su madre podía ser fría y egoísta, pero seguía siendo su madre. Ella debía...

Pero empezó a sentir algo horrible en el vientre. En realidad no imaginaba que iban a reaccionar así. Buscó la mirada del padre. Su padre era duro, pero la quería a su modo. Seguramente entendía cómo se sentía y sabía que la familia debía estar unida. Solo los tenía a ellos.

—Papá, yo...

—Ha hecho eso para hacernos daño —la interrumpió él con voz plana, casi carente de emoción.

—No, papá, no fue así —dijo ella tratando de sonar convincente, aunque sus pensamientos iban por la misma línea; sabía que David había destrozado antes a otras personas.

El padre la miró y sonrió con ironía.

—¿Crees tal vez que ese Hammar te quiere? ¿Y a tu hijo?

—¿No entiendes lo que has hecho? —dijo la madre con voz ahogada.

—Lo sabía —dijo el padre mirando por la ventana como si no soportara ver a su hija—. Los malos genes siempre aparecen. Lo estaba esperando.

La madre sacudió la cabeza, pero su voz carecía de convicción.

—Gustaf, no digas eso.

El padre se volvió y miró a Natalia. Su mirada era cruel, sin un ápice de dolor ni comprensión.

—Siempre había creído que una hija mía no se comportaría como una puta de clase baja.

—Entiendo que estés enfadado —dijo Natalia con toda la calma que pudo—. También fue un shock para mí.

—Gustaf —dijo la madre con voz suplicante—. Ahora no.

Él le dirigió una mirada rápida que ella esquivó para luego volver a su papel de sumisa esposa de lujo.

El padre se puso de pie.

—Si crees que pienso acoger a un hijo de puta en mi familia estás equivocada —dijo.

—Tenemos que ser capaces de discutirlo —dijo Natalia, más sorprendida por la frialdad y el lenguaje de su padre de lo que quería mostrar—. Se trata de un niño, de vuestro nieto. —«Y vivimos en el siglo veintiuno. Y os necesito», pensó.

—Ahora es cuando sus genes vulgares se dejan ver.

—¡Papá!

—No entiendes nada —espetó él—. Escucha lo que te voy a decir. Tú no eres hija mía. Nunca lo has sido. Me cago en ti y en tu hijo de puta. Voy a aplastar a David Hammar como la rata que es. ¡Fuera de mi casa! —gritó señalando la puerta.

—Pero...

—Explícaselo para que lo entienda —ordenó a su esposa—. No quiero volver a verla. —Golpeó la mesa con tal fuerza que saltó un jarrón—. Nunca más, ¿entendido?

Luego se fue de allí sin dignarse mirar a Natalia.

Ella lo siguió con la vista.

—No lo entiendo —dijo—. ¿Qué quiere decir? Yo soy leal a la familia, ¿no os dais cuenta? No puede hablar en serio, mamá. Yo no he hecho nada.

—No quería que te enteraras de este modo —dijo la madre sonándose la nariz con un pañuelo que sacó de una caja que había encima de la mesa—. En realidad no quería que lo supieras.

—¿Saber qué?

—¿De verdad estás embarazada?

—De seis semanas.

—¿Y es suyo? —preguntó haciendo una mueca—. ¿De ese hombre?

—Sí.

—Tienes que deshacerte de él.

—No es tu decisión.

La madre apretó el pañuelo con fuerza.

—¿Cómo has podido hacernos algo así?

—Yo no le he hecho nada a nadie.

No podía explicar lo decepcionada que estaba, lo traicionada que se sentía, lo sola y asustada que se veía en ese momento. Había ido allí en busca de consuelo porque creía que había tocado fondo y que contaría con el apoyo de sus padres. Debía reconocer que en ese punto se había equivocado totalmente.

—Durante todos estos años he intentado que pensaras en tu comportamiento —dijo la madre en tono de reproche—. Que pensaras un poco lo que dices. He intentado que entendieras lo importante que es ser prudente. Tienes mucho que agradecer. Y ahora haces esto —dijo mirándola con los ojos secos. Ya no lloraba, y Natalia no vio compasión en sus ojos, solo una determinación—. Yo no puedo hacer nada al respecto. —La madre apretaba el pañuelo en la mano—. Queda fuera de mi control.

—No entiendo nada —dijo Natalia con franqueza.

La madre se tiró de la falda, que le cubría las rodillas, pasó la mano por la tela hasta que quedó lisa y dijo con calma:

—Gustaf no es tu padre biológico.

Y entonces todo cambió.

Todo lo que ella creía.

Todo lo que sabía.

Todo.

Ella no era una De la Grip.

Una enorme fatiga la inundó. Estaba tan cansada que apenas podía parpadear. Tal vez en realidad estuviera durmiendo en casa y al despertar se daría cuenta de que todo lo de ese verano había sido un sueño, que no conocía a David, que...

—Para mí también es difícil —continuó la madre en un tono

de voz más fuerte, como si por su parte todo hubiera terminado. Como si hubiera elegido el lado en el que quería quedarse—. Siempre he intentado protegerte, pero esta vez has ido demasiado lejos. Tengo que ser leal a tu padre, a Gustaf. Me necesita. Y yo lo necesito a él, ya lo sabes.

Natalia parpadeó. El corazón le latía con fuerza. ¿Estaba ocurriendo eso de verdad? ¿Estaba repudiándola su propia madre?

—Cometí un error —dijo la madre—. Peter era muy pequeño. Yo estaba sola y me sentía tan poco valorada... Hice una tontería. Pero tu padre y yo acordamos continuar juntos y seguir adelante como una familia. Te dio su nombre y me perdonó por lo que había ocurrido.

«"Lo que había ocurrido." O sea, yo.»

—Después llegó Alexander. Erais unos niños que teníais de todo —prosiguió la madre como si estuviera justificando las decisiones que adoptó en su día—. Hemos vivido bien, hemos viajado mucho, hemos tenido cosas muy bonitas.

—Siempre me ha tratado de manera diferente —dijo Natalia, porque de pronto muchas piezas encajaron.

Que la mantuvieran fuera de Investum, que el castillo y las joyas de la familia pasaran sistemáticamente a los hijos. Ella había creído que era por una cuestión de género, pero era una cuestión de genes. Natalia no era hija biológica de Gustaf y por lo tanto debía permanecer aparte. Ella, que odiaba la infidelidad, era producto de una infidelidad. Qué enorme ironía.

—Gustaf es un hombre severo, pero siempre has significado mucho para él —dijo la madre—. No ha hecho ninguna diferencia entre vosotros.

Pero la madre estaba mintiendo y las dos lo sabían. Había hecho diferencias. Y por más inteligente que fuera no lo podía compensar.

—¿Lo sabe Peter? ¿Alex?

—No lo sabe nadie.

Pero Natalia percibió cierto brillo de inseguridad. Su madre volvía a mentir. Otra vez. Cuántas mentiras.

—El tío Eugen sí lo sabe, ¿verdad? —dijo Natalia sintiendo que la última pieza encajaba.

—Sí, Eugen lo sabe. Nunca me ha perdonado. Siempre ha creído que debías saberlo. Ha sido realmente difícil para mí. Y para tu padre.

«Tengo que irme de aquí —pensó Natalia presa del pánico—. Lejos, tengo que irme lejos.» Se puso de pie mientras su madre seguía hablando. Salió del salón sin despedirse. Abandonó la casa con la mirada perdida y una sensación de frío en el pecho.

Se sentó en el coche.

Las manos le temblaban tanto que le costó sacar el teléfono del bolso. Marcó el número y cerró los ojos mientras sonaban los tonos de llamada.

Åsa estaba a punto de salir cuando Natalia llamó.

—¿Puedo ir?

Supo que había ocurrido algo.

—Ven —dijo.

Había quedado para cenar con un joven agente de bolsa y ya tenía en mente la foto que le enviaría después a Michel. Suéter rojo muy ajustado, escote de vértigo y largas uñas rojas. Un poco vulgar, desde luego, pero ella sabía lo que les gustaba a los hombres. ¿Quién le habría dicho que iba a ser tan divertido atormentarle?

Diez minutos después vio a Natalia en el vestíbulo, temblorosa, y solo tuvo que mirar a su amiga para comprender que aquello les llevaría toda la noche.

—Entra —dijo Åsa—. Solo tengo que hacer una llamada y cancelar una cita.

Åsa llamó y anuló.

—Tienes un aspecto horrible —dijo después mirando a Natalia—. Voy a pedir pizza. —Estaba muerta de hambre—. ¿Tú quieres?

Natalia sacudió la cabeza, pero Åsa pidió de todos modos una pizza grande para que pudieran compartirla. Natalia parecía necesitar energía, y ella iba a compensar todo su impulso sexual no satisfecho con la comida.

—Con extra de queso —dijo en el auricular mientras Natalia se derrumbaba en el sofá cuan larga era.

Se quitó los zapatos, se puso una mano en la frente y dijo:

—Más drama. ¿Quieres escuchar?

Åsa se sentó en el otro sofá.

—Cuenta.

Después de que lo hubo soltado, Åsa permaneció en silencio. Natalia había pasado de ser la que había llevado una vida más insustancial y tranquila a tomar la delantera.

—¿Tú lo sabías? —preguntó—. ¿Que Gustaf no era mi padre biológico?

Åsa negó con la cabeza lentamente.

—Nunca lo hubiera imaginado, aunque me cueste reconocerlo. Estoy demasiado ocupada conmigo misma. ¿Cómo estás ahora?

—Oh, estupendamente —dijo Natalia, sarcástica.

—Pero, entonces, ¿quién es tu padre biológico?

—¿Quieres creer que no lo he preguntado? No tengo la menor idea. Y en este momento no me siento con ánimo para llamar a mi madre y preguntárselo. Podría ser cualquiera. El chico que cuidaba la piscina, tal vez.

Llamaron a la puerta y Åsa fue a recoger las pizzas. Volvió con la caja, la dejó encima de la mesa baja, enfrente del sofá, y fue a por cubiertos, platos y vasos.

—Huele de maravilla —dijo Natalia cuando Åsa regresó.

La caja de cartón estaba abierta y el olor a albahaca se esparció por el salón.

Åsa sirvió un trozo de pizza cubierta de queso derretido para cada una.

—Tengo un vino tinto bastante bueno en la cocina. ¿Quieres una copa?

Natalia acababa de darle un bocado a la pizza. Dejó la porción en el plato y se limpió la boca.

—Oh Dios mío, lo siento. Se me ha olvidado contarte otra cosa. —Los ojos le bailaban de alegría—. No solo soy hija bastarda. Resulta que además estoy embarazada.

Se llevó la mano a la boca y sus hombros se sacudieron con una risa histérica.

Åsa dejó los cubiertos. Durante años la vida de Natalia había transcurrido tranquila y sosegada. Pero al parecer eso había terminado.

—Entonces nada de vino. Necesito algo más fuerte. Y tú me lo vas a contar todo.

Una vez terminaron la pizza y con Åsa agradablemente achispada después de un par de vodkas con tónica, Natalia se recostó en el sofá. Sentada con las piernas cruzadas parecía de lo más serena para ser una mujer a la que habían engañado, abandonado, dejado embarazada accidentalmente y comunicado que era hija ilegítima, todo eso en tan solo una semana.

Åsa apuró su combinado.

—¿Qué vas a hacer ahora? —Sacó un trozo de hielo de la copa y lo hizo crujir entre los dientes.

—No lo sé. Todo esto es un lío tremendo, por decirlo suave. Pero no puedo permitirme derrumbarme. ¿Te resulta difícil hablar de esto, por cierto? Estás cerca de mamá y de... Gustaf.

—Yo estoy bien. Y lo que te dije el otro día lo sentía de verdad. Estoy de tu lado, Nat.

—Gracias.

Sonó el teléfono de Natalia. Lo cogió y miró la pantalla.

—Tengo que atender esta llamada —dijo con media sonrisa—. Al fin y al cabo no puede ser nada peor, lo que siempre es un consuelo.

Se llevó el teléfono al oído y escuchó. Åsa fue a la cocina a prepararse otro trago.

Natalia había terminado de hablar cuando volvió.

—Ha ido rápido —dijo Åsa—. ¿Quién era?

—J.O. —Natalia tenía la vista perdida, como si pensara en algo muy profundo.

Åsa miró el reloj.

—¿Qué quería?

—¿J.O.?

Åsa asintió y bebió un sorbo de su combinado.

—Solo llamaba para decirme que estoy despedida.

41

A la mañana siguiente, una mañana de jueves absolutamente normal, Natalia fue caminando a la ciudad. Era agradable moverse, y parecía que estaba empezando a asimilar lo que le había pasado el día anterior.

Sí, estaba embarazada de un hombre del que sospechaba que era un psicópata despiadado.

Sí, se había quedado sin trabajo.

Y sí, acababa de enterarse de que era hija ilegítima, el resultado de la infidelidad de su madre. Y era muy probable que su familia la hubiera marginado.

Pero —y era un pero importante— tenía salud, comida y un techo. En realidad podría ser mucho peor.

Cerró los ojos tras las gafas oscuras y giró el rostro hacia el sol un momento antes de dirigir sus pasos en dirección al puesto de helados que había en el muelle más abajo del Barzelii Park. Solo había turistas en la cola, y esperó paciente hasta que le llegó el turno. Compró un gofre con helado de fresa y se sentó en el mismo banco en el que David y ella se habían sentado hacía más de tres semanas a comer una salchicha.

No había transcurrido ni un mes desde que conoció a David Hammar, y ni siquiera dos semanas desde que hicieron el amor en Båstad. Una persona a la que conocía desde hacía tan poco no podía ser tan importante ni debía ocupar tanto espacio. Un hombre que se había aprovechado de ella con toda frialdad y la había utilizado como una pieza en un tablero... Intentó apartar esos pensamientos absurdos que amenazaban su frágil y temporal bienestar.

Su estado de ánimo cambiaba rápidamente. En cuestión de segundos podía pasar de la desesperanza total al dolor intenso y a una rabia asfixiante, y era agotador. Entendía de algún modo que estaba en crisis, pero no tenía tiempo para eso. No tenía ganas de darse por vencida. Debía concentrarse en lo que le daba fuerzas y hacía que sintiera que quien poseía el control era ella. Por eso había dedicado la última semana, entre náuseas, vómitos y sobresaltos, a llamar a todas las personas que había conocido durante su activa vida laboral y que le debían algún favor. Habló con antiguos clientes, con importantes administradores y agentes inmobiliarios, argumentando y enumerando a cada uno de ellos los motivos por los que debían escucharla.

Porque iba a hacer cuanto estuviera en su mano para que David no ganara en la próxima asamblea general. Todo se iba a decidir previamente allí, en el transcurso de esa reunión, y hasta el último momento ella haría todo lo posible para frustrar su plan. El problema era que se trataba de un golpe bien planeado y él le llevaba mucha ventaja.

Se comió el helado perdida en sus pensamientos. Nunca había estado sin empleo, y apenas había disfrutado de tiempo libre a lo largo de su vida. No tenía ni idea de qué hacía uno cuando no tenía un trabajo al que ir. Levantó la vista, observó a la gente que pasaba. La mayoría eran turistas, pero otros parecían encaminarse con prisa al trabajo o a alguna reunión. Nunca había reparado en eso, los distintos ritmos y tempos. Se oyó una sirena y un barco zarpó del muelle. Vio a un niño agitando la mano y estuvo a punto de devolverle el saludo.

Si todo iba bien y ella seguía adelante con su bebé, en verano sería madre. Era algo totalmente irreal. ¿Cómo manejaría el hecho de odiar al padre del niño? ¿Tendría razón la médico? ¿Debería decírselo a David o podía ser tan egoísta como para no contarle nada? Él no quería tener hijos, se lo había dicho.

Una sombra y un saludo interrumpieron sus pensamientos.

—Hola.

Estaba ensimismada.

Levantó la cabeza de forma automática.

Era como si sus propios pensamientos lo hubieran invocado y hubieran hecho que se materializara delante de ella. Porque era David, tan serio y atractivo como siempre, quien estaba delante de ella. Y a pesar de que acababa de pensar en él, o tal vez precisamente por eso, se quedó paralizada al verlo.

—Hola —dijo; se habría ahorrado el saludo, pero la cortesía que le habían inculcado superó los demás sentimientos. Aunque después no se lo ocurrió nada más que decir.

—¿Almorzando tan temprano? —preguntó él mientras miraba el helado.

Estaba de pie y Natalia tuvo que echar la cabeza hacia atrás para verlo bien. Su repentina aparición la había impresionado más de lo que creía posible y no quería darle la satisfacción de que la viera desequilibrada. Se sentía muy satisfecha de haber guardado silencio el viernes anterior, pero de eso hacía ya una semana y le quedaban pocas fuerzas.

Entrecerró los ojos y miró con toda la frialdad que pudo a ese hombre que la había ofendido más que nadie. Era imposible interpretarlo. ¿Era su imaginación o había algo en su mirada? ¿Qué sentía al mirarla de ese modo? ¿Lástima?

—¿Quieres que tire eso? —dijo David mientras ella permanecía en silencio.

Natalia miró los restos del helado que se le estaba derritiendo en la mano. Deseaba decirle a David Hammar que podía tirarlo ella y que él podía irse al infierno, pero no quería parecer débil ni vulnerable, quería mostrarse fuerte y sosegada, así que sin mediar palabra le dio el helado y luego vio que él iba a tirarlo a un cubo de basura, regresaba y se sentaba en el banco a su lado.

Sin rozarla siquiera, se quedó mirando la superficie del agua. Natalia, sentada con la espalda muy recta, rígida y con el corazón al galope, miraba al frente sin ver nada. ¿Por qué había ido él allí? De todos los miles de bancos que había en Estocolmo, ¿había tendido que elegir justo ese?

Lo miró de reojo con la mayor discreción que pudo. Él se volvió hacia ella exactamente en el mismo momento y se sintió atrapada, descubierta. La miraba de un modo penetrante, con toda esa energía que tenía.

Ella fue la primera en apartar la vista. La tensión era tal que le costaba respirar. O tal vez solo la sintiera ella.

Tal vez él no sintiera nada. Tal vez andaba por ahí con otras, les destrozaba la autoestima y luego se sentaba a su lado sin inmutarse. Tal vez había tenido otras mujeres mientras estaba con ella. Tal vez ella solo fuera una más, tal vez... Dentro de ella empezaron a brotar lágrimas de rabia. Apretó los dientes. No tenía intención de quedarse ahí y derrumbarse. Quería ser fuerte, impasible. Debía irse, alejarse de allí.

—Natalia...

—¿Qué, David? —respondió con brusquedad. En su voz había enfado y despecho, pero pensó que era mejor estar enfadada que triste. Cualquier cosa era mejor que echarse a llorar—. ¿Qué puedes tener que decirme?

—Comprendo que estés enojada —dijo él en tono apaciguador, como si ella fuera una niña histérica, y la rabia estalló y sintió que la ahogaba. Así que lo comprendía, ¡pues podía irse a la mierda con su comprensión! Apretó las manos y luego volvió a abrirlas, respiró profundamente, reunió toda esa fuerza en la que siempre había podido confiar, la que la había guiado a través de la niñez y de la vida adulta, y recurrió a todas las reservas que tenía en su interior. El corazón le latía con tal fuerza que le dolía. Y entonces hizo algo que no había hecho nunca. Solía enorgullecerse de no haber recurrido nunca a algo así. Le atacó a conciencia. Le golpeó y le hirió de forma deliberada donde sabía que más le dolería.

—No, no estoy enojada —dijo intentando que su voz sonara calmada aunque ella no lo estaba, porque lo que quería era hacerle daño, causarle dolor—. ¿Por qué iba a estar enojada? Ya sabes de dónde procedo. Las personas como yo a veces pasamos un rato con gente de poca monta, pero puedo decirte con toda honestidad que para mí no significó más de lo que pudo significar para ti.

Luego se sacudió una miga del brazo y le dedicó una fría mirada de superioridad copiada de todos los aristócratas que había conocido.

—Acostarme contigo fue un cambio que estuvo bien para pasar el rato, lo admito, pero David, sinceramente, después de un tiempo empezó a resultarme demasiado..., no sé cómo decirlo, demasiado desgastante. No creo que hubiera sido capaz de implicarme en ello mucho tiempo más.

Antes de pronunciar las últimas palabras se dio cuenta de que había ido demasiado lejos. La mentira era tan atroz..., las intenciones eran tan sucias... Como si él fuera un bruto, como si le diera asco.

El rostro de David se contrajo.

—Si es eso lo que... —empezó a decir.

Ella vio que apretaba los dientes. Nunca lo había visto tan enfadado, no de ese modo.

—David, yo... —intentó decir ella, arrepentida. Era indigno de ella mentir y menospreciarlo—. No he debido...

Pero parecía que David había dejado de escuchar. Su expresión había cambiado. Tenía el ceño fruncido. La preocupación y la atención acentuaban sus duros rasgos aún más, y tenía la vista fija en algo que no era ella sino que estaba detrás de ella. Natalia se volvió inmediatamente. David se levantó y ella percibió la preocupación que le envolvía. Y entonces Natalia descubrió, sin ningún tipo de duda, qué, o más bien quién había hecho que reaccionara de ese modo.

La vio a ella.

A la bella rubia de la foto con marco dorado que había visto en el salón de David. Una foto que Natalia probablemente no tendría que haber visto. Tenía el pelo más largo y estaba más bronceada que en la foto, pero sin duda era ella.

Corrió hacia David con sus piernas largas y esbeltas y sus zapatos caros, rebosante de alegría y salud. Abrazó a David y se hundió en su pecho. El gesto era sincero y el brazo de él alrededor de su cintura transmitía protección y cariño. Natalia los miró, se obligó a soportar el dolor. Porque le dolía. Por mucho que odiara a David. Verlos era horrible, pero no podía apartar la mirada.

—Sé que me has pedido que me quedara en el café —dijo la mujer. Señaló con la cabeza una cafetería que había cerca de allí y sonrió a modo de disculpa.

Tenía una voz suave y un acento que Natalia no consiguió identificar. Hablaba sueco perfectamente pero había algo de otro país en el ritmo y en la pronunciación.

La mujer miró a Natalia con cierta cautela pero no parecía preocupada, se la veía segura en su papel. Y Natalia presenció lo que menos quería ver: el amor entre ellos dos. Era tan obvio que hasta alguien que los mirara sin demasiada atención lo notaría, y Natalia los miraba con tanta atención... Notó en David una calidez que no había notado antes, una ternura en el rostro y en los movimientos que para ella fue como recibir un puñetazo en el estómago.

La mujer rubia le puso una mano en la mejilla. Varios anillos brillaron en sus largos dedos como solo lo hacen las piedras preciosas auténticas.

—Te he echado de menos —dijo ella—. Has estado fuera mucho tiempo —añadió con un leve tono de reproche.

Después se volvió hacia Natalia con el brazo de David aún alrededor de sus hombros. Se apoyó ligeramente en su pecho, como para demostrar a quién pertenecía él, a quién pertenecía ella. Su boca sonreía pero sus ojos enviaban un mensajes inequívoco a Natalia acerca de propiedad y de incuestionable pertenencia.

—Ella es Natalia —dijo David con voz tensa e insegura—. Y ella es Carolina.

—Hola —dijo Carolina sin tenderle la mano, y a Natalia tampoco se le ocurrió hacerlo, solo murmuró algo mientras se levantaba del banco.

El sol ardía a su espalda. Hacía calor, demasiado calor. Una gota de sudor le corrió por la nuca y sintió que si no bebía algo inmediatamente se moriría. Se agarró al bolso con fuerza y los miró por última vez antes de alejarse. Ciega. Sin mirar a David. Sin despedirse. No se le ocurrió nada que decirle a la pareja que la había excluido, que la había ninguneado. Esperaba estar lo bastante lejos de ellos cuando empezara a sollozar.

Él siguió a Natalia con la mirada durante demasiado tiempo, sin poder evitarlo. La vio alejarse con la espalda muy recta y aspecto sosegado, pero se había percatado de su sorpresa ante la llegada de Carolina.

David respiró hondo e intentó tranquilizarse. Natalia le había dicho que había pasado el rato con él y que se había cansado y para él había sido como si el suelo se abriera. Y luego la inesperada aparición de Carolina. Era impropio de Caro. Le había pedido que se quedara en el café y ella solía hacer lo que le pedía sin cuestionarlo, pero en realidad no podía enfadarse con ella por haberse presentado así. Todo era tan complicado...

Carolina se movió debajo de su brazo.

—¿Va todo bien? —preguntó.

David asintió.

—¿Es ella? —dijo en voz baja.

David se quedó paralizado. Carolina a veces era muy perspicaz.

—¿Qué quieres decir?

Pero se dio cuenta de que era incapaz de mostrar indiferencia. Y Carolina lo conocía y a la vez no lo conocía. Ambos lo sabían todo y no sabían nada. Volvió a abrazarla.

Carolina casi hundió la cabeza en su pecho.

—No estoy acostumbrada a tanta gente —murmuró—. ¿Podemos ir a casa?

Él asintió, aliviado de que al parecer dejara el tema a un lado.

—Claro.

—Bueno, David —dijo ella mirando hacia arriba. Estaba seria y él supo de inmediato que no lo iba a dejar—. Tenemos que hablar.

42

Durante los últimos días Peter casi vivía en la oficina de Investum. Su padre también estaba allí desde primera hora de la mañana hasta avanzada la tarde. Como si su presencia allí importara algo, pensó Peter hundiendo el rostro en sus manos.

Le resultaba difícil imaginar que esa farsa golpista pudiera terminar de otro modo que en un desastre total y absoluto. Pero su padre estaba decidido a pelear, y Peter, obviamente, le iba a apoyar. Era más fácil seguir la corriente que enfrentarse a las olas. Y la verdad era que si perdían Investum, algo inimaginable, el futuro de Peter se vería seriamente amenazado. Sus amigos, sus colegas, todas las personas que conocía, Louise incluida, lo mirarían como a un perdedor de la peor clase.

Se frotó los ojos y levantó la vista del escritorio justo en el momento en que entraba su padre con gesto sombrío.

—Tienes que mirar esto —dijo el padre, que sostenía una carpeta marrón. La abrió, sacó unas fotos muy grandes y las puso encima de la mesa.

—¿Son de la empresa de vigilancia? —Peter había contratado un servicio para que observara a David Hammar y les informara. No era nada extraño, solían vigilar a la competencia o cualquier otro tipo de amenaza. Por lo general era tirar el dinero, pero a veces...

Contempló las fotos.

No lo entendía. ¿Qué hacía David hablando con Natalia? Lo miró más de cerca. Parecía que estaban en el Barzelii Park y, a juzgar por la fecha que figuraba en la parte inferior, las fotos se habían hecho ese mismo día.

—¿Se conocen? —preguntó; no era capaz de interpretar qué tipo de relación podía haber entre su hermana y David—. En privado, quiero decir.

—Se conocen —se limitó a decir el padre. Su tono de voz le hizo suponer que le ocultaba algo, pero lo que Peter vio después borró por completo a David y a Natalia, un rostro que volvía del pasado y lo dejaba literalmente sin respiración.

No podía ser cierto.

Peter miró las fotos fijamente. Era ella. De verdad. Ella.

Carolina.

En las fotos se la veía mayor, ya no era una niña sino una mujer adulta y sofisticada. Pero Peter la habría reconocido en cualquier sitio. Aún veía su cara por las noches cuando despertaba sudoroso tras algún sueño o cuando su mirada se quedaba atrapada en el aire mientras soñaba despierto. Observó las fotos esparcidas por la mesa. Eran ampliaciones borrosas, como en una película policíaca. Primeros planos.

Carolina.

Cielo santo.

—Está viva —susurró con la voz a punto de quebrarse. Miró aterrorizado a su padre—. Dijiste que había muerto, pero está viva.

43

David tenía la mirada clavada en la pantalla del ordenador. Llevaba media hora allí sentado y parecía que las cifras y las listas también lo miraban a él. Los pensamientos volvían sin cesar al encuentro del día anterior en el parque.

Acercarse a Natalia había sido una estupidez. Lo comprendió enseguida, y más aún cuando ya había pasado. Estaba claro que era incapaz de tomar decisiones sensatas cuando se trataba de ella.

Bajó la pantalla y se levantó.

La mirada de Natalia cuando saludó a Caro...

No quería que Natalia conociera así a Carolina. No quería que la conociera, ni así ni de ninguna manera, por supuesto. Y sabía que ponerse en contacto con Natalia en ese momento sería una locura. Pero necesitaba que entendiera. No deseaba que le odiara más de lo necesario. Si es que el odio podía graduarse de ese modo, en necesario y menos necesario.

Se acercó a la ventana, metió las manos en los bolsillos del pantalón y se entregó a los pensamientos que no lo dejaban en paz. No deseaba que le odiara. Y la verdad era que él podía explicarlo. Al menos lo de Carolina.

Todo lo demás seguía su curso de modo irreversible. Pero Natalia merecía una explicación. Tenía que dársela.

Cogió el teléfono y marcó el número de Natalia antes de que su sentido común pudiera indicarle que su trabajo consistía en simplificar las cosas, nada más.

Sonaron varios tonos de llamada. ¿Estaría ocupada? ¿Había visto que era él y no quería contestar? Cuando saltó el contestador, colgó.

Volvió a mirar por la ventana, vio que el calor formaba una especie de olas en el aire. Tal vez debía tomarlo como una señal y dejarla para siempre.

«A la mierda con la señal.» Volvió a llamar, esperó impaciente.

Al tercer tono contestó.

—¿Diga?

Su voz sonó fría, pero a David le alivió el mero hecho de que hablara.

—Hola. Gracias por contestar —dijo.

Hubo un largo silencio.

—David —dijo ella, y siguió otro largo silencio—. ¿En qué puedo ayudarte?

—Quisiera verte —respondió él—. Y explicarte.

—No tienes que explicarme nada —repuso ella en tono frío.

—Me doy cuenta de que no confías en mí.

—No.

Él miró el reloj. Eran las cuatro.

—¿Estás todavía en el trabajo? —preguntó.

Ella no dijo nada, y David intuyó algo, no sabía qué, algún tipo de duda que no entendía.

—No —dijo ella al cabo de unos segundos.

—¿Podemos vernos?

No podía contárselo por teléfono. Al menos eso se dijo a sí mismo. Pero la verdad era que quería verla.

—Estoy en el Nationalmuseum —dijo ella finalmente. Su tono de voz seguía siendo frío, pero no había dicho que no.

Y él sabía qué estaba haciendo allí.

—¿En la exposición de iconos? —preguntó imaginándola entre los exquisitos iconos rusos.

—Sí.

David se paró a pensar. Le estaban vigilando, estaba seguro de ello, había visto un coche y una cámara, y no quería que los vieran juntos. Pero ¿un viernes por la tarde, en pleno verano? Las probabilidades de que algún conocido los descubriera en esa pequeña exposición rusa eran mínimas.

—¿Puedes esperar un cuarto de hora? Voy para allá.

—Vale —dijo ella, y colgó antes de que él pudiera añadir nada más.

David abrió la puerta y gritó:

— Jesper, ¿puedes venir un momento?

El muchacho entró con un bloc en la mano.

—Escúchame con atención. No, no tomes notas. Necesito tu ayuda. Coge mi coche —empezó a decir David; intentó que no pareciera que estaban en una película de espías. Pero cuanto más cuidado tuviera, mejor sería para Natalia—. Coge mi coche y llévatelo.

Sacó las llaves y se las lanzó a Jesper, que las cogió en el aire.

—¿El Bentley?

—¿Tienes algún traje? —dijo David mirando los pantalones de lino y la camiseta negra que vestía.

Jesper asintió.

—Quieres que alguien crea que soy tú, ¿no? —Sonrió, como si fingir que era su jefe para engañar a un posible perseguidor no fuera nada raro. Y después se le ocurrió algo—. Podría ponerme ese. —Señalaba el traje que le habían confeccionado a David en Savile Row la primavera pasada—. Tú te pones mi camiseta. Y yo me llevo tus Ray-Ban, por supuesto.

David sacudió la cabeza.

—Puedes ponerte el traje, pero por lo de las gafas no paso.

Miró el cuerpo larguirucho de Jesper y pensó que no iba a funcionar.

—Dame la camiseta —dijo, resignado.

En algún armario debía de haber unos pantalones que pudiera dejarle.

Natalia estaba delante del cristal que protegía un icono antiguo y lo observaba con mirada ausente.

Sabía que la mayor tontería que podía hacer era ver a David. Pero en su vida nada funcionaba como debía, así que contestó cuando la llamó por segunda vez y después accedió a que se vieran a pesar de que el corazón le gritaba que no lo hiciera.

En ese momento oía el tictac de su corazón como si fuera una bomba de efecto retardado e intentaba concentrarse en la obra de arte rusa. Vagaba entre las vitrinas, algunas de cristal blindado porque contenían reliquias de un valor incalculable, y se recordó que no se trataba de una cita. David pertenecía a otra mujer, y además le había mentido en más de un sentido. «Danés», pensó de repente. La mujer tenía acento danés.

Sacó el brillo labial, se puso un poco, lo guardó y cerró el bolso. Siguió recorriendo la exposición, sabía que tenía un aspecto fresco y elegante, y eso le agradaba.

Mientras no se pusiera a vomitar todo iría bien.

Oyó un leve ruido, levantó la vista y vio a David.

Vestía de negro y casi llenaba el hueco de la puerta con sus anchos hombros. Natalia contuvo el aliento y notó que se le erizaba el vello de los brazos. En el museo había aire acondicionado, pero de repente fue como si la sala se hubiera quedado sin aire.

David se acercó con pasos largos y silenciosos y se detuvo sin tocarla.

—Gracias por esperar —dijo en voz baja.

—Me encantan los iconos —dijo ella, agradecida de que su voz sonara normal a pesar del estruendo que tenía en la cabeza—. Podría quedarme aquí para siempre.

Incapaz de soportar la tensión que había en el ambiente, fue despacio hasta la vitrina siguiente.

Toda su vida le habían inculcado modales y buena educación: se sentaba con la espalda muy recta y siempre daba las gracias, pero eso parecía haber desaparecido. Se le habían agotado las frases convencionales y los cumplidos. No esperaba que le doliera tanto volver a ver a David. Se le aceleró el pulso y, aunque no se tocaron, aunque apenas se miraron, era como si él inundara por completo sus sentidos, como si lo llenara todo, como si acaparara todo el espacio y el aire.

Se detuvo delante de una vitrina. Él también lo hizo. Su brazo, desnudo bajo la camiseta de manga corta, la rozó, y Natalia se estremeció. Le parecía incomprensible tener unos sentimientos tan contradictorios. Debería odiarlo, y lo odiaba, pero al mismo tiempo recordaba. Los momentos que habían compartido. Cómo se habían reído y habían hecho el amor hasta quedar exhaustos. Las intensas discusiones que habían mantenido y lo cerca que habían estado el uno de la otra. David veía en ella lo que no habían visto los demás. ¿O solo había sido un juego? ¿Podía estar tan equivocada? Unas semanas antes David Hammar no era más que un figurante en la periferia de su existencia. Ahora era la persona en torno a la cual giraba todo su ser.

Era casi insoportable.

David miró el icono que había en la vitrina.

—Qué bonito —dijo en voz baja.

Se trataba de uno de los iconos más pequeños y el que más le gustaba a Natalia de toda la sala.

Era la segunda vez que visitaba la exposición. Ese día había ido en busca de un rato de paz. Las obras de arte ruso ejercían en ella una extraña atracción, un recordatorio de sus orígenes, algo que no interesaba a nadie más de la familia.

No había vuelto a saber de sus padres desde que huyó de su casa en Djursholm. Había llamado a su padre, pero no le contestó. Y lo mismo ocurrió con la madre, realizó un montón de llamadas recogidas por un contestador automático impersonal. Peter sí respondió a su llamada, pero sonaba conciso e irritado y apenas escuchó sus propuestas sobre el modo de movilizarse en contra de esa OPA hostil. Alexander tampoco había respondido. Tal vez toda la familia intentaba borrarla de su conciencia colectiva...

Las lágrimas amenazaban con nublarle la vista. Desconocía incluso si sus hermanos estaban al corriente. Nadie decía nada.

—Es un préstamo del Hermitage —dijo ella apresuradamente mirando el icono dorado.

Había puesto cada cosa en un apartado distinto. Su situación de desempleo, en un apartado. Su condición de hija ilegítima, en otro. Su embarazo... Lo dejó a un lado y centró la atención en el presente. Tenía que hacer frente a los desastres de uno en uno. Miró el rostro dulce de la Santa Madre. El halo de gloria estaba formado por piedras preciosas y brillaba en colores claros. A pesar de su reducido tamaño, producía una fuerte impresión, como si toda la fuerza de la sala se concentrara en esa vitrina con cristal antibalas. La cartela que había al lado indicaba que su valor era «inestimable».

—Se parece a ti —dijo David mirando con detenimiento a la Virgen de gesto grave—. Fuerte. Indómita.

—Gracias —respondió Natalia—. No sé.

No estaba segura de que «indómita» fuera su piropo favorito pero le agradaba que la viera fuerte, sobre todo cuando se sentía tan frágil como en ese momento.

—Oye —dijo él en un tono carente de emoción y completamente sincero, algo muy peligroso—. Respecto a lo que ocurrió ayer...

El pánico se apoderó de Natalia.

—No tienes que decir nada —repuso ella con rapidez. Tragó saliva. «No empieces a gritar, no hagas un montón de preguntas, aguanta y punto», se dijo a sí misma.

Pero los celos eran desagradables. No volvería a criticar a las personas celosas, a partir de ahora entendería adónde conducen la duda y la desesperación. Se aferró a sus últimos restos de dignidad. «No supliques, no ruegues. Sé indómita, Natalia.»

—Carolina es mi hermana —dijo mirándola fijamente a los ojos. La luz de la sala era suave pero ella vio que su mirada era clara y no parpadeaba.

Natalia se quedó tan aturdida que al principio no entendió.

Tuvo que apartar la vista. Cuando David la miraba de ese modo no podía pensar. Era como si abriera su alma ante ella.

—Dijiste que no tenías familia —señaló Natalia obligándose a mirarle a la cara. Quería hacerse fuerte y analizar lo que él había dicho sin dejarse engañar por sus sentimientos. Los sentimientos no eran la verdad. Los sentimientos mentían con frecuencia—. Dijiste que tu hermana había muerto.

La desconfianza iba en aumento, sin duda David mentía.

—Mentí antes pero no ahora —aseguró él con esa franqueza que hacía que le pareciera que leía sus pensamientos—. Carolina es mi hermana pequeña.

Natalia puso una mano en la vitrina de cristal, aunque había señales que advertían que no se podía tocar. Esperaba que no sonara ninguna alarma.

—¿Te estás burlando de mí?

—No lo sabe nadie. Nunca se lo he contado a nadie, ni siquiera a Michel. Eres la primera en saberlo. Querría habértelo dicho ayer, pero el secreto no es solo mío. Lo hemos mantenido oculto durante casi veinte años —explicó moviendo la cabeza—. Ahora no puedo creer que te lo haya dicho.

—¿Sabe ella que me lo ibas a contar?

«¿Y por qué es un secreto? La gente no suele tener hermanas secretas.»

Por lo visto todo el mundo tenía secretos. ¿Y por qué no? Ella era hija ilegítima y llevaba su embarazo en secreto. ¿Por qué no podía tener David Hammar una misteriosa hermana secreta? Parecía una telenovela. De repente sintió una necesidad bestial de estallar en una risa histérica e inconveniente.

—Sí —dijo David—. Ayer mantuvimos una larga conversación. Sabe que te lo iba a decir. Tenemos muy buena relación. Pero ella no ha estado bien y yo he sido muy protector —añadió sonriendo—. Demasiado protector si se lo preguntas a ella.

—¿Está enferma?

Natalia buscó la respuesta en su cara.

Tenía una hermana.

Una hermana, no otra mujer.

—Es frágil —dijo David sin vacilar—. Pero hay algo más, Natalia. Y no te gustará oírlo.

Naturalmente que había algo más. Y naturalmente, debía de ser algo terrible.

Intentó recordar cuándo fue el momento exacto en que su vida se convirtió en un melodrama caótico lleno de secretos.

—Dime.

David miró a su alrededor; seguían estando solos en la sala.

—Sentémonos.

Señaló un banco.

—La razón de que Carolina estuviera «muerta» —dijo cuando se sentaron, haciendo unas comillas gestuales al terminar la frase— es que había una amenaza contra ella. La decisión se tomó hace tiempo, por su seguridad.

Natalia pensó que nada en la rubia Carolina sugería que fuera demasiado frágil para este mundo. Miró a David con gesto de duda.

—Cuando yo iba a Skogbacka, mi familia se instaló en la pequeña ciudad donde está la escuela. Mi madre trabajaba en un pub. Las tardes eran largas y ella estaba mucho tiempo fuera de casa.

Su rostro se ensombreció. Tenía la mirada fija en un punto lejano.

—Una noche Carolina fue víctima de una agresión —continuó—. El ataque fue tan grave que hubo que llevarla al hospital. Aquello fue el remate del acoso que estaba sufriendo mi familia desde hacía tiempo y que siguió incluso después de la agresión. La gente propagaba rumores y mi familia era un objetivo. Es una localidad muy pequeña, y nosotros no éramos de allí y... —Sacudió la cabeza, carraspeó y continuó—: Al final las cosas se pusieron tan mal que mi madre decidió que Caro se fuera a vivir a Dinamarca.

—¿A Dinamarca? ¿Por qué?

—Caro era especial, frágil. Después de... de la agresión se

348

encerró en sí misma. Los médicos dijeron que estaba traumatizada, pero nadie sabía qué hacer con ella. Mi madre había oído hablar de un terapeuta en Dinamarca que era especialista en ese tipo de pacientes. Estaba desesperada, de otro modo nunca se hubiera separado de Caro.

David miró al suelo. ¿No le había contado eso a nadie?

—Caro se fue allí. Solo tenía quince años, pero era bueno para ella. Vivía en el campo, cerca del mar. Tenía que curarse.

David se quedó en silencio y Natalia intentó imaginar lo que le estaba contando. Esa ciudad pequeña, los habitantes que se pusieron en contra de una familia de forasteros.

—Mi madre no se recuperó nunca —continuó David en voz baja, y a Natalia le pareció que podía ver en su imaginación al joven que era por entonces, todavía un adolescente pero ya con un pie en el mundo de los adultos. Un forastero preocupado por su madre y por su hermana.

»Seguimos cada uno por un lado. Caro se quedó en Dinamarca, yo me fui a estudiar a Estocolmo y mi madre murió mientras yo estaba en la Escuela de Economía.

—Pero ¿tu madre permaneció allí? ¿A pesar de lo que había ocurrido?

—Sí, se negó a marcharse. Mi madre podía ser muy terca.

Natalia sonrió ligeramente; estaba claro que él había heredado ese rasgo.

—Si un disgusto puede matarte, eso fue lo que le ocurrió a mi madre —añadió David—. Y yo no era ningún apoyo. Fuimos perdiendo el contacto y luego, de repente, ella ya no estaba. Yo ni siquiera sabía que estaba enferma. Una neumonía que no se trató a tiempo. Así de absurdo. En el entierro hice correr la voz de que Caro había muerto y nadie lo cuestionó. Tal vez fue un error, pero ella se sentía bien en Dinamarca, y más segura. Hace pocos años empezó a salir y a conocer gente —dijo con una sonrisa apagada—. A ser más como otras personas. Ya no se le nota nada. Pero nunca hablamos de lo que ocurrió. Yo no puedo y ella... no sé, la verdad.

El corazón de Natalia latía con fuerza. De algún modo intuía que no se lo había contado todo.

—Pero ¿qué ocurrió? —La pregunta sonó como un susurro en la tranquila sala de exposiciones.

—La violaron —dijo David con voz tranquila, aunque ella notó el esfuerzo que estaba haciendo.

Natalia sintió que la rabia se le extendía por el cuerpo.

—Fue una violación terrible. —David se pasó la mano por el rostro. Se inclinó hacia delante y apoyó los antebrazos en las rodillas. Su nuca desnuda parecía vulnerable.

Natalia entrelazó los dedos en su regazo.

—Todas las violaciones son terribles, por supuesto —continuó él—. Pero esta... Yo creía que Caro se iba a morir. Fue horrible. Y me culpaba a mí mismo.

—No, ¿por qué?

—Caro siempre fue distinta, incluso antes —dijo mirando hacia arriba—. Yo tendría que haber estado en casa con ella. Mi madre trabajaba y a Caro no le gustaba estar sola. Pero yo era joven e inquieto, no quería quedarme en casa cuidando de mi hermana. Así que me escapé. Y ellos entraron y...

Se quedó en silencio.

Natalia intentó imaginárselo. Una quinceañera frágil. Sola en casa. Hombres que irrumpían de repente, se ganaban su confianza y la herían para siempre.

—Pero ¿quiénes eran?

—Cuatro chicos del internado. Caro los conocía y entraron engañándola. Ella creía que iban con buenas intenciones, Caro siempre pensaba bien de todo el mundo. Con quince años era guapísima, como cualquier otra chica de su edad. Pero estaban allí para vengarse de mí.

—¿De ti?

—Me había peleado con algunos alumnos de la escuela mayores que yo. Esos cuatro querían darme una lección.

Sonaba completamente demencial, como en la guerra. Hombres que se desquitaban con niños y mujeres.

—Natalia, me resulta difícil decirte esto —continuó David—. Pero Peter era uno de ellos.

—¿Peter? —Parpadeó, intentaba digerir lo que había oído—. ¿Qué Peter?

David no respondió. Ella lo miró. Empezó a mover lentamente la cabeza al tiempo que captaba el alcance de aquella afirmación. Y tuvo que comprender lo imposible.

Por supuesto.

Eso explicaría muchas cosas, pero era demasiado asqueroso. David no podía insinuar...

—No —susurró ella.

David la miró con fijeza.

—Hay más —dijo.

—¿Más?

¿Cómo podía haber más? Jamás habría imaginado que las cosas fueran a ir por ahí cuando empezaron a hablar.

—Teníamos que denunciar la agresión, claro. Yo estaba totalmente fuera de mí, fue mi madre quien llamó a la policía, al internado. Pero lo silenciaron, ¿puedes entenderlo? Tu padre, uno de los principales benefactores de la institución, y el rector del centro lo ocultaron, dijeron que la culpa era de Caro por invitarlos a entrar. Ya sabes cómo son estas cosas.

Natalia asintió, destrozada. Ocurría todos los días. Chicas a las que primero violaban y a continuación culpaban. Un doble abuso.

—Nuestra familia fue amenazada, difamada. No te puedes imaginar lo que se dijo de nosotros. De Caro. Era repugnante. Y cuando intenté denunciarlo... bueno, ya me has visto la espalda. Me lo hicieron Peter y sus amigos. Al final mi madre me rogó que parara. Lo hice por ella. Y empecé a estudiar pensando que mi forma de vengarme sería lograr tanto poder que nadie fuera capaz de volver a hacerle nada parecido a mi familia.

Natalia apenas podía respirar. Algo le ardía por dentro.

David estaba a punto de destruir a su familia a causa de algo que su hermano y su padre habían hecho. Era una venganza, una revancha, una auténtica *vendetta* de esas que salían a veces en la prensa.

Sintió náuseas.

—¿Natalia?

La voz de David sonó distorsionada y distante. Intentó respirar profundamente. No podía quedarse quieta. Se levantó y aferró el bolso hasta que los dedos se le quedaron adormecidos.

—Necesito tranquilizarme un poco —dijo con voz débil.

David también se había puesto de pie.

—Lo siento mucho. De verdad. Pero quería que supieras quién es Caro. Me di cuenta de que pensaste otra cosa.

Natalia no sabía qué decir. David había pasado su juventud protegiendo a su madre y a su hermana de la violencia y de las amenazas de su familia. Había dedicado su vida adulta a planear cómo vengarse del padre y del hermano de ella. Peter había... No, era demasiado.

—Mi mayor motivación a partir de entonces fue asegurar el futuro de Caro —dijo él.

—Vengándote de todos los que estaban involucrados —espetó ella. Porque de pronto lo entendió todo. Los progresos despiadados de David en el mundo financiero sueco. ¿Cuántas de esas personas a las que había aplastado sin piedad estaban relacionadas con los hechos de Skogbacka? ¿Con la violación y con el ocultamiento del delito? Los artículos que había leído y los rumores que había oído sobre él eran ciertos. Eran parte de su plan de venganza—. El director de la escuela y los otros. Los destrozaste económicamente uno por uno, ¿verdad? Les quitaste las empresas, derribaste sus casas, sedujiste a sus esposas. No era mentira, es verdad. Fueron los que violaron a tu hermana, ¿no es así?

—Eso fueron asuntos de negocios —dijo él escuetamente.

—Eso fue una venganza.

—¿Qué importancia tiene ahora?

Para ella sí la tenía, pensó. En el mundo de él tal vez no fuera así, pero para ella había diferencias entre los negocios y las venganzas personales.

—Eso te destruirá como persona —dijo ella mientras se preguntaba si no lo habría hecho ya—. ¿No lo ves? —preguntó en tono de súplica—. Ellos te maltrataron y ahora tú te vengas. Puedo entender los sentimientos, pero de la venganza no puede salir nada bueno, David. ¿De verdad crees que eso es lo que tu madre quería para ti? ¿Para vosotros dos?

—Tú no puedes saber lo que quería mi madre —replicó él apoyando un hombro en la pared y cruzándose de brazos—. La mera idea de que creas saberlo es presuntuosa. ¿No te das cuenta de lo protegida que estás en tu burbuja de clase alta, Natalia? No sabes lo que es la vida para la mayoría de la gente.

Esas palabras, curiosamente, le dolieron mucho.

Ella creía que él veía su interior con independencia de las apariencias, y que valoraba que hubiera librado su propia batalla. Pero para él solo era una muñeca de clase alta, protegida e ignorante.

Se sintió tonta y humillada como nunca había pensado que podía sentirse.

—Procedemos de ambientes del todo distintos —continuó él volviendo el rostro para mirarla—. ¿Puedes decir con honestidad que no te acostaste conmigo porque la idea te parecía emocionante? —Sonrió—. ¿Cómo lo expresaste ayer? ¿Para pasar el rato?

—Te pido disculpas por ello —dijo Natalia en voz baja—. No debería haber dicho eso, fue indigno por mi parte. Perdóname.

—No has comentado nada acerca del hecho de que tu familia estuviera detrás de todo eso —constató poniéndose derecho—. Entiendo que estés enfadada conmigo, pero ¿no estás enfadada con ellos por lo que hicieron?

Ella se mordió el labio.

—Yo...

—No me crees —dijo él en tono firme—. Una parte de ti cree que miento.

Natalia miró hacia abajo.

—No sé qué creer —reconoció con sinceridad.

Él parecía sincero, pero la historia era espantosa. ¿Podían ocurrir esas cosas? ¿Podía hacer su hermano algo tan bestial? ¿Podía toda una comunidad actuar así en contra de una familia indefensa?

Sí, se dio cuenta de que le creía.

—Si eso es cierto, entonces yo también formaba parte de tu venganza —dijo sintiendo que el suelo se movía bajo sus pies.

Peter violó a Carolina. Así que David se vengó acostándose con la hermana de Peter.

—Fue una represalia por lo que Peter había hecho —añadió en un tono apagado.

Le parecía repugnante.

David la miró con recelo y Natalia se estremeció.

—Peter y sus amigos forzaron a Carolina y le produjeron un daño mayor del que te puedas imaginar. Tú querías tener sexo conmigo voluntariamente y lo hiciste de buena gana. Hay una diferencia importante, ¿no crees?

Ella asintió ajustándose el fular, que se le estaba aflojando del cuello.

—Sí, hay una diferencia —convino—. Pero ¿sabes lo que pienso?

Él negó con la cabeza.

—Que todo esto lo haces por ti. Que te gusta vengarte, que disfrutas del poder que te aporta. —Lo miró a los ojos y añadió—: Usas como excusa lo que le ocurrió a tu hermana para lograr dinero y poder. Creo que te sientes bien manipulando a las personas.

—Yo no te he manipulado en absoluto —dijo él—. Y tú lo sabes.

—No tendrías que haberte puesto en contacto conmigo. —Natalia carraspeó—. Y también lo sabes. No tendrías que haber encargado las entradas del concierto ni haber coqueteado conmigo. Tendrías que haberme dejado en paz.

—Pero es que yo no quería dejarte en paz —dijo acercándose a ella.

Ella retrocedió.

—Puedes convencerte a ti misma de que te engañé si con ello te sientes mejor. Pero lo que ocurrió, Natalia —dijo en voz baja acercándose un poco más a ella—, tú lo deseabas tanto como yo.

Estaba tan cerca de ella que casi la rozaba. Natalia retrocedió otro paso y chocó con la espalda en la pared.

—Pero nunca podrá haber nada entre nosotros —dijo ella mientras notaba que se le quebraba la voz y volvió a carraspear—. Tú lo sabías desde el principio. Es una diferencia fundamental, al menos para mí.

—Que no haya un futuro no significa que no pueda haber un buen presente —murmuró él.

Se dio cuenta de que empezaba a sudarle la frente. ¿Qué estaba haciendo?

David levantó la mano y le acarició la mejilla con el pulgar con inmensa ternura.

Ella no podía respirar.

—¿Qué haces? —susurró con voz ahogada. Fue una muestra de cariño tan inesperada que no estaba preparada para ese maremoto de sentimientos. El corazón le golpeaba con fuerza contra las costillas. No podía apartar la mirada de su rostro. Lo que más le gustaba de él eran sus besos. No había nada tan íntimo como un beso, y David era buenísimo en eso.

Él puso una mano en la pared detrás de ella y se inclinó lentamente hacia delante, como si le diera una oportunidad de retirarse.

Natalia no se retiró.

La besó. Le acarició la boca con los labios suave y lentamente. Ella respiraba con dificultad. Pensó como en sueños que debería evitarlo, que eso solo podía terminar con más sentimientos heridos. Pero no habría podido apartar a David aunque su vida dependiera de ello. Lo necesitaba más que el aire y los alimentos. Cerró los ojos, se entregó a él con todo el cuerpo. Se besaron hasta que se quedó sin aliento.

Se oyó un ruido sordo y él se apartó. Un vigilante entró y los miró, luego echó un vistazo a su alrededor y volvió a marcharse. Los ojos de David seguían en ella. Su mirada era oscura e intensa y respiró profundamente al retirarse. Ella podría haber continuado hasta que cayeran al suelo uno encima del otro.

David esbozó una sonrisa.

—¿Vas a seguir mintiéndote, Natalia? —Alargó la mano y acarició con un dedo la piel que dejaba a la vista la abertura de la blusa.

Ella empezó a temblar.

David sonrió al ver cómo respondía y la miró con fijeza.

—No necesité que seducirte, si eso es lo que estás diciéndote. Caíste como una ciruela madura. Solo tuve que extender el brazo y cogerte.

Sus dedos siguieron bajando hasta rozarle los pechos y unas lágrimas inoportunas brotaron de los ojos de Natalia.

—Todavía quieres —murmuró él—. A pesar de que sabes quién soy y lo que he hecho.

Volvió a inclinarse hacia ella.

Y Natalia, que en su vida había cometido un acto violento, que en su familia siempre había defendido la no violencia y las soluciones pacíficas, levantó la mano y le dio una bofetada con todas sus fuerzas. El golpe fue tan fuerte que el rostro de David se volvió hacia un lado.

—Vete a la mierda —dijo mirándolo fijamente a los ojos—. Voy a pelear —añadió—. Y no creas que te lo voy a poner fácil.

De pronto entendió lo que era querer vengarse de ofensas y de sentimientos heridos. Él la había metido en eso. Lo había hecho como algo personal, por ella. Para Natalia ya no se trataba de Investum, pensaba luchar por sí misma, por su hijo que no había nacido aún.

—Nada acaba hasta que se acaba —dijo ella, y si sonó a frase de película mala le dio igual.

Contuvo el aliento y juntó lo que le quedaba de autoestima. A David no le había molestado la bofetada, parecía que ni la había notado. Estaría acostumbrado a cosas peores. Imaginaba que no sería la primera mujer que le había abofeteado.

Él le recogió el fular del suelo y ella se lo quitó de la mano. La miró y Natalia no consiguió interpretar su expresión por más que lo intentó.

—¿Sabes? —dijo, enfadada—. La violación, la agresión y todo lo que le ocurrió a tu familia... nadie debería pasar por eso. Debería haberse hecho justicia; tendrían que haberlos castigado, a todos. Pero ¿no es igual de innoble lo que tú estás haciendo? Ahora estamos en el presente. El pasado no se puede cambiar, pero lo que haces destruye tu presente y el de tu hermana.

—Ese es un argumento ingenuo —repuso él escuetamente.

—Tal vez —convino ella—. Pero ¿no es mejor ser ingenuo que estar muerto por dentro? Estás atrapado en el pasado. Yo no tengo ni idea de cómo podría seguir adelante después de lo que habéis vivido, pero sé que tengo que seguir adelante. Si no lo hiciera sería como si me hubieran ganado.

—No. Esto lo voy a ganar, no pienses otra cosa.

—Vas a destruir a mi familia.

—Sí.

En ese momento Natalia se dio cuenta de que nunca podría contarle lo del embarazo. No había ningún futuro para ellos. Antes creía que la asamblea sería el final. Pero se equivocaba, pensó mientras se ataba el fular con manos temblorosas y se arreglaba la ropa. Era el principio. A partir de ese momento las cosas iban a empeorar.

La familia de David había quedado destrozada hacía casi veinte años. Ahora era el turno de la suya.

El caos y el odio serían las consecuencias. Tal vez se perpetuaran incluso en la siguiente generación.

Natalia contuvo el aliento. Había tomado la decisión. Ya era suficiente.

—Adiós David —dijo.

44

Era viernes por la tarde y David había desaparecido de la oficina sin decir ni una palabra, vestido de negro como un ladrón o algo parecido. Michel se levantó de la mesa y sacó su bolsa de entrenamiento. No tenía ni idea de en qué andaba metido David. Abrió la bolsa y comprobó que lo había guardado todo, cerró la cremallera y fue al frigorífico a por una botella de agua.

—Me voy un rato al gimnasio —informó a Malin, que estaba en la recepción, inclinada sobre un montón de papeles.

—Las cosas empiezan a calmarse —dijo ella—. Todo está preparado para el lunes.

—No tardo —dijo él—. Solo tengo que aclararme las ideas.

Malin asintió.

—¿Dónde está Jesper? —preguntó Michel.

—Se ha largado —respondió Malin encogiéndose de hombros.

Michel sacudió la cabeza. Se le escapaba algo. David, que era el hombre más fiable, frío y controlado que conocía, cada vez se comportaba con mayor irracionalidad. Actuaba movido por los sentimientos, dudaba. Como un maldito novato.

Mientras bebía agua, bajaba las escaleras y se dirigía al gimnasio, Michel se planteó seriamente si deberían echarse atrás. David vivía a un ritmo frenético desde que se graduó en la universidad. ¿Tal vez era demasiado para él? Podrían dejar de hacer daño y retirarse. Al fin y al cabo no se dedicaban a la física nuclear. Tendrían grandes pérdidas, por supuesto, pero nada de vida o muerte.

Michel vació la botella, la tiró y abrió la puerta de uno de los gimnasios más exclusivos de Estocolmo. Saludó a los de recepción y puso la mente en modo descanso. Se cambió y diez minutos después ya estaba bañado en sudor.

Åsa no podía recordar cuándo fue la última vez que tuvo que quedarse en el trabajo un viernes después de las cuatro de la tarde, pero era el último día hábil antes de esa maldita asamblea general de accionistas, así que estaba en Investum como cualquier otro empleado.

El jueves fue temprano al trabajo (con resaca después de la sorpresa que le había dado Natalia por la tarde), y esa mañana había llegado más temprano aún (resacosa también, pero un día de esos iba a dejar de beber).

Estaba haciendo todo lo que podía para afrontar aquel desastre. Natalia hablaba de pelear, pero el problema era que el golpe estaba muy bien planeado. Natalia estaba cabreada, y con razón, con ese maldito traidor de David Hammar, pero Åsa ya no podía estar tan furiosa con Michel.

El mundo de las finanzas era brutal. Eran como tiburones; si alguien sangraba, le atacaban. En parte pensaba que Gustaf se lo había buscado. Eso era lo que pasaba cuando se tenían aduladores mediocres de mediana edad en la dirección. La aptitud bajaba como una acción báltica en la bolsa un lunes negro. David Hammar podía ser un jugador arrogante y despiadado, pero sabía lo que hacía. Estaba bien organizado, mientras que Gustaf siempre creía que sabía más que los demás y nunca seguía el consejo de nadie. En ese momento, Peter, Gustaf y el resto de los empleados de Investum, los de arriba y los de abajo, corrían de un lado a otro alternativamente aterrados, furiosos o agotados.

Åsa bostezó y cerró los ojos un momento. Peter gritaba en el pasillo algo que a ella no le importaba un bledo. Peter no estaba llevando bien la crisis, la verdad. De haber sentido una pizca de compasión por él estaría preocupada. Se preguntó cómo reaccionaría cuando se enterara de que Natalia no era hija legítima. Por Dios, había sido una tarde de lo más impactante. Åsa estaba segura de que Gustaf había dicho en serio que no quería saber nada más de Natalia. Seguramente esta esperaba una reconciliación, pero ella dudaba que fuera posible.

Después de morir los padres de Åsa, Gustaf fue para ella una especie de padre en funciones. Siempre hubo roces, porque Åsa sabía que a Gustaf le gustaba más ella que Natalia. No había hablado de eso con nadie, simplemente lo sabía, y le había resultado difícil. La solución fue mantener una distancia emocional y portarse mal. Si una se portaba mal, al final siempre ocurría lo inevitable y la gente la dejaba. Era más fácil que las matemáticas o que el curso básico de derecho civil. Y beber demasiado era una solución para la mayor parte del resto de los problemas, en su experta opinión. Portarse mal y emborracharse con frecuencia eran las dos patas sobre las que descansaba su existencia.

Åsa puso los pies encima de la mesa y volvió a cerrar los ojos. Sabía que a Gustaf y a Ebba les hubiera gustado que se casara con Peter. Que ella, descendiente de una de las mejores familias de Suecia, se casara y produjera pequeños De la Grip con el príncipe heredero Peter. Eso era lo que hacían. Se casaban con alguien de su círculo e intercambiaban prometidos y prometidas de un modo casi incestuoso. Pero ella habría preferido clavarse en el ojo un tenedor para barbacoa a tener algo que ver con Peter.

Se rascó la frente y suspiró en voz alta. Hacía calor y quería irse a casa. Si no se lo decía a nadie, podría tomarse la tarde libre y pasarla en casa en compañía de la tele y de un par de pastillas para dormir. No tenía energía para una cita, vestirse, coquetear y enviarle SMS a Michel. Él no la quería y ella se daba por vencida. De todos modos no habría funcionado.

Poco después Åsa caminaba hacia su casa abanicándose con el portafolio y mirando a la gente. Por puro impulso decidió dar un rodeo de camino a su apartamento. En vez de adentrarse por las calles de Östermalm iría al lado del mar.

Había demasiada gente en el muelle, y los tacones se le quedaban atascados entre los adoquines constantemente. Estaba agachada intentando liberar otra vez el tacón cuando le sonó el teléfono.

Respondió sin mirar quién era.

—¿Sí?

—¿Åsa? —dijo una voz conocida.

Mierda. Allí estaba ella, agachada, con el portafolio debajo del brazo y el móvil aprisionado debajo de la barbilla, incapaz de recordar ninguna de las cosas tan inteligentes que pensaba decirle si alguna vez la llamaba.

—Hola, Michel —saludó al tiempo que hacía un movimiento brusco para sacar el tacón.

—Hola —dijo él.

Sonó como si estuviera sonriendo y la mente de Åsa se quedó en blanco. Siguió andando. El sol quemaba, el muelle estaba lleno de gente y tenía que abrirse paso. Intentó que se le ocurriera algo ingenioso que decir, odiaba quererlo tanto. No podía soportar esa necesidad de verlo, de oír su voz, le hacía daño.

—¿Qué haces? —preguntó él.

Ella miró a su alrededor. Había gente por todos lados, niños pegajosos y turistas señalando con el dedo.

—Voy a tomar una copa con un amigo —dijo ella.

Menos mal que no podía verla.

El tacón del zapato se le había aflojado, así que cojeaba un poco. Su vestido blanco —adoraba el blanco— no había soportado un día de trabajo caótico y estaba sucio y arrugado.

—¿Dónde estás? —preguntó él.

Ella se apartó el pelo de la cara. Sudaba, algo que odiaba. El día que empezara con los sofocos de la menopausia se mataría. El sujetador se le había torcido, así que cogió el móvil y el portafolio con una mano y con la otra intentó empujar el pecho dentro de la copa.

—En el centro. —Sonó la sirena de un barco que zarpaba del muelle y ella oyó el eco en el teléfono. Frunció el ceño—. ¿Michel?

—¿Sí?

—¿Dónde estás? Me ha parecido oír la sirena de un barco.

—Aquí —dijo él, y estaba delante de ella, fragante, con una bolsa al hombro y gafas de aviador.

El tacón volvió a quedarse atascado. «¡Muy buena idea!»

Al salir del gimnasio, Michel había visto a Åsa y no pudo resistir el impulso de seguirla. Semejaba un ángel con ese vestido blanco y ese pelo tan rubio. Si es que los ángeles podían llevar tacones tan altos y tener más curvas que una montaña rusa.

No pareció que ella se alegrara de verlo, pero a Åsa nunca le habían gustado las sorpresas. Se apartó un rizo rubio de los ojos con un bufido y lo miró.

—¿Adónde vas en realidad? —preguntó él tendiéndole la mano.

Parecía que estuviera pegada al suelo. Puso dos dedos en el brazo de él, se apoyó y logró soltar el zapato.

—Odio los adoquines —dijo soltándole el brazo.

Se arregló la falda y él la miró de reojo cuando se pasó las manos por las caderas. La tela blanca se ceñía a las nalgas y a los muslos y Michel tuvo que hacer un esfuerzo para no mirar. Subió la mirada hasta el rostro, se detuvo en la boca y después en los ojos.

—¿Qué coño haces aquí? —preguntó ella.

—Salía del gimnasio y te he visto.

—Y has decidido seguirme...

Él se encogió de hombros.

—¿Adónde vas?

—A casa.

Michel levantó una ceja.

—¿Por aquí?

Sabía exactamente dónde vivía, en una de las calles más tranquilas y exclusivas de Östermalm. Había estado en la puerta de su casa más veces de lo que era capaz de admitir.

—He decidido dar un paseo al lado del agua. Una idea horrible. No lo haré más.

Él se echó a reír.

—No, nunca te ha gustado pasear —convino. Siempre le había encantado esa actitud sibarita de Åsa respecto a la actividad física.

Ella lo miró.

—Estás radiante. ¿Tienes una cita?

—He estado entrenando —dijo él.

Cuando ella lo miraba de ese modo, recorriendo sus músculos y estudiando su cuerpo con descaro, le costaba no empezar a hacer flexiones y estiramientos como un imbécil. Ella le afectaba, y él tenía que poner todo de su parte para mantener el control. Åsa podría percibir su debilidad y, si llegaba a saber el efecto que ejercía sobre él, lo aplastaría bajo uno de sus tacones.

—¿Qué quieres, Michel? ¿Qué estás haciendo?

—Solo estoy hablando —expuso él.

—Sabes a qué me refiero. No quiero hablar más.

—No —dijo él—. Ya lo sé.

Pero se negaba a ser uno de esos hombres con los que se acostaba y acto seguido se los quitaba de encima. Reflexionó.

—Creo que te estoy cortejando.

—¿Cortejando? —preguntó ella emitiendo una especie de bufido—. ¿Existe aún esa palabra? ¿Estás borracho?

—No —dijo él.

—No puedes decidir cómo será nuestra relación —dijo ella—. No puedes entrar en mi vida, ponerte a dar órdenes y creer que las cumpliré.

—Yo puedo dar todas las órdenes que quiera. Tú solo tienes que elegir cuáles cumples y cuáles no.

Ella lo miró. Su piel pálida había adquirido color y unas manchas rosa coloreaban sus mejillas.

—Eres un cabrón de mierda —dijo.

El miedo acechaba en el fondo de sus ojos, acurrucado como un niño asustado.

Él se inclinó, la besó rápidamente en los labios y luego se apartó con la misma rapidez.

—Dentro de setenta y dos horas todo esto habrá acabado. Entonces podremos terminar de hablar. —Echó un vistazo al reloj—. Ahora tengo que volver a la oficina antes de que cierre la bolsa. Hasta la vista.

—Vete tranquilo —dijo ella—. Me las arreglo bien sin ti. Espero que lo tengas claro.

—¿Åsa?

—¿Sí?

—Aléjate de los adoquines.

Se dio la vuelta y se alejó silbando.

—¡Te odio! —gritó ella a su espalda.

Él se rió. «Y yo te amo.» No lo dijo en voz alta. A pesar de los pesares, no era un estúpido.

45

Sumido en sus pensamientos, David recorrió a pie el corto trayecto entre el Nationalmuseum y su oficina. El encuentro con Natalia le había dejado confuso. Se merecía la bofetada, no había sido lo que se decía amable con ella. Se pasó la mano por la mejilla. Natalia tenía fuerza.

Abrió la puerta de la oficina y saludó a Malin, que estaba de pie en la recepción.

—¿Mantenemos las posiciones? —preguntó. Eran las cinco y media. En cuanto la bolsa cerrara todo se quedaría totalmente tranquilo.

Ella asintió.

—Ahora no va a ocurrir nada, todos están a la espera de la reunión.

Malin tenía razón. David asintió con la cabeza mientras hojeaba un informe que le había entregado. A partir de entonces y durante el fin de semana no ocurriría nada.

—Me marcharé en media hora —dijo ella a la vez que Michel aparecía por la puerta. Malin contestó a una llamada.

—¿Dónde estabas? —preguntó David.

—En el gimnasio. —Michel dejó la bolsa en el suelo, se quitó las gafas de sol y se secó la frente con el dorso de la mano—. ¿Dónde estabas tú? ¿Y dónde está tu coche?

David se había olvidado por completo de Jesper y del coche.

—¿Puedes venir a mi despacho? —pidió—. Tengo que contarte algo.

David esperó en su despacho mientras Michel dejaba la bolsa. Entró enseguida con dos botellas de agua en la mano y cerró la puerta con el codo. Le dio una botella a su amigo y se sentaron cada uno a un lado del escritorio.

—Jesper se ha llevado el coche —dijo David—. ¿Te has dado cuenta de que nos vigilan? No quería que me persiguieran.

—Mmm, sí me había dado cuenta. Pero no es la primera vez.

No estaban demasiado acostumbrados a ser objeto de seguimiento y espionaje. Después de todo, era un mundo en el que la información jugaba un papel fundamental.

—Siento haberme marchado sin decir nada —se excusó David—. Tenía que arreglar algo.

—No pasa nada.

—He visto a Natalia —dijo.

—¿Seguro que ha sido buena idea? —preguntó Michel toqueteando la botella.

—No —admitió David—. Pero tenía que aclarar un asunto. Y ahora te lo quiero contar.

—A ver —dijo Michel con un suspiro.

Así que le contó toda la historia.

El encuentro de Carolina y Natalia en el parque el día anterior. La violación y la implicación de Peter. Todo, absolutamente todo. Y se quedó tan a gusto como cuando se lo dijo a Natalia. Por un rato, en la exposición de iconos, David se había sentido en paz. Por un rato, antes de que todo se torciera otra vez, se había sentido sereno y en armonía. Por fin le había contado a alguien lo de Carol. Natalia le había escuchado y para él fue como confesarse. No se había dado cuenta de la carga que suponía guardar ese secreto.

A Natalia le había sorprendido, naturalmente, y él se preguntó si habría alguna persona en el mundo a la que hubiera defraudado tantas veces como a ella. Si la había interpretado bien, nunca le perdonaría ni volvería a confiar en él, algo que a él le dolía más de lo que pensaba. Pero se alegraba de haberle hablado de Caro y de que se hubiera enterado por él y no a través de un reportaje de cualquier periódico sensacionalista. La mayoría de los medios de comunicación se habían calmado en relación a Investum. Los periodistas seguían preguntando sobre Skogbacka y el acoso, pero con menos insistencia. Ni la violación ni los latigazos se habían denunciado a la policía, así que los peores detalles se habían mantenido ocultos. Y ninguno de los involucrados tenía interés en que se hicieran públicos.

Miró a Michel, que se había quedado mudo y con expresión de asombro.

—Es increíble —dijo con voz ahogada.

—Sí.

—Tienes una hermana secreta. Eso es una locura.

—Sí.

—Y nunca has hablado de ella.

—No.

—Y a la que Peter De la Grip... —Se interrumpió.

—Sí.

—Todo este asunto es de lo más extraño... —dijo Michel—. Tú y Natalia y todas esas venganzas personales. Y ahora resulta que tienes una hermana de la nunca había oído hablar. De la que nadie ha oído hablar.

—Lo siento —dijo David—. Pero se trataba de su seguridad.

—Entiendo. —Michel hizo un gesto con la mano para quitarle importancia. Parecía reflexionar—. Dijiste que había una amenaza contra ella, ¿no?

—Eso fue hace mucho tiempo, pero toda precaución es poca.

—Entonces ¿por qué está aquí, en Estocolmo?

—Mi hermana tiene acciones de Investum —dijo David con una sonrisa.

Se las había comprado él a lo largo de los años. En la actualidad estaba bien posicionada.

—¿Irá a votar?

—Sí. He intentado que envíe un representante, pero ella quiere ir en persona. Puede ser muy obstinada.

Michel levantó una ceja y dejó la botella.

—Tengo que asimilarlo.

—Entiendo.

—Pero ¿eso es todo? ¿No tienes más secretos? ¿Algún otro pariente desconocido al que debería conocer?

Llamaron a la puerta.

—No, no hay más —dijo David, y luego gritó—: ¡Adelante!

Malin asomó la cabeza.

—David...

—¿Sí?

—Hay un hombre que quiere verte.

—¿A estas horas? ¿Quién es?

Malin parecía preocupada. Miró a Michel y luego de nuevo a David. Los ojos se movían rápidamente de uno a otro, como si estuviera viendo un partido de tenis.

—No sé cómo decirlo.

—¿Decir qué? —preguntó David.

Hasta Michel miró a Malin con expresión perpleja.

Ella volvió a mirar al uno y al otro un par de veces más. Después, tras suspirar profundamente, dijo en tono de disculpa:

—Dice que es tu padre.

46

El silencio en el despacho de David era palpable. Michel apoyó las palmas de las manos en el escritorio y sus pesados anillos tintinearon con un ruido sordo. Una piedra brilló, amenazante. Se levantó despacio, se inclinó hacia delante y dirigió a David una mirada iracunda.

—Tú eres el jefe —dijo en tono airado—. El señor inversor de capital de riesgo, fundador y superhéroe —añadió apretando las mandíbulas, y después, subrayando cada sílaba, manifestó categórico—: Pero tú y yo luego tenemos que hablar. Detenidamente. Sobre el futuro. Tu futuro y el mío.

Le lanzó una última mirada furiosa, retiró las manos de la mesa, cogió la botella de agua vacía y la retorció. Saludó a Malin con la cabeza al salir.

—Dile que pase —pidió David cuando Michel desapareció. Se puso de pie. «Esto será rápido.»

Malin murmuró algo y luego David vio al hombre.

—Adelante —dijo Malin; la jefa de comunicación, tan segura siempre de sí misma, parecía inquieta al ceder el paso al visitante.

David se cruzó de brazos y observó al hombre que entraba por la puerta.

—Carl-Erik Tessin —anunció Malin—. El conde Tessin —añadió nerviosa.

—Gracias, Malin —dijo David—. Ya puedes irte a casa. Esto no llevará mucho tiempo.

Fue deliberadamente grosero, dejando que parte de la rabia que sentía se percibiera en su voz. ¿Cómo se había atrevido ese hombre a pensar siquiera en ir allí?

Malin cerró la puerta y se quedaron solos.

—Hola, David —dijo Carl-Erik.

Tenía ese tono de voz bajo y bien articulado que David asociaba con la clase alta y el abuso de poder.

—¿Qué coño haces aquí? ¿Qué demonios quieres?

El rostro de Carl-Erik tembló.

—He intentado ponerme en contacto contigo.

—¿Y?

No reaccionó a su vez con ira, pero Carl-Erik siempre había sido un cobarde, una persona huidiza.

—Te he escrito —dijo en voz baja—. Y te he llamado por teléfono. No contestas.

—No —zanjó David.

No dijo nada más, no quería prolongar la conversación, no quería mantener esa conversación. Carl-Erik no podía decir nada que él quisiera oír. Odiaba a ese hombre, a su aristocrático padre. Esa palabra —padre, papá—, la palabra más sin sentido y menos vinculante que existía para él, bastaba para que se le revolviera el estómago. Ese conde, con su suave acento de Escania y su noble árbol genealógico, había tenido dos hijos —no uno, sino dos— con la joven y bella Helena Hammar. había conocido a la camarera poco instruida a finales de los años setenta en un local de ocio de Estocolmo e inició con ella una relación. La dejó embarazada pero nunca se le pasó por la cabeza separarse de su esposa, una mujer de suficiente alcurnia para un conde. No había palabras que pudieran describir el desprecio que sentía David por el conde Tessin. Lo miró con rostro inexpresivo, frío e inaccesible. Él sabía mejor que nadie lo que se siente cuando alguien mira con indiferencia una mano tendida.

—Te vi en Båstad —dijo Carl-Erik.

David también lo vio pero, del mismo modo que Carl-Erik se había negado a reconocer a sus hijos ilegítimos, David se negaba a reconocer su existencia.

—Y leo todo lo que los periódicos dicen de ti.

Hubo un tiempo en que tener un padre era importante en la vida de David. De niño a veces se preguntaba qué había hecho mal para que su padre no lo quisiera. Una vez fue a Escania en autobús sin decírselo a su madre y se quedó a las puertas de la mansión donde vivía su padre con su esposa y sus hijos legítimos. Cansado y triste, volvió a casa y cerró la puerta a su pasado para siempre.

Transcurrieron los años y Carl-Erik podría haber muerto. Para David estaba muerto. Dejando aparte el hecho de que lo odiaba y una parte racional de él se daba cuenta de que no se puede odiar a alguien que está muerto. Pero en la misma medida que odiaba a Gustaf y a Peter, odiaba a ese hombre que se hallaba delante de él con una mezcla de arrepentimiento y esperanza en los ojos. Ese era el hombre que siempre defraudaba, el que abandonaba a los demás después de aprovecharse de ellos, el que engañaba y era débil. David esperaba que no hubiera ni una sola célula en él que se pareciera a Carl-Erik Tessin.

—Lo dicho: ¿qué quieres? —Respiró hondo e intentó contener la ira, no quería mostrar que le importaba—. Te doy dos segundos, después quiero que desaparezcas. Para siempre.

Detestaba enfadarse tanto. Quería mostrarse indiferente.

Su madre había amado a ese hombre. Si Carl-Erik se hubiera preocupado por ella, todo habría sido distinto. Carolina no habría sido agredida y su madre no habría tenido que trabajar tanto. Tal vez hubieran vivido felices todos esos años.

—Me gustaría mucho conocerte, que nos relacionáramos.

David guardó silencio.

—No estuve con vosotros cuando erais pequeños y tengo que vivir con esa culpa. Pero ahora...

—¿Ahora? —le interrumpió David—. No hay ningún ahora.

—Si supieras cómo desearía haber hecho las cosas de otro

modo. Haber estado más con vosotros. Con Helena, tu madre. Pero ella no quería que yo entrara en su vida.

David recordó las lágrimas y la amargura.

—Tal vez fue porque estabas casado con otra mujer —dijo con frialdad.

No podía recordar nada bueno de ese hombre que tenía la desfachatez de pretender ser su padre.

—No podía separarme, pero quería ayudarle. Ella se negaba a aceptar casi todo lo que le ofrecía, yo solo podía...

—¿Has terminado? —preguntó David en tono frío.

—He venido para pedir disculpas. Y tu hermana...

—¿Caro? —exclamó David a pesar de que pensaba quedarse en silencio dijera él lo que dijese—. ¿Qué tiene que ver ella con esto?

El rostro de Carl-Erik se suavizó.

—Carolina y yo nos vemos a veces. La he visitado en su casa en Dinamarca. Y ayer tomamos café en el centro.

David intentó no mostrar lo sorprendido que estaba. ¿Se habían puesto en contacto? Carolina no se lo había dicho y él siempre había pensado que se lo contaba todo. Intentó no sentirse engañado.

—Carolina es una mujer adulta, David —dijo Carl-Erik con una sonrisa.

Al verle sonreír, a David le dieron ganas de soltarle un puñetazo en su aristocrático rostro. Sabía de sobra que Carolina era adulta, si bien le costaba aceptar que tuviera una vida propia. Tal vez en el pasado había creído que su vida giraba en torno a él, pero entendía perfectamente que era adulta. Aunque fue un shock oírlo de ese modo. ¿Así que tomando café en el centro?

—Carolina quiere tenerme en su vida y le estoy inmensamente agradecido por ello —dijo Carl-Erik.

David apretó los dientes con tal fuerza que los oyó rechinar. Se le estaba agotando la paciencia.

—Está preocupada por el golpe que vas a dar. Se preocupa por ti.

La rabia le atravesó el cuerpo como una explosión. Carl-Erik no tenía derecho a hablar de Carolina con él, ningún derecho. Sintió que la rabia le invadía el pecho como algo oscuro que no le dejaba respirar.

—Vete —dijo David en voz baja.

O se iba o empezaría a gritar. No podía pensar y no le salían las palabras.

—Vete.

La ira llegaba a oleadas, sacudiéndole con fuerza, y sentía que iba a perder el control en cualquier momento.

—Vete de aquí —dijo—. Largo. Ya.

—David... —rogó Carl-Erik abriendo los brazos.

Algo se rompió en David.

La tensión, la ira, todos esos viejos sentimientos que creía haber superado revivieron y perdió los estribos. Dio un paso y agarró a Carl-Erik por la ropa con tal fuerza que el hombre se puso pálido. Sujetando al conde con una mano, abrió la puerta con la otra y lo lanzó, literalmente, fuera de la habitación. Después cerró dando tal portazo que toda la pared tembló.

Tuvo que apoyarse en el marco de la puerta e inclinarse hacia delante para que la sangre le llegara a la cabeza. Nunca perdía el control, odiaba a las personas que gritaban y echaban broncas para demostrar su poder, pero había estado a punto de asesinar a un anciano.

Dio una honda inspiración y sintió algo parecido al retorno de la cordura. Había oscurecido y la oficina estaba vacía. No debería haberlo echado de esa manera. El hombre podría haber sufrido un infarto y estar muerto.

Se pasó las manos por el pelo, se arregló la ropa y puso la mano en el pomo de la puerta. Hizo una mueca, enfurecido con él y con toda esa farsa. Abrió la puerta y miró. El pasillo estaba vacío.

Carl-Erik Tessin se había marchado.

47

Alexander apenas había salido de Suecia cuando volvieron a llamarlo. Hacía menos de dos semanas estaba allí mismo, en la cola de pasaportes de Arlanda. Justo empezaba a superar el jet lag del regreso a casa, en Nueva York, y ya estaba ahí otra vez, cansado y con resaca. Por órdenes de su padre. No solía obedecerle si podía evitarlo, pero Alex sentía curiosidad por lo que estaba pasando. ¿Estaba en peligro la empresa familiar? ¿Era posible? La idea le parecía extrañamente excitante. Casi liberadora.

Cogió las maletas de la cinta de equipaje, atravesó la aduana, salió a la sala de espera y continuó en dirección a los taxis que esperaban fuera. Vio los grandes titulares de las portadas de los periódicos. Se metió en un taxi pero se dio cuenta de que no tenía la menor idea de dónde iba a alojarse. No soportaba vivir en casa de sus padres. Humm. Tal vez debería comprarse una casa allí. Dijeran lo que dijesen, Estocolmo en verano era una ciudad bonita.

—Al Hotel Diplomat, por favor —dijo por fin al taxista, tras subir al vehículo.

A continuación cogió el teléfono. Debería llamar a Natalia; aquello tenía que estar siendo sumamente difícil para ella. David Hammar, de quien parecía enamorada, estaba fastidiando a Investum. Miró por la ventanilla. La pregunta que se hacía era qué diablos estaba pasando. Y si realmente tenía ganas de preocuparse por ello.

48

David observó la escultura que se alzaba ante él. No estaba especialmente interesado en el arte y no entendía nada de esculturas. Pero Carolina estaba embelesada, así que él procuró guardarse sus pensamientos y asentir con entusiasmo cada vez que ella le miraba.

A su hermana siempre le había interesado el arte, la cultura y la creatividad, y él sabía que probablemente ese interés había evitado que perdiera la cabeza, así que cada vez que se veían la llevaba a un museo o a una exposición. Para él era incomprensible pero también agradable.

En la exposición había mucha gente, y de pronto vio que Carolina tropezaba con un hombre. Se puso tenso, presto a correr en su ayuda. Pero ella se limitó a pedir disculpas sonriendo; no se asustó, no se puso pálida. David respiró y se relajó un poco.

Durante muchos años para Caro había sido un auténtico horror estar entre la gente. Se preguntó si él se acostumbraría alguna vez a la idea de que su hermana ya no era tan frágil como antes.

Carolina se acercó a él sonriendo. Era una exposición al aire libre y la brisa le alborotaba el pelo. Al sonreír se le formaron unas líneas muy graciosas en los ojos. Vivía junto al mar y amaba la naturaleza, el sol y el viento.

—No te veo tan inquieto como de costumbre —dijo poniéndole una mano en el brazo—. ¿Será que te gusta la exposición?

—Nada me gusta tanto como mirar estatuas desnudas —dijo, y añadió—: Pareces feliz.

Carolina le apretó el brazo.

—Estoy bien —dijo—. Sé que te preocupas por mí, pero es verdad. Alguna vez tendrás que empezar a creerme.

David, asombrado, se dio cuenta de que tenía razón. Parecía que se había curado. Había estado durante tantos años preocupado por ella, obsesionado por tratar de hacerle la vida más fácil, que no se dio cuenta de lo obvio: Caro a los treinta y dos años se sentía estupendamente. Estaba radiante.

—No te enfades —dijo ella—, pero he pensado que voy a pasar el resto de mi estancia en Estocolmo en un hotel acogedor. —Se mordió el labio inferior y lo miró con atención, como a la espera de su reacción.

—Pero ¿por qué? —preguntó él. Ella era libre de hacer lo que quisiera, claro, pero no se esperaba eso—. Creía que estabas bien conmigo —dijo con cierto tono de culpabilidad.

—¿De verdad? —Caro sonrió—. ¿Y en qué te basas? Me refiero a que nunca estás en casa. —Seguía sonriendo, como para aplacar las críticas, pero llevaba razón. David la había descuidado—. Tu apartamento es precioso, pero soy demasiado mayor para vivir en la casa de mi hermano. No, lo tengo decidido. De hecho, ya he llamado para reservar una habitación —señaló con cara de satisfacción.

—De acuerdo —dijo David, todavía sorprendido por la marcha de los acontecimientos.

Carolina no había sido nunca especialmente impulsiva ni independiente. Siempre había confiado en él y le había dejado tomar todas las decisiones. La veía frágil, sin duda, pero ahí estaba ella transmitiendo seguridad en sí misma y decisión, y además decidía cosas sin consultárselas. Como cualquier mujer adulta.

—Pero si vas a quedarte en un hotel tendrás que contar con algún tipo de protección —dijo él, porque Caro no era cualquier mujer y él debía pensar en lo más importante: su seguridad—. Hablaré con nuestra empresa de seguridad.

—¿No te parece un poco exagerado? —Ladeó la cabeza y sus largos pendientes tintinearon al rozarle las mejillas.

—Si te ocurriera algo, Caro...

Ella le apretó el brazo.

—David, no puedes protegerme de la vida.

—Ya sabes a qué me refiero —dijo él. El remordimiento por el alivio que sentía por poder estar solo en el apartamento hizo que la voz le sonara demasiado aguda—. No me gusta esto. Lamento que te hayas sentido abandonada —añadió.

Pero, independientemente de que él se avergonzara de no haberle dedicado el tiempo necesario, Carolina tenía razón. Eran personas adultas con sus propios hábitos.

Y después de que Natalia se hubiera quedado a dormir en su casa...

Era un hecho que a David le resultaba difícil tener a otra allí.

Carolina se quedó mirando una escultura alargada.

—Y ya que estamos hablando de eso, tengo que decirte que he pensado buscarme un piso aquí.

Él se detuvo y la miró. Eso era nuevo.

—¿En Suecia?

—Sí —asintió ella—. En Estocolmo. Me gusta Estocolmo. Recuerdo cuando íbamos al centro de pequeños. Todavía siento Estocolmo como mi casa.

David no estaba seguro de que le agradara la idea. El riesgo de que se encontrara con Peter o Gustav era demasiado grande. En ese momento parecía contenta y relajada, pero ¿qué ocurriría si veía a Peter, al hombre que le había hecho tanto daño?

—Creía que te gustaba Dinamarca —dijo él—. Siempre has dicho que te encanta vivir en plena naturaleza.

A los quince años tuvo que instalarse en un centro de tratamiento, pero pasó el tiempo, se quedó allí y el país extranjero y el mar le sentaron bien. Actualmente vivía en una casa que le había comprado David, con vistas al mar y un gran estudio. Estaba en medio de ninguna parte, en una zona donde hacía mucho viento, pero a ella eso le encantaba.

—Sí, claro. Pero puedo tener más de una casa, ¿no? —Se detuvo frente a la escultura de un ave de largas alas extendidas—. Esta me gusta —dijo observando las líneas largas y estrechas—. Hablé con mi asesor la semana pasada. Revisamos juntos mis recursos. Soy rica, podría permitírmelo. —Le regaló una amplia sonrisa.

David se había encargado de sus finanzas durante muchos años, compró acciones, invirtió, transfirió todo lo que pudo. Siempre preocupado por su bienestar y preparado por si le ocurriera algo a ella o a él; todos sus planes se centraban en invertir del modo más seguro posible. Y había dado resultado. Caro era independiente económicamente.

—Debo decir que es una suerte tener un hermano que es un genio en el terreno financiero —dijo ella con voz suave—. Tanto mi asesor como yo estamos impresionados.

Siguió andando, la larga falda se movía alrededor de sus pies.

Carolina hablando con asesores, reservando habitaciones de hotel y tomando decisiones económicas por su cuenta. David no entendía nada. ¿Cuándo había pasado eso?

—Puedo ponerme en contacto con un agente inmobiliario que conozco —dijo cuando la alcanzó. Pero no podía evitar que la idea le desagradara. ¿Cómo iba a protegerla si estaba en Estocolmo?

—Pareces una mamá gallina —dijo ella. Acarició un pedestal, leyó la inscripción y después miró a David. Sonreía—. Sabes que mamá estaría orgullosa de ti, ¿verdad?

«Lo dudo.»

Caro siempre había tenido buena opinión de él, y David lo sabía. Una opinión que su madre no compartía. Más bien se sentía decepcionada. Pensaba que David había traicionado a la familia una y otra vez, que era egoísta e irresponsable. Y tenía razón, por supuesto. Si se hubiera preocupado más por su familia todo habría sido muy diferente.

—Eres mi hermana —dijo él—. Quiero que te sientas bien.

«Y que estés segura.»

Carolina avanzó hasta la siguiente escultura. Él la siguió y se detuvo a su lado.

—He oído que has visto a nuestro padre —dijo ella después de un momento.

—Sí —respondió, incómodo. La idea de esa visita inesperada y no deseada seguía dejándole mal sabor de boca—. Carl-Erik vino a la oficina sin que nadie le invitara.

Carolina sacudió la cabeza.

—David, pienso que sería conveniente que te reconciliaras con él. Al fin y al cabo es tu padre.

—No sabía que estuvierais en contacto. —Su voz sonó más fría de lo que habría querido, pero no pudo evitarlo.

Carolina lo miró con cierto reproche.

—Ha ido a verme a Dinamarca varias veces. Lamento no habértelo dicho, pero sabía que no te iba a gustar.

Lo observó con aquellos ojos grandes de color azul grisáceo tan parecidos a los suyos. De repente David se dio cuenta de que los dos habían heredado los ojos de Carl-Erik. Nunca lo había pensado.

—¿Sabes que fue él quien pagó mi traslado a Dinamarca? Pagó el centro de tratamiento. Mamá permitió que lo hiciera.

—No lo sabía —repuso David con gesto severo.

Pero se había preguntado muchas veces cómo podían pagar el tratamiento de Caro. Su madre nunca dijo de dónde salía el dinero. ¿Había sospechado él subconscientemente que su padre había contribuido? Tal vez. Pero ¿significaba eso que debía respetar al conde? De ningún modo.

—Me va a llevar tiempo —murmuró él, consciente de que mentía.

Por muchos cafés que ese hombre se tomara con Carolina,

por mucho que hubiera colaborado económicamente, nunca se reconciliaría con el conde de Escania.

—Si mamá viviera, no le gustaría nada que lo viéramos —dijo Carolina—. Con ella siempre había que elegir de qué lado estabas. —Se retiró el pelo rubio de la cara y ladeó la cabeza—. ¿Sabías que intentó ponerse en contacto con nosotros y mamá se lo impidió? Escribía todas las semanas pero mamá le devolvía las cartas. Él aún las guarda. Para mamá todo era blanco o negro.

David miró asombrado a su hermana. Casi nunca hablaban del pasado y rara vez de su madre. Él simplemente había dado por hecho que opinaban y sentían lo mismo acerca de sus padres.

—Nunca he pensado en mamá de ese modo —dijo él dándose cuenta de que jamás había tenido un pensamiento negativo sobre ella. En su mundo su madre siempre había sido buena, lo que era raro. Ninguna persona era solo buena.

—No, tú y mamá teníais una relación completamente distinta —dijo Carolina—. Con mucha culpa y mala conciencia. Además yo he ido a terapia. Se aprende mucho acerca de uno mismo. El primer año fue muy difícil —dijo dejando resbalar entre los dedos uno de sus coloridos collares y mirando al vacío—. Pero luego todo cambió. Los del centro eran fantásticos. Me dejaban en paz cuando quería y podía hablar cuando lo necesitaba. Y me enseñaron mucho. La terapia me salvó. —Sonrió a modo de disculpa—. Debió de ser caro. Entonces no fui consciente, pero papá me dijo que después de la muerte de mamá tú te hiciste cargo de todos los gastos y asumiste toda la responsabilidad. Tienes que haber trabajado mucho para poder hacer todo lo que has hecho por mí, todo lo que me has dado.

Le brillaban los ojos.

David sacudió la cabeza. Por supuesto que su bienestar había sido prioritario. Él la quería. Pero sabía que una parte de su conducta hacia Carolina siempre iba estar impulsada por la culpa. Si aquella tarde se hubiera quedado en casa, si no hubiera provocado a Peter De la Grip y a los otros, si hubiera sido mejor persona, menos egoísta, no le habría pasado nada a Carolina.

—¿David?

—Está bien —dijo para quitar importancia al asunto.

Se llevaban muy bien, solo se tenían el uno al otro, y sin embargo sabían muy poco de los pensamientos y sentimientos más íntimos de cada uno. Carolina era una mujer adulta. Y él era consciente de ello, naturalmente, pero de algún modo siempre había visto en ella a esa adolescente delicada y traumatizada que, presa del pánico, hubo que enviar al extranjero. No obstante, ahora tenía delante de él a una mujer madura y segura de sí misma que reía con frecuencia. Por más que la miraba, no veía ni rastro de las cosas que siempre asociaba con ella.

—Me alegro mucho de que estés mejor —declaró con sinceridad.

Tal vez era hora ya de que empezara a ver a Carolina como una persona, no como una víctima. Era raro que no lo hubiera pensado antes.

—Queda con Carl-Erik si quieres, por supuesto —añadió, y casi lo decía de verdad—. Y en pocos días todo lo demás habrá pasado, Investum ya no existirá y ellos habrán recibido su castigo.

—¿Castigo? —Carolina frunció el ceño—. ¿De qué estás hablando? ¿A quiénes te refieres?

Él apenas se atrevía a decirle sus nombres.

—Peter y Gustaf De la Grip —dijo del modo más escueto que pudo.

Ella lo miró con gesto serio. Los pendientes y los collares brillaban al sol. A Caro siempre le habían gustado las cosas coloridas.

—¿Solo se trata de eso? —preguntó, y él nunca la había oído hablar así. En tono de reproche.

—Por supuesto, ¿qué creías?

—No creía nada, David —dijo ella con voz cortante—. Porque tú no me habías dicho nada. Y cuando hablabas de Investum y de mis acciones, cuando leía sobre ello en los periódicos, pensaba que se trataba de un negocio honrado como cualquier otro de hoy en día, no de una especie de plan de venganza. ¿Es eso lo que pretendes? ¿Vengarte?

Él no podía creer que Caro estuviera criticándole.

—Es mi obligación. Lo que te hicieron...

—Pero eso ocurrió hace mucho tiempo —dijo ella—. Fue terrible —añadió sin que le temblara la voz—. Y me he pasado toda la vida intentando dejarlo atrás, intentando superarlo. Me he curado —afirmó—. Es posible conseguirlo. Me he curado y casi nunca pienso en ello. ¿No puedes dejar de escarbar, no puedes evitar que decida el pasado, David? ¿Es eso lo que haces? —preguntó Carolina frunciendo el ceño—. ¿Por qué?

—¿Por qué? —exclamó él—. ¿Por qué? No puedes hablar en serio.

—Por supuesto que hablo en serio —replicó ella apoyando una mano en su brazo y mirándole a los ojos, muy seria, muy madura—. Ya has sacrificado mucho, dime que no se trata solo de venganza.

—No solo —dijo él escuetamente. Su hermana nunca le había cuestionado nada, y toda la situación le resultaba de lo más incómoda.

Carolina se cruzó de brazos.

—Y entonces ¿qué pasa con Natalia De la Grip?

—¿A qué te refieres?

Caro era su hermana, pero había límites que ni siquiera ella tenía derecho a sobrepasar. Su relación con Natalia no tenía nada que ver con ella. Le dirigió una mirada de advertencia.

—No me mires así —dijo ella.

Él no se lo podía creer.

—¿Cómo te miro? —susurró.

—Como si fueras una especie de emperador y los demás fuéramos tus súbditos. Ella te gusta.

Le había contado a Caro lo que le parecía más conveniente, no todo, por supuesto, pero ella era inteligente e intuitiva, siempre tuvo esa sensibilidad y había entendido mucho más de lo que él había querido mostrar, por supuesto. Pero no entendía cómo había ocurrido. Había invitado a su hermana a ir a ver una exposición un domingo por la tarde y prácticamente habían acabado gritándose. La gente empezaba a mirarlos con extrañeza.

—Está claro que ella es importante para ti —dijo Carolina, y añadió en voz baja—: No había más que ver cómo la mirabas.

—A mí me importas tú —dijo él.

Ella agitó la mano, como si eso fuera una obviedad.

—Nunca lo he dudado, jamás en la vida. Nadie puede tener un hermano mejor que tú.

—No digas que soy un buen hermano. Si aquella tarde no hubieras estado sola...

—¿Acaso hiciste algo de forma activa para que me violaran?

—Por supuesto que no —repuso él, sorprendido—. Pero...

—No hay peros que valgan. No fue tu culpa. En todo caso, me recuperé gracias a ti. Así me lo ha dicho mi terapeuta. Que siempre estabas ahí de forma incondicional, que esas cosas son las que hacen posible que uno se cure. No puedes cambiar lo que pasó, forma parte del pasado.

—Pero puedo influir en tu situación actual, puedo protegerte.

—Déjalo, puedo cuidar de mí misma. Tienes que pensar en ti. Y quiero que seas feliz. Has sacrificado mucho por mí, David, pero no eres feliz. Tú también debes seguir adelante.

—Con Natalia De la Grip no creo.

—Si destrozas a su familia desde luego que no.

—Pero lo que te hicieron... —repitió.

—Hace mucho tiempo de eso.

—Ciertas cosas no se olvidan —replicó él.

Le parecía increíble que tuviera que decirle eso a ella, aunque se dio cuenta de que no habían hablado nunca de ello. Había dado por hecho que Caro sentía lo mismo que él, que estaba hundida, que su herida era incurable.

—Pero eso es exactamente lo que te estoy diciendo —replicó ella agitando una mano en el aire con cierta frustración—. Para mí se acabó. No quiero vivir en el pasado.

—No lo entiendes —dijo David—. Me odian. Nos odian a los dos. Y ni te imaginas lo que son capaces de hacer.

—En cierto modo creo que han recibido su castigo. Para mí ese tema está zanjado. —Estaba claro que no quería hablar más del asunto. Entonces sonrió y añadió—: Además, he conocido a un hombre.

«¿Qué?»

Carolina siguió andando hasta que llegó al pedestal de la escultura siguiente. David fue rápidamente detrás de ella, la cogió del brazo y la detuvo.

—¿Qué significa eso de que has conocido a un hombre?

—¿Tú qué crees? —Lo miró de un modo tan penetrante y con tal fuerza que a David le pareció ver el rostro de su madre. Helena siempre tuvo un temperamento impetuoso, y David se percató en ese momento de que Caro lo había heredado—. ¿Es tan impensable? —preguntó—. Sí, fue horrible que me violaran, repugnante. —Retiró el brazo y no le tembló la voz al decir en voz baja—: Pero quiero vivir mi vida. Y quiero que tú vivas la tuya, no la mía. ¿No te das cuenta de la presión que me supondría que te vengaras por mí?

Carolina y él nunca habían conversado acerca de ese tema. Se sintió sacudido hasta el tuétano, como si todo lo que creía que era cierto hubiera resultado ser un decorado.

—Yo no sabía... —tartamudeó. No sabía por dónde empezar. ¿Vivía él por ella? ¿Era así como ella lo veía? ¿Y todo eso de dejar atrás el pasado? ¿Así sin más? No lo tenía nada claro—. No sé qué decir —admitió finalmente—. ¿Qué quieres que haga?

—Yo no puedo decidir por ti —respondió ella en tono reflexivo—. Confío en ti y sé que harás lo que sea más sensato. Me gustaría ir mañana a la asamblea general, de verdad —añadió.

Era una idea pésima. Por mucho que Carolina se encontrara mejor, esa reunión sería muy desagradable. ¿Y quién sabía qué harían Peter o Gustaf si la vieran? Creían que había muerto.

—No deberías ir —dijo en tono persuasivo—. Envía a un representante, a alguien que vote por ti.

Carolina lo miró con recelo.

—Puedo votar por mí misma.

—Lo sé, pero si vas estaré todo el tiempo preocupado —dijo él, consciente de que la estaba manipulando descaradamente al intentar que tuviera mala conciencia.

Ella sacudió la cabeza.

—Ya veremos —dijo, y David sintió por primera vez que sus decisiones quedaban fuera de su control. La sensación le producía vértigo. No era agradable pero tampoco desagradable del todo.

—¿Quieres contarme algo de ese hombre que has conocido?

—Todavía no, es muy reciente.

—Pero ¿sé quién es?

—No, y no quiero que empieces a indagar sobre su pasado ni a ejercer ningún tipo de control.

—Nunca haría algo así —mintió él.

Carolina sonrió y le puso una mano en la mejilla.

—Por supuesto que sí —dijo.

49

Michel estaba otra vez en el gimnasio. Aunque se sentía cansado físicamente, no tenía ningún otro sitio adonde ir si no quería volverse loco. Dondequiera que mirara, veía a Åsa. Desde el momento en que se despertaba veía sus voluptuosas curvas y sus rizos rubios. Su sonrisa burlona y sus labios claros le perseguían todo el tiempo.

Sentado en una máquina de hacer pesas, cerró los ojos y empujó hasta que empezó a sudar. Se obligó a contar los levantamientos ignorando las protestas de sus músculos. No paró hasta que fue incapaz de alzar los brazos. Entonces pasó a la máquina siguiente y comenzó de nuevo.

Cuando todo eso acabara, se tomaría unas largas vacaciones. Tal vez se apuntara a uno de esos retiros donde no se podía hablar, solo se entrenaba y se dormía. Tenía que alejarse de todo ese lío de venganzas y cosas del pasado que surgían constantemente. Y tenía que alejarse de Åsa.

Emitió una especie de gruñido y tiró de la máquina de espalda hasta que los músculos empezaron a temblarle. El gimnasio estaba medio vacío, la mayoría de la gente normal estaba por ahí, tomando el sol o bañándose, y no en la segunda hora de gimnasio, intentando apartar de la mente con el entrenamiento todo lo que tuviera que ver con erecciones y fantasías sexuales con mujeres rubias.

Siguió viéndola mientras se dirigía a otra máquina. La imaginó con el vestido blanco, con ese vestido ajustado que llevaba en Båstad o con unos simples vaqueros, como aquella vez cuando eran jóvenes. Åsa no solía ponerse vaqueros, pero ese día los llevaba y también una camiseta blanca que delineaba sus magníficos pechos. Y su pelo rubio, más largo entonces, recogido en una sencilla coleta.

Ella era cien por cien mujer y cien por cien sexo, y él iba a tener que hacer ejercicio por lo menos en cuatro máquinas más porque estaba empalmado y duro como una piedra. Se castigó a sí mismo y a su cuerpo excitado levantando la presa de piernas más de lo que nunca había hecho, pero cuando se fue con las piernas temblando en dirección a las pesas libres solo pensaba en la curva suave de su nuca y en que quería lamerle todo el cuerpo. Cogió dos pesas y contó, concentrado, mientras se miraba al espejo. La testosterona le hacía palpitar, le brillaba la piel y él siguió esforzándose hasta que los brazos se negaron a seguir.

Después se quedó un rato debajo de la ducha, se enjabonó y se volvió hacia la pared. No había nadie en el vestuario y se corrió en menos de diez segundos.

Se enjuagó y sintió cierta melancolía. Vio deslizarse la espuma, el sudor y el semen por el desagüe y pensó que en cierto modo había tocado fondo. Masturbarse en una ducha pública... Cuánta clase.

Se puso la camiseta y los pantalones. Tenía el cuerpo totalmente inflado y seguía sudando, así que compró una botella de agua, se puso las gafas de sol y salió al sol abrasador.

Llevaba el teléfono en la bolsa y tardó un poco en darse cuenta de que estaba sonando. Le había prometido a su madre que el domingo iría a almorzar al chalet, así que supuso que era ella. Tal vez pudiera ir un poco antes, pensó mientras rebuscaba en la bolsa. Le gustaba estar con su familia. Estarían sus hermanas, su padre también, naturalmente, y alguno de sus tíos. Beberían limonada y él jugaría con los niños que solían corretear por allí, y tal vez lograra dejar de pensar en Åsa durante un par de horas. Encontró el teléfono y miró la pantalla.

Como para dejar de pensar en ella.

—Creía que no ibas a contestar —la oyó decir con su voz profunda y ronca cuando respondió a la llamada.

Michel cerró los ojos y se dejó llevar por todos los sentimientos imposibles que tenía por esa mujer. Como ella no lo podía ver, se permitió bajar la guardia un momento y luego se enderezó y dijo en tono firme y seguro de sí mismo:

—Hola, Åsa.

Oyó su respiración al otro lado. Santo cielo, el sonido de su respiración bastó para que se excitara.

—No sabía a quién llamar —susurró ella.

—¿Qué ha ocurrido?

—¿Puedes venir? ¿Sabes dónde vivo? —preguntó ella en voz baja y con cierto agobio—. Supongo que conoces la dirección.

Claro que la conocía.

—¿Ha pasado algo? —¿Había tenido un accidente? ¿Estaba herida?—. ¿Åsa? —preguntó en tono preocupado.

—¿Puedes venir?

—Estaré allí en diez minutos.

—Te envío el código de acceso por SMS —dijo ella—. Date prisa.

—Pero Åsa... —insistió él.

Ella ya había colgado.

Michel se quedó mirando el teléfono. Se oyó un zumbido y entró un mensaje con el código. Michel deslizó el pulgar por la pantalla brillante y se preguntó a qué estaba jugando Åsa. Porque no debería dejarse guiar por ella. Si permitía que tomara el mando, se lo comería vivo. Pero le había parecido preocupada de verdad.

Marcó un número y empezó a caminar.

—¿Mamá? Soy yo. No voy a poder ir, lo siento. No, estaré ocupado. Sí, toda la tarde. Dale recuerdos a papá.

Colgó y se dirigió a paso ligero a la parte alta de Östermalm.

Menos de diez minutos después estaba marcando el código de acceso. La puerta era grande como la de un castillo, y todo el edificio rezumaba la misma discreta opulencia que el resto del vecindario. Subió corriendo las escaleras y llamó al timbre. Oyó el ligero sonido de una cerradura bien engrasada al deslizarse y luego vio a Åsa en la puerta.

Michel tragó saliva.

Llevaba una prenda fina y vaporosa. Cada vez que respiraba, sus suaves curvas se ajustaban a la tela casi transparente. Unos pies descalzos con las uñas de color rosa asomaban por debajo del dobladillo. Se quedó mirándolos. Había olvidado sus pies, esos dedos pequeños y perfectos y esas uñas pintadas de un color inocente y erótico como el de sus labios. En ese momento Michel comprendió que no saldría ileso de ese encuentro. La verdad era que ya no sabía si le importaba.

Åsa lo miró en silencio. Observó sus brazos recién entrenados y Michel tensó el bíceps de modo inconsciente e indescriptiblemente lamentable.

Ella levantó una ceja.

—Entra —dijo haciéndose a un lado.

Michel pasó por delante de su perfumado cuerpo. Entró y se vio envuelto en un lujo ostentoso pero impersonal. Dejó la bolsa en el suelo de piedra.

—Ven —ordenó ella dándose la vuelta.

La siguió. ¿Cómo podía estar tan tranquila? ¿Cómo podía hablar con esa frialdad cuando él tenía que hacer esfuerzos para no saltar sobre ella, sujetarla contra la pared y besarla hasta dejarla sin aliento? En ella todo era suave y sensual, no había ni un centímetro por limar.

Ella se volvió otra vez —¿no iban a llegar nunca?— y dijo:

—¿Qué?

—Nada —respondió él frotándose el cuero cabelludo.

Åsa intentaba parecer fría e indiferente mientras se dirigía a la cocina, pero el hecho de que Michel Chamoun estuviera allí, en su casa, la superaba. Y con esa camiseta tan ajustada y esa cadena tan reluciente en el cuello, tenía el aspecto de un tipo duro. Como esos chicos bravucones de cualquiera de los suburbios por los que ella nunca había pasado. Aun suponiendo que no lo conociera, Michel era el tipo de hombre por el que ella se volvería a mirarlo en la calle, el tipo de hombre de sus fantasías.

No pudo evitar mirarlo otra vez por encima del hombro.

—¿Qué? —preguntó él.

—Nada —dijo ella sacudiendo la cabeza.

No sabía qué le había pasado para haberse decidido a llamarlo. Había sido un impulso fruto de una angustia casi voraz, y ya se estaba arrepintiendo.

Empujó la puerta de la cocina. No contaba con ningún plan, pero tenía calor y necesitaba beber algo. Abrió el frigorífico de acero inoxidable y sacó una botella de agua mineral francesa y dos vasos.

—¿Quieres? —preguntó.

Michel asintió.

Cuando cogió el vaso, ella volvió a fijarse en su brazo. Era una mujer de complexión fuerte y siempre le habían gustado los hombres corpulentos, pero Michel era enorme hasta para sus exigentes estándares. Él bebió un sorbo y, mientras tragaba, ella observó anhelante su fuerte cuello y bajó con la mirada a la piel oscura del borde de la camiseta.

Deseaba inclinarse hacia delante, lamer las gotas de sudor que veía descender por su cuello, recorrerle el cuerpo con la lengua y acogerlo entero en su boca.

Era buena en materia de sexo, y no era jactancia, era un hecho. Se imaginó metiéndosela en la boca y chupándosela hasta que él le aferraba el pelo con las manos, gemía y perdía el control.

Åsa bebió un trago rápido y lo miró a través de las pestañas mientras él seguía de pie, con la cadera apoyada en la isla de cocina. Ella se apoyó en el fregadero para que él pudiera verla bien. Hizo un movimiento y su fino vestido, que era prácticamente un *negligé*, se abrió y dejó las piernas al descubierto.

—¿Por qué estoy aquí, Åsa? —preguntó Michel con tranquilidad apoyando el vaso vacío en la encimera de granito. Antes era de madera de nogal, pero ella prefería el granito. Un diseñador de interiores iba por allí una vez al año, cambiaba algunas cosas y luego le enviaba una factura astronómica—. Parecía algo serio. ¿Qué ha pasado?

Ella suspiró. Debería haber imaginado que no iba a dejarla escapar.

—No ha pasado nada. Hoy he ido al cementerio —empezó a decir, bebiendo agua y preparándose para la ola de dolor que solía llegar cuando se trataba de ese tema. Pero la ola no llegó—. Hacía tiempo que no iba, llevaba años sin ir por allí —añadió, y después se quedó en silencio y aguardó.

Todavía nada.

Su madre, su padre y su hermano pequeño. Distintas fechas de nacimiento pero la misma de fallecimiento. «Siempre os echaremos de menos», ponía en la lápida. No recordaba quién la encargó, no recordaba el entierro ni nada. Solo que un día tenía una familia y al día siguiente estaba sola. Tan sola...

Miró a Michel, firme como una masa montañosa.

—¿Cómo ha ido? —preguntó él con gesto grave.

—Bien, supongo —dijo ella bajando la vista.

Aunque pareciera raro, había ido bien. Pero ahora se sentía muy débil y más frágil que el cristal.

Michel se cruzó de brazos.

—Lo que le ocurrió a tu familia fue terrible —dijo en voz baja—. Nadie tendría que pasar lo que has pasado tú.

—Hay quienes lo pasan peor —dijo ella automáticamente.

—Eso siempre —convino él—. Pero tienes derecho a sentir lo que sientes. Y quedarse solo es la peor pesadilla para cualquiera.

—Yo tenía a la familia de Natalia —dijo ella. Pero Michel

tenía razón; vivía en una fase interminable en la que lo peor era despertar cada mañana y tener que darse cuenta de que seguía sola—. No entendía cómo podía seguir viviendo con lo triste que estaba.

Algo se deslizó por su mejilla y al pasarse la mano le sorprendió notar que era una lágrima. Ni siquiera se había dado cuenta de que lloraba. Ella nunca lloraba.

—Perdona —dijo.

Él se acercó, le cogió el vaso y lo dejó a un lado. Le limpió una lágrima con mucho cuidado.

—No pasa nada —aseguró en voz baja.

Ella sollozó.

—No, perdóname por aquello —dijo.

Él le limpió otra lágrima y ella quería apoyarse en su hombro, entregarse a la autocompasión y a la tristeza.

—En la universidad, cuando dejé de ser tu amiga. Perdóname por eso.

—No importa —musitó él—. Fue hace mucho tiempo.

—Me dio mucha vergüenza que me rechazaras. No podía ser tu amiga después de eso y me aparté de ti.

—¿Por qué te dio vergüenza?

Ella sacudió la cabeza y pensó que era entonces o nunca.

—Porque estaba enamorada de ti —explicó sin atreverse a mirarlo—. No puedes ser amiga de quien estás enamorada.

—No, eso es muy difícil —reconoció él—. Siempre quieres algo más.

—Nadie me ha rechazado tantas veces como tú.

—Lo siento —dijo él.

—¿Conoces eso que suele decirse de que vale más haber amado y haber perdido que no haber amado nunca?

—Sí.

—Pues es una tontería. No hay nada peor que perder a alguien a quien quieres. Cuando murió mi familia, decidí no volver a tener una relación estrecha con nadie. —Se mordió el labio y añadió—: Es un maldito cliché.

Pero había funcionado.

Había seguido adelante con su vida; no era feliz, pero ¿quién lo era? La felicidad no era un derecho humano.

Él le acarició el hombro. Fue un intento de consuelo que casi la quemó por dentro. Le costaba trabajo respirar. Le dolía sentir tanto por él. Se apartó unos pasos. Quería dejarlo atrás, borrarlo de su vida, reemplazarlo por otro por el que no sintiera tanto.

Si se acostaban juntos, luego podría deshacerse de él. Apoyó la cadera en la superficie de granito y lo recorrió con la mirada. Siempre era así cuando se obsesionaba con un hombre determinado. Después se le pasaba. Ahora tenía que poner punto final a eso. El día anterior se había depilado, no demasiado porque le gustaban sus rizos claros, pero estaba tersa, fresca y deseando hacerlo. Se secó las últimas lágrimas y dio un paso hacia él.

—Michel —dijo con voz suave, intentando sonar seductora y prometedora.

—No, no lo hagas —pidió él—. No estando triste.

—Me arrepiento de todos esos años —dijo ella, porque esta vez no iba a aceptar un rechazo—. Te he echado de menos. Me he preguntado cómo habría sido. ¿Tú no?

—Por supuesto que sí —aseguró él con voz ahogada.

Ella le puso una mano en el pecho. Seducir a un hombre era algo que podía hacer hasta dormida. Le hervía la piel a través de la tela de la camiseta, como si tuviera fiebre.

Michel puso una mano sobre la suya y sintió un escalofrío. Eso era lo mejor, los preliminares. Åsa tragó saliva ante el sentimiento de vacío que se extendió por su pecho, lo apartó, deslizó la mano por el torso de él y le frotó suavemente el pezón. Era experta en pezones masculinos. Él gimió.

Michel levantó la mano y tiró de un rizo.

—Tengo muchas ganas —murmuró siguiendo con un dedo uno de sus finos tirantes—. Pero no quiero solo sexo. Te quiero a ti.

Se asustó al ver que los ojos de ella volvían a llenarse de lágrimas.

¿Estaba pidiendo demasiado?

Un polvo rápido, después podría dejarla y marcharse. Eso era lo único que ella quería, se dijo Åsa intentando convencerse. Aunque si Michel volvía a desaparecer de su vida, se llevaría una parte tan grande de ella que no estaba segura de que quedara nada.

Le acarició los bíceps y sintió un dolor primitivo en su interior. Era increíblemente atractivo.

—Estoy limpia —dijo ella—. Me he hecho pruebas. Y tomo la píldora. Me gustaría mucho hacerlo contigo —dijo sonriendo—. Pero no soy una mujer que quiera tener hijos. No quiero sentirme atada.

Los padres de Michel sin duda esperaban tener nietos de su único hijo varón. Así que ella le ofrecía la oportunidad de que aceptara que solo se trataba de sexo, que ninguno de los dos debía planear nada duradero. Que ella no tenía intención de que se quedara. No conocía a ningún hombre capaz de rechazar tal proposición.

—Yo también estoy limpio —dijo él—. Y deseo tenerte a ti. Solo a ti. Me importa un bledo que quieras o no quieras tener hijos. Ni siquiera entiendo que hablemos de ello.

Le puso una mano en la cintura y la atrajo hacia él. Los pechos de ella, apretados bajo la tela, se pegaron a su cuerpo. Entonces, por fin, la besó con infinita suavidad.

Ella deslizó las manos por sus brazos mientras respondía al beso y Michel la apretó contra el fregadero. Gimió levemente y se agarró a él, decidida a que ese beso no acabara nunca. Michel apartó las capas de tela fina como la seda y acarició su piel desnuda. Le rozó los duros pezones y la excitación de ella se disparó.

—Pero Åsa —dijo él poniéndole las manos en los hombros y mirándola con gesto grave—. Si hacemos el amor, serás mía. ¿Entendido? Si esto no es importante para ti, es mejor que lo digas ahora.

Ella asintió, un poco abrumada.

—De acuerdo —dijo.

Pero habría querido añadir que era algo ocasional, que ella no hacía planes a largo plazo y que eso terminaría como todo lo demás. Que no hacía el amor con los hombres sino que se acostaba con ellos.

—Dilo Åsa —pidió él.

—¿Que diga qué?

—Di que no es solo sexo. —Sus ojos brillaban como fuego negro—. Te amo desde la primera vez que nos vimos —continuó él, y en ese momento ella no supo si a Michel ese amor eterno le parecía algo bueno o no, pero sus palabras le daban algo que no había sentido nunca en su vida adulta: esperanza.

—Pero ¿cómo puedes amarme? —preguntó con voz temblorosa.

Debía de ser la seducción más patética que había escenificado en su vida.

—Es así.

—No es solo sexo —susurró ella.

Él respiró, le rodeó el pelo con las manos y la besó con furia. Åsa se aferró a sus brazos, no solo porque las piernas le fallaban sino también porque quería aferrarse a lo que era Michel mientras pudiera. Notó que una mano cálida se abría paso entre sus muslos y le quitaba las finísimas bragas. Ella se inclinó hacia delante y le mordió el hombro; gimió contra su piel al notar el movimiento de los dedos. Otro hombre le habría arrancado esas bragas tan delicadas, pero Michel era cuidadoso a pesar de su intensidad y Åsa pensó que un hombre así era lo que todas las mujeres se merecían. Pero era suyo, solo suyo.

—¿Dónde está tu habitación? —preguntó él con voz ronca.

—¿Hay algo malo en la cocina? —murmuró ella.

—No —dijo él volviendo a besarla.

Era maravilloso besando. Ávido, hambriento, moderadamente áspero, como si besarla le volviera loco de deseo, lo cual era muy halagador. Ella cabalgaba sobre una ola de excitación y se dejaba llevar. Al echar la cabeza hacia atrás, Michel le besó el cuello y se lo mordisqueó con pasión. Sus manos estaban por todos lados y ella se apretaba contra ellas, contra sus duros músculos y contra su piel dorada y sedosa.

—Quítate la camiseta —le dijo, y se rió al ver lo rápido que se desprendía de ella y empezaba a abrirse camino con sus besos por todo su cuerpo, recorriéndole el cuello y el esternón, bajando por la fina superficie de su piel hasta los claros pezones y siguiendo por encima del vientre. Åsa adoraba su propio cuerpo, el modo en que respondía y el placer que le proporcionaba. Se negaba a ver su exuberancia y su blandura como una imperfección. Y Michel parecía más que satisfecho de poder ponerse de rodillas ante ella después de quince años de espera.

Ella separó un poco las piernas pero él se las abrió más, con firmeza y energía, y deslizó los dedos hasta hundírselos en su suave sexo. Åsa gimió levemente. Le gustaba el sonido que hacía casi tanto como el acto en sí, al menos cuando iba bien, y en ese momento todo iba de maravilla. Volvió a gemir cuando vio la cabeza de Michel entre sus muslos. Cerró los ojos. La lengua de él era ansiosa y caliente y ella se movía tanto mientras la lamía que tuvo que sujetarla por detrás para que se quedara quieta, apretándole las nalgas y acercándola a él hasta que ella estuvo a punto de perder el equilibrio.

Eso iba a ser salvaje, ya lo sentía.

Había estado con muchos hombres, le gustaba el sexo y le encantaba el juego. Pero algo le decía que Michel no era tan experto como ella. La trataba de un modo impetuoso y al mismo tiempo cauteloso que hacía que se sintiera adorada de verdad, y eso le encantaba. ¿Tal vez se había reservado para ella? No lo sabía. Sonrió ante la idea, abrió los ojos y se agarró con una mano al hombro de él y con la otra al borde de la encimera. Miró hacia abajo, oyó los ruidos, sintió —y de qué modo— su lengua moviéndose incansable y se corrió, directamente en su cara.

Jadeó y se apoyó con dificultad en la encimera.

Michel se puso de pie y solo la atacó con la boca, los labios, la lengua. Le bajó el vestido ligero, lo dejó caer en el suelo de piedra y hundió el rostro en sus pechos. Los besó y acarició una y otra vez. Dios, qué placer.

—Eres increíblemente bella —dijo con voz ronca, y si Åsa hubiera podido hablar habría dicho que él era el hombre más guapo que había conocido.

Michel le dio la vuelta con ímpetu y ella se quedó allí de pie mirando los azulejos y los grifos. Apenas le dio tiempo a pensar que afortunadamente tenía un fregadero bonito —grifos italianos caros, superficies impecables, plantas decorativas y un cuenco lleno de limas que no sabía cómo habían llegado allí— cuando Michel se desabrochó los vaqueros y la penetró. Åsa se mareó un poco, pues él no era lo que se dice un hombre pequeño; era todo falo, músculos y manos duras, y al penetrarla de ese modo sintió por unos segundos que le faltaba la respiración. No porque estuviera en contra de eso, al contrario. Cerró los ojos, ahogó un gemido y se dejó poseer mientras él le empujaba con fuerza contra el fregadero. Tenía tanto aguante como un adolescente, pensó cuando Michel al rato se retiró todavía empalmado. Con una mano en el arco de su espalda, se arrancó los pantalones y los calzoncillos, luego la cogió en brazos y la llevó a la isla de cocina sin dejar de besarla por el camino. Al parecer iban a estrenar toda la cocina ese día. La isla era también de granito, frío y negro. Él la cogió por la cintura, la levantó sin parpadear siquiera, como si fuera una pluma, y la sentó encima de la encimera, que estaba helada un segundo antes de que ella la calentara con su trasero.

—Abre las piernas —dijo él con voz ronca.

Åsa separó los muslos y dejó que la viera. Al parecer la isla tenía la altura perfecta, y él la miró y luego le hundió otra vez su enorme falo. Sus piernas le rodearon la espalda, las manos de él le levantaron el trasero, y Michel se corrió gimiendo de placer. Åsa seguía agarrada a él, se dejaba llevar. Mientras él gemía y hundía la cabeza en su pelo con las sacudidas del orgasmo, pensó que parecía capaz de sostenerla el tiempo que fuera.

Volvieron a besarse; Michel fue ablandándose lentamente dentro de ella. Se daban besos profundos, casi insaciables, como si ninguno de los dos tuviera suficiente. Los ojos de Åsa volvieron a llenarse de lágrimas por algún motivo estúpido.

Él la besó con bastante más ternura después de recuperarse, y la sentó otra vez en la isla de cocina. Fue a por un vaso de agua y se lo dio. Ella bebió y se lo devolvió. Él también bebió sin dejar de mirarla y ella pensó que compartir un vaso de agua era algo grandioso. Mientras él dejaba el vaso, ella admiró su cuerpo; con mirada descarada y posesiva estudió los músculos, los tendones y las líneas robustas.

Se detuvo en su miembro, levantó una ceja y dijo:

—¿Ya? —No estaba tan flojo.

—Llevaba media vida soñando con hacerlo contigo —dijo él con una mirada que más que intensa era apasionada, y volvió a entrar en ella—. Tal vez algún día tenga suficiente, pero todavía no, ni mucho menos.

Al final casi se derrumbaron en el suelo, enredados el uno en la otra. Åsa con la cabeza en el pecho de él, Michel con el brazo encima de ella, sujetándola con fuerza, como si no pensara soltarla. Se quedaron así, descansando, jadeantes y sudorosos.

—¿Quieres que traiga agua? —dijo Michel.

Åsa sacudió la cabeza. Apoyó una pierna en sus caderas y se puso encima de él, que estaba tumbado en el suelo de mármol recién pulido.

—Mírame —le ordenó con las manos en su pecho, sentada a horcajadas sobre él.

Los ojos de Michel se posaron obedientes en los de ella, nublados por la excitación.

Ella se inclinó hacia delante y lo besó. Él también la besó con entusiasmo.

—¿Podrías otra vez? —preguntó ella.

—¿Bromeas? —repuso él con voz ronca. Su mirada era de fuego cuando la alzó por las caderas.

Åsa lo montó. Despacio al principio, pero cada vez más rápido, hasta que dieron con el ritmo adecuado para los dos. Lo montaba como si fuera un animal, un esclavo, un amante idolatrado.

—Acaríciate —dijo él, y Åsa lo hizo hasta que se corrieron a la vez gritando y empapados en sudor.

Åsa se derrumbó sobre su pecho. Pensó que iba a tener agujetas, no recordaba cuándo fue la última vez que había tenido unas relaciones sexuales tan acrobáticas.

Michel, todavía jadeante, le puso una mano en el pelo, y ella pensó —un poco tarde—que tal vez no fuera demasiado ético que la jefa jurídica de Investum se lo montara en el suelo de la cocina con uno de los hombres que habían lanzado una OPA hostil a la empresa de su jefe.

En el aspecto moral, algunos imaginaba que dirían que se trataba de una zona gris.

Escuchó los latidos del corazón de Michel y supo que a él en ese momento Investum le importaba más o menos lo mismo que a ella, es decir, nada en absoluto.

Lo que había pasado entre ellos no tenía que ver con Investum. Al día siguiente Michel seguiría haciendo todo lo posible por quedarse con la empresa de su jefe. Y ella lucharía contra él, por supuesto. Así era, y no significaba absolutamente nada.

Michel se movió debajo de ella y murmuró algo. Notó que estaba empezando a aflojarse otra vez, pero ella aún no quería levantarse. Åsa apretó sus músculos internos y sonrió cuando él gimió.

Hacía un momento él le había dicho que la amaba. Tal vez era cierto, con toda probabilidad lo fuera. Michel era un romántico. Pero había muchas otras cosas en el aire. Ella y él. El futuro, toda la maldita vida.

Åsa se movió un poco e hizo una ligera mueca de dolor al levantar una rodilla.

Lo dicho, había muchas cosas en el mundo asquerosamente inciertas. Pero una cosa era segura, pensó mientras se miraba las rodillas llenas de contusiones, y era que si Michel y ella seguían así, tendría que hablar lo antes posible con su decorador de interiores.

Porque el mármol sueco era muy bonito.

Pero era duro de narices para echar un polvo.

50

Cuando por fin llegó la mañana gris y fría del aciago lunes, Natalia seguía en la cama con los ojos arenosos, escuchando los latidos de su corazón e intentando dormir. Después de oír durante una hora el canto de los mirlos y los graznidos de lo que debía de ser un ganso, se dio por vencida y fue a la cocina. Preparó té verde y salió de puntillas al balcón, se acurrucó bajo una manta y dejó pasar el tiempo.

Tan pronto como oyó la llamada pegó un brinco. No sabía cuánto tiempo llevaba allí sentada. Fue a por el teléfono. Un mensaje de Alexander.

En Estocolmo. Me hospedo en el Diplomat. ¿En el trabajo?

Ella le contestó rápidamente.

En casa. ¿Vienes?

Un cuarto de hora después llamaron a la puerta.

—Hola —dijo su hermano menor, entró y la besó en la mejilla—. He pensado que podríamos ir juntos. —Le tendió una bolsa de papel marrón—. Te he traído el desayuno.

Ella cogió la bolsa, la abrió y sacó los sándwiches. Pan de masa fermentada con queso brie y verduras.

—Gracias —dijo. Llevaba varias horas despierta y en ese momento se dio cuenta de que estaba hambrienta. Alex se acordaba de lo que le gustaba a pesar de lo poco que se veían. Siempre había sido muy detallista—. Gracias —repitió.

—De nada, eres mi hermana favorita a pesar de todo —dijo él de camino a la cocina.

Era una vieja broma, pero de repente le molestó. Solo eran medio hermanos. ¿Cambiaría eso algo? ¿Cuándo se atrevería a decírselo?

Natalia preparó más té, aunque Alexander dijo que no quería. Se movía sin parar por la cocina y cuando se sentaron a la mesa no podía estarse quieto, lo toqueteaba todo. Estiró las piernas y se puso a tamborilear con los dedos en la mesa.

—¿Qué tal te va? —preguntó ella.

—Bien. —Se puso de pie y se pasó una mano por el pelo—. Pero no duermo bien, odio el jet lag.

Natalia se comió el sándwich e intentó no alterarse por su continuo ir y venir. Cuando eran pequeños él siempre estaba moviéndose y al parecer todavía no lo había superado del todo.

El teléfono de ella, que estaba encima del fregadero, sonó.

—Es Peter —informó Alexander después de echar un vistazo a la pantalla—. Me ha llamado unas cinco veces hoy —dijo haciendo una mueca al tiempo que le pasaba el teléfono.

—¿Qué quiere?

Alexander se encogió de hombros.

—No tengo la menor idea. Corto la llamada.

A Natalia no le sorprendió, las relaciones entre los hermanos eran penosas y conflictivas.

Contestó.

—Hola, Peter.

Alexander puso los ojos en blanco, se sentó a la mesa y cogió una rodaja de pepino del sándwich de ella.

—¿Qué haces? —preguntó Peter sin rodeos.

—Estoy desayunando —respondió ella mirando a Alexander. Él hizo como si se cortara el cuello—. Estoy en casa. Alex está aquí —añadió haciendo caso omiso de sus muecas—. Vamos a ir juntos a la reunión.

—Entonces yo también voy —dijo Peter, y colgó antes de que Natalia pudiera decir nada.

—¿Qué quería?

Alexander se recostó en la silla de la cocina. Iba trajeado; pocas veces se ponía traje, pero le sentaban de maravilla. Sus largas y negras pestañas y sus cejas oscuras contrastaban de forma espectacular con su pelo rubio. Parecía una divinidad expulsada del paraíso por razones morales.

Había salido una vez en la portada de *Vanity Fair* con el torso desnudo y dos modelos femeninas desnudas a sus pies. Le llamaban arte. A Natalia le parecía sexismo. Se rumoreó que en realidad Alexander tendría que haber salido con otros dos chicos de la jet set, pero que no lograron hacer ninguna foto en la que su belleza no eclipsara a los otros. La solución fue que posara con mujeres y la portada se hizo legendaria.

—Peter viene para acá —dijo ella; le dio el resto del sándwich y observó su reacción.

A Natalia le costaba acostumbrarse a esas fluctuaciones. Un momento estaba hambrienta y al siguiente se sentía llena. En su vida nunca había habido ese tipo de cambios, todo era predecible. Ahora había tempestad por todos lados. Hasta en su cuerpo. Y a causa de un feto del tamaño de un pulgar.

Había entrado en la séptima semana, lo cual era asombroso. Al despertar cada mañana pensaba que se lo había imaginado. Pero seguía estando embarazada.

Estuvo a punto de ponerse la mano en el vientre, pero se frenó y la apoyó en la taza de té. Alexander se habría dado cuenta enseguida. Podía ser peligroso si se lo subestimaba. Ella era consciente de que en algún momento tendría que contarles a sus hermanos que estaba esperando un hijo, que no era hermana de ellos, que Gustaf la había repudiado, que se había quedado sin trabajo.

—¿Te encuentras bien? —preguntó Alexander estudiándola con la mirada—. Estás muy pálida.

—Hay algo que quiero...

El timbre de la puerta la interrumpió.

—Voy yo —dijo él levantándose para abrir.

Natalia oyó el murmullo en el vestíbulo y después los pasos que se acercaban. Las voces se elevaron y Alexander y Peter empezaron a discutir antes de llegar a la cocina.

Natalia observó a sus hermanos; tan iguales y tan distintos. El rostro de Peter estaba rojo de furia, mientras que los rasgos aristocráticos de Alexander se habían transformado en esa mezcla de desprecio y desdén que de algún modo reservaba exclusivamente para su hermano mayor.

Todo seguía igual, pensó Natalia con tristeza, como si tuvieran algo por lo que discutir. Intentó recordar si las cosas habían sido distintas alguna vez o si siempre habían sentido esa antipatía recíproca. Peter era siete años mayor que Alexander, ella era la mediana —la hija ilegítima, se recordó—, pero solo tenía recuerdos vagos de cuando sus hermanos no se peleaban, del pequeño Alexander corriendo tambaleante detrás de Peter, que no paraba de reír. Aunque tal vez se engañaba a sí misma. Ya no estaba segura de nada.

Alex siempre aprovechaba la oportunidad para burlarse de las elecciones que Peter había hecho en la vida y de cómo se arrastraba delante de su padre. Peter, por su parte, se metía con todo lo que Alex hacía y dejaba de hacer. En el fondo Natalia sospechaba que Peter en cierto modo siempre había sentido que era un inepto y que carecía del encanto natural de Alexander. Envidiar a su hermano pequeño era como envidiar un cuadro o una puesta de sol.

Peter la saludó con una leve inclinación de cabeza, rechazó el té que le ofrecía y se apoyó en la encimera con los brazos cruzados.

Alexander volvió a dejarse caer en la silla de la cocina con una sonrisa fría en los labios.

Natalia bebió el té, frío ya. En realidad aquello era lamentable. Tres hermanos con tan poco en común.

Miró a Peter con cautela, intentó imaginar que había violado a Carolina, que había violado a alguien. ¿Tan cruel era? ¿Cómo podía vivir consigo mismo en tal caso? ¿Y qué decía de ella el hecho de que no se enfrentara a él?

Alexander tamborileaba con los dedos sobre la mesa y de pronto Natalia pensó que tal vez supiera lo de la violación. Él había ido al mismo internado aunque unos años después. Él le había hablado de las novatadas que sufrió David. Debía de saber algo.

Tenía la impresión de que todo lo que había sido estable en su vida empezaba a desmoronarse. Pasara lo que pasase, nada volvería a ser como antes. No era una percepción nueva, pero era dolorosa.

Su madre seguía sin responder a sus llamadas.

Poco a poco fue tomando conciencia de la gravedad de la situación. Cosas que habían ocurrido, cosas que se hicieron o no se hicieron, salían a la superficie y lo cambiaban todo para siempre. Tendría que adaptarse a ello, fuera lo que fuese.

Peter resopló por algo que dijo Alex. No debería haber ido a su casa para discutir. Pero así era Peter en definitiva. No soportaba que sus hermanos hicieran nada sin él. Tenía que estar allí vigilando.

Volvió a sonar el timbre.

—Voy yo —dijo Natalia al tiempo que salía con alivio de la cocina. Casi nunca tenía tanto movimiento en casa, y se preguntó quién podía ser.

Abrió la puerta.

—Hola —saludó Gina. La empleada de la limpieza, sorprendida, se quedó con las llaves en el aire—. No sabía que estabas en casa —se excusó.

—Disculpa, había olvidado por completo que sueles venir sobre esta hora —dijo Natalia.

Había olvidado que era un día laborable, y Gina no sabía que ella no tenía trabajo. Nunca habría imaginado lo complicado que era tener tantos secretos.

—Adelante. Enseguida nos vamos —dijo haciéndose a un lado.

La relación entre Gina y ella era incómoda desde que Natalia tuvo la crisis, como si se hubiera producido un cambio invisible en su equilibrio. Natalia entró en la cocina y la otra la siguió como una sombra silenciosa.

Alexander se puso de pie cuando entraron y saludó a Gina con su habitual encanto desenfadado. Peter la ignoró por completo, aunque sin duda se habían visto varias veces. Le dirigió una mirada inexpresiva y frunció el ceño, como si fuera una deshonra saludarla.

—Empezaré por el salón. —Gina sacó varios trapos del armario de la limpieza e inclinó la cabeza al salir.

—Gracias —dijo Natalia, incómoda.

Quería añadir algo más, pedirle disculpas por la descortesía de Peter, decir que estaba mal encasillar a las personas por su clase social, pero el momento había pasado y de todos modos las cosas no habrían mejorado.

—Al menos podrías saludar —se quejó, enfadada.

—¿Qué? —Peter parecía realmente sorprendido—. ¿A ella? Pero si solo viene aquí a limpiar. ¿Por qué iba a saludarla? Ni siquiera sabía si hablaba sueco.

—Chis —dijo Natalia, avergonzada.

—Eres un imbécil —dijo Alexander.

Peter se encogió de hombros.

—Me importa un bledo lo que pienses —le dijo—. Tú no haces nada sensato. Bebes, te drogas y te acuestas con cualquiera, así que no me vengas con sermones. —Alzó una ceja y añadió—: ¿Estás al menos sobrio en este momento?

A Alexander le brillaron los ojos, pero entonces llevó a cabo esa transformación que tanto asustaba a Natalia. Adoptó una expresión fría y aburrida y fue como si desapareciera detrás de una máscara. Como si no hubiera nada en el mundo por lo que valiera la pena preocuparse. Nadie era capaz de protegerse emocionalmente como Alexander.

—Claro que estoy sobrio —dijo tajante—. Al menos por el momento. Intenta no reventar de indignación moral.

Natalia miró a sus hermanos. En realidad se parecían más de lo que querían reconocer. Ambos eran altos y corpulentos y los dos eran rubios y tenían los ojos azules. A diferencia de ella. ¿Cómo había podido pasar por alto algo tan evidente? Era distinta a ellos no solo en el género sino también en su apariencia. Miró a Peter. ¿Debería decirle que sabía lo de la violación? Hablaría con él cuando Alexander no lo oyera.

Se frotó la frente.

Tenía que sentarse cuanto antes y decidir en qué orden iba a contarlo todo.

La lista de Cosas De Las Que Tengo Que Hablar Con La Gente empezaba a ser muy larga. Tal vez debería plasmarlo todo en una hoja de Excel o en un gráfico.

Se oyó el ruido de la aspiradora en el vestíbulo. Peter miró el reloj y se levantó con un movimiento rápido.

—Tengo que irme —dijo arreglándose la ropa—. Nos veremos allí.

—Pero ¿adónde vas? —preguntó Natalia, sorprendida. Ya que ya estaban los tres en su casa, había dado por hecho que irían juntos a la reunión.

—Hay algo que tengo que solucionar antes —respondió por encima del hombro, y se marchó.

—¿Sabes qué va a hacer? —inquirió Natalia a Alexander a continuación.

—No tengo ni idea —dijo este, despreocupado.

—Esperaba que habláramos los tres un poco, que nos pusiéramos de acuerdo, ya sabes, mostrar un frente de unidad.

—¿Unidad? —preguntó él con ironía—. ¿Lo dices en serio? Sé que quieres luchar por la empresa familiar. Sé que te has dejado la piel y te admiro por ello, porque eres admirable. Pero, querida Nat, esto no hay quien lo salve, ni siquiera tú.

—Puedo intentarlo —dijo ella, molesta por su falta de espíritu de lucha—. He hablado con el tío Eugen, por cierto. Él también irá.

Había hablado con tantas personas durante las dos últimas semanas que le dolían las mandíbulas.

—¿Qué dijo?

—No mucho. Creo que Hammar Capital se ha puesto en contacto con él.

—Natalia, ¿cómo...? —empezó a decir Alexander en tono preocupado. Volvió a empezar—: Lo de David Hammar y tú..., ¿cómo te sientes?

—No puedo hablar de eso ahora —repuso ella a modo de advertencia.

La agudeza de su hermano era aterradora, pensó asustada.

Alexander se encogió de hombros, como si aquello hubiera dejado de importarle, y dijo:

—Ah, vale. Arréglate para el linchamiento —dijo en tono animado.

—¿Tan mal va a ir?

Él la miró con sus brillantes ojos azules.

—No —dijo—. Creo que irá aún peor.

51

Peter salió rápidamente del edificio de la casa de Natalia, ansioso por alejarse de allí. El encuentro con sus hermanos le había irritado. Ni siquiera sabía por qué había ido allí. Ver que Alexander y Natalia se relacionaban sin problema y que él se quedaba al margen lo puso de mal humor. Aunque siempre había sido así: Natalia y Alex, en perfecta interacción, agudos, inteligentes, incuestionables.

Era incomprensible que eso aún le afectara, cuando todos eran adultos y vivían vidas separadas. Cuando en teoría él había tenido más éxito que ninguno de ellos.

El paseo le llevó un cuarto de hora escaso. El corazón le latía desbocado. ¿Cuántas veces había pensado en los últimos días que si sufría un infarto todo se acabaría? No quería morir, en realidad no. Pero a veces lo veía como una liberación. Todas esas exigencias eran un peso con el que debía cargar para no hundirse.

Levantó la vista hacia la fachada del hotel, satisfecho de haber decidido mantener bajo vigilancia a Carolina Hammar. Sabía que se hospedaba en el Grand Hôtel y que pasaría allí el fin de semana.

Y Peter sabía lo que tenía que hacer.

Lo único lógico ahora que se había enterado de que estaba viva.

Aminoró el paso. Estaba seguro, pero de repente dudó.

Aún podía cambiar de opinión. Si seguía adelante, las consecuencias serían imprevisibles. No habría vuelta atrás.

Pero si no lo hacía, nadie lo sabría nunca.

Le hubiera gustado que se le diera mejor tomar decisiones importantes.

Todas esas elecciones y esos puntos de inflexión. Todas esas decisiones que había tomado y que, irremediablemente, casi de un modo fatídico, le habían empujado en esa dirección. La marginación en la escuela. Las crueles novatadas en Skogbacka. David Hammar, que se negó a rendirse y en quien volcó toda su frustración. Carolina.

¿En qué momento empezaron a ir mal las cosas? ¿Qué habría ocurrido si no hubiera conocido a Carolina?

Sabía exactamente cómo había terminado.

¿Pero cómo había empezado? «Ella nos provocó. En realidad quería.» ¿Cuántas veces se había repetido esas palabras? Un acto impulsivo, la presión de un grupo violento, una sucesión de circunstancias y de repente se era un violador. Aunque él no lo era. No había cargos en su contra. Y Caro desapareció y todo quedó borrado como si no hubiera ocurrido.

Ahora había vuelto.

La persona que podía dar testimonio de algo que él había intentado ocultar toda su vida.

¿Cómo había sucedido? No lo sabía.

En medio de una niebla, entró por la puerta que le sostenía un portero sonriente.

Su padre siempre decía que las decisiones que tomaba le definían como persona. Como hombre.

Peter miró el trozo de papel con el número de la habitación de Carolina. ¿Le definiría esa decisión? ¿Sería libre al fin?

52

David y Malin llegaron temprano al centro de conferencias el lunes por la mañana. Observaban el enorme hall de entrada desde un balcón acristalado. Al otro lado de las ventanas, que iban del suelo al techo, el lago Mälaren y las ensenadas de Estocolmo resplandecían. Debajo de ellos, el personal de seguridad de dos empresas distintas, el de cafetería y los organizadores intentaban no estorbarse.

El local era amplio, el mayor de Estocolmo dejando aparte los estadios de deportes. David sabía que había mucho interés por asistir a la reunión, pero eso... Las inscripciones habían superado las expectativas.

—Imagínate que no hay sitio suficiente —dijo Malin haciéndose eco de sus pensamientos—. La gente se volverá loca si no consigue sitio.

Tom, el responsable de seguridad de Hammar Capital, fue hacia ellos, saludó a David con un fuerte apretón de manos y después a Malin, que contuvo el dolor haciendo una mueca.

—¿Cómo van las cosas? —preguntó David.

—Parece que se va a llenar. ¿Suele ser así?

—No —respondió David sacudiendo la cabeza—. La mayoría de las reuniones de empresa son de una tranquilidad soporífera.

—Dudo que esta lo sea —dijo Tom.

—No, será más bien un combate de gladiadores —convino David—. ¿Pueden conseguirse más asientos?

Malin asintió con el móvil pegado a la mejilla.

—Acabo de hablar con el jefe de comunicación de Investum. —Hizo un gesto que demostraba lo que opinaba de él—. Y hay capacidad para setecientas personas.

David se volvió hacia Tom, que asintió y dijo:

—Debería ser suficiente.

Malin se disculpó y se fue.

David miró a Tom a los ojos.

—¿Está tranquilo el ambiente por el hotel?

Había conseguido convencer a Carolina de que no asistiera a la reunión. Estaba pálida y serena, pero había accedido a que la representara su abogado. Tal vez había comprendido que iba a ser demasiado duro para ella. Pero le había parecido como ausente y estaba preocupado.

—Tengo un hombre allí —dijo Tom—. Solo como medida de precaución —añadió—. No prevemos ninguna amenaza contra ella. —Sonrió sin expresión de alegría—. A diferencia de ti. Hoy habrá al menos un centenar de personas a las que les gustaría que sufrieras una embolia o un ataque al corazón. Todos los que quisieran ver la cabeza de David Hammar clavada en una estaca estarán aquí reunidos.

David se echó a reír.

—Este es el mundo de las finanzas. La mayoría son civilizados.

—O no —dijo Tom en tono sarcástico mirando hacia el hall de entrada; empezaban a llegar los primeros invitados. Se buscaba su nombre en una lista, se les hacía pasar y se les daba una bandeja con aperitivos. Por el momento el caos estaba bien organizado.

Michel, vestido por una vez con colores apagados, fue hacia ellos y dijo:

—Estamos asediados. La policía está colocando vallas. Las cosas empiezan a complicarse.

—Lo peor es la prensa —dijo Tom con recelo. Se había dejado crecer la barba desde la última vez que se vieron y tenía un aspecto espantoso.

—Trata de no molestar demasiado al cuarto poder —dijo David, que sabía que en el mundo de Tom los medios de comunicación estaban ligeramente por encima del partido Demócratas de Suecia y de las ratas rabiosas.

Tom murmuró algo inaudible a modo de respuesta. Llevaba un pinganillo y asentía con la cabeza a palabras que solo él oía.

—Voy a dar una vuelta —dijo, y luego miró a David y añadió—: Tú no vas a ningún sitio sin que yo lo sepa, *capisce?*

Michel miró a Tom alejarse.

—¿Sería un estúpido si dijera que ese hombre me da miedo?

—No, Tom da miedo cuando está tan serio. O siempre. Pero sabe lo que hace.

Debajo del balcón el volumen del ruido no paraba de aumentar. El personal de Investum era responsable de la organización general, ya que eran los anfitriones, pero David había exigido tener allí a su propio personal. Malin y su equipo se ocupaban de todo lo relacionado con Hammar Capital: prensa e información, y Tom y su empresa, de la seguridad.

Malin volvió a todo correr.

—¿Podrían hacerte unas entrevistas rápidas? —preguntó mirando estresada el reloj.

—Dime solo adónde quieres que vaya —respondió David.

—Estupendo —dijo Malin—. Vuelvo en cinco minutos.

Mientras tanto Michel, junto a la ventana, miraba con fijeza a Åsa Bjelke, que acababa de salir de un taxi. Estaba nublado, el tiempo había cambiado durante la noche y, en ese día gris, ella, totalmente vestida de blanco, casi tenía brillo propio. Su pelo de color platino se ondulaba alrededor de los hombros y ella se balanceaba segura de sí misma sobre los altísimos tacones de sus zapatos blancos.

—Parece una estrella de cine —comentó David.

—Parece la encarnación de los problemas —murmuró Michel.

«Sí, eso también.»

—Ya llegan —dijo Michel.

Un Mercedes negro se detuvo. Salió un chófer, abrió la puerta trasera a los pasajeros y salió Gustaf De la Grip. Se arregló la chaqueta convencional y la corbata, más convencional aún, mientras esperaba a que saliera su esposa.

Y ya no salió nadie más. ¿Iría Natalia o enviaría un representante? ¿Importaba eso realmente?

Un par de periodistas reconocieron el coche y se acercaron corriendo. Incluso a esa distancia se veía el descaro con que Gustaf los ignoraba y entraba en el recinto con Ebba a su lado.

Malin fue a buscar a David para las entrevistas. Había preparado un logotipo enorme de Hammar Capital y le indicó que se pusiera delante. David la miró con gesto divertido.

Malin sonrió y preguntó en voz baja:

—¿Demasiado grande?

—Un poco tal vez —dijo él.

Pero obedeció y se colocó delante del logotipo negro. Cogió el micrófono y empezó a responder a las preguntas que le hacían a la luz de los flashes. Con el rabillo del ojo distinguió a Tom, que se había unido a ellos y tenía una visión general de los periodistas.

Alguien gritó:

—Se rumorea que se trata de una venganza privada entre usted y la familia De la Grip; ¿puede confirmarlo?

David sonrió y contestó con ambigüedad:

—Evidentemente no.

—¿Para qué quiere Investum?

—Es una empresa que no alcanza su máximo potencial.

—¿Por qué quiere echar del consejo de administración a la familia propietaria?

—Investum necesita un equipo directivo capaz de asumir el reto de actuar en un mundo globalizado y cambiante —respondió él, aludiendo sin decirlo a que en ese momento el equipo directivo estaba compuesto por hombres viejos de ideas caducas.

—El departamento de inspección financiera ha investigado la situación de Hammar Capital.

David asintió. Habían sido un incordio.

—Aunque lo intentaron, no encontraron nada concreto que criticar.

Mientras él respondía a las preguntas, Tom vigilaba desde el otro lado. El nivel del ruido seguía subiendo minuto a minuto. Poco después, al final del nutrido grupo de periodistas se produjo un remolino que atravesó la multitud como una ola. David vio acercarse a Gustaf De la Gip, seguido de cerca por un par de asistentes y algunos más que parecían guardaespaldas.

Tom dio un paso adelante y miró a David como diciéndole «Dame luz verde y haré picadillo a estos peleles».

David sacudió la cabeza. Quería ver qué pasaba. Gustaf solía evitar los enfrentamientos abiertos, en especial ante los medios de comunicación. Sus técnicas de dominación consistían en ignorar a las personas, lanzar improperios en las sesiones del consejo de administración a puerta cerrada y mantener las formas en público. La cuestión era si en ese momento la presión era tal como para hacer una excepción.

Los guardaespaldas de Gustaf apartaban a un lado a la gente, como si la marea de periodistas no le dejara avanzar con la debida rapidez.

David miraba inexpresivo al tiempo que notaba que su ritmo cardíaco aumentaba. Permanecía inmóvil, con una mano en el bolsillo del pantalón, mientras el silencio iba creciendo entre los periodistas. Nadie quería perderse nada de lo que fuera a ocurrir. Era el chico de clase trabajadora contra el rey de la comunidad empresarial sueca.

Dinero nuevo contra lo viejo.

Y Gustaf llegó. Miró a los periodistas y luego observó con ira a David, como si fuera algo asqueroso que se le había pegado a la suela del zapato. David recordaba esa mirada a pesar de los años, a pesar de los éxitos. Recordaba el momento en que Gustaf volvió al internado después de la violación y cómo lo organizó todo, como si Skogbacka y su personal fueran una extensión de sus dominios. Humilló a David y a su madre ante todos los que quisieron escucharle diciendo qué tipo de escoria era la familia Hammar. Y David aún recordaba la impotencia que sintió al tener que callarse. La vergüenza que le produjo ceder ante la fuerza. Le hostigaron, le golpearon y le azotaron hasta sangrar. Agredieron a Carolina. Destrozaron a Helena Hammar poco a poco y estaban convencidos de que tenían derecho a hacerlo. Un derecho inherente que para Gustaf y sus secuaces era algo obvio desde hacía siglos.

Y en ese momento, ante la prensa reunida y al lado del ofendido Gustaf De la Grip, David tuvo la certeza de que lo que había hecho había valido la pena.

Todo lo que había sacrificado merecía el sacrificio.

Haría todo lo que tenía previsto sin mostrar ninguna misericordia.

Porque todos, Natalia, Michel y Carolina, estaban equivocados.

La venganza podía ser algo bueno.

Por fin iba a hacer lo que había soñado desde el momento en que, de pie ante el director de Skogbacka, con la espalda surcada por cicatrices que nunca desaparecerían, el director le advertía que si no dejaba de acosar a la familia De la Grip llamaría a sus abogados. Y que se encargarían de que un canalla como él, su retrasada hermana y la puta de su madre fueran aplastados como se merecían. Lo último lo había dicho a gritos. El mismo director que, meses antes de que ocurrieran los hechos, no había tenido ningún inconveniente en ser infiel a su mujer con Helena Hammar. El mismo director al que David aplastó financieramente hacía unos años. De los otros dos hombres que violaron a Caro también se había encargado unos años antes. Los arruinó económicamente. Lo que Natalia había leído acerca de él era exagerado en la forma pero no en el fondo. Tenían que pagar por lo que habían hecho. Él se nutrió de eso, aprendió de sus errores y siguió adelante.

Ahora solo quedaba Investum.

Gustaf y Peter De la Grip.

Sintió que algo se liberaba en su interior. Miró a Gustaf, vio el destello de los flashes y sonrió.

Lo que iba a hacer le proporcionaba un gran placer.

—¡Señor De la Grip! —gritó un reportero de televisión.

Gustaf le dirigió una mirada fría, pero el reportero no se dejó intimidar. El ambiente estaba cargado y se olía la sangre.

—¿Cómo se presentan las cosas? ¿Qué cree que va a pasar con Investum?

Gustaf no pudo evitar una mueca.

—Es agradable que el señor Hammar muestre tanto interés por nuestra empresa —dijo en tono sarcástico—. Cada uno es libre de comprar y vender acciones en la bolsa.

—Pero ¿qué implicaría que David Hammar entrara en el consejo de administración? —gritó otro periodista—. ¿Qué piensa de David Hammar, honestamente?

Gustaf hizo un gesto, como si no tuviera por qué responder esas preguntas. David lo miró divertido. Era evidente que el pomposo Gustaf no esperaba que lo interrogara un grupo de ávidos periodistas expertos en economía y no estaba preparado.

—En última instancia son los accionistas los que deciden —dijo Gustaf, agobiado.

—Hemos hablado con representantes de uno de los fondos de pensiones. No parecen del todo contrarios a la idea de tener a David Hammar en el consejo de administración. ¿Cómo se siente? Suelen serle leales; ¿cree que votarán a favor del señor Hammar?

—Sería una catástrofe —replicó Gustaf resoplando.

—¿Cómo ve la propuesta de David Hammar de que en el consejo de administración no haya ningún representante de la familia propietaria?

—¡Eso es un disparate! —exclamó Gustaf—. Un advenedizo como él no sabe nada de cómo funciona en realidad el mundo de las finanzas.

—¿Qué le parece la propuesta de David Hammar de aumentar el número de mujeres en la dirección de la empresa? ¿Cómo es posible que haya encontrado varias mujeres idóneas para esos cargos y ustedes no hayan tenido ninguna hasta el momento?

—Evidentemente es una forma de manipular a la opinión pública —dijo Gustaf—. Nosotros nos tomamos en serio nuestra responsabilidad y elegimos según las aptitudes.

David pensó que esa no era una respuesta demasiado inteligente. La entrevista había resultado catastrófica para Gustaf de principio a fin, pero no estaba acostumbrado a esa falta de respeto por parte de la prensa y había permitido que le provocaran hasta decir lo que pensaba en realidad, no lo que debía decir.

Los periodistas siguieron gritando preguntas, y Gustaf, cada vez más agobiado, las respondía atropelladamente. A David le habría gustado que siguiera poniéndose en evidencia, pero hizo un sutil asentimiento de cabeza en dirección a Malin.

—Gracias a todos —dijo Malin para dar por concluida la improvisada rueda de prensa—. Empezaremos a la hora programada, así que localicen sus asientos y asegúrense de tener a la vista su tarjeta de identificación, de lo contrario no se les permitirá entrar.

Gustaf se marchó de forma atropellada.

—Qué hombre más agradable —dijo Tom con ironía. Presionó el auricular con un dedo y el movimiento hizo que se le abriera la chaqueta y David alcanzase a ver en su axila lo que parecía la funda de una pistola. Esperaba que tuviera licencia para eso—. Hemos protegido el local —añadió Tom apartando la mano del auricular—. Pero si te atacan intentaré sacarte de aquí.

—Bromeas, ¿verdad?

Tom lo miró fijamente a los ojos.

—¿Tú qué crees? —dijo. Luego sacó un teléfono móvil que vibraba en silencio. Lo miró y frunció el ceño—. Tengo que contestar —se excusó, y desapareció justo cuando Michel se acercaba.

—¿Qué pasa? —preguntó este.

—Tom —respondió David escuetamente.

—Sí, es muy gracioso. Casi tanto como una auditoría interna.

—¿Sí? —dijo Tom al teléfono en cuanto se alejó de David y Michel.

—Ha tenido una visita —dijo al otro lado de la línea el hombre que debía vigilar a Carolina Hammar.

—¿Quién?

—Un hombre.

Mierda. David se iba a enfadar.

—¿Tienes una foto?

—Te la envío ahora mismo.

—¿Dónde está? ¿Puedes verlo?

—Dentro de su habitación.

Maldición. Tom estaba a punto de ordenarle que llamara a la puerta de Carolina, sin importarle que tal vez se estuviera precipitando, cuando el hombre dijo:

—Está saliendo.

—¿Ves a la mujer? —preguntó Tom a la vez que oía el sonido de un SMS. Conectó los auriculares y miró la foto que le había enviado mientras él pensaba en decirle que llamara a la puerta y para que le confirmaran que ella estaba bien. Ante cualquier anomalía ordenaría la intervención inmediata, y el Grand Hôtel podía enviarle después la factura. No permitiría que le sucediera nada a la hermana menor de David Hammar.

Tom había tenido que trabajar con la mafia rusa y con las facciones más radicales de Al Qaeda en el norte de África. Y volvería a hacerlo antes que someterse al castigo de David Hammar si llegara a ocurrirle algo a su hermana.

Tom miró la foto de cerca e identificó al hombre que había ido a ver a Carolina como Peter De la Grip. No tenía ni idea de lo que eso podía significar. Mientras pensaba oyó voces y gritos.

Miró hacia arriba, distraído. Un periodista intentaba entrar. Guardó el teléfono y fue hacia allí para evitar un altercado.

Se acercó al periodista. En su opinión todos eran gentuza.

Y un burócrata hijo de papá como Peter De la Grip no podía suponer ningún peligro grave para Carolina Hammar, pensó mientras gritaba al periodista.

Decidió esperar.

53

Peter salió por la puerta del Grand Hôtel.

Se miró en un cristal al pasar y le pareció que tenía el mismo aspecto de siempre. Le extrañó que no se notara lo que había hecho.

No sabía qué sentía. ¿Culpa? ¿Alivio? ¿Remordimiento tal vez? No, remordimiento no, por extraño que fuera.

Tal vez tendría que pasar un tiempo para que pudiera asimilar lo que había hecho.

Era tan descomunal...

Se le hacía tarde para la reunión.

Se metió en un taxi.

Llegaría justo a tiempo.

54

David estaba en un extremo, bajo el escenario, oculto en la oscuridad. Mientras escuchaba el suave murmullo de la sala fue deslizando la mirada por las filas de asientos que no tardarían en llenarse. Hombres trajeados se estrechaban la mano, reían en voz alta y hablaban de la próxima temporada de caza y de las vacaciones de vela. Había algunas mujeres, pero en las primeras filas el dominio masculino era abrumador. El acceso a periodistas no estaba permitido, pero de vez en cuando se veía el destello de la cámara de algún móvil.

En el escenario había un podio con un atril y un micrófono. Al lado del podio se encontraba una mesa con sillas en un lateral, micrófonos y agua mineral.

En la primera fila, justo bajo el escenario, se hallaban los asientos reservados para los miembros de la familia propietaria, con sus nombres y títulos escritos en letras grandes. La silla de Peter De la Grip seguía vacía, igual que la de Natalia. Eugen y Alexander, sentados uno al lado del otro, hablaban en voz baja. Ebba De la Grip esperaba con gesto serio y reservado, y Åsa, a su lado, hablaba con un joven trajeado. Gordon Wyndt, que había llegado de Londres en el vuelo de la mañana, se sentó detrás de Eugen.

Cuando solo faltaban unos minutos para el inicio entraron Gustaf De la Grip y los seis hombres de su consejo de administración. Los dos guardaespaldas se quedaron en la puerta. La gente de las primeras filas se levantó para saludar a Gustaf. Algunos le estrecharon la mano y hubo quien le hizo incluso una reverencia. David permaneció de pie mientras Gustaf tomaba asiento; no parecía afectado por la lamentable rueda de prensa que había dado.

David pensó que también él debería ir a ocupar su sitio, pero estaba tan acelerado que se saltó la etiqueta y se quedó de pie. Michel estaba sentado en un extremo de la segunda fila, sereno y en silencio. No se veía a Tom por ningún lado, pero David sentía su presencia. El reloj digital que había en el techo marcaba las 12.59. No tardarían en cerrar y bloquear las puertas. No se permitiría la entrada a nadie después de la hora fijada. David percibió un movimiento. Peter De la Grip entró casi corriendo. Justo detrás de Peter llegó Natalia; llevaba un elegante vestido y el pelo tirante, y por un instante David perdió su entereza.

Cerraron las puertas. Los focos alumbraron el escenario y el resto de la sala quedó a oscuras. El reloj digital rojo marcó las 13.00. David apretó el puño en el bolsillo del pantalón. Se preparó mental y físicamente.

Las próximas horas iban a decidir todo su futuro. Gustaf se levantó de la silla y subió al escenario.

Estallaron aplausos espontáneos y algún que otro grito ocasional de alegría. Gustaf inclinó la cabeza con gesto serio, casi benevolente. Los aplausos y los murmullos cesaron mientras el hombre miraba a los asistentes. Los pequeños accionistas con solo cinco votos y los grandes accionistas con más de un millón de votos tenían la vista fija en él.

—Señoras y señores —comenzó—. Queridos accionistas. Les doy la bienvenida a esta asamblea general extraordinaria —dijo con gesto serio y tranquilo paseando los ojos por aquella audiencia de setecientos espectadores—. La primera tarea de esta asamblea consiste en elegir un presidente para el consejo de administración.

David escuchaba las distintas formalidades. El presidente de la asamblea, un abogado de uno de los bufetes de más prestigio, se sentó a la mesa junto a su secretaria. Gustaf bajó del escenario y a continuación se dio lectura al orden del día. El único punto era la elección de los miembros del consejo de administración, así que la cosa fue rápida.

—Hay dos propuestas relativas a la composición del consejo de administración —dijo el abogado con voz áspera—. Una propuesta es que los miembros actuales sean reelegidos. La otra, presentada por Hammar Capital, plantea un consejo de administración compuesto por las siguientes personas... —Nombró a David, a Michel y al resto de las personas que había presentado Hammar Capital—. Antes me gustaría que el conde Gustaf De la Grip, actual presidente del consejo de administración de Investum, nos explicara qué cree él que debería hacer la directiva con la empresa.

Gustaf subió de nuevo al escenario e hizo una exposición de media hora. David y Michel se miraron.

—A continuación tiene la palabra David Hammar —dijo el abogado.

Había llegado el momento.

El silencio se extendió.

El abogado miró hacia las filas de bancos.

Después todo quedó a oscuras.

David subió al escenario. Estaba oscuro como boca de lobo. Otra de las ideas teatrales de Malin; a David le pareció mejor cuando se lo contó que en ese momento, pues ni siquiera podía verse la mano. Pero llegó arriba sin contratiempos; esperaba haberse puesto en el lugar correcto del podio y no demasiado cerca del borde del escenario.

Después se encendió un solo foco.

Iluminaba directamente a David, por lo que al principio la luz le deslumbró; no veía nada. Se oyeron rumores entre la audiencia. Esperó hasta que sus ojos se adaptaron a la luz y empezó a vislumbrar formas entre los asistentes. Distinguió a Alexander De la Grip, a Eugen Tolstoi y a la madre de Natalia.

Natalia estaba sentada muy tiesa al lado de su madre. David notó una oleada de sentimientos que no tuvo tiempo de analizar. Parpadeó y miró al público que había en la enorme sala, abarcándolos a todos y dejando que ellos le miraran.

Se encendió un proyector y en la pantalla detrás de él apareció información directa de Twitter. Las entradas con los hashtags #Investum y #HC aparecían cada vez más deprisa y David tuvo que admitir que impresionaba. Malin siempre había tenido una vena dramática.

El técnico de sonido dijo a través del pinganillo:

—Comience, por favor.

David dio un paso adelante.

El técnico de iluminación barrió con los focos distintas partes de la audiencia, como rápidas bandas de luz.

David localizó a Malin, que lo miraba nerviosa desde uno de los laterales. Le hizo un breve gesto de ánimo, ¿o tal vez intentaba decirle algo?

Saludó al presidente con una inclinación de cabeza.

Apartó todos los pensamientos de Natalia.

Respiró profundamente.

Bien.

Había llegado el momento.

Game on.

55

Natalia había llegado tarde a propósito, no quería hablar ni relacionarse con nadie y menos aún con su madre, quien la saludó con una breve inclinación de cabeza y luego siguió mirando al frente, igual que hacía ella en la silla contigua.

Natalia bloqueó el dolor. En realidad no había de qué sorprenderse. Su madre resolvía la mayoría de los conflictos mediante el silencio y el distanciamiento emocional. Y ella en ese momento tenía que manejar otras crisis. Por ejemplo, David, que estaba en el escenario con ese carisma que casi electrizaba. Llevaba un traje negro, una ajustada camisa gris oscuro sin corbata, gemelos oscuros y un cinturón también oscuro que a la luz de los focos parecía muy caro. Estaba tan guapo —no, tan atractivo—, que hacía daño a los ojos. Por un instante le pareció que la miraba, pero fue tan breve que creyó que se lo había imaginado. Natalia se dio cuenta de que estaba conteniendo la respiración. Después, él empezó a hablar.

Se presentó y Natalia sintió que un leve escalofrío le recorría la piel. David y ella se habían visto en situaciones informales. Se habían relacionado en entornos privados y relajados, y ese era el David que ella conocía. Nunca le había visto en el rol de directivo de empresa, no imaginaba lo distinto que podía ser. Porque, cielos, causaba impresión.

Se le puso la piel de gallina. La voz de él hipnotizaba al público. Nadie cuchicheaba, nadie se entretenía con el móvil, nadie se movía impaciente en el asiento. Todos permanecían muy tiesos, con los ojos bien abiertos, y escuchaban con atención mientras David Hammar explicaba lo que haría si le votaban a él y a su equipo directivo. Expuso una tras otra las deficiencias que habían detectado él y los analistas de Hammar Capital. Beneficios dudosos. Gestión incompetente. Pésimas inversiones y decisiones equivocadas. Activos infravalorados. Compensaciones desleales.

Se cargó punto por punto prácticamente todo lo que Investum había hecho durante los últimos años.

Natalia respiraba con dificultad. Nunca había participado en ninguna de las anomalías que él había mencionado, y tampoco sospechaba que hubiera tantas irregularidades. No se atrevía a mirar a nadie de la familia mientras le oía decir que iban a desarticular las filiales y que las oficinas y las secciones ineficaces se cerrarían y se descentralizarían.

Y eso no era lo peor.

Después de hablar durante casi una hora sin interrupción, señalando en las presentaciones de PowerPoint cómo iba a reorganizar —o a destruir— Investum, David pasó a hablar de los activos ocultos que se iban a liquidar. Terrenos que se pondrían a la venta. Objetos familiares de valor que se subastarían. Cosas de las que la familia había disfrutado durante años pero que eran propiedad de Investum. Activos que tras su liquidación recaerían en los accionistas.

Natalia captó el sentido comercial de su plan antes de que él expusiera la catástrofe.

—Y, como es obvio, se venderá la finca de la familia, el castillo de Gyllgarn, al noroeste de Estocolmo —dijo David desde el escenario—. No hacerlo sería un disparate desde el punto de vista económico.

Gyllgarn, cielo santo. Porque aunque durante siglos el castillo había pertenecido a la familia De la Grip, en la actualidad era propiedad de Investum, supuestamente por razones impositivas. Ella no tenía ni idea. Peter y Gustaf debieron de decidirlo así cuando Peter se hizo cargo de la propiedad. Casi podía verlos urdiendo intrigas en torno al negocio. ¿Lo sabría su madre? ¿Y Alexander? ¿Les habrían mantenido también al margen? En realidad ya no importaba, iban a perderlo de todos modos. Qué estupidez.

Se preguntó quién podría permitirse el lujo de comprarlo. David tal vez tenía intención de parcelarlo y vender por separado las zonas de bosque, los terrenos y los enseres. Se miró las manos, en su regazo. No quería llorar, solo eran cosas materiales, pero sentía un dolor físico.

David continuó. Al parecer tenía una lista interminable de medidas que incrementarían el valor de las acciones si él se salía con la suya.

Como en un una neblina a causa del impacto, Natalia siguió escuchando cómo él dibujaba con amplias y efectivas pinceladas el futuro de Investum si estuviera bajo su liderazgo.

Personas competentes ocuparían los cargos directivos. Todos los beneficios y las gratificaciones no justificadas se suspenderían de forma inmediata. Se revisarían y rescindirían compensaciones y contratos blindados. Y así sucesivamente.

Natalia tenía la boca tan seca que apenas podía tragar. El impresionante silencio que había a su alrededor fue convirtiéndose poco a poco en un murmullo inquieto. En la pantalla blanca que había detrás de David podían leerse tweets en letras mayúsculas sobre compras audaces de empresas, tomas de control y delirios de grandeza. El nivel de nerviosismo en la sala era tremendo.

Pero si Natalia era honesta consigo misma debía reconocer que era un plan sensato. La mujer de negocios y finanzas que había en ella podía verlo. Aunque al mismo tiempo... El plan de David implicaba la destrucción total de un imperio respetable. Si ganaba la votación, aniquilaría una esfera de poder y acabaría con los valores que habían perdurado durante generaciones. Era casi insoportable.

Natalia se puso derecha en el asiento. No pensaba hundirse. Aquello aún no había terminado. Ella se guardaba algunos ases en la manga. No era ninguna principiante.

Dijo que iba a luchar y eso era lo que iba a hacer.

Luchar.

56

Mientras David esperaba a que Michel se uniera a él en el escenario, observó a la sala e intentó evaluar cómo habían recibido su discurso. No hacía falta que mirase directamente a Natalia, la veía de todos modos, era como un centro de energía en la primera fila.

La gente le hacía preguntas y él las iba respondiendo. Cuando Gustaf estaba en el escenario, el tono de los asistentes había sido servil. Los accionistas le tenían un respeto increíble y nadie se atrevía a contradecirle, ni allí ni en ningún otro ambiente. Estaba acostumbrado a esa deferencia.

Para David era diferente.

Parecía que las preguntas, unas hostiles, otras curiosas, no iban a tener fin. Después de un rato empezó a temer que cada uno de los setecientos asistentes quisieran preguntarle algo.

—Terminaremos con dos preguntas más para el señor Hammar y después daremos comienzo a la votación —dijo finalmente el abogado por el micrófono—. Regresen a sus asientos.

La votación se realizaría a través de un procedimiento simplificado que consistía en que se preguntaba en primer lugar a los grandes accionistas, es decir, los que tenían el mayor número de votos, y después se seguía por orden de importancia.

Gustaf De la Grip era el mayor accionista. Luego iban los grandes fondos, después, en orden descendente, Åsa, Ebba,

Eugen, Alex y Natalia, y por último Peter. Posteriormente votarían todos los pequeños accionistas que había en la sala, por supuesto, pero para entonces ya estaría decidido.

Al principio todo fue según lo esperado. Gustaf votó a su propio equipo directivo. Los administradores de fondos con los que David había hablado, y a los que había convencido, le votaron a él. Los que pensaba que iban a mantenerse leales a Investum votaron en su contra. La mayoría votó como él había pronosticado, salvo raras excepciones. Pero ya faltaba poco. Calculó mentalmente. La gente seguía votando, a favor y en contra. Cuando a Åsa Bjelke le llegó el momento de votar, pareció dudar. David contuvo el aliento. ¿Se habría puesto del lado de ellos? Pero al final votó en contra. Ebba votó a Investum. Por el momento todo iba según lo planeado.

Pero después todo se fue al infierno.

Cuando le llegó el turno a Eugen, el ruso, el tío de Natalia, a quien David había tratado de camelar durante todo el verano y que estaba seguro de que le votaría a él, votó en contra. David intentó no mostrar su confusión. Miró de reojo a Michel y vio la misma reacción en el rostro de su amigo. El ruso había cambiado de bando.

David no pudo evitarlo y miró a Natalia. Ella le sostuvo la mirada con una sonrisa helada. ¿Así que era obra suya? ¿Había logrado poner a su tío en contra de Hammar Capital?

David tendría una larga charla con el ruso acerca de eso.

Llegó el turno al resto de la familia propietaria. Alexander votó en contra, igual que Natalia.

Los votos estaban igualados, mucho más de lo que él creía. ¿Se había equivocado? ¿Había contado mal? La posibilidad de fracasar no entraba en sus cálculos. Ni siquiera en el plano teórico. Miró a Michel; parecía sereno, pero David sabía que estaba preocupado.

Y Peter De la Grip aún no había votado.

Era irreal.

David no miró a ningún lado, apenas podía ver. Apretó el

puño con fuerza en el bolsillo del pantalón. Iban en cabeza, pero no con demasiado margen. Y Peter tenía acciones A. No acciones B, sino A, las fuertes, las que valían diez veces más que las B, que eran las que tenía la mayoría. Era un antiguo sistema sueco, criticado a menudo, que servía para dar más poder a la familia propietaria. Por eso podía ser fundamental contar con alguien de la familia. Parecía que Hammar Capital iba a tropezar en la línea de meta.

Tantos años y tanto trabajo en vano.

Lo había sacrificado todo, incluso a la mujer a la que había empezado a sospechar que amaba, por un fracaso. Un fiasco.

David suponía que en ese momento Michel estaba haciendo el mismo cálculo que había hecho él y que había llegado a idéntico resultado.

—Ajustado —dijo Michel en un tono casi inaudible—. Va a estar muy ajustado.

—¿Sabemos cuántas tiene en realidad? —preguntó David. Se trataría de un pequeño porcentaje—. Me refiero a exactamente.

—Debemos de tenerlo en los papeles —dijo Michel.

Se apoyó en David y continuó en voz baja:

—Puede haber comprado un montón de acciones B. Es rico. Y es probable que haya conseguido más acciones A, aunque hayamos barrido el mercado. No sé el porcentaje exacto de acciones A. —Michel se rascó la nuca y preguntó—: ¿Qué le ha pasado al ruso? Creía que estaba con nosotros.

«¿Qué le ha pasado? Algo relacionado con Natalia.»

—Yo también lo creía —respondió David en tono neutral.

¿Podrían salvarles los pequeños accionistas?

Peter votó.

El contador parpadeó.

Lo miraron con impaciencia. La sala estaba en absoluto silencio.

¿Qué demonios...?

David no se atrevía a respirar.

—Pero ¿qué ha pasado? —exclamó Michel—. Tiene que haber habido un error.

Un murmullo recorrió la sala. Cuchicheos y gestos de incredulidad se extendían como un reguero de pólvora por las filas de asientos.

David no podía creer lo que estaba viendo. Tenía que ser un error. No era posible.

El murmullo aumentó. Alguien gritó.

Después estalló un clamor general.

Se dispararon tantos flashes que David por un momento quedó cegado. Michel juraba a gritos en árabe.

Peter De la Grip había decidido definitivamente la votación.

Pero a favor de Hammar Capital.

El archienemigo y opositor Peter De la Grip había votado a favor del plan de Hammar Capital y en contra de Investum. Había votado contra su padre, contra su directiva.

Todo había acabado.

Hammar Capital había ganado; la vieja Investum ya no existía. El consejo de administración tendría que dimitir, con efecto inmediato.

Michel lo miró. Ninguno de los dos podía creerlo.

—Los siete miembros de Hammar Capital han obtenido ya votos suficientes. Nadie puede ganarles —afirmó el abogado en tono solemne—. Se confirma por lo tanto que las siguientes personas han recibido la mayoría de los votos. —Dio los nombres de David, Michel y las tres mujeres y los dos hombres elegidos por ambos—. Dichas personas integrarán el nuevo consejo de administración. Doy las gracias a los accionistas.

La última frase apenas se oyó. El nivel de ruido en la sala iba en aumento, alguien empezó a aplaudir y los aplausos se extendieron rápidamente hasta convertirse en un estruendo.

—¡Hemos ganado! —gritó Michel por encima de los aplausos y los gritos; una amplia sonrisa había sustituido a la expresión de asombro—. ¡Hemos ganado!

David asintió. Le embargaba un alivio enorme, casi irreal.

Sacudió con fuerza la mano que Michel le ofrecía. La habitualmente fría Malin Theselius se colgó del cuello de David gritando de alegría y este la abrazó con tal fuerza que casi le cortó la respiración. La gente subió al podio para hacer fotos, felicitarles y participar en el caos, y David hizo todo lo que se esperaba que hiciera mientras intentaba quitarse de encima la sensación de que en realidad no estaba presente.

Hammar Capital había tomado el relevo y había aplastado a Investum. Habían hecho historia en las finanzas, habían redibujado el mapa financiero. En el futuro se escribiría sobre ello en libros de texto y artículos. Investigadores de la historia de la economía estudiarían el acontecimiento, escribirían tesis y ensayos sobre ello. Era algo del todo excepcional y él debía sentirse victorioso.

David miró a su alrededor, oyó los gritos y pensó que de haberse tratado de un programa de televisión ya habría empezado a caer confeti del techo. Los gritos de entusiasmo continuaban. La gente se reía y pensó que él también debería estar contento.

Pero no lo estaba. Se sentía completamente aislado.

Siguió estrechando manos a hombres y a mujeres que llegaban a raudales de todos lados. Se dejó abrazar y felicitar e intentó decirse a sí mismo que esa sensación tan extraña no tardaría en pasar.

57

Natalia vio a David riendo y estrechando manos en el escenario. Era impresionante, parecía un rey o un emperador. Y había terminado.

Todo había terminado. Todo había cambiado.

La mente le iba a mil por hora.

Peter... ¿Qué le había pasado? ¿Había perdido la cabeza? Era inconcebible..., literalmente imposible de entender. Buscó a su hermano con la mirada pero no lo vio.

Gustaf hablaba con algunos miembros del consejo de administración —los antiguos miembros del consejo de administración—, y gesticulaba con ademanes secos y tensos.

Su madre seguía sentada con los dedos entrelazados en el regazo; Natalia pensó que debería acercarse y consolarla, pero no se atrevió. Louise se mecía en su asiento y se sonaba la nariz una y otra vez. Alexander estaba recostado, con las piernas todo lo estiradas que podía y los brazos a lo largo del respaldo. No miraba a nadie ni hablaba con nadie. Parecía más que nada aburrido, como si el caos reinante no tuviera que ver lo más mínimo con él. El tío Eugen se sentó al lado de la madre y le dio unos torpes golpecitos en el hombro.

Natalia miró las ruinas de su familia.

¿Cómo se había atrevido Peter a actuar contra su madre y contra su esposa? ¿Por qué lo había hecho? ¿Tenía que ver con

Carolina? No sabía qué creer, solo sabía que había destruido su propio futuro. Gustaf no le perdonaría nunca. Su madre tampoco. ¿Y Louise? Natalia vio el rostro de su cuñada, rojo de tanto llorar. Louise se había casado con el príncipe heredero de Investum, un hombre que era dueño de un castillo y que podía acceder a los círculos más exclusivos. Natalia dudaba de que Louise estuviera en ese momento del lado de Peter.

Y entonces, por fin, apareció la rabia.

Como un tren que en las horas punta llega con retraso a toda velocidad: la rabia contra David, el hombre que estaba en el escenario como un regalo de Dios a la humanidad, el mismo que traicionaba y aplastaba como un tirano más.

Ese golpe no intentaba hacer justicia, pensó furiosa. Solo se trataba de venganza y de poder. David no había adquirido una empresa, la había masacrado. Mucha gente se iba a quedar sin trabajo. Los valores acumulados durante varias generaciones se liquidarían.

Se frotó la frente; sentía que la rabia menguaba, que perdía fuerza con rapidez. Estaba agotada. Las últimas semanas la habían dejado sin energía, todo lo que había ocurrido, todo lo que se había escrito... Y ahora lo había perdido todo. Al menos así lo sentía. Afuera el mundo seguramente continuaba como siempre, y ella tenía una necesidad imperiosa de irse de allí, salir al aire libre, dejar de ver a David y a sus admiradores. No quería ver cómo las mujeres le lanzaban miradas lujuriosas. Oh, sí, ella lo veía todo, también cómo lo miraban con descaro; era el líder de la manada, el macho alfa, el vencedor.

Tenía que salir de allí, alejarse de esa sala donde se concentraban sus errores como una exposición de todas las equivocaciones que había cometido.

Åsa la saludó con la mano, pero Natalia apenas asintió con la cabeza en respuesta y luego miró hacia otro lado. Solo quería irse a casa, pero el caos y el tumulto eran tan abrumadores que se sentó. Tardaría una eternidad en abrirse paso a codazos y no tenía fuerzas.

Se hundió en el asiento.

—¡Natalia, ven!

Ella dio un respingo y miró hacia arriba. La orden, rápida y breve, provenía de Gustaf.

—Vamos a reunirnos con ellos —dijo—. Tenemos que salvar lo que pueda salvarse.

—Pero yo... —repuso Natalia, insegura. Nunca la habían implicado en los negocios, ¿por qué ahora?

—Hammar quiere que estés —dijo Gustaf en un tono que reflejaba claramente lo que pensaba del asunto—. Ven.

En teoría nadie podía obligarla a seguirlo. Ella no respondía por nadie. Sin embargo, al final obedecer era menos difícil. Natalia se levantó. ¿Acabaría aquello alguna vez?

58

Peter se movía inquieto. La sala de conferencias donde se encontraban David Hammar y él tenía grandes ventanales, el agua quedaba prácticamente bajo sus pies. David se hallaba junto a la ventana, de espaldas al lago Mälaren; observaba a Peter con los brazos cruzados y la mirada helada.

Estar ahí los dos solos parecía surrealista. Peter estaba muy nervioso, pero era él quien había pedido que se reunieran. No habían vuelto a hablar cara a cara desde que eran adolescentes. Y ni siquiera entonces hablaron. Lucharon y pelearon desde el primer día que David comenzó en Skogbacka.

—Sé que nada que pueda decir compensará lo que hice —empezó Peter. Tenía que hablar en voz alta porque la sala era grande y David no se había acercado; permanecía de pie junto a la ventana. Carraspeó y se armó de valor, pero tuvo que evitar la mirada de David. Se le había ido todo el coraje en atreverse a estar allí y hablar. No era capaz de mirar al hombre al que en el pasado había causado tanto daño.

Se preguntaba si al menos podría explicarse a sí mismo lo que sucedió. La frustración que sentía mucho antes de llegar a Skogbacka. La sensación permanente de no estar a la altura. La envidia que le consumía. Y lo más vergonzoso de todo: la atracción que sentía por Carolina Hammar. Esa quinceañera de colores alegres y sonrisa amistosa le parecía tan bonita... Esa chica de la clase trabajadora era amable con él, habían hablado varias veces. Para Peter era como un respiro, un oasis. Y después empezaron a decir que Peter De la Grip estaba interesado en la hermana retrasada de David Hammar. Se burlaban de él, se sentía humillado, así que hizo lo peor que se le puede hacer a un ser humano. Pasó por delante de la casa con otros tres compañeros y vieron que ella estaba en la ventana. Llamaron al timbre. No lo habían planeado, simplemente lo hicieron, y fue repugnante. Desde entonces no había pasado un solo día en que no se sintiera avergonzado, convencido hasta el tuétano de que era el ser más miserable del mundo.

—Pero necesitaba decirte que lo siento, y te agradezco que hayas accedido a reunirte conmigo —dijo con voz ahogada.

Cuando le dijeron que Carolina había muerto... Su «muerte», ¡oh, Dios!, casi le había destrozado. Y ahora estaba viva y era como tener otra oportunidad. Se sentía agradecido.

—Lamento muchísimo lo que os hice a Carolina y a ti —dijo algo más seguro—. Por eso te voté a ti y a Hammar Capital.

Hizo una pausa. Las palabras eran insuficientes.

—Entiendo que nada de lo que diga podrá compensar lo sucedido y no sé qué habría hecho yo de haber estado en tu lugar.

David seguía de pie junto a la ventana. Se volvió y miró el agua. Aún tenía los brazos cruzados. El sol de la tarde entraba a raudales y se veía el polvo en el aire. Los dos guardaron silencio.

Peter se pasó la mano por la frente. Estaba tan cansado, tan agotado después de ese día. Primero el encuentro con sus hermanos en la casa de Natalia. Después la tensión mientras se dirigía al Grand Hôtel. Había sido como retroceder en el tiempo. Carolina parecía la misma y sin embargo no lo era. Rubia y vestida con colores vivos, pero adulta y seria. La conversación en la suite del hotel era algo que le acompañaría el resto de su vida. Seguía pareciéndole un sueño luminoso. Y después llegó la reunión, claro, en la que por primera vez, y públicamente además, se había opuesto a su padre, con lo que había destruido su propio futuro en el mundo de los negocios en Suecia.

Miró la espalda de David. No sabía qué esperaba de esa reunión. ¿Perdón tal vez? No merecía perdón, pero Caro le había perdonado, y aquello había sido como tener una nueva vida: la confesión y el perdón de los pecados.

—He hablado con Carolina —dijo.

David se volvió sobresaltado.

—¿La has visto? —preguntó, incrédulo.

Peter asintió.

—¿Cuándo?

David dio un paso hacia él y fue como hallarse ante un tigre o un león amenazante.

Peter respiró con dificultad.

—Os hemos estado vigilando —respondió obligándose a no retroceder; era como quedarse quieto ante un depredador presto para el ataque—. Sabía dónde se alojaba, así que he ido allí.

—¿Qué le has dicho? —David dio otro paso.

Peter intentaba controlar el miedo, pero era difícil. David Hammar ya no era un adolescente en desventaja. Era un hombre adulto y fuerte. No había nada, absolutamente nada, que le impidiera darle una paliza allí mismo. Peter miró las paredes y el techo de la sala de reuniones y vio que estaban insonorizados.

—Como le hayas hecho algo... —dijo David.

No tuvo que añadir nada más. Peter se dio cuenta de que David no amenazaba en vano. No había nada civilizado en ese hombre, solo una fina capa de buenos modales bajo la cual era del todo brutal. Excepto para quienes le importaban. Y Peter siempre supo que a David le importaba su hermana.

Era el hermano mayor que Peter nunca había podido ser para sus hermanos.

Levantó la mano.

—He ido a pedirle perdón. Antes la había llamado y ella había aceptado recibirme. Simplemente hemos hablado.

—¿Qué ha dicho?

—Ha dicho que hacía mucho tiempo que me había perdonado, algo que yo no tenía ningún derecho a esperar. —La voz de Peter se quebró, tenía que hacer esfuerzos para que lo que sentía no se reflejara en su cara. Si rompía a llorar delante de David se moriría de vergüenza—. Nada que pueda decir reparará lo que hice —añadió—. Nada, lo sé. Pero aun así quería verla y pedirle perdón.

David no dijo nada, pero la tensión de su rostro empezó a ceder.

—Carolina está bien —dijo Peter.

—Lo sé. He hablado con ella por teléfono hace un momento. Pero no me ha dicho ni una palabra de vuestro encuentro.

Peter se encogió de hombros. Carolina era una mujer adulta, no tenía por qué rendirle cuentas a David, pero no era tan tonto como para decirle eso.

David se quedó mirándole. El otro sintió como si se hubiera metido en su cabeza y estuviera husmeando por allí. Era muy desagradable.

—Violaste a mi hermana —dijo por fin.

Peter contuvo el aliento, pero contestó:

—Sí.

—Tú y tus amigos me azotasteis como a un animal.

—Sí.

David no dejaba de mirarlo. Peter esperó.

Llamaron a la puerta.

—Ya están aquí los otros —dijo David—. ¿Vas a quedarte?

Aquel sacudió la cabeza.

—Me voy. Ya será bastante dramático sin que mi padre intente matarme.

Dudó. Por un momento le pareció que David había visto en él al hombre que intentaba ser, pero no estaba seguro. Peter le tendió la mano.

—Buena suerte —dijo.

David se quedó mirando la mano tendida durante tanto rato que dio por hecho que se negaría a estrechársela. Volvió a equivocarse. David suspiró y finalmente le tendió la suya. La gratitud abrumó a Peter mientras se estrechaban las manos, no de buena gana, pero lo hicieron.

David retiró la mano con rapidez, inclinó la cabeza y dijo:

—Gracias por tu voto.

Peter percibió cierta incomodidad en su voz.

—Gracias a ti —dijo, y lo decía en serio.

En lo más profundo de su corazón le agradecía que le hubiera permitido reconocer y aceptar las consecuencias de sus delitos, aunque legalmente hubieran prescrito. Le agradecía que le hubiera dado la oportunidad de seguir adelante, a dondequiera que fuese a ir después de eso. Puso la mano en la manilla y abrió la puerta. Michel Chamoun estaba al otro lado. Michel miró a Peter sin decir una palabra y después miró a David levantando una ceja. Ese hombre terrorífico, responsable de la seguridad de Hammar Capital, aguardaba fuera como un coloso.

—¿Quieres que los entretenga? —preguntó.

—No, ya hemos terminado —dijo David, que oyó la voz de Gustaf De la Grip cortando el aire.

Peter se preparó para encontrarse con su padre. Había evitado hablar con él directamente después de la votación y suponía que su estado de ánimo no habría mejorado mucho.

Gustaf lo vio y le dirigió una mirada cargada de furia.

—¡Así que te habías escondido ahí...! —rugió—. ¿Qué demonios has hecho? ¿Eres idiota?

Peter se encogió ante la ira de su padre, lo invadió ese miedo que tan bien conocía y se preparó para el golpe. De algún modo experimentó un retroceso y volvió a sentirse pequeño y vulnerable. Además, ante todos esos hombres tan influyentes. Se asustó.

Pero el hombre que vestía de negro, el jefe de seguridad, dio un paso adelante. Se puso entre Peter y Gustaf, meneó la cabeza despacio y miró a este fijamente a los ojos.

—Tenga cuidado —dijo con frialdad.

Gustaf, a quien probablemente nunca le habían parado los pies, parecía atónito. Abrió la boca, seguro que era para echarle una regañina.

Peter pensó entonces que ese hombre le había hecho creer

que Carolina estaba muerta. Su padre le había impedido asumir su responsabilidad, expiar sus actos. Pero una vez que, al fin, lo había hecho, tal vez pudiera empezar a ser libre. El pasado no seguiría controlando su vida. Bajó la cabeza y, aprovechando el tumulto que había ocasionado la reacción de Gustaf, se escabulló.

Lo último que oyó fueron las palabras que el jefe de seguridad dirigía a su padre:

—Deje de mover el dedo índice delante de mi cara o no respondo.

Peter sonrió para sí y desapareció.

59

David vio huir a Peter y se preguntó si tendría que interceder entre Gustaf y Tom. La reunión con Peter había dado un vuelco a las cosas y no había tenido tiempo de pensar en todo lo que conllevaba. Tenía que reflexionar acerca de ello detenidamente, pero antes debía encargarse de otra cosa.

—Tom, ya puedes dejar que entren.

Tom dirigió una fría mirada al enfurecido Gustaf antes de hacerse a un lado.

El patriarca entró en la sala de conferencias flanqueado por personas que David identificó como abogados y asesores de Investum. Detrás de ellos llegaron Alexander y Åsa, y por último Natalia.

Al atravesar la puerta pasó por su lado y él estuvo a punto de cerrar los ojos y respirar su aroma. Ella fue hacia un asiento sin decir nada y se sentó.

Luego entró Michel en compañía de Rima Campbell, a la que iban a nombrar directora general de Investum. Rima y David se estrecharon la mano. Era una mujer seria y una de las mejores directivas que David conocía. Había sido su primera opción desde el principio. Hacía un mes había tenido un conflicto con Gustaf, que en ese momento la miraba inexpresivo. Fue valiente, pensó David con una sonrisa. Le gustaban las mujeres valientes.

Rima se sentó, dejó el teléfono y el iPad sobre la mesa, ajustó los aparatos electrónicos y luego miró a su alrededor con tranquilidad.

Tom seguía de pie en la puerta. Captó la mirada de David.

—¿Me quedo por aquí? —preguntó.

—Espera fuera —ordenó David.

Tom asintió y, antes de cerrar la puerta, dirigió una mirada desafiante a la gente de Investum, una mirada que transmitía con claridad que si se les ocurría provocar algún incidente iban a arrepentirse durante mucho tiempo.

Gustaf empezó de inmediato.

—Esto no ha terminado, si eso era lo que creías —dijo antes de que David se hubiera sentado—. Sin duda has manipulado la votación.

Michel hizo ademán de levantarse, pero David lo frenó con un gesto.

—Tiene derecho a expresar su opinión, naturalmente —dijo a Gustaf en un tono tan suave como la seda—. Pero si yo fuera usted tendría cuidado con las acusaciones.

Miró a Åsa, que asintió con la cabeza.

—Hammar tiene razón, Gustaf —dijo Åsa, escueta—. Intenta evitar las injurias, por favor.

—Cuanto antes acepten que han perdido, antes podremos seguir adelante —añadió David.

—Yo no he perdido nada —dijo Gustaf.

Åsa sacudió la cabeza, como si se diera por vencida.

Gustaf sonrió con gesto burlón, sus aristocráticas facciones se arrugaron.

—Después de esto nadie te va a tocar ni con pinzas. No tienes ningún poder en este país. —Se recostó en el asiento y cruzó los brazos—. No eres nadie, no eres nada.

El silencio que se extendió por la sala era como mínimo incómodo.

David miró a Gustaf.

Desde que se conocían, el aristócrata siempre había sido frío y arrogante con él, como un vestigio patriarcal nacido con unos privilegios que consideraba otorgados por los dioses. Estaba acostumbrado a que no le llevaran la contraria, al servilismo sumiso, y actuaba en consecuencia, como si todo lo que dijera e hiciera fuera indiscutible.

Era fácil ser arrogante cuando uno no había experimentado ninguna pérdida seria y estaba convencido de su superioridad.

—Diría que se equivoca, Gustaf —dijo David en tono suave y casi condescendiente—. Porque los accionistas ya se han expresado y a partir de hoy el presidente de Investum soy yo —afirmó mirando el reloj—. Desde hace por lo menos media hora. Y yo diría que eso ya es algo. —Se ajustó el puño de la camisa y sonrió con frialdad.

Alguien ahogó una risa nerviosa.

—Eres un canalla —dijo Gustaf en un tono en absoluto moderado—. No eres nada —repitió—. No sabes nada. Solo eres basura, un hijo de tu madre, que todos saben que era una puta. Deberías saber cuál es tu lugar.

La gente de Investum empezó a removerse en su asiento. Åsa se miró las manos y volvió a sacudir la cabeza. Solo Alexander parecía impasible, como si hubiera entrado en esa sala por error y le importara un bledo lo que allí se decía.

David miró a Natalia. Estaba inmóvil, pálida pero serena. No quería que ella tuviera que oír eso. Había aceptado hablar con Gustaf a condición de que Natalia estuviera presente, pero debería haberlo imaginado. Tendría que haberse dado cuenta de que él iba a ser sucio.

—Y tu hermana —continuó el patriarca interrumpiendo los pensamientos de David—. ¿Acaso crees que no sé que está viva? Sois alimañas. Os escondéis como cucarachas.

David seguía sin decir nada. Se sentía extrañamente en calma. Cuanto más se enfadaba y le ultrajaba Gustaf, más seguro se sentía él. Le daría diez segundos más, escucharía sus improperios y mostraría hasta qué punto las humillaciones y los insultos producían el efecto contrario al que Gustaf pretendía. Porque si alguien se estaba comportando como un canalla en la sala no era David precisamente. Y no había ni una sola persona allí que no lo supiera, excepto Gustaf, que en ese momento dio una fuerte palmada en la mesa. Durante todos esos años el anciano se había mostrado frío y contenido en las reuniones con él. Era la primera vez que perdía la compostura. David tendría que sentirse bien por ello, pero le daba igual. De algún modo había derrotado a los monstruos de su pasado.

—¿Ha acabado? —preguntó en tono neutro.

Ni siquiera tenía que actuar con indiferencia porque ya no le importaba. Se había terminado.

—Te hundiré en el lodo. Me aseguraré de que la prensa te aniquile. Tengo amigos con poder de los que ni siquiera has oído hablar y puedo llegar a las más altas esferas. Tengo relaciones y contactos influyentes.

Gustaf miró con odio a Rima y a Michel.

—Y si crees que una pandilla de gitanos puede gobernar mi empresa... Si un ser tan despreciable como tú se imagina que mi obra va a quedar en manos de unos hotentotes, te equivocas.

Rima ahogó una exclamación, y si David la hubiera conocido mejor habría pensado que la nueva directora general estaba intentando contener la risa.

Michel sacudió la cabeza, como si no creyera lo que oía.

Los demás se removieron en su asiento.

Gustaf abrió la boca pero David levantó la mano. Ya había tenido suficiente de esa farsa, era hora de hablar de negocios.

—El nuevo consejo de administración me ha elegido presidente. Nuestra primera decisión ha sido destituir al anterior director. —Señaló con la cabeza a Rima Campbell—. Les presento a la nueva directora general.

—No puedes estar hablando en serio —dijo Gustaf; parecía que le iba a dar un infarto—. No puedes meterla a ella. Pon a alguien que al menos conozca la empresa.

David levantó una ceja. Hasta ese momento la dirección de Investum estaba compuesta por hombres cuyo mérito principal consistía en que eran amigos de Gustaf. No eran, por así decirlo, los más adecuados.

—Y tienes que poner a alguien de la familia —continuó Gustaf, como si le quedara algún derecho a decidir—. Al menos como asesor. Cualquier otra cosa es impensable.

David lo miraba sin decir nada.

—En este ámbito hay reglas y principios —prosiguió Gustaf—. Tal vez sea difícil de entender para alguien como tú, pero yo conozco este mundo. Todos me escuchan. Debes contar con un De la Grip.

David se preguntó si de verdad aquel hombre era tan arrogante como para creer que sus palabras tenían todavía algún valor.

—Podría ofrecerle a Natalia un puesto de consultora —dijo con calma.

El primero en mostrar asombro fue Michel, nada raro teniendo en cuenta que había sido una propuesta puramente impulsiva, y David no había hablado de ello con nadie. Sin embargo, todos sabían que Natalia era muy buena, el propio Michel lo había reconocido, pensó. La empresa se beneficiaría de su competencia y sus conocimientos. Seguramente podrían trabajar juntos como profesionales que eran.

En alguna parte de su fuero interno, David sabía que se estaba engañando con justificaciones en absoluto racionales.

Natalia lo miró. Estaba muy pálida.

—¡Ella no tiene cabida en la empresa! —rugió Gustaf; las ventanas temblaron.

—No hay ningún otro De la Grip en quien pueda pensar —dijo David en tono frío—. Usted no tiene poderes de ningún tipo. Sería pura cortesía por mi parte.

—¿Cortesía? —aulló Gustaf—. Será por encima de mi cadáver. Por otra parte, ella ni siquiera es una De la Grip —añadió—. Además, no puedes tener una dirección compuesta por mujeres e inmigrantes. Se reirán de ti.

—Pero Gustaf, ¿qué diablos...? —dijo Åsa, cansada.

David miró a Natalia. No lo hubiera creído posible, pero estaba aún más pálida. Le brillaban los ojos y estaba tensa y temblorosa. No la había visto llorar nunca, sin embargo parecía estar al borde del llanto.

—Fuera de aquí —dijo en voz baja.

—No puedes... —empezó a decir Gustaf, indignado.

—¡Ni una palabra más! —gritó David. Miró a su alrededor—. ¡Fuera! ¡Todos!

Los abogados y los asesores se levantaron y recogieron sus papeles y carpetas, evidentemente aliviados. Rima Campbell cogió el teléfono y el iPad.

Alexander se puso de pie.

—Vamos, papá —dijo en voz baja pero con firmeza—. Ya has dicho más que suficiente.

Michel también se había levantado e instaba a la gente a salir. Las puertas se abrieron y todos se apresuraron a marcharse bajo la dura mirada de Tom Lexington. Fueron desapareciendo uno tras otro. Åsa pasó muy, muy cerca de Michel. Intercambiaron una breve mirada cargada de tensión antes de que Åsa saliera.

Natalia también se levantó.

Evitó la mirada de David mientras buscaba el bolso. Empujó la silla y se preparó para irse.

—Tú no, Natalia —dijo David en voz baja.

Ella le miró confundida.

Él sacudió la cabeza.

—Quédate —dijo.

60

«Está siendo un día muy largo», pensó Natalia. La verdad era que le parecía el día más largo de su vida. Y aún no había acabado.

Observó a David, que vaciaba la sala con gesto efectivo y dictatorial.

Intentó recomponerse mientras salían los últimos, y estaba casi tranquila cuando se cerró la puerta. David se volvió hacia ella, la miró fijamente a los ojos y le preguntó:

—¿A qué ha venido todo eso?

—Ja, ja, ¿hablas en serio? —replicó ella en tono frío mientras luchaba con la irritación que sentía en su interior. Debía admitir a regañadientes que él había tratado a Gustaf de un modo impresionante, pero no tenía ningún derecho a interrogarla a ella—. ¿Crees de verdad que tengo algo que contarte? —preguntó levantando una ceja.

Él abrió la boca pero volvió a cerrarla. Se sentó a la mesa, algo apartado para que ella tuviera una visión completa de él. Grande, seguro de sí mismo, dominante. Acababa de mostrarle cómo trabajaba, cómo dominaba a la gente.

Apoyó una mano en la mesa y la miró, como si buscara una estrategia para manejarla.

«Buena suerte.»

No, ella no iba a facilitarle las cosas.

Se inclinó sobre la mesa y Natalia casi dio un respingo. Estaba más tensa de lo que quería admitir. Pero David solo cogió una botella de agua mineral, la abrió, echó agua en un vaso, se levantó y se lo dio.

—Bebe —dijo.

Ella volvió a alzar la ceja. ¿Se había propuesto que se enfadara?

—Estás muy pálida —dijo él a modo de justificación—. Ha sido un día duro. Bebe un poco de agua.

Aunque se sintió como una niña testaruda, se negó a aceptar el vaso.

Él sacudió la cabeza, lo dejó delante de ella y volvió a sentarse.

—No soy tu enemigo —dijo—. Lo que más deseabas en la vida era trabajar en Investum —añadió con su voz baja y persuasiva. Era una voz que inspiraba confianza. Y ella estaba a punto de confiar en él—. ¿Por qué dices ahora que no? —Parecía realmente desconcertado, como si no pudiera entender por qué no le entusiasmaba la posibilidad de trabajar con él, para él—. ¿Es por mí?

—Pues... sí —respondió ella con gesto frío.

—Estoy seguro de que somos capaces de comportarnos en el aspecto profesional —dijo él.

Natalia se limitó a sacudir la cabeza. Parecía sincero y ella no tenía claro si eso era solo una tremenda ingenuidad o también una estupidez, pero en cualquier caso no creía que pudiera llegar a trabajar nunca con David.

Se preguntó hasta qué punto se había equivocado con él. ¿Actuaba siempre así? Se acostaba estratégicamente con mujeres importantes? ¿Les ofrecía luego trabajo, tal vez como consuelo?

Le molestaba darse cuenta de lo diferente que había sido la implicación emocional de ambos en la relación. Sentía rabia y vergüenza. Ella nunca podría trabajar con él. Bastante difícil era estar en la misma habitación que él y sentir su intensa mirada.

Se obligó a quedarse quieta y no mover ni un solo músculo.

—¿A qué se refería tu padre cuando ha dicho que no eras una De la Grip? —preguntó él—. No lo entiendo.

Bueno, se lo podía contar. ¿Qué importaba? De todos modos no tardaría en ser de dominio público.

—Gustaf no es mi padre biológico. Yo no lo sabía. Ahora... ha habido consecuencias.

David se quedó mirándola y Natalia tuvo que hacer esfuerzos para no moverse, incómoda, en la silla. Lamentó haberse hecho la dura con lo del agua. Se moría de sed. Cogió el vaso y bebió con naturalidad.

—Lo lamento —dijo David en voz baja—. No tenía ni idea.

—No seas tonto —dijo ella en un tono artificialmente alegre—. Tú no tienes la culpa.

El vaso había dejado un cerco húmedo en la reluciente mesa de reuniones y ella volvió a ponerlo en el mismo sitio. Después reguló la voz hasta lograr ese tono frío que quería mantener a toda costa. Cuando llegara a casa podría estallar en una crisis nerviosa, pero en ese momento no.

—¿Qué va a pasar ahora con...? Bueno, ya sabes, con... —David hizo un vago gesto en el aire y no terminó la frase.

Natalia intentó sonreír.

—¿Con todo? La verdad, no lo sé. Todo es muy reciente. Pero si no te hubieras hecho cargo de Investum yo tampoco habría tenido ningún futuro allí. Gustaf me lo dejó bien claro. Y ahora también a los demás, ya lo has oído.

Se preguntó si su padre se lo estaría contando a Alex en ese momento. Empezó a temblar, pero se controló. Terminarían pronto.

—Lo lamento mucho —repitió él.

—Gracias —dijo ella, aunque estaba segura de que a David no le interesaban demasiado sus circunstancias familiares. Seguramente tendría que cambiar de apellido, la retirarían del nobiliario y perdería algunos amigos...

Pero por lo demás....

... la vida continuaría.

Se encogió de hombros.

—Me las arreglaré —dijo—. Seguro que encuentro otro trabajo.

David la miró desconcertado.

Claro. Él no lo sabía.

—He dejado el banco. Bueno, técnicamente hablando, me despidieron. Porque mi negocio se fue a pique.

«Y porque cuando me rompiste el corazón dejé de ir al trabajo.»

—No sabía nada —señaló él—. ¿Y por qué no quieres trabajar con Investum ahora que tienes una oferta seria?

Ella suspiró.

—David, si te soy sincera, me es imposible imaginarme trabajando para ti, en una de tus empresas —dijo. ¿Cómo podían tener un punto de vista tan distinto en algo así?

—Tienes razón —admitió él en voz baja.

Se quedaron en silencio. Ella quería añadir algo pero no encontró las palabras. Se dio cuenta, extrañada, de que ya no estaba enfadada; simplemente se sentía vacía. Bebió otro sorbo de agua mineral.

—David...

—¿Sí?

—Ya que hablamos de padres, ¿puedo preguntarte algo?

Él sonrió un poco y ella alcanzó a ver al David del que se había enamorado en las líneas de expresión de los ojos, en el brillo de la mirada.

—Por supuesto —dijo él.

—¿Carl-Erik Tessin es tu padre?

Se quedó mirándola. Ella vio que le había sorprendido y eso le gustó. Era tan seguro y estable que le agradaba alterarle un poco y que no estuviera siempre tan a la altura de las circunstancias. Además, sentía mucha curiosidad.

—¿Cómo lo has averiguado? —preguntó al fin.

—Sois muy parecidos.

Le había caído bien ese hombre tranquilo. Y David se llamaba Carl Erik de segundo nombre según Wikipedia. Fue fácil deducirlo una vez que encontró la pista.

—¿Es también el padre de Carolina?

David asintió con la cabeza.

—Sí, es el padre biológico de los dos.

Ella levantó la ceja.

—Y tampoco ha muerto —dijo sin poder evitarlo.

—Por lo visto no —respondió él.

—¿Os lleváis bien?

Era casi cómico cómo se habían invertido los papeles. El padre de David era conde, mientras que el de ella sin duda no lo era. Miró su rostro serio. No parecía apreciar lo cómico de la situación.

—¿Que si me llevo bien con un aristócrata que estando casado tuvo hijos con mi madre y dejó que se las arreglara como pudiera? —preguntó él—. No, no nos llevamos bien.

—Deberías hablar con él —dijo Natalia sin importarle meterse en cosas que no tenían que ver con ella. Carl-Erik le parecía agradable.

—Si tú lo dices.

—No soy ninguna experta en relaciones —dijo ella burlona ante su propio comentario—. Así que supongo que podría estar muy equivocada.

Una sonrisa iluminó el rostro sombrío de David, y a ella le encantó que aún pudiera hacerle sonreír.

—¿Es una mala persona? —preguntó.

—En realidad no lo sé —respondió él—. Lo siento, pero no quiero hablar de eso.

—De acuerdo.

—Gracias.

Se miraron fijamente a los ojos.

—Perdóname por la bofetada —dijo ella en voz baja.

Tenía que decírselo.

—Soy yo el que debería pedir disculpas. Me la merecí.

Ella suponía que debería agradecerle las disculpas, pero por otro lado era casi deprimente que un hombre se disculpara por haberla besado. Se preguntó qué sentía David por ella en realidad. El viernes la había besado, sin duda, pero fue una demostración de poder de la que ahora se arrepentía.

Ese día le había ofrecido trabajo. ¿Quería que fueran amigos o algo más? Deseaba ser capaz de preguntárselo, pero no lo hacía por miedo a la respuesta. Tal vez estaban condenados a eso, a hacerse daño el uno al otro y a pedir disculpas una y otra vez. Tal vez fuera mejor que no se vieran más.

Ella miró para otro lado, aunque era un poco más complicado que eso. Alguna vez se lo tendría que contar. Al menos ciertas cosas. ¿No era eso lo que se hacía? Decirle al hombre con el que uno se había acostado: «vaya, resulta que ya no soy estéril y estoy embarazada. Y sí, una cosa más, pienso seguir adelante». Porque había decidido tener el niño. En realidad lo había sabido todo el tiempo. Nada ni nadie podrían interrumpir su embarazo. Era su hijo y ella iba a luchar por él como una tigresa. Ella y David, por supuesto, admitió ante sí misma. Porque David podía delirar con eso de que no quería tener hijos, pero había participado tanto como ella.

Dibujó un círculo con el dedo en la mesa brillante. Dentro de poco, en una semana, en un mes, estaría preparada para contárselo.

«Pero, por el amor de Dios, dilo ahora —se ordenó con severidad—. Hazlo rápidamente, como cuando te quitas una tirita. "Estoy embarazada." ¡Dilo!»

—David, tengo que... —empezó a decir, exactamente al mismo tiempo que él decía:

—Natalia, me pregunto...

Y en ese momento llamaron a la puerta y los dos se quedaron en silencio, turbados.

O tal vez aliviados.

Malin Theselius se asomó por la rendija. Parecía estresada y acalorada.

—Siento molestar —dijo en tono de disculpa; llevaba un

montón de papeles en los brazos. Saludó inmediatamente a Natalia inclinando la cabeza y después se dirigió a David—. ¿Vienes? Tu consejo de administración te espera. —Miró algo incómoda a Natalia pero no se movió de allí— Lo siento...

—Ya voy, Malin. —David se puso en pie—. Disculpa —dijo a Natalia; se ajustó la chaqueta y se pasó una mano por el pelo. El David privado pareció desaparecer y fue reemplazado por el líder empresarial.

Natalia se levantó con rapidez.

—No te preocupes —repuso ella—. Tengo que irme. No era mi intención entretenerte.

—Estabas a punto de decirme algo.

—No era nada. Me voy y así podrás seguir con lo tuyo.

—Gracias.

Malin los miró a ambos y siguió un silencio incómodo.

—Adiós —dijo Natalia por último.

David dio un paso hacia ella. Natalia se puso tensa e intentó disimularlo con una sonrisa. Esperaba que no hubiera notado cómo se sentía realmente, que tenía ganas de llorar. David se frenó. Había tensión en el ambiente. Natalia carraspeó y le ofreció otra sonrisa, esta vez serena y eficaz, o al menos eso esperaba, y extendió el brazo para que no se le ocurriera abrazarla, porque entonces se derrumbaría y no le apetecía nada. Ya estaba destrozada para el resto de su vida.

Cierta emoción brilló en los bellos ojos de David —Natalia se dio cuenta, pero no supo a qué se debía— y también él le tendió la mano.

Y se estrecharon las manos como dos colegas despidiéndose, tal vez para siempre.

De forma fría, impersonal y definitiva.

Aparte de eso, se sentía tan mal que creía que iba a morirse allí mismo, en la sala de conferencias.

Le soltó la mano. Notó la mirada de Malin Theselius.

«Date la vuelta y vete, Natalia.»

«Ahora mismo.»

No tenía elección. Se ordenó hacer lo correcto y sensato, lo que esperaban de ella. David y Malin la miraban, ansiosos sin duda por empezar a trabajar en lo suyo.

Así que Natalia se fue.

Sobre sus altos tacones y con toda la dignidad que pudo reunir, salió de la sala y de la vida de David Hammar.

«Adiós», pensó cerrando la puerta detrás de ella.

«Hasta nunca.»

61

El centro de conferencias seguía abarrotado de gente que se dirigía a la vez a las puertas de salida, pero había cientos de personas y se formaban colas y aglomeraciones.

Carl-Erik Tessin intentó orientarse en la multitud. A poca distancia de él se abrió una puerta y vio salir a Natalia De la Grip a toda prisa, muy decidida. Cuando coincidieron en Båstad le pareció agradable, lo que había sido una sorpresa teniendo en cuenta la familia de la que procedía.

Hija de Gustaf y hermana de Peter, dos hombres a los que odiaba por muchas razones.

Después vio a Gustaf De la Grip. Se alzó por encima de los demás como un ave de rapiña o un buitre con sus rasgos afilados y su mirada fría.

Carl-Erik dio un paso adelante y se puso tenso.

Era ahora o nunca.

Había llegado el momento de enfrentarse al pasado. Tenía que atreverse. «Ahora o nunca», se repetía como un mantra.

—¡Gustaf! —gritó.

Su voz se oyó sorprendentemente bien por encima de la multitud y Gustaf se volvió.

Carl-Erik se quedó paralizado cuando el otro lo localizó con la mirada, pero decidió que no iba a ceder.

Gustaf lo miró de arriba abajo. Carl-Erik se acercó a él intentando no apoyarse demasiado en el bastón, no quería mostrar debilidad.

—¿Me llamabas? —preguntó Gustaf en tono despectivo cuando estuvieron uno frente al otro.

Carl-Erik intentó calmar el ritmo de su respiración, pero estaba nervioso. Gustaf siempre conseguía intimidarle con solo mirarlo. Habían transcurrido cincuenta años desde que iban juntos a Skogbacka, pero los recuerdos permanecían en el cuerpo. Y tal vez en el alma.

Carl-Erik tenía solo diez años cuando había llegado al internado. Sus padres eran partidarios de la educación rígida y lo enviaron allí aunque él temblara de miedo. Carl-Erik lloraba de nostalgia por la noche y por el día temía a los profesores, al personal y a los compañeros mayores. Recibió muchas palizas, y Gustaf De la Grip fue su mayor verdugo. Lo que actualmente era noticia en los periódicos, como el acoso escolar y las novatadas, en los internados solo era la punta del iceberg. Todos los que habían ido a Skogbacka lo sabían.

—Sí —dijo Carl-Erik apretando el bastón con la mano—. Quiero hablar contigo. De David.

Gustaf resopló y Carl-Erik tuvo que hacer un esfuerzo para no volver a caer en el papel de quien se deja pisotear. Odiaba los conflictos. A veces le parecía que había tenido miedo toda la vida. Primero a sus padres, después a los compañeros del internado, luego a su esposa. Y al final, como una vieja pesadilla que se repite, a Gustaf otra vez.

Carl-Erik recordaba todavía la conversación que había mantenido hacía casi diecisiete años. El 13 de diciembre haría exactamente diecisiete años, esa fecha jamás se le olvidaría, y desde entonces odiaba el día de Santa Lucía. Helena le llamó presa del pánico. Hacía muchos años que no hablaban. Ella se negaba a verle desde el día en que comprendió que él nunca se atrevería a dejar a su esposa. Y le prohibió que estuviera en contacto con David y Carolina. Él le había enviado numerosas cartas, pero nunca recibió respuesta. Los años posteriores fueron tristes, fríos y solitarios, y él siguió haciendo lo que había hecho toda su vida: ceder.

Y entonces Helena le llamó aquella noche. Notó el pánico en su voz, las palabras le salían atropelladas cuando le contó lo de los abusos a Carolina, los malos tratos a David y las amenazas contra los tres. Ahora se daba cuenta de que debía de estar totalmente fuera de sí para telefonearle. Durante muchos años ella le había castigado negándose a recibir sus llamadas. Pero cuando amenazaron a sus hijos acudió a él. Helena era una mujer orgullosa —rasgo que David había heredado, pensó Carl-Erik—, y debió de costarle mucho hacer esa llamada. Él la atendió, sobresaltado, en medio de una cena con condes y barones y con los padres de su esposa. Respondió cuando la madre de sus dos hijos ilegítimos, la única mujer a la que había amado en su vida, le telefoneó para pedirle ayuda.

Y luego hizo algo de lo que siempre se avergonzaría: le falló. Dio dinero para el tratamiento de Carolina durante unos pocos años, pero por lo demás su abandono fue total.

«Nunca más —pensó irguiéndose y mirando a Gustaf a los ojos—. Nunca más.»

—Quiero hablar contigo —repitió.

—¿Ah, sí? ¿Y qué te hace pensar que yo quiera escucharte? —replicó Gustaf en tono burlón.

—Son mis hijos —dijo Carl-Erik.

—¿De qué hablas?

—David y Carolina son hijos míos —dijo Carl-Erik sin que le temblara la voz—. Soy su padre.

Carolina y David habían pagado el precio de su cobardía durante todos esos años y habían sufrido de un modo inhumano. Y aun así se habían convertido en dos personas extraordinarias. Estaba orgulloso de ellos, y lo menos que podía hacer era librar un combate tardío contra Gustaf, tratar de reparar algo.

—Todo esto es culpa tuya —añadió.

—No hablas en serio, ¿verdad?

—David es mi hijo. Lo que tú, Peter y ese director hicisteis contra él y contra Carolina... Alguna vez deberás asumir tu responsabilidad.

Gustaf dio un paso hacia él.

—Cállate, maldita sea.

Carl-Erik parpadeó. Siempre le había sido fácil suavizar las cosas y retroceder, ser diplomático. Siempre había creído que eso le hacía una buena persona, pero lo cierto era que solo significaba que era cobarde. Cuando recordó cómo había luchado David, su hijo, se creció.

—Debes saber que conozco los motivos por los que David hace lo que hace. Y tiene todo mi respaldo.

Gustaf lo miró con recelo.

—¿Qué quieres decir?

—Me voy a encargar de que reciba el apoyo que necesite. Y no voy a permitir que vuelvas a atacarle.

Carl-Erik se daba cuenta de que David difícilmente necesitaría su ayuda, era fuerte como él nunca lo había sido, pero él tenía cierta relevancia en los círculos en los que Gustaf se movía.

—¿Es una amenaza? ¿Me estás amenazando?

Gustaf dio un paso hacia él, pero Carl-Erik, por primera vez en su vida, no retrocedió. No podía reparar el pasado, tendría que vivir con ello para siempre, pero podía luchar por el futuro. Un futuro para todos sus hijos.

—No es una amenaza, es información —dijo mirando al otro con frialdad.

Gustaf lo miró.

Pero por primera vez en su vida Gustaf tuvo que apartar la vista.

Solo era una pequeña victoria, pero qué bien se sintió.

62

David corría hacia atrás por un lateral del césped sin dejar de mirar el balón.

Los gritos arreciaron en aquel sencillo campo de fútbol de barriada.

—¡Aquí!

—¡Pásalo!

—¡Date prisa, joder!

Michel le pasó el balón a un adolescente desgarbado que regateó rápidamente hacia la portería del equipo contrario. Las matas de hierba parecían volar bajo los pies de Michel, que corría gritando y gesticulando casi con el mismo entusiasmo que los otros jugadores. Jóvenes de distinta altura, distinta complexión y distinta ropa deportiva corrían tras él.

Michel podría haber sido un buen jugador de fútbol, pensó David mientras seguía el partido. Era corpulento pero ágil, y tenía tanto domino del balón como un jugador profesional. De no haber sido porque su familia quiso que estudiara, podría haber acabado en un equipo de primera. A David también se le daba bastante bien, pero ese día se conformó con ser el árbitro del partido con el que concluían el entrenamiento.

Michel y él iban allí todas las semanas; esos jóvenes, la alegría de jugar y la competición le gustaban de un modo especial. En cambio, la mayoría de los deportes de la clase alta, como el golf, la caza y la vela, le dejaban frío. Esquiaba a veces y era un jugador de tenis aceptable pero poco entregado. Sin embargo, jugar al fútbol allí, con Michel y «sus» jóvenes, lejos del centro, lejos de Stureplan y del mundo de las finanzas, le encantaba. Allí no eran más que David y Michel, y lo único que importaba era lo bien o mal que hacían rodar el balón.

Después del partido todos ayudaron a recoger balones y conos. David y Michel charlaron con los chicos, les preguntaron por sus padres, se interesaron por sus hermanos, primos y novias y finalmente los muchachos se despidieron y regresaron en bicicleta a los bloques donde vivían.

—Ese chaval es totalmente indomable —dijo Michel mirando a un muchacho alto y malhumorado que no paraba de soltarle palabrotas a su hermano menor—. Roba, se pelea...

—Es joven —repuso el otro restándole importancia. El chico le caía bien, sabía que sufría maltratos en casa y esperaba que saliera indemne de la niñez. Le habría gustado hacer algo más por él. Tal vez podrían iniciar algún tipo de tutoría...

—¿Ser joven y estúpido es excusa para comportarse como un cabrón? —Michel pateó un balón y lo metió en un saco de tela.

—Tal vez no sea una excusa —dijo David—. Pero es comprensible. Todos los jóvenes cometen errores.

—¿Errores? —Michel resopló; recogió el último balón y se lo lanzó a David—. Más bien un montón de estupideces.

—¿Tú no hiciste ninguna estupidez cuando eras joven? —dijo su amigo riendo.

Michel sacudió la cabeza con gesto severo.

—No tantas como me hubiera gustado.

—Bueno, solo es un adolescente —insistió David; no entendía por qué se alteraba de ese modo. Recogió un cono y añadió—: Dale una oportunidad. No hay que juzgar a un chico tan joven solo porque haga algunas tonterías, ¿no crees? Mírale, se hace el duro pero solo es un niño.

—¿Quieres decir que puede cambiar? —dijo Michel.

—Creo que es importante que la gente no arruine su vida por cosas que hizo cuando era joven e inconsciente. Deben ser perdonados. ¿Por qué te lo tomas de ese modo?

Michel dio una fuerte patada a un balón y se lo lanzó a David con mirada sombría.

—¿Hasta dónde llega tu estupidez?

David atrapó el balón.

—¿Qué quieres decir?

Michel meneó la cabeza y le ofreció una botella de agua.

—Ciertas cosas tienes que descubrirlas por ti mismo —dijo de camino a los coches.

Michel sacó la llave y abrió su coche con un silencioso clic. David observó los relucientes coches, el Bentley azul claro y el desafiante BMW negro de Michel, símbolos de lo bien que les iba. En un barrio marginal como ese, los dos coches de lujo destacaban como estrellas de Hollywood en un vertedero. Era un verdadero milagro que siguieran allí y estuvieran intactos.

—Me voy. —Michel abrió la puerta y lanzó dentro su bolsa y el saco de los balones.

David no le preguntó adónde iba. Su amigo había dejado claro que no quería hablar de su relación con Åsa, pero David estaba seguro de que iba a verla y por eso tenía tanta prisa.

Por algún motivo, le fastidió enormemente.

Poco después David iba conduciendo por la autopista.

El fútbol solía aclararle los pensamientos, pero ese día no había sido así. Tenía calor y estaba de mal humor.

Echó un vistazo al reloj y decidió ir a casa. En la oficina no quedaría nadie. Un viernes a las siete y media de la tarde hasta Malin se habría ido y habría dicho que no la llamaran a menos que se tratara de un caso de vida o muerte.

Preferiblemente ni en ese caso.

David y Michel llevaban toda la semana peleándose. No tenía claro por qué había tanta tensión entre los dos. Tal vez el trabajo de Investum había sido más arduo de lo que estaban dispuestos a reconocer. Tal vez la relación de Michel con Åsa creaba tensión entre ellos.

Tal vez, tal vez, tal vez.

Sin embargo, Rima Campbell había sido todo un descubrimiento. Dirigía la empresa con mano firme y competente. En realidad, Hammar Capital ya no era necesaria para el funcionamiento diario. Quizá era eso lo que le molestaba.

Pero había algo más, otra cosa. David lo sabía.

Mientras circulaba por la autopista volvió a hundirse en los pensamientos que llevaban perturbándole toda la semana.

Pensamientos que trataban de venganza.

En realidad no se tenía por una persona vengativa. Duro y decidido sí, pero no vengativo.

Suponía que habría quienes no estuvieran de acuerdo.

Natalia, por ejemplo.

Giró hacia el centro y siguió por Kungsholmen en dirección a su casa. Hacía un calor bochornoso propio de finales de verano. Norr Mälarstrand era un hervidero de paseantes que aprovechaban las últimas semanas de verano.

Aparcó el coche, lo cerró, atravesó la puerta de entrada y tomó el ascensor. Al entrar, tiró a un lado las llaves y la bolsa, sacó una cerveza del frigorífico y subió a la terraza.

Bebió directamente de la botella y miró los tejados y el cielo. Había luz y las noches seguían siendo cálidas, pero el otoño estaba próximo aunque nadie quisiera reconocerlo aún.

La atención de la prensa había disminuido, aunque ahora hablaban de él como el financiero de la nueva escuela: visionario e inteligente.

Suspiró.

Nunca se había considerado inteligente.

Miró la ciudad.

El lunes Natalia y él se habían despedido con un apretón de manos. Con toda probabilidad esa era la estupidez más grande que había hecho en su vida. Estrecharle la mano a una mujer a la que amaba y después dejarla desaparecer.

Desde entonces no habían hablado.

Claro que no. ¿Por qué iban a hacerlo?

Por las noches se quedaba en la cama despierto mirando al techo y se preguntaba qué estaría haciendo ella. El verano no había terminado, seguramente se habría tomado unas merecidas vacaciones para curarse las heridas. Tal vez con algún hombre educado de clase alta que supiera tratarla como se merecía. Tal vez incluso con ese aburrido Jonas Jägerhed que se desenvolvía con seguridad entre los códigos de la clase alta.

David intentó controlar las náuseas que sentía cuando pensaba en ello. Natalia con otro. Pero ¿acaso no se merecía a un hombre que la tratara como a una princesa, que no destruyera su imperio familiar, que no la abocara al rechazo de su padre y, además, que no contribuyera indirectamente a que la despidiesen? No, imaginaba que Natalia De la Grip no podría contener la risa en estos momentos.

Volvió a suspirar, profundamente.

Tal vez debería llamarla. Pero ¿qué le diría? Ella tenía todas las razones para odiarle. Lo que le había hecho ese verano...

Había estado muy enfadado durante mucho tiempo. Y siempre pensó que era un sentimiento sencillo, que solo había una manera de hacerle frente. Pero en el fondo todo era mucho más complicado.

Se apoyó en la barandilla y contempló los tejados.

Se había encontrado con tantos caminos a lo largo de los años, con tantas encrucijadas... Y siempre había elegido con determinación, sin dudar. Escogió la venganza y siempre le pareció lo correcto, lo que le producía satisfacción. Pero desde la semana pasada no hacía más que preguntarse si no habría elegido mal en alguna parte del camino.

Miró hacia el cielo y reflexionó.

Había algo que no se quitaba de la cabeza. Algo que Michel le había dicho pero que había quedado en el aire.

Cogió el teléfono y le llamó.

—¿Qué pasa? —dijo Michel bruscamente.

—He pensado en lo que has dicho. Si Carolina pudo dejar de pensar en aquello yo también debería hacerlo. ¿Te referías a eso cuando hablábamos de que es normal que los chavales cometan errores? Lo que sucedió en Skogbacka fue más grave que un error de juventud, pero hay que seguir adelante, ¿no? No perdonar tal vez, pero sí tratar de entender los mecanismos que les hicieron actuar así. ¿Era eso?

Guardó silencio.

Su mente iba a tal velocidad que no podía seguirla. Eran muy jóvenes cuando él, Peter y los demás estaban en Skogbacka. Las vejaciones fueron terribles. La humillación, la intimidación, las novatadas... se comportaron como animales. Era algo arraigado en esos centros, uno casi lo esperaba. Era inhumano. Pero ¿era imperdonable?

¿Se podía perdonar algo así?

¿Se debía perdonar?

Él no creía en el perdón, pensaba que era algo muy personal. Aunque tal vez su enfoque de las cosas le había obligado a permanecer anclado en el pasado. ¿Quería seguir allí?

—¿Hola? —dijo—. ¿Michel? ¿Estás ahí?

Michel respiró con cierta dificultad.

—David, tengo que colgar, creía que era algo importante. Estoy muy ocupado.

Michel lo dejó.

David colgó. Se quedó mirando al frente. Todas las frases hechas que había oído acerca de la venganza, y que él siempre pensó que solo eran eso, frases hechas, empezaron a darle vueltas en la cabeza.

Lo que ocurrió en Skogbacka, el maltrato físico y la violación, fue... No tenía palabras. Simplemente había sido lo peor que le había sucedido en la vida. El recuerdo de Carolina cuando la encontraron, la certeza de que la violación había sido una venganza porque él no se atenía a las reglas. La culpa, que casi le había hundido. El odio. Eso era lo que había definido su vida. Un vengador, alguien a quien le gustaba el sentimiento de venganza. Eso era lo que lo había convertido en la persona que era. Un hombre que por primera vez no se gustaba a sí mismo. Un hombre que había destrozado a la mujer a la que amaba.

Se pasó la mano por la cara. Pensó en ir a buscar otra cerveza, darse una ducha, leer un libro, hacer algo, pero se quedó ahí.

Caro había seguido adelante, él no.

Caro había estado enfadada con él toda la semana. Era una sensación rara saberla enfadada. En la toma de posesión le dio la enhorabuena con frialdad. Luego le soltó que estaba cansada de llevar la carga de ser la persona por la que él se vengaba y le dijo que dejara de fastidiarla con tanto control. Se negó a hablar de Peter De la Grip y quedó para tomar un café con Carl-Erik antes de regresar a Dinamarca, donde estaba su novio.

Pero ella tenía razón. A él nunca se le había pasado por la cabeza que el hecho de que él no fuera capaz de olvidar lo que ocurrió se había convertido en una carga para ella. Tenía que acabar con eso, dejar de controlar, dejar que Caro viviera su vida.

Le parecía raro lo difícil y a la vez agradable que podía ser no tener que seguir cargando con la responsabilidad del bienestar de otra persona. Hacía tiempo que tendría que haberlo entendido, cuando Carolina empezó a decirle que era una persona adulta.

Se quedó mirando la vista que había desde la terraza.

No, no era especialmente inteligente.

Porque después de la conversación con Peter había una pregunta que le corroía por dentro. Detrás del golpe contra Investum, ¿había algo más que lo que él creía?

Era difícil imaginárselo.

Curiosamente, se había identificado con Peter. Con su esfuerzo por conseguir la aprobación del padre. ¿Acaso no quería David demostrarle a su padre biológico lo que valía a través de esa revancha? ¿Cómo no se había dado cuenta antes? Vio la lucha interna de Peter y comprendió de repente que él estaba librando la misma batalla.

Y estaba tan harto de vivir en el pasado... Tan cansado de que le empujaran viejos demonios... Carolina tenía razón. Natalia tenía razón. De la venganza no sale nada bueno, al menos a largo plazo. El triunfo efímero y el alivio eran reemplazados rápidamente por el vacío. Si Carolina había podido seguir adelante, él también debería poder. Mirar hacia delante, dejar de hurgar en el pasado. Ser mejor persona. Encontrar otro sentido a la vida.

Y si pudiera olvidar...

David suspiró larga y profundamente.

Si pudiera dejar atrás lo que ocurrió; si pudiera, no perdonar a Peter y a los otros, pero al menos entenderlo. Y, lo más importante, si pudiera perdonarse a sí mismo y reconciliarse con el adolescente que fue, entonces...

David se retiró de la barandilla.

Si pudiera hacer todo eso.

Entonces intentaría recuperar a Natalia.

De pronto lo vio todo claro. Quería tener a Natalia. De verdad. No como una cita o una aventura. La amaba como nunca había amado, tal vez nunca había sido capaz de amar. El deseo de venganza lo había devorado todo, no había dejado espacio para otras personas y él había estado solo aunque no se sintiera solo. Pero cuando Natalia llegó a su vida fue como descubrir una nueva dimensión de la existencia. Quería tenerla. Y quería que ella lo amara a él. De verdad. Como hombre. Como su hombre.

Cogió el teléfono y volvió a llamar a Michel.

—¿Qué pasa?

—No voy a poder olvidar nunca lo que ocurrió —dijo David embargado por una sensación totalmente nueva.

Natalia no se lo pondría fácil. Él la había herido una y otra vez. La había engañado.

—Pero acepto que ocurrió —dijo despacio—. Me parece increíble, pero voy a dejar a un lado lo que ocurrió en Skogbacka. Si Carolina puede, yo también.

—David...

—¿Sí?

David estaba tan eufórico que tenía ganas de reír. Había llegado el momento de ser el hombre que quería ser.

—Voy a apagar el teléfono —dijo Michel.

63

—¿Y cómo es que hoy tienes tiempo para mí? —preguntó Natalia intentando no sonar demasiado irónica—. ¿Cómo es que no estás con Michel?

La pregunta estaba justificada. Esa semana Åsa había pasado todas las noches con su amante. No era que Åsa y ella quedaran todos los días, pero su amiga se había vuelto casi invisible desde la reunión del lunes. Natalia nunca había tenido muchos amigos, y desde el golpe de Investum su círculo social se había reducido. No se atrevía a pensar qué ocurriría cuando su origen incierto se hiciera público. La aristocracia no era conocida precisamente por fraternizar con hijos ilegítimos excluidos.

Se sentía sola, en definitiva.

—Michel tiene cena dominical con su familia —explicó su amiga.

En la mesa había vino para ella y agua mineral para Natalia. Sacó la botella de chardonnay del cubo de hielo y llenó la copa antes de que se acercara el camarero.

—Al parecer lo hacen todos los domingos —continuó Åsa—. Pero la verdad es que no estoy preparada para conocer a sus padres y a sus hermanas. Y a sus tíos y primos. —Le brillaban los ojos—. Creo que tiene unos setenta parientes. Vivos. —Pasó el dedo por la copa empañada y se recostó en el sillón de reji- lla. Estiró las piernas y se miró los zapatos italianos de color azul intenso. Natalia la veía más sexy que nunca, a pesar de que estaba un poco achispada. El vestido blanco, los zapatos azules y el amor le sentaban bien—. ¿Cómo diablos se pueden tener tantos parientes? —gruñó Åsa—. Eso es prácticamente una co- muna.

Natalia sonrió. Åsa había estado sola mucho tiempo. Setenta parientes era justo lo que necesitaba, aunque sería capaz de com- prarse ropa por catálogo antes que reconocerlo.

Natalia también se recostó contra los gruesos cojines y la caña brillante. A pesar de que aún era temprano para cenar, la terraza ya estaba llena. Había turistas, algún que otro local y gente como ella y Åsa, amigos charlando frente a una copa de vino.

O de agua mineral, como en el caso de Natalia.

—¿Cómo estás? —preguntó Åsa.

Natalia se encogió de hombros.

—Es difícil decirlo. Supongo que bien. El embarazo va bien, completamente normal. Según los cálculos nacerá en marzo.

—¿Y la familia?

—No lo sé. —Se llevó la mano al cuello de forma instinti- va, pero enseguida la bajó. Ya no llevaba las perlas con el escudo nobiliario de la familia—. Es un sentimiento raro, como si no supiera quién soy en realidad.

Y era en realidad así, como si una parte de ella, la parte De la Grip, empezara a borrarse. Se puso la mano en el vientre, un gesto que había adoptado y que le gustaba. Ahora eran dos, ella y ese feto diminuto que llevaba dentro. Aún no se le notaba nada, pero la ropa le quedaba más apretada y la fuerza de ese nuevo instinto protector que llegaba a oleadas la sorprendía cada vez.

De algún modo ya se había convertido en madre.

Seguía sin saber nada de su propia madre. Apenas hablaron

en la reunión, y después se instauró un silencio sepulcral. Natalia llamó y llamó, pero no podía hacer nada más. Uno no puede obligar a nadie a que le quiera incondicionalmente, ni siquiera a sus padres. No era la primera vez que su madre la castigaba con el frío del silencio. La pregunta era si en esa ocasión sería temporal o permanente. Le costaba imaginar que su madre no deseara volver a verla nunca más, que no deseara conocer a su nieto. Pero había muchas cosas difíciles de imaginar que habían ocurrido, así que uno nunca sabía.

Hacía mucho tiempo, cuando Natalia tenía diez años y Alex nueve, su madre se enfadó, ya ni siquiera recordaba por qué. Era verano y la madre se marchó de casa muy airada. El padre estaba fuera, como de costumbre, y Peter también. Natalia se asustó un poco, pero en su inocencia, supuso que su madre volvería, tal vez no por ella, pero sí por Alexander, su hijo favorito. Sin embargo, aquella no volvió en toda la noche, y Natalia estaba muerta de miedo. Alex estaba tan atemorizado que se puso enfermo. Se preguntaba si fue entonces cuando le surgió ese sentimiento de que a la hora de la verdad ella era indigna y poco importante.

La madre llegó a casa por la mañana y Natalia aprendió entonces que las necesidades de su madre eran prioritarias. Pero, por raro que pudiera parecer, nunca habría creído que de adulta fuera a hacerle eso, marginarla cuando estaba embarazada. Se había equivocado.

¿Se acordaría Alex de aquello? ¿Y de que después se pusieron de acuerdo y decidieron que no llamarían a nadie? Natalia estaba aterrorizada, pero se acostó en la cama de su hermano pequeño y le consoló.

Le extrañó que casi había olvidado el incidente. Su madre y esa sensación de que solo se quería a sí misma le parecían deplorables. Un montón de cosas le parecían deplorables. Seguían surgiendo nuevas y antiguas realidades que no sabía cómo manejar. Un padre aún desconocido acerca del cual no había tenido oportunidad de preguntar a su madre. Hermanos que eran medio hermanos, secretos que otros conocían y ella no. Pero en medio de todo eso...

—¿Qué? —dijo Åsa.

—Me siento libre —afirmó Natalia—. Libre de expectativas, libre de tener que comportarme de un modo determinado para que me acepten. Libre, simplemente.

Åsa sacudió la cabeza.

—Este es el verano más raro que he vivido —dijo mirando a un par de chicas que pasaban abrazadas—. O sea, creía que mi vida era dramática. Y ahora hay hermanas muertas que no están muertas y padres secretos en cada esquina. Mentira y drama. —Meneó la cabeza y sus rizos se balancearon—. Y lo que Peter hizo en la reunión... Eso no lo olvidaré nunca. Fue como un espectáculo de la televisión o algo así.

—Sí —convino Natalia. Los periódicos de economía continuaban llenos, columnas y columnas, de análisis y especulaciones.

—¿Has sabido algo de Peter? —preguntó Åsa.

—No —respondió Natalia—. Ha desaparecido. Alex, que por cierto es el único de la familia con el que tengo contacto, cree que se ha ido de viaje. Yo no tengo ni idea. —Hizo una mueca—. Pero Louise ha enviado un correo electrónico de grupo comunicando que piensa separarse.

—Sí, lo he recibido —dijo Åsa—. ¿Y tu madre? ¿Has hablado con ella?

Natalia sacudió la cabeza.

—No.

—Siempre ha hecho así las cosas, ¿verdad? —dijo Åsa, preocupada.

—Sí —se apresuró a decir Natalia; no tenía ganas de seguir hablando de su desastrosa familia.

«Tú te las arreglarás, pero tu padre me necesita.»

Eso fue lo último que su madre le dijo en la reunión, y desde entonces no habían vuelto a hablar. Alexander le envió un SMS comunicándole que sus padres habían hecho las maletas y se habían marchado a la finca que tenían en Francia. Si Alex no se hubiera puesto en contacto con ella ni siquiera lo sabría. Aunque, por supuesto, podría habérselo imaginado por lo que salía en los periódicos. La lluvia de críticas había sido implacable.

Ella no lo había visto, pero al parecer alguien había colgado un vídeo en YouTube: una película con fotos de Gustaf De la Grip en distintos contextos. Pero lo que había originado el escándalo no habían sido las fotos sino el sonido. Porque la banda sonora del vídeo era un ingenioso montaje del ataque de ira de Gustaf tras la reunión de los accionistas. Cualquiera podía escuchar una y otra vez a Gustaf De la Grip hablando de gitanos y hotentotes. El vídeo se difundió a tal velocidad que el término «viral» adquirió un nuevo significado. Según Alex, incluso lo habían traducido. Natalia no lo había visto pero le creyó.

Gustaf había renunciado a todos sus cometidos en la economía sueca con efecto inmediato. Ella suponía que se había jubilado rápidamente y luego se había exiliado. Nunca se recuperaría de esa. Estaba acabado tanto en el mundo de las finanzas como en sus propios círculos nobiliarios, en los que se podía decir cualquier cosa sobre las mujeres, incluso en público, pero nada racista, eso jamás. Se acabaron las cacerías y las cenas con el rey; las invitaciones y las misiones de honor. Había caído en su propia trampa y las consecuencias iban a ser duras.

Natalia sabía que la culpa era de Gustaf, pero no podía evitar sentir un poco de lástima por él y por su madre. Ninguno de ellos estaba preparado para lo que había ocurrido. Qué ridículo había sido todo. Ridículo pero inevitable.

—¿Cómo le va a Michel? —preguntó para cambiar de conversación. Le ponía muy triste pensar en su familia. Había tenido una gran familia y de repente no tenía a nadie—. Me refiero a vosotros dos.

—Bien. No hablamos del futuro para nada y eso me gusta. No soy buena en eso. Pero él sí es bueno. —Åsa sonrió con picardía y se retorció contra el cojín—. Muy bueno. O sea, muy pero muy...

—Gracias —la interrumpió Natalia apresuradamente—. Lo he pillado. No necesito detalles.

Se alegraba por Åsa, pero le daba un poco de envidia.

Bebió un sorbo de agua, pensativa.

Ojalá se hubiera atrevido a ser honesta con David cuando se vieron el lunes. Algo difícil si ni siquiera era del todo honesta consigo misma, si no se atrevía a defender lo que quería. Ese era el trauma de su vida, su punto débil. El miedo a no ser digna de amor. ¿Por qué si no a su madre le había resultado tan fácil dejarla? ¿Y a Jonas? No era una mujer por la que valiera la pena luchar. Era fácil dejarla. ¿Tal vez había algo en ella por lo que no merecía la pena quererla, un defecto del que no era consciente pero que los otros veían?

Sacudió la cabeza, se negaba a sucumbir a la autocompasión.

—Natalia, cariño —dijo Åsa tomándole la mano; su brazalete de oro relució—. Tienes que decirle lo del niño, ¿no te das cuenta?

—Sí, supongo que sí. —Natalia suspiró; no estaba nada convencida—. Pero sabes que David es como tú, ¿no? Él tampoco quiere tener hijos. —Miró a Åsa, alzó una ceja y preguntó—: ¿Te alegrarías si te dijeran que vas a ser madre?

Åsa hizo una mueca, como si fuera consciente de su culpa.

—Supongo que no me volvería loca de contenta —reconoció. Después señaló el vientre de Natalia y añadió—: Pero eso es diferente.

Natalia movió la cabeza. No era distinto, y ella no tenía ningunas ganas de que David la rechazara otra vez.

Åsa sacó la botella de la cubitera y constató que estaba vacía.

—Oh, demonios.

Hizo un gesto al camarero pidiendo otra.

—Total, mañana no tengo que ir al trabajo —dijo en tono seco—. La oficina es un caos. La gente de Hammar Capital lo está arrasando todo como la plaga bíblica de las ranas. Ruedan cabezas sin cesar. No soporto más dramas, así que me he tomado vacaciones. Tengo que dimitir, pero me cae bien Rima y prometí quedarme mientras me necesite.

Natalia asintió. Una no podía tener una abogada corporativa que mantenía buenas relaciones con alguien de la dirección.

—¿Y qué piensas hacer?

Åsa se encogió de hombros.

—Me estoy planteando meterme en algo del todo nuevo. Pero antes Michel y yo nos iremos juntos a alguna parte.

Entró en un monólogo acerca de las excelencias de Michel en general y Natalia se permitió desconectar un rato. Nunca la había visto tan feliz, y se alegraba mucho por ella, naturalmente, pero a veces era un poco pesado. Åsa brillaba como un sol la mayor parte del tiempo, y en ocasiones tanto brillo podía resultar agotador.

Natalia asintió, sonrió y desconectó; oía el murmullo del restaurante, la complacida voz de Åsa, y pensó que tal vez fuera capaz de superar todo aquello. No había que tenerle lástima, al contrario, la vida le había dado más que a la mayoría.

Siempre había creído que se había ganado gran parte de su éxito, pero lo cierto era que la suerte había tenido mucho que ver. Tuvo la fortuna de nacer en la riqueza, había recibido una esmerada educación, seguridad y una buena vida. Estaba agradecida. Y suponía que esperar más de lo que ya tenía sería pedir demasiado.

No necesitaba el amor de sus padres ni de un hombre para sobrevivir. Saldría adelante. Y alguna vez dejaría de dolerle. Uno se acostumbra a todo.

Y entonces levantó la vista y lo vio.

Su pelo oscuro parecía húmedo, como si acabara de ducharse.

La mirada seria.

El gesto sereno.

Pantalón vaquero y camiseta blanca. Gafas de sol en la mano, reloj de acero en el brazo, nada más.

Joder, qué guapo.

Empezó a sentir pinchazos en el cuero cabelludo. Se le secó la boca. Las náuseas, que había mantenido bajo control con la ayuda de agua, cubitos de hielo y mucha sombra, volvieron.

David.

Mierda.

64

David se quedó inmóvil. No podía apartar la vista de Natalia. Estaba sentada en la terraza, debajo de una sombrilla, observándole con su mirada inteligente.

Tal vez se habían encontrado ahí por cosas del destino. Tal vez había sido casualidad.

O tal vez él sabía exactamente dónde iba a estar.

La rodeaba esa luz que siempre parecía emanar de ella. Llevaba unos pantalones negros de lino y una blusa sin mangas. Sandalias negras y esas piernas tan, tan largas. Todo en ella era perfecto.

Perfecto, y algo más.

David no sabía bien qué había de diferente en Natalia, pero había algo. ¿La postura, quizá? ¿El hecho de ir vestida de negro? Era un color dramático, y le sentaba bien. Le daba un aspecto salvaje y fuerte.

David fue hacia ella. Y en ese momento vio a Åsa. Cuando Natalia estaba cerca no tenía ojos para nadie más.

Åsa forzó una sonrisa, levantó la mano y lo saludó moviendo los dedos con desgana.

—Hola —dijo David cuando estuvo frente a ellas.

Natalia levantó la cabeza y le miró. Sus ojos dorados, serios e inescrutables, se encontraron con los suyos, sin evitarlos, y él tuvo una sensación de irrealidad, como si la tierra se inclinara unos grados. Había llegado el momento. Åsa saludó, pero David apenas la miró; sabía que estaba siendo maleducado, pero no podía hacer otra cosa que no fuera mirar a Natalia. Ella golpeteaba la mesa con un dedo. Llevaba las uñas pintadas de un color oscuro y brillante, casi negras, y supo que no se lo pondría fácil.

Bien, él tenía tanta adrenalina en el cuerpo que le bombeaba en los oídos. Necesitaba una buena batalla. Y pensaba ganarla.

Åsa se recostó en la butaca de caña, puso un brazo en el reposabrazos y dijo en tono guasón:

—¿Dando un paseo dominical, señor Hammar?

—Entre otras cosas —respondió él, que seguía con la mirada clavada en Natalia. No permitiría que Åsa Bjelke se interpusiera en sus planes—. Quiero hablar con Natalia —añadió—. A solas.

Åsa le miró con fijeza. Era una mujer ante la que se inclinaban desde los príncipes hasta los medios de comunicación, no estaba acostumbrada a otra cosa.

—Bromeas, ¿verdad? —dijo.

David la miró un momento. Esencialmente era su jefe, su dueño, y no podía soportar que le desviara de lo que había planeado.

—¿Tengo aspecto de bromear?

Åsa lo estudió con la mirada. Pero era lista y se mordió la lengua; cogió el bolso con un suspiro exagerado y le dijo a Natalia:

—¿Te parece bien si me voy? —Miró a David—. ¿Y te dejo sola con él?

Natalia asintió.

—Gracias —dijo, y añadió—: Disculpa.

Åsa puso los ojos en blanco.

—No tienes por qué pedir disculpas.

Se levantó, elegante como siempre, y pasó muy cerca de David. Lo miró a los ojos y, con la ayuda de sus curvas, su mirada fría y su perfume caro, logró comunicarle que, por mucho que técnicamente fuera su jefe supremo, debía andarse con mucho cuidado.

—Adiós —dijo, y se alejó, ondulante, con la mirada de todos los hombres en ella.

Excepto la de David.

Porque David solo veía a Natalia.

Natalia hizo un breve gesto hacia la butaca vacía, como una reina que concedía audiencia. David exhaló. El ruido a su alrededor volvió y percibió vagos tintineos de copas y murmullos.

—Siéntate. Está libre —dijo ella en tono agrio.

Se sentó, hizo una seña al camarero y pidió más agua mineral para los dos.

—¿Cómo estás? —preguntó él.

Ella sonrió y borró una gota de agua que se deslizaba por el cristal condensado de la copa.

—Bueno, ya sabes, no suceden demasiadas cosas en mi vida.

Él se rió de su evidente falsedad y, lo que era más importante, de que bromeara. El humor era bueno.

—¿Qué tal van las cosas con tu familia?

Ella se puso seria.

—Regular.

—Lo siento —dijo él con sinceridad.

Lo sabía todo sobre el vídeo en YouTube, el exilio de los padres y la desintegración de su familia porque no había quien no estuviera al corriente. David no había hablado del asunto con su presidenta, pero sabía que los hijos de Rima Campbell eran muy activos en las redes sociales y recordaba el lugar tan estratégico en que ella había dejado su teléfono durante la famosa reunión. Si Rima había grabado el vídeo del ataque de ira de Gustaf, y si después sus hijos montaron el vídeo que había destruido a Gustaf para siempre, era algo sobre lo que podía especular. En su opinión se había hecho justicia, el viejo patriarca había caído en su propia trampa.

Pero David nunca había querido hacerle daño a Natalia y era justo eso lo que había hecho. Independientemente de lo que pasara ese día, tenía que empezar a pensar en su futuro en el sector de las finanzas. Él no podía cargar con más cosas de ese tipo en su conciencia.

—Lo siento de verdad.

—Gracias —se limitó a decir ella—. ¿Y tú? ¿Cómo va Investum?

—Va bien. ¿Has cambiado de opinión?

Ella negó despacio con la cabeza.

—No. He terminado con Investum. Completamente.

Tenía la mano sobre la mesa. Uñas oscuras brillantes y piel clara. David levantó la vista y miró hacia fuera de la cafetería; intentó poner orden en sus ideas y hacerse fuerte ante la tormenta de emociones que Natalia desencadenaba en él. ¿Cómo había podido ser tan tonto, tan idiota, como para creer que sería capaz de permanecer impasible frente a esa mujer? Todo su ser le atraía. A Natalia se le erizó el vello de los brazos, y el suyo hizo lo propio. Lo vio y lo sintió.

—He estado pensando en lo que dijiste —empezó David—. Acerca de mi... padre —terminó después de aclararse con torpeza la garganta.

Ella ladeó la cabeza.

—¿Sí?

—Mi padre —repitió David, y volvió a interrumpirse.

Maldita fuera, le llevaría un tiempo sentirse cómodo con la idea de que tenía un padre de verdad, reconocido oficialmente.

—Carl-Erik y yo hemos hablado —empezó de nuevo—. Varias veces. Una revista va a publicar un reportaje sobre nosotros, y supongo que saldremos como padre e hijo. Ahora nos llevamos bien. Es mi padre. Está viudo y he conocido incluso a sus hijas. Estuvimos tomando un café juntos.

Al contrario de lo que esperaba, la reunión con las dos hijas legítimas no le había causado dolor.

Ella sonrió.

—¿Tus hermanastras?

—Exacto.

—¿Cómo son?

—Majas. Se reían mucho. Se parecen a Carolina, que por cierto está que no cabe de alegría.

Natalia lo miró.

—Eso suena muy bien —dijo y algo brilló en sus ojos.

Él lo identificó rápidamente. Se había emocionado. Esperaba que eso fuera bueno.

—Al parecer somos propietarios de un castillo en Escania. Me refiero a mi familia —dijo él.

Ella se echó a reír.

—Ya te imagino como el señor del castillo.

—¿De verdad? —preguntó, escéptico.

A él le resultaba muy difícil imaginarse viviendo en un castillo. Ni siquiera estaba seguro de que le gustara la naturaleza.

Pero Natalia asintió y él pensó que por esa mujer podía aprender a que le gustara la hierba, los animales y el bosque. Si a ella eso le hacía feliz, lo haría. Porque eso era lo único que quería, que Natalia fuera feliz.

Había comprado Gyllgarn para ella, ese castillo amarillo que ella amaba como a una persona. Natalia lo recuperaría pasara lo que pasase entre ellos. En esos momentos era propiedad de una fundación y quedaban algunas cosas por resolver, pero en esencia Natalia podría decidir sobre todo lo relativo a Gyllgarn. Por suerte había podido arreglarlo, pensó. De lo contrario se habría visto obligado a orquestar otro golpe.

—Pensaba... —empezó a decir él, acercándose a su objetivo.

—¿Sí?

La voz de ella era tranquila, fresca. Una mujer de negocios acostumbrada a duras negociaciones, un talento audaz que se levantaba una y otra vez. Él no podía permitirse ningún error si pretendía ganársela.

—Si no quieres estar conmigo por quién soy, por lo que he hecho, tengo que respetarlo —dijo él.

Natalia tenía las manos quietas en el regazo. Bajó la vista para mirarlas y agitó sus oscuras pestañas. Era imposible interpretarla. Estaba inmóvil, y la mente de David le repetía una y otra vez: «No la pierdas hagas lo que hagas.»

Por un momento le había parecido que tenía una oportunidad. La vio contenta y un poco emocionada, pero después había vuelto a cerrarse. Él estaba dispuesto a continuar; el corazón le golpeaba en el pecho como un martillo. Nunca se había enfrentado a algo tan difícil, sentía que no iba a tener más oportunidades que esa, y tenía tan poco que ofrecer...

—No puedo deshacer las cosas —dijo en voz baja—. Y tal vez ya lo haya estropeado todo —añadió apoyando la mano en la parte de la mesa donde acababa de estar la de ella—. Quiero pedirte disculpas —continuó—. Por todo lo que te he hecho. Porque te engañé. Porque dije cosas. Porque hice cosas. Contra ti y contra tu familia.

—Gracias —dijo ella, pero a él esa palabra no le bastó para saber lo que sentía.

—No puedo deshacer nada de lo que dije o hice —continuó—. Pero no quiero deshacerme de lo que hemos vivido juntos. El tiempo contigo, Natalia...

Hizo una pausa y respiró hondo.

Ella lo miró.

—La primera vez que nos vimos... No puedo explicarlo, pero nunca he sentido por nadie lo que sentí por ti en ese momento. Sé que me he portado mal, lo sé, pero debes creerme cuando digo que no fue mi intención hacerte daño. Y lo que compartimos no fue el resultado de ningún plan. Al contrario, fue lo más auténtico que me ha pasado.

Ella volvió a agitar las pestañas.

—No sé qué creer —dijo—. Tienes una reputación terrible.

—Lo sé. En parte es verdad, por supuesto. Pero nunca le he causado daño a nadie a propósito, todo han sido negocios.

—¿Todo?

—Sí, incluso Investum. Al final solo eran negocios y economía.

—¿Y los demás?

—Me he vengado de los que destruyeron a mi familia —dijo—. Pero me he vengado siendo mejor en los negocios. Sin recurrir a la violencia ni a la humillación. No puedo retractarme de lo que he hecho pero acepto mi responsabilidad.

—Gustaf dijo que te acostaste con la esposa de alguien. Y yo leí que derribaste la casa de alguien. Todo es suena a algo muy personal, no a una cuestión de negocios.

—Sí, pero eso tampoco es cierto. Me fui a la cama con una mujer separada e hice derribar una casa que estaba vieja y carcomida. No soy ningún santo, pero tampoco un loco vengativo.

—Quieres decir que ya no lo eres —puntualizó ella.

Él sacudió la cabeza.

—Nunca lo he sido —dijo.

Y era cierto. Había actuado con mano dura, casi implacable, pero no había traspasado el límite. Nunca había estado tan agradecido por ello como ahora. No le mentiría nunca más, era una promesa que se había hecho a sí mismo.

—No sé lo que sientes por mí —prosiguió—. Pero quiero que sepas una cosa. Tengo que decírtelo.

Ella lo miró.

—¿Qué?

—Te amo.

Ella tragó saliva.

—¿En serio? —susurró.

—Sí —dijo él simplemente.

Ella seguía sentada en la silla sin mover las manos.

—Pero odias a mi familia —dijo.

David sintió el triunfo en su interior.

Natalia ponía obstáculos. Eso era bueno. Estaba acostumbrado a eliminar obstáculos. De hecho, esa era su especialidad.

—Estoy cansado de odiar —dijo él—. Tenías razón. La venganza te bloquea. No quiero bloquearme. Te amo —repitió.

No había la menor duda de que decía la verdad.

—Pero no funcionaría... —dijo ella—. Quiero poder ver a mi madre, a mis hermanos. ¿Cómo puedes pensar que...?

—Te digo que te amo —repitió él en voz baja—. Nunca te impediría que vieras a tu familia. Te llevaría yo allí. Y me sentaría, sonreiría, hablaría y sería educado si tú quisieras. O esperaría en el coche. Haría lo que tú quisieras que hiciera.

Levantó la mano y la puso sobre la de ella. Se quedaron así un rato, hasta que ella volvió la mano despacio y juntaron las palmas. Él le apretó la mano con suavidad, intentando transmitirle con el contacto de la piel lo mucho que significaba para él, lo mucho que él iba a tratar de no volver a hacerle daño.

—Sé lo importante que es para ti tu familia.

—No sé —dijo ella, vacilante.

Lo dudaba, pero no había dicho que no.

Él se inclinó hacia delante, le cogió la otra mano y la atrajo hacia él.

—¿Qué es lo que no sabes? —preguntó en voz baja—. Dímelo. Dame una oportunidad de ser digno de tu confianza.

Ella lo miró a los ojos. Estaba tan cerca que David podía ver las manchas doradas de su iris. Si se inclinara un poco podría besarla.

—Estoy embarazada —dijo ella en voz baja pero firme

David pegó un brinco. Eso no se lo esperaba.

—¿Qué has dicho?

Natalia retiró las manos y se las puso otra vez en el regazo.

—Estoy embarazada —dijo con calma, y para que no hubiera malentendidos añadió—: Espero un hijo tuyo.

David parpadeó aturdido.

—¿De cuántas semanas? —preguntó al fin.

En realidad él no tenía ni idea de semanas y esas cosas, pero le pareció una pregunta tan buena como cualquier otra.

—De ocho. Y quiero tenerlo —afirmó en un tono beligerante y lleno de fuerza.

Algo empezó a aflojarse y a abrirse dentro de David, porque todo eso iba a continuar.

Era lo que él había visto. Su fuerza. Natalia iba a ser una madre magnífica.

—Dijiste que no podías quedarte embarazada —recordó.

—Sí. Pero al parecer la naturaleza es un poco caprichosa en esos temas —dijo ella ladeando la cabeza—. ¿Qué sientes? ¿Estás enfadado?

¿Enfadado? David no sabía cómo describir los sentimientos que brotaban en su interior, pero el enfado no estaba entre ellos.

—Tendrías que habérmelo dicho antes —se quejó—. Tendría que haberlo sabido. No deberías haberte enfrentado a esto tú sola.

Ella sonrió ligeramente.

Y él supo que había un presente para ellos y que habría un después. Habría un futuro para él y Natalia, y eso significaba que él podía mover montañas si quería.

Algo se esparció por su cuerpo.

Una sensación que no sabía que podía albergar.

Felicidad.

—Quiero tener hijos —dijo Natalia como para despejar cualquier posible duda.

Pero David no tenía dudas.

Sonrió.

—Al parecer ese asunto ya se ha arreglado. —Volvió a cogerle la mano con firmeza. Se la apretó y entonces ella le correspondió—. Yo también quiero este hijo.

—De acuerdo —dijo ella, que parecía aturdida, como si no le hubiera dado tiempo a asimilarlo.

Él decidió sacar provecho de ello.

—¿Hay algo más? —preguntó.

—¿Qué?

Ella lo miró confundida, abrió mucho los ojos y le apretó la mano con fuerza.

—¿Hay algún otro impedimento? —preguntó él.

—¿Impedimento?

—Para que estemos juntos.

Ella lo miró con esa mirada penetrante que siempre se abría camino en él y David no se atrevió a respirar.

Natalia no dijo nada. Frunció el ceño y miró hacia otro lado.

—Natalia...

—¿Sí?

—¿Tú me amas?

Ella se volvió y lo miró.

—Sí —dijo—. Te amo.

David respiró aliviado. Notó que su boca se abría en una sonrisa dichosa que se extendía por todo su rostro y que tal vez nunca desapareciera.

Natalia le amaba. Era fantástico. Le apretó la mano y pensó que no la soltaría nunca.

Ella sorbió por la nariz.

—Voy a echarme a llorar —dijo—. Antes no lloraba casi nunca pero ahora lloro todo el tiempo. Las hormonas, ya sabes.

—Claro —dijo David con voz algo temblorosa.

—Sí, es normal —dijo ella, y su voz no temblaba en absoluto.

Él le besó la mano con ternura. Natalia le acarició la mejilla y él percibió la fragancia de su piel. No había nadie más, solo ellos dos. Natalia se inclinó hacia delante y los labios se encontraron. Se besaron. Un beso que sellaba un proyecto serio de futuro.

Y todo estaba bien.

65

Miércoles, 10 de septiembre

—Hola, disculpa la espera. Ya puedes pasar. Adelante.

Natalia se puso de pie, se ajustó el bolso en el hombro y siguió a la asistente hasta una oficina muy colorida. Nunca había estado allí, pero reconoció la sala porque la había visto en varios artículos de prensa. Sus ocupantes solían dejar que los fotografiaran allí.

Meg Sandberg, de pelo color rojo brillante y chaqueta lila, sonrió y le estrechó la mano.

—Me alegro de que hayas podido venir. ¿Has pensado en ello?

Natalia asintió con la cabeza.

—¿Y?

—Me siento muy halagada por la oferta. Es cierto que confío enormemente en mis capacidades, pero lo que hizo que me decidiera fue el hecho de tenerte de consejera —dijo mirando a Meg con una sonrisa—. Siempre te he admirado.

—Me alegro. Has de saber que te elegí personalmente para ese puesto.

—Sí, lo he oído.

—Cuando la empresa de headhunters dijo que estabas interesada, ya no quise saber de nadie más.

—Sí, la oferta se hizo en un tiempo récord —dijo Natalia.

—Trabajar conmigo va a ser distinto que trabajar con J.O. y con Gustaf.

—Lo sé.

—Bueno, pues bienvenida a bordo.

Ya estaba decidido. Natalia tenía un trabajo nuevo.

Iba a ser la nueva gestora de los grandes clientes de Nordbank, uno de los dos bancos más importantes de Suecia. Sin consultarlo con nadie, sin vacilar y sin saber muy bien si serían delirios de grandeza, había aceptado ese puesto de gran prestigio y responsabilidad. Porque era en realidad un trabajo de primera, pensó mientras Meg volvía a estrecharle la mano sonriendo con sus labios de color rojo brillante. Un paso adelante importante teniendo en cuenta lo joven que era. Entraría a formar parte del equipo ejecutivo del banco, sería responsable de casi una quinta parte de los resultados del banco, tendría mil quinientos empleados bajo su mando e informaría directamente a la presidenta, a Meg Sandberg, esa jefa tan fantástica. Era, en definitiva, un puesto por el que muchas personas matarían.

—Espero que mantengamos una colaboración estimulante —comentó Meg.

—Lo mismo digo.

—Entonces, nos veremos dentro de dos semanas. ¿Qué vas a hacer hasta entonces? —preguntó Meg mientras la acompañaba a la puerta.

Natalia sonrió.

—Me voy a casar. —Miró el reloj y añadió—: De hecho, solo faltan unas horas.

Algo más tarde ese mismo día, Natalia salió de la ducha, se secó, se untó el cuerpo de crema y se puso el conjunto de ropa interior francesa que estrenaba ese día. Después se quitó con cuidado la suave tela de algodón con la que el peluquero le había envuelto el cabello para proteger el peinado.

—¿Quieres verlo? —preguntó a Åsa, que bebía champán repantigada en un sillón.

Åsa ya se había arreglado y estaba más guapa que nunca con su vestido corto de Elie Saab en tonos fríos. «Lo libanés le sienta bien en más de un sentido», pensó Natalia. Habían dedicado las últimas horas al peinado y el maquillaje, y luego se habían retirado a la suite que David había reservado, la más bonita del Grand Hôtel, con champán, jacuzzi y vistas de Estocolmo de 360 grados.

Natalia abrió con cuidado la funda que envolvía su vestido de novia y lo levantó para que Åsa pudiera admirar la obra de arte.

—Es increíble —exclamó Åsa, pasmada y sin un ápice de ironía.

—Como un sueño —corroboró Natalia.

Las líneas eran simples y atemporales. En el taller de costura habían tenido que trabajar duro para poder acabarlo en cuatro semanas. Diminutos botones forrados, detalles del más fino encaje Solstiss y un corte magistral lo convertían en una maravilla de primera categoría.

—Cualquier princesa del mundo desearía llevarlo —dijo Åsa—. Y esos zapatos... —Miraba con avidez la caja de cartón que los contenía—. Oh, Dios mío, serían justo de mi número si me cortara un poco los dedos... —gimió mirando los altos y finos tacones—. Me muero de envidia.

Natalia colgó la percha con el vestido en el marco de una puerta.

Åsa se sirvió más champán mientras Natalia se retocaba el brillo labial frente a un espejo.

De repente las envolvió el silencio.

—Supongo que hago bien, ¿no? —dijo Natalia mordiéndose el labio inferior. No tenía intención de decir nada, pero las palabras ya habían salido.

Åsa se incorporó.

—¿Qué?

Natalia miró al espejo y un rostro muy serio le devolvió la mirada. ¿Hacía bien? Todo había ido demasiado rápido. David quería a toda costa que el niño naciera dentro del matrimonio y ella lo entendía por la historia tan dolorosa de él. Ella era lo suficientemente presumida como para querer casarse antes de estar a punto de estallar, y al final iba a ser así: una boda en el Grand Hôtel a la que solo asistirían los más allegados. Cena y luego una breve luna de miel. David y ella volarían a Niza al día siguiente. Alquilarían un coche y pasarían diez días en la Costa Azul. Tal vez fuera una tontería, pero era algo que a ella siempre le había hecho ilusión y septiembre era el momento perfecto. Pero ¿ese pánico de repente? David y ella se conocían desde hacía solo dos meses y medio. ¿Y si estaba a punto de cometer la mayor equivocación de su vida?

—Eso solo son los nervios de la boda —dijo Åsa pimplándose el champán—. ¿Dónde ha quedado aquello de «Åsa, no he estado tan segura de nada en toda mi vida»?, porque es lo único que me has dicho en las últimas semanas.

Volvió a hundirse en el sillón y los colores pálidos de su vestido brillaron en el sol de otoño.

—Aunque me alegro de que dudes un poco. El matrimonio es una idea horrible. Yo nunca me casaré.

—No digas eso —pidió Natalia deteniéndose con una mano en el aire—. Ahora no. ¿Estás en contra del matrimonio? ¿Hago mal? ¿Åsa?

Se preguntó si estaría al borde de un ataque de nervios.

—Seguramente. Pero uno aprende de sus propios errores. O eso he oído.

—Maldita sea, tengo que centrarme —dijo Natalia volviendo decidida al espejo. Se ahuecó el pelo y se arregló la ropa interior antes de ponerse el vestido—. Eres un mal apoyo.

—Lo sé. Pero te quiero —dijo Åsa levantándose del sillón—. Y quiero lo mejor para ti. —Sostenía el vestido mientras Natalia se lo ponía con cuidado. Era un modelo corto hasta las rodillas y de líneas sencillas, pero no cabía duda de que era un vestido de novia.

—¿Pero?

—No hay peros. Esto es lo mejor, eso es lo que quiero decir. No hay nada mejor que esto. —Åsa empezó a abrocharle los botoncitos de la espalda—. Nunca he visto a dos personas que se amen y se respeten tanto como vosotros dos. —Se tambaleó un poco y la tela del vestido de novia se tensó peligrosamente.

—¿Estás borracha?

—Un poco. Ahora quédate quieta.

Natalia se quedó quieta mientras Åsa continuaba abrochando los diminutos botones sin dejar de refunfuñar.

—Mamá no ha respondido a mi mensaje —dijo Natalia por encima del hombro mientras Åsa tenía toda su atención puesta en el último botón—. No vendrá.

—Es muy triste.

Natalia asintió. Le dolía mucho.

—Supongo que no se sabe nada de tu verdadero padre, ¿verdad?

—No.

Tendría que ocuparse de eso de una vez, pensó Natalia, pero estaban cambiando tantas cosas que le costaba no quedarse atrás.

—He conseguido el trabajo —dijo por cambiar de tema; se volvió hacia el espejo y se retocó un bucle que llevaba suelto.

Åsa se sentó otra vez en el sillón. Llenó la copa y la levantó en un brindis. A ese paso Natalia iba a tener a una testigo borracha como una cuba.

—Enhorabuena —dijo Åsa—. Como mínimo debe de haber una docena de hombres muy cabreados porque les has quitado el puesto. Me encanta que dejes la pista limpia de cachorros de las finanzas. Eres un ejemplo a seguir.

Natalia asintió satisfecha.

Había sido alucinante estrecharle la mano a la poderosa Meg, tan carismática y con tanto brillo como una luciérnaga. Y por otra parte era un poco raro que ella hubiera aceptado el trabajo con tal rapidez. Inmediatamente después había ido al baño a vomitar.

Aunque quizá se debía al embarazo.

—Empezaré en cuanto volvamos a casa, y luego trabajaré todo el tiempo que pueda —dijo mirándose el peinado. El peluquero le había dejado algunos bucles sueltos y el resto se lo había recogido en un moño flojo. Un sombrero mínimo, un tocado más ligero que un suspiro, descansaba ladeado sobre los relucientes rizos. Era plano, con un pequeño velo hasta la mitad de la frente—. El bebé se supone que llegará en marzo. Queremos compartir el permiso de maternidad.

—Igual que los príncipes herederos —comentó Åsa.

Natalia sonrió. Ya estaba lista.

—¿Qué te parece? —preguntó dándose la vuelta.

El vestido era elegante y exclusivo, los zapatos eran sobrios y estilosos. Comenzaba una nueva era y ella quería que además se notara.

—Estás increíble —dijo Åsa—. Pero ahora quiero que me prometas una cosa —añadió muy seria—. Prométeme que no vas a protestar.

—¿De qué hablas?

—¿Lo prometes?

Åsa se levantó del sillón y fue hacia ella.

—Está bien —dijo Natalia, no del todo segura.

Quería a Åsa, pero una nunca sabía qué se le podía llegar a ocurrir.

Åsa se quitó el brazalete de oro que llevaba siempre, y que además era su posesión más querida por haberlo heredado de su madre, y se lo entregó.

—Esto es para ti —dijo.

Natalia sabía que Åsa dormía con ese brazalete. Si se buscaba en Google «valor afectivo» tenía que salir una foto del brazalete de la madre de Åsa.

—Pero... —dijo Natalia y luego se calló. ¿Qué podía decir?

—Eres mi familia —dijo Åsa—. Sin ti nada habría funcionado, nada habría salido bien. Quiero que lo tengas. Era de mi madre, y si alguna vez tienes una hija, lo heredará. ¿Me lo prometes?

Natalia asintió y tendió el brazo con un nudo en la garganta. Åsa le abrochó el brazalete alrededor de la muñeca. El calor de su amiga estaba todavía en él. Natalia parpadeó rápido para frenar las lágrimas. Los ojos de Åsa también estaban sospechosamente brillantes.

Llamaron a la puerta y ambas se volvieron aliviadas por la interrupción. Ninguna de las dos sabía llevar demasiado bien los momentos de gran emoción, pero no lo necesitaban.

La puerta se abrió, apareció David y solo la miró a ella, como siempre hacía. Tal vez no era demasiado educado, pero a ella le parecía muy halagador.

Y estaba tan guapo que Natalia se quedó sin respiración.

—¡Vaya! —dijo, admirativa.

Sus anchos hombros destacaban en un traje de tres piezas gris oscuro que le quedaba como si se lo hubieran cosido encima. El chaleco era más claro y llevaba una flor blanca en el ojal.

Los ojos de David brillaron al verla.

—No sé qué decir —admitió con voz temblorosa—. Pero estás guapísima.

—Tú sí que estás guapísimo —dijo Natalia intentando no comérselo con los ojos.

Åsa hizo ver que vomitaba.

David se rió.

—¿Queréis ver el anillo?

Las dos asintieron con ganas. Todo había sucedido con tal rapidez que Natalia aún no había recibido el anillo de compromiso. Tenía mucha curiosidad porque David le había dicho que lo quería elegir él. Abrió la caja.

Natalia y Åsa se quedaron boquiabiertas.

Era un anillo moderno, cuadrado, audaz y de líneas limpias. Una piedra de color amarillo, como los narcisos y los rayos del sol, demasiado grande para ser un diamante, brillaba en el centro rodeada de piedras blancas.

—Es un diamante amarillo —explicó David.

—¿Un diamante? —dijo Natalia, embobada.

Era tan grande como la uña del dedo índice.

—Legal, de un país sin conflictos —dijo inmensamente satisfecho—. Porque sé que eso es importante para ti. Gané una puja y casi se lo robé a un rey en sus narices. —Sonrió—. Tal vez tenga prohibida la entrada en alguna monarquía árabe para siempre.

—Vale. —Natalia se había quedado sin palabras. Ni siquiera sabía que existían ese tipo de anillos y piedras.

—Un poco de respeto —dijo Åsa.

—Natalia... —dijo David.

—¿Sí?

—Dame el anillo. Tendrás que esperar a la ceremonia.

—No estoy segura de que pueda separarme de él —señaló, pero se lo quitó a regañadientes.

David guardó el anillo en la caja y se lo metió en el bolsillo.

—Tengo que ocuparme de un último detalle —dijo—. ¿Vas tú con ella? —pidió a Åsa, que movió la mano como respuesta—. Nos vemos fuera. —Besó a Natalia en la mejilla y se fue.

—¿No es maravilloso? —preguntó Natalia.

Åsa encogió un hombro vestido de seda.

—Bueno, si te gustan los multimillonarios superguapos y superenamorados... —declaró sonriendo—. Hacéis una pareja muy bonita. Es como si acabarais de salir de una película antigua. Vamos, una copa de champán es buena para el bebé. Lo he leído en *Vogue*.

Cuando Natalia y Åsa bajaron a la sala Renässans, que los floristas del hotel habían llenado de rosas rojas, el oficiante de bodas, Michel y la familia de David las estaban esperando. El conde Carl-Erik Tessin, muy serio y con un traje clásico, abrazó efusivamente a Natalia. Las tres mujeres rubias que había a su lado, Carolina y sus dos medio hermanas, se rieron y también la abrazaron.

Natalia sonreía pero apretujaba su ramo de novia de flores

de azahar y orquídeas. Era feliz, por supuesto, pero le habría gustado que alguien de su familia asistiera a la boda. En ese momento entró David con un invitado.

Alexander.

Su hermano fue hacia ella. Natalia vio que tenía un moretón en la barbilla, pero él era todo sonrisas, no hizo caso de sus preocupadas preguntas y le dio un fuerte abrazo.

—No sabía que estabas en la ciudad —dijo ella medio asfixiada por su abrazo.

—Es que no lo estaba, pero tu futuro marido puede ser muy persuasivo. Especialmente con esa especie de soldado de Lego que tiene y con un helicóptero a su disposición.

—¿Has venido en helicóptero?

—Hace veinte minutos que hemos aterrizado en Gamla Stan —dijo él, y le dio la impresión de que murmuraba algo parecido a «maldito psicópata».

—David lo ha hecho por mí —afirmó Natalia riendo—. Ahora sé bueno.

—Yo siempre soy bueno —aseguró Alex recorriendo con la vista la habitación hasta detenerse en Carolina—. ¿Es ella? —preguntó en voz baja.

Natalia asintió.

—¿Estás preparada? —quiso saber David.

Alexander la soltó y se unió a los otros invitados.

David extendió la mano y le rozó el hombro, le acarició un bucle de pelo, como si no pudiera evitar tocarla. Le ofreció el brazo y Natalia se agarró a él. Juntos se volvieron hacia el oficiante de bodas.

Natalia estaba tan agradecida de haber aceptado la invitación a aquel primer almuerzo el verano pasado. De haberse atrevido. Eso le trajo a la mente algo que le había dicho Åsa, pero no recordaba exactamente qué. Miró a los invitados llena de agradecimiento.

Y entonces, en medio de la ceremonia, se acordó de lo que Åsa le dijo ese día de junio en que todo empezó.

«Una vida sin riesgos no es vida.»

Natalia miró a ese hombre guapo y solemne que pronto sería su marido y no pudo evitar sonreír.

Su vida resumida en una frase de un vaso de papel.

El oficiante de bodas finalizó la ceremonia, los miró sonriente y los declaró marido y mujer. Y así, sin darse cuenta, Natalia se vio envuelta por los brazos de David. Fue un abrazo apretado que dio paso a un beso tan intenso y apasionado que los invitados empezaron a silbar y a aplaudir. Y Natalia se dejó llevar, se dejó besar por su marido hasta quedarse sin aliento y comprendió que eso estaba bien. En adelante eran dos. Porque eso era el amor a lo grande, en lo próspero y en lo adverso, en la salud y en la enfermedad. Y pensó que la vida a veces era un cliché.

Y solo había que dar las gracias y recibir.

Epílogo

Una semana después

sobel Sørensen estaba en el aeropuerto.

Otra vez.

A veces sufría una extraña sensación de irrealidad, como si estuviera siempre en el mismo aeropuerto y no saliera nunca de allí. Otras veces, como en esa ocasión, le parecía que había volado en tantas ocasiones que bastarían para llenar toda una vida.

Se detuvo para mirar el panel de salidas y poco después notó una presencia a su lado. Exactamente a la distancia adecuada para no parecer indiscreto y lo bastante cerca para que supiera que quería que lo viera.

—Qué casualidad. ¿Vas también a Nueva York? —preguntó él.

Isobel hizo una mueca de irritación. Sin volverse siquiera sabía quién era porque había reconocido su arrogante voz de clase alta.

Alexander De la Grip.

—He asistido a la boda de mi hermana —continuó él, como si no le importara que ella le ignorara.

Pensó que debía alejarse, dejarlo ahí plantado. No tenía por qué ser educada, y menos con él. Pero su hermana le había caído bien, la inesperadamente embarazada Natalia, y estaba cansada de andar y todavía faltaba un montón de tiempo para su vuelo, así que no se movió.

—El amor —continuó él en lo que podría describirse como un monólogo.

Lo dijo con tal hastío que Isobel sonrió contra su voluntad.

—El amor nos lleva a hacer cosas peores que la religión —afirmó Alexander.

Isobel no pensaba objetar nada. El amor, la religión, el fanatismo, todos eran igualmente deprimentes, así que no tenía más remedio que estar de acuerdo con él. Qué raro. Nunca hubiera creído que podría tener algo en común con un hombre como ese príncipe de la jet set.

En el avión había hojeado varias revistas y en al menos dos de ellas vio fotos de él. Rodeado de mujeres. Los ojos brillantes por el alcohol y tal vez por algo más. Debería tener cuidado, pensó con un toque de malicia. Ella había visto morir a gente de insuficiencia hepática y no era algo demasiado agradable.

Aunque la muerte nunca era agradable. Era horrorosa, triste y terriblemente desigual, dijeran lo que dijesen.

Alexander había dejado de hablar, pero Isobel notaba que seguía detrás de ella. Supuso que cogería el vuelo directo a Nueva York. Miró el panel de salidas. Salía justo en sesenta y cuatro minutos. Viajaría en primera clase, con champán frío, toallas calientes y asistentes de vuelo de lo más atentos. Despreciaba a los hombres como él. Aunque tenía que reconocer que era uno de los hombres más guapos que había visto en su vida. Guapo de un modo que atraía tanto a mujeres como a hombres, a jóvenes y a viejos. Excepto los ojos. Se fijó en eso cuando la abordó la vez anterior, en Båstad. Intentó recordar dónde había visto antes unos ojos así.

—El amor complica la vida de un modo increíble —dijo él interrumpiendo sus pensamientos—. ¿Sabías que es una invención moderna? Me refiero al amor.

Aunque le sonaba conocido no dijo nada. No compartía su necesidad de oír siempre su propia voz.

—¿Así que vas a Nueva York? —preguntó él sin que al parecer le afectara su silencio lo más mínimo—. Entonces podemos hacernos compañía. ¿Puedo invitarte antes a una copa? Aquí tienen un chardonnay bastante aceptable.

Isobel sacudió la cabeza.

Porque de repente recordó dónde había visto antes unos ojos como los suyos. En realidad los había visto todo el tiempo. Se dio la vuelta rápidamente y se quedó impactada al mirar de cerca su deslumbrante belleza.

—No voy a Nueva York —dijo. Observó sus ojos azules, que no eran en absoluto los de un ángel, y añadió—: Voy a África.

Empezó a caminar. Notó que la miraba y aceleró el paso.

En su trabajo, Isobel había conocido a muchas personas que habían sobrevivido a guerras y torturas, gente que había visto horrores que nadie debería ver. Y aunque las heridas se curaran y ya no fueran visibles, si una sabía cómo mirar siempre seguía viéndolas en sus ojos.

Aceleró el paso aún más. Eso era lo que había visto antes. Lo que había visto en los ojos de Alexander.

Los que habían estado en el infierno y habían sobrevivido solían tener exactamente esa mirada.

Agradecimientos

Después de publicar tres novelas históricas, tenía ganas de escribir un libro que se desarrollara en nuestro tiempo. Todos los que han escrito novela histórica saben a qué me refiero. Me parecía casi un lujo no tener que reflexionar acerca de costumbres desconocidas, no tener que ir a museos o llamar a un historiador cada vez que me surgía una duda sobre prendas de vestir, tradiciones o comidas. Un lujo que solo duró unos diez minutos.

Decidí que los personajes principales de *Solo esta noche* pertenecerían a la élite financiera sueca, y puedo decir con toda honestidad que en mi vida de escritora nunca había investigado tanto ni había hecho tantas entrevistas y leído tantos libros de referencia.

No podría haber escrito *Solo esta noche* de no ser por la generosidad de ciertas personas que dominan la complejidad del mundo financiero como yo no lo haré nunca. Tanto a los que estáis dentro del mundo de las finanzas como a los que estáis fuera, quiero agradeceros el haberme ofrecido vuestro tiempo, vuestra sabiduría y experiencia. Vosotros sabéis quiénes sois, todo lo que ha salido bien ha sido gracias a vosotros. Lo que haya salido mal se debe por completo a mis limitaciones.

Me gustaría dirigir asimismo un agradecimiento especial a los amigos que han tenido un peso especial en la creación de este libro: a Åsa Hellberg, a Carina Hedberg, a Petra Ahrnstedt y a

Trude Lövstuhagen. A todos los que me han apoyado, especialmente tú, Petra, mil gracias.

Un gracias enorme a mi editora Karin Linge Nordh, a mi redactora Kerstin Ödeen, y por supuesto al resto de ese equipo tan fantástico de Bokförlaget Forum. Poder trabajar con vosotros es un privilegio.

Gracias también a mis maravillosos hijos.

Y gracias finalmente a mi agente literaria Anna Frankl, de Nordin Agency. Además de vender con gran intuición mis libros en el extranjero, sabe cuándo es el momento adecuado de invitarme a un buen almuerzo.

SIMONA AHRNSTEDT,
Estocolmo, 2014